Rose Snow

EIN *Augenblick* FÜR IMMER

DAS *erste* BUCH DER LÜGENWAHRHEIT

Ravensburger Buchverlag

Bibliografische Information der Deutschen Nationalbibliothek:

Die Deutsche Nationalbibliothek verzeichnet diese Publikation
in der Deutschen Nationalbibliografie. Detaillierte bibliografische Daten
sind im Internet auf www.dnb.d-nb.de abrufbar.

MIX
Papier aus verantwortungsvollen Quellen
FSC® C114500
FSC
www.fsc.org

1 2 3 4 5 E D C B A

Originalausgabe

Dieses Werk wurde vermittelt durch die
Michael Meller Literary Agency GmbH, München
Umschlaggestaltung: Anna Rohner,
unter Verwendung von Fotos von
© Alexey Lesik / Shutterstock; © Mara008 / Shutterstock;
© Oleg Gekman / Shutterstock; © Toivo-Media / Shutterstock;
© mareciok / Shutterstock; © Helen Hotson / Shutterstock

Printed in Germany

ISBN 978-3-473-40169-7

www.ravensburger.de

Für die beiden Helden in unserem Leben

Die Legende von Green Manor

Der Landschaft Cornwalls wohnt ein besonderer Zauber inne. Es ist ein Zauber, der sich in unzähligen Mythen wiederfindet, und für viele ist Cornwall die faszinierendste und schönste Grafschaft Englands. Wer Cornwall besucht, wird von den sattgrünen Hügeln, den steilen Klippen und den malerischen Buchten begeistert sein, und die Einheimischen behaupten sogar, dass jene, die genau hinsehen, noch *mehr* zu sehen bekommen.

Tatsächlich muss man nur einmal durch die verlassenen Hochmoore wandern, um zu verstehen, warum hier vielerorts von der *Anderswelt* gewispert wird. Oftmals scheint es, als läge nur ein dünner Nebelschleier zwischen unserer modernen Welt und den mystischen Geheimnissen der Vergangenheit. Neben den bekannten Spukschlössern wie *Pendennis Castle* und *Pengersick Castle* gibt es noch viele vergessene Orte, an denen man das Raunen unerlöster Seelen hören und ihre Präsenz spüren kann.

Einer dieser Orte ist *Green Manor,* ein efeuberanktes altes Herrenhaus inmitten der unberührten Natur nahe der Steilküste. Seine wuchtigen Mauern trotzen seit Jahrhunderten dem Wechsel der Gezeiten, und seit ebenso langer Zeit soll dort eine rastlose Gestalt in einem grünen Umhang ihr Unwesen treiben. Der Legende nach handelt es sich um die ermordete Geliebte des Grafen Winston Winterly, der *Green Manor* vor mehr als dreihundert Jahren von seiner Urgroßmutter erbte und dem Anwesen durch diverse Umbau- und Modernisierungsmaßnahmen neues Leben einhauchte.

Auch heute noch wird *Green Manor* von den Nachfahren Winston Winterlys bewohnt – dessen unglückliche Geliebte des Nachts noch immer ihre Streifzüge durch die weitläufigen Gärten unternehmen soll. Vielleicht ist es aber auch der Geist von Sir Winterly selbst, der in seinem grünen Umhang über das Anwesen spukt und nach seiner verlorenen Geliebten sucht.

»Auf den Spuren der ungelüfteten Geheimnisse Cornwalls«
von Lewis Campell,
März 2017

Kapitel 1

»Ist es noch weit?«, wollte ich von dem alten Taxifahrer mit der Schirmmütze wissen, der seinen gelben Wagen in einem Tempo über die Küstenstraße lenkte, dass es mir den Magen aushob. Die steil abfallenden Klippen links von uns verschwammen bei der Geschwindigkeit zu einem einzigen grauen Farbklecks und ich krallte mich verkrampft an der Rückbank fest.

»Vielleicht noch zwanzig Minuten, Miss, oder dreißig«, antwortete er und hustete. »Sind Sie das erste Mal hier?«

Ich schüttelte den Kopf und versuchte nicht darüber nachzudenken, dass ich bei seinem Fahrstil aber wahrscheinlich das letzte Mal hier sein würde. Laut Statistik starben 7,3 Menschen auf einer Milliarde gefahrener Kilometer, was mich eigentlich beruhigen sollte, es in dem Moment aber nicht tat. Auch die Tatsache, dass gelbe Taxis weniger Unfälle als schwarze verursachten, half wenig, wenn das Auto auf der nassen Straße ins Schleudern kam und über die Klippen stürzte. Einziger Lichtblick war, dass die Constables meine Leiche in dem gelben Wrack wahrscheinlich leichter finden würden.

»Sie haben sich ein schönes Fleckchen Erde für Ihren Urlaub ausgesucht«, bemerkte der Taxifahrer und lächelte mich über den Rückspiegel an.

»Nicht Urlaub, Austauschjahr.« Ich lächelte schnell zurück, damit er sich wieder auf die Straße konzentrieren konnte.

»Austauschjahr, noch besser«, grunzte er. »Dann haben Sie noch mehr Zeit, sich unser hübsches Cornwall anzusehen. Hier können Sie viel unternehmen, junge Lady. St. Michael's Mount oder St. Ives sind absolut einen Abstecher wert.« Er nickte und hob bestätigend die buschigen Augenbrauen.

»Da haben Sie aber ganz schön viele Heilige.« Ich blickte durch die Fensterscheibe nach draußen. Der Regen prasselte auf die hügelige Landschaft nieder, und dichte graue Wolken schoben sich über den Himmel, was wahrscheinlich der Grund dafür war, dass nirgends eine Menschenseele zu sehen war.

Der Fahrer lachte. »Stimmt, die haben wir. Aber nicht jeder, der wie ein Heiliger aussieht, ist auch einer. Sie sind ein hübsches Mädchen, junge Lady – nehmen Sie sich also vor den Kerlen in Acht, die haben es faustdick hinter den Ohren.«

»Ich werde mich meilenweit von ihnen fernhalten«, versprach ich, und der Taxifahrer quittierte meinen Entschluss mit einem zufriedenen Nicken.

Nach der Sache mit Jasper konnten mir Jungs ohnehin gestohlen bleiben, und ich war froh über den Tapetenwechsel, der mir bevorstand.

Erst an meinem achtzehnten Geburtstag vor knapp zwei Wochen hatte ich beschlossen, doch noch ein Austauschjahr in England zu verbringen. Und da sämtliche Fristen bereits abgelaufen waren, hatte meine Mutter alle Hebel in Bewegung gesetzt und persönlich alle notwendigen Telefonate geführt, damit ich für ein Jahr bei meinem Onkel Edgar Beaufort wohnen und den Abschluss an der hiesigen Privatschule machen konnte. Meinen Vater hatte diese

Idee nicht besonders begeistert. Schon immer hatte ich eine gewisse Sehnsucht nach dem Land meiner Vorfahren verspürt, die mein Vater jedoch hartnäckig ignoriert hatte, da sein Verhältnis zu seiner englischen Familie nicht besonders gut war. Letztendlich war er diesmal jedoch dem Charme meiner Mutter erlegen.

»Sie können auch durch die unberührten Moorlandschaften des Dartmoor wandern«, schlug der Fahrer vor, während er den Wagen in eine enge Kurve lenkte und mein Körper leicht nach links driftete. »Und Sie sollten unbedingt einen Ausflug nach Pengersick Castle oder zu den Steinkreisen machen – Cornwall ist nicht nur verdammt schön, sondern auch sehr mysteriös.« Seine Stimme nahm einen unheilvollen Klang an, als würde eines der sagenumwobenen Geisterwesen dieser Gegend jeden Moment am Straßenrand auftauchen.

»Ich glaube, ich werde mich eher auf die Schule konzentrieren«, erklärte ich freundlich, weil ich wie mein Vater nicht viel auf Mythen und Legenden gab. Ich glaubte an Fakten und logische Erklärungen sowie an Dinge, die ich tatsächlich sehen konnte. Und ich glaubte daran, dass mich das Jahr in England perfekt auf Oxford vorbereiten würde. Das abgeschiedene Cottage von Onkel Edgar bot mir genau die Ruhe, die ich brauchte, um für die Aufnahmeprüfungen zu lernen.

Der Taxifahrer sah mich erneut über den Rückspiegel an. »Es ist schon gut, die Schule ernst zu nehmen. Aber vergessen Sie nicht, dass man dort nicht alles lernt. *Das Leben* ist die beste Schule.«

Ich nickte abwesend und dachte daran, wie mein Leben das nächste Jahr verlaufen würde. Wie würde es sein, bei Onkel Edgar zu wohnen? War er noch immer der gutmütige Mann, an den ich mich erinnerte?

Zur Beerdigung seiner Frau – meiner Tante Catherine – vor einigen Jahren konnte ich nicht kommen, weil ich mir damals eine Grippe eingefangen hatte. Gesehen hatte ich Tante Catherine davor auch nur ein einziges Mal, als wir den Sommer in Cornwall verbracht hatten. Mein Vater sprach kaum über seine Schwester, und das hatte sich nach ihrem Tod auch nicht geändert. Meine Mutter hatte einmal erwähnt, dass sie schon als Kinder keine besonders gute Beziehung gehabt hätten und dass mein Vater sowohl England als auch seiner Schwester nach dem Schulabschluss so schnell wie möglich den Rücken gekehrt hatte.

»Jaja, das Leben ist die beste Schule«, wiederholte mein Fahrer nachdenklich und bretterte weiter viel zu schnell über die schmale Küstenstraße.

Ich ließ mich auf meinem Sitz zurücksinken und versuchte den Blick zu den schroffen grauen Felsen auf meiner linken Seite zu vermeiden. Obwohl es erst früher Nachmittag war, wurde es draußen immer düsterer. Der Regen prasselte unermüdlich auf das Dach des Taxis, und irgendwo zuckte ein Blitz über den Himmel, gefolgt von einem ohrenbetäubenden Krachen. Vor uns schlängelte sich die Straße durch die raue Landschaft, und ich musste an meine Cousins Blake und Preston denken, die schon letztes Jahr ihren Abschluss gemacht hatten. Obwohl ich mich kaum an die beiden erinnern konnte, hatten wir offenbar zumindest gemeinsam, dass es uns alle in die Ferne zog. Doch während ich mich für das nasskalte Wetter Englands entschieden hatte, waren die beiden laut meiner Mutter gerade irgendwo in der Weltgeschichte unterwegs. Immerhin musste ich mir so keine Gedanken darüber machen, ob es im gemütlichen Cottage meines Onkels nicht zu eng für uns vier werden würde.

Das plötzliche Quietschen der Bremsen riss mich aus meinen Gedanken, und ich keuchte erschrocken auf, als ich mit einem kräftigen Ruck nach vorne katapultiert wurde. Instinktiv klammerte ich mich am Vordersitz fest und versuchte zu verstehen, was gerade passiert war.

Das Taxi war auf der kleinen Landstraße abrupt stehen geblieben.

»Damn!«, hörte ich den Fahrer schimpfen, der ungläubig nach draußen blickte, wo dampfender Qualm unter der Motorhaube hervorquoll. »Nicht schon wieder.« Er schlug mit der flachen Hand auf sein Lenkrad und atmete dann mehrmals tief durch, bevor er sich zu mir umdrehte. »Tut mir leid, junge Lady, aber Hank scheint meiner Dorothy nicht gut genug unter die Haube geschaut zu haben.«

Ich starrte ihn nur verständnislos an.

»Hank ist unser Mechaniker und Dorothy ist meine alte Lady.«

»Sie meinen das Taxi?«

Der alte Mann nickte und zog einen Lappen aus dem Handschuhfach. »Mal sehen, wie schlimm es diesmal ist.« Er stellte mürrisch den Kragen seiner dunklen Jacke hoch, stieg aus und machte im strömenden Regen ein paar Schritte ums Auto herum.

Ich seufzte und ließ mich tiefer in meinen Sitz sinken.

Motorschaden.

Mein Austauschjahr in Cornwall fing ja gut an. Morgen schon war mein erster Tag auf der Privatschule, und ich hoffte, dass ich es bis dahin überhaupt noch zum Cottage meines Onkels schaffen würde.

Draußen tobte der Sturm und Windböen zerrten an den Büschen am Wegrand. Das Wetter war alles andere als ein Begrüßungsgeschenk, genau wie der resignierte Gesichtsausdruck meines Fahrers, als er sich über die offene Motorhaube beugte. Ich öffnete die Autotür und stieg ebenfalls aus.

»Kann ich Ihnen irgendwie helfen?«, rief ich über das Tosen hinweg.

Der Taxifahrer presste die Lippen aufeinander. »Wenn Sie einen neuen Motor im Gepäck haben, gerne – ansonsten wohl kaum. Meine Frau wird mir die Hölle heißmachen.«

Fröstelnd machte ich ein paar Schritte in seine Richtung. »Können wir einen Abschleppwagen rufen?«

»Das müssen wir. Aber das wird dauern, junge Lady.«

»Wie lange denn?« Der Wind blies mir meine langen Haare ins Gesicht und die Regentropfen peitschten gegen meinen Körper.

Der alte Mann zuckte mit den Schultern. »Wenn wir Glück haben, ist er in drei Stunden da. Wir sind ziemlich weit draußen und am Sonntag kommt nur der Notdienst aus Newtown.«

»Drei Stunden?« Entmutigt schlang ich die Arme um meinen Oberkörper. Dabei blickte ich über die wildromantische Landschaft, die im Regen unterging. Der Himmel war mittlerweile fast schwarz und die Wolken ballten sich bedrohlich über unseren Köpfen. Zu meiner Rechten fuhr der Wind tosend über die grasbedeckten Hügel, während sich links von uns eine beeindruckende Klippenlandschaft erstreckte. Weit unten schlugen die Wellen krachend an die Küste, und ich erkannte in einiger Entfernung ein Fischerdorf, das sich schutzsuchend an die schroffen Felsen schmiegte.

Der Taxifahrer schloss mit seinem Lappen die Motorhaube und wischte sich dann die Finger an der dunklen Hose ab, bevor er sein Handy aus der Jackentasche zog. Er betrachtete das Display und schnaubte. »Kein Netz. Bei dem Wetter auch kein Wunder.«

Ich warf ebenfalls einen Blick auf mein Smartphone und musste feststellen, dass auch ich keinen Empfang hatte.

Der alte Mann hob vielsagend die buschigen Augenbrauen. »Dann müssen wir wohl warten, bis das Unwetter weitergezogen ist – oder jemand vorbeikommt.«

»Und wie lange kann das dauern?«, fragte ich, obwohl ich die Antwort gar nicht wissen wollte. Wir standen mitten in der Einöde und es war uns seit einer gefühlten Ewigkeit kein Wagen mehr entgegengekommen.

»Ein paar Stunden«, entgegnete er vage.

Die Aussicht, *ein paar Stunden* im Taxi zu verbringen, fand ich nicht besonders prickelnd.

»Und was ist mit dem Fischerdorf dahinten?« Ich deutete auf die kleine Siedlung neben den Klippen, deren moosbewachsene braune Dächer schon ziemlich mitgenommen aussahen.

»Das ist Portfall«, erklärte der Taxifahrer.

»Vielleicht sollten wir dort um Hilfe bitten«, schlug ich vor, doch der alte Mann winkte sofort ab. »Ich kann Dorothy nicht allein hier stehen lassen.«

Ich betrachtete die rauchende Motorhaube. »Aber Dorothy wird doch niemand klauen. Bei dem Wetter kommt sowieso niemand vorbei.«

Er zog die Stirn kraus. »Das kann man nie wissen.«

»Dann gehe ich«, beschloss ich, weil ich hier nicht stundenlang im Sturm ausharren wollte, um danach womöglich noch ewig auf einen Abschleppwagen zu warten. »Führt die Straße direkt ins Dorf?«

»Das schon.« Der Taxifahrer räusperte sich. »Aber ganz allein, das kann ich nicht zulassen, junge Lady.«

»Es ist doch nur ein kurzer Fußmarsch«, hielt ich dagegen und sah die Küstenstraße hinunter, die in Serpentinen direkt nach Portfall zu führen schien.

»Wenn *Sie* gehen, wahrscheinlich schon«, brummte mein Fahrer und strich sich über seinen linken Oberschenkel. Ich hatte schon beim Einsteigen am Flughafen gemerkt, dass er das eine Bein leicht nachzog.

»Ich lasse das Gepäck bei Ihnen und mache mich auf den Weg.« Ich nickte ihm noch einmal zu und marschierte los.

Der Regen ließ nicht nach, was mittlerweile auch nichts mehr ausmachte, da meine Jeans und Sneakers ohnehin schon komplett durchnässt waren. Lediglich meine Jacke bot ein wenig Schutz vor dem stürmischen Wetter. Die Haare klebten mir patschnass am Kopf und die Regentropfen liefen in Strömen über mein Gesicht, als ich den Biegungen der schmalen Straße hinunter ins Fischerdorf folgte.

Allerdings schien ich dem Dorf in den nächsten Minuten kaum näher zu kommen. Der Wind fuhr durch meine Kleidung und ich fröstelte am ganzen Körper. Mittlerweile wünschte ich mich nur noch in das kleine Cottage an den Kamin. In dem Moment hörte ich einen brummenden Motor hinter mir und hoffte, dass es ein Auto war, das mich nach Portfall mitnehmen könnte.

Schnell drehte ich mich um und sah, wie jemand auf einem Motorrad neben mir stehen blieb. Die Maschine glänzte schwarz und auch ihr Fahrer war komplett schwarz gekleidet. Er klappte das Visier seines dunklen Helmes hoch, und mir stockte unwillkürlich der Atem, als ich in seine Augen blickte. Noch nie in meinem Leben hatte ich solche Augen gesehen. Ihre Farbe war von einem derart durchdringenden Blau, dass ich das Gefühl hatte, in einen weiten, leuchtenden Ozean einzutauchen. Mein Herz geriet ins Stolpern, und plötzlich spürte ich den Regen und den peitschenden Wind nicht mehr.

»Schlechter Tag für einen Spaziergang«, bemerkte der Motorradfahrer mit rauer Stimme.

Ich strich mir eine Haarsträhne aus dem Gesicht. »Mein Taxi ist liegen geblieben.«

»Siehst gar nicht aus wie eine Taxifahrerin.«

Ich atmete tief ein. »Das Taxi, das ich genommen habe, ist liegen geblieben.«

»Genommen? Du hast es also geklaut?« Die Ironie in seiner Stimme war unüberhörbar.

»Genau. Ich habe das Taxi geklaut, zu Schrott gefahren und mich dann entschieden, einen romantischen Spaziergang im Regen zu machen.« Ich schüttelte genervt den Kopf und konnte es nicht leiden, dass mich der Typ wie eine Idiotin behandelte.

Unter seinem Helm stachen nur seine leuchtend blauen Augen hervor, während der Rest seines Gesichts im Verborgen lag. »Du triffst heute anscheinend nur schlechte Entscheidungen.«

»Ach, ja? Dann passt es ja, dass ich mich jetzt mit dir unterhalte.«

»Wenn du meinst.« Er klappte sein Visier hinunter, bevor er sein Motorrad wieder startete.

»Und das war's jetzt? Du wechselst ein paar Sätze mit mir und lässt mich dann stehen?« Kopfschüttelnd starrte ich ihn an. »Das ist also die feine britische Art.« Ohne seine Antwort abzuwarten, drehte ich mich um und setzte meinen Weg Richtung Portfall fort.

Der Typ fuhr mit seiner Maschine weiter, rauschte aber nicht davon, sondern zuckelte einfach neben mir her. »Und das ist also die feine deutsche Art«, erwiderte er spöttisch.

Ich runzelte die Stirn und sah ihn verblüfft an. Da ich zweisprachig aufgewachsen war, hatte ich eigentlich keinen deutschen Akzent, den der Typ bemerkt haben konnte.

»Woher willst du wissen, dass ich eine Deutsche bin?«

Er brachte sein Motorrad erneut zum Stehen und schaltete den Motor ab. »Ist doch so. Hier. Setz den auf«, befahl er und zog sich seinen Helm vom Kopf.

Ich schluckte, als ich das erste Mal sein Gesicht sah. Er hatte eine schmale Nase, einen dunklen Bartschatten und ein energisches Kinn, doch seine Lippen sahen so weich aus, dass ich mich ungewollt fragte, wie es sich wohl anfühlte, von ihm geküsst zu werden.

Plötzlich wurde mir peinlich bewusst, dass ich ihn einfach nur anstarrte, während er mich abwartend betrachtete.

»Wieso soll ich den aufsetzen?«, fragte ich schnell.

Er strich sich seine vom Regen feuchten Haare aus dem Gesicht. Sie waren vorne etwas länger und hatten genau dieselbe Farbe wie seine Motorradkluft. »Ich dachte, selbst bei euch weiß man, wofür ein Helm gut ist.«

»Sehr witzig.«

Er atmete tief ein, und mein Blick rutschte unbewusst hinunter zu seiner Lederjacke, die sich über seiner durchtrainierten Brust spannte.

»Du sollst den Helm aufsetzen, damit ich dich nach Portfall bringen kann. Da willst du doch hin, oder?« Er zog eine dunkle Braue hoch. »Und allein kommst du offensichtlich nicht in einem Stück an.«

Ich schnaubte. »Was soll das denn bitte heißen?«

Er bewegte sich leicht auf der glänzenden schwarzen Maschine, von der die Regentropfen abperlten. »Ein Motorradfahrer, den du nicht kennst und der dir auf einer einsamen Straße begegnet, spricht dich an, und du beschwerst dich darüber, dass er dir keine Hilfe anbietet?«

»Was sollte ich denn deiner Meinung nach sagen?«, erwiderte ich genervt. »Danke, dass du mich im Regen stehen lässt?«

»Du solltest besser gar nichts sagen. Schon mal auf die Idee gekommen, dass ich ein Axtmörder sein könnte?«

Ich sah ihn ungläubig an, das hier war absurd. »Ein Axtmörder würde doch von sich nicht behaupten, ein Axtmörder zu sein.«

Sein linker Mundwinkel zuckte. »Vielleicht bin ich ein besonders intelligenter Axtmörder, der genau weiß, wie er dich manipulieren kann.«

Ich kniff die Augen zusammen. »Sorry, aber so intelligent siehst du nicht aus. Eher wie jemand, der gerne Spielchen spielt.«

Er musterte mich intensiv, und für einen Moment hatte ich das Gefühl, so etwas wie Interesse bei ihm aufflackern zu sehen. »Dann erklär mir mal, was für ein Spiel das sein sollte. Lies ein nasses Mädchen von der Straße auf?«

»Eher: *Finde ein nasses Mädchen und treib es in den Wahnsinn.*«

Er betrachtete mich nüchtern und warf mir dann den Helm zu, den ich überrascht auffing.

»Keine schlechte Idee. Aber erst setzt du den Helm auf.«

Herausfordernd drehte ich den schwarzen Motorradhelm in meinen Händen. »Und wieso? Damit ich keinen Kratzer abbekomme, bevor du mich mit deiner Axt um die Ecke bringst?«

»Exakt. Also – steigst du jetzt auf, oder willst du noch länger hier im Regen rumstehen?« Inzwischen klang seine tiefe Stimme ziemlich ungeduldig.

»Und was ist mit dir?«

»Was soll mit mir sein?«

Ich holte tief Luft. »Wenn ich den Helm aufsetze, hast du keinen mehr.«

»Ich brauche keinen.«

»Und was ist, wenn du einen Unfall baust?«

»Ich baue keinen Unfall. Also setz den verdammten Helm auf, oder du gehst zu Fuß.« Sein Gesichtsausdruck verriet, dass er es ernst meinte, und da ich am ganzen Körper zitterte, beschloss ich, diesmal die Klappe zu halten.

Wortlos stülpte ich mir seinen Helm über meine nassen Haare und kletterte hinter ihm auf das Motorrad. Der Helm war natürlich viel zu groß, aber ich ließ mir nichts anmerken.

»Schling die Arme um mich.«

Etwas zurückhaltend legte ich meine Arme um seinen Bauch und überlegte, ob das wirklich eine gute Idee war.

»Fester«, verlangte der Typ über die Schulter. »Und rutsch näher an mich heran, sonst fällst du mir in der nächsten Kurve runter.«

Ich zögerte kurz. Es gefiel mir zwar nicht, wie er mich rumkommandierte, aber es war wahrscheinlich besser, als im Straßengraben zu landen. Entschlossen rutschte ich deshalb etwas näher an ihn heran und schlang meine Arme fester um seine Taille.

»Hast du das noch nie gemacht?«, fragte er unwirsch. Ein Blitz zuckte über den dunklen Himmel, gefolgt von dem ohrenbetäubenden Geräusch des Donners. »Noch fester.«

Ich schluckte und bewegte meine Hüften so dicht an ihn heran, wie ich konnte, bevor ich meinen Oberkörper an seinen Rücken presste.

»Geht doch«, hörte ich ihn sagen. Dann startete er mit einem lauten Brummen seine Maschine. »Und klapp dein Visier runter.«

Ich folgte seiner Anweisung und die sowieso schon düstere Umgebung verdunkelte sich noch weiter. Im nächsten Moment gab der Typ Gas und die Maschine schoss mit einem Ruck vorwärts. Ich rutschte kurz nach hinten und klammerte mich erschrocken an ihm fest. Er bretterte mit einer derartigen Geschwindigkeit über die Straße, dass mir die Taxifahrt von eben wie ein Sonntagsspaziergang vorkam. Atemlos schlang ich meine Arme noch fester um seinen Körper und krallte meine Finger in den feuchten Stoff seiner Lederjacke. Dabei konnte ich seine Bauchmuskeln unter meinen Händen fühlen und merkte, wie mein Herz sofort schneller schlug. Ich versuchte mir einzureden, dass das nur an der halsbrecherischen Fahrt lag, aber eine leise Stimme in mir flüsterte, dass das Blödsinn war.

Obwohl uns Wind und Regen entgegenpeitschten, lenkte der Typ sein Bike mit beeindruckender Sicherheit über die Straße. Das Unwetter schien ihn nicht im Mindesten zu kümmern und langsam entspannte ich mich. Trotz des heruntergeklappten Visiers konnte ich seinen Duft wahrnehmen, der an ihm und seinen Sachen haftete. Er erinnerte mich an eine Mischung aus Wind und Ozean mit einer dunklen Note, und ich hätte am liebsten meine Nase tief in seiner Lederjacke vergraben, um den Geruch zu inhalieren. Bevor ich mich dieser peinlichen Vorstellung allzu lange hingeben konnte, erreichten wir glücklicherweise Portfall. Das Motorrad wurde langsamer und der Typ steuerte seine Maschine durch die engen Straßen des Fischerdörfchens, bis wir den Hafen erreichten. Auf dem ganzen Weg hierher war uns kein einziger Mensch begegnet, und nur ein paar Boote schaukelten in dem schäumenden Wasser, das laut an die Anlegestelle klatschte. Der tosende Wind trug den Geruch nach Meer und Seetang mit sich, und ich hielt einen

Moment den Atem an, als ich auf das sturmgepeitschte Meer hinaussah.

Neben der verwitterten Kaimauer stand ein kleines Häuschen, dessen Putz schon von der Fassade bröckelte. Der Typ hielt seine Maschine davor an und stellte den Motor ab.

»Wir sind da. Du kannst mich loslassen.«

Ich rutschte genervt ein Stück zurück, bevor ich vom Motorrad kletterte und den Helm abnahm. »Danke, dass ich noch lebe.«

Sein Mundwinkel zuckte. »Ich bin extra langsam gefahren.«

Ich lächelte humorlos. »Dann möchte ich *schnell* nicht erleben.«

Rasch drückte ich ihm den Helm in die Hand und machte ein paar Schritte auf das heruntergekommene Gebäude zu, vor dem wir angehalten hatten. Es schien sich um einen Pub zu handeln, der so nah am Kai gebaut worden war, dass ich die Gischt auf der Haut spüren konnte. Entschlossen ging ich auf die Tür des Pubs zu und hoffte, dass es dort einen Festnetzanschluss gab, damit ich einen Abschleppwagen rufen konnte. Es brannte zwar kein Licht hinter den getönten Scheiben, aber davon wollte ich mich nicht entmutigen lassen. Ich legte meine Hand auf die Klinke und versuchte die Tür zu öffnen, doch sie war verschlossen. Irritiert rüttelte ich noch einmal daran, dann drehte ich mich zu meinem Begleiter um, der noch immer auf seinem Bike saß und mich beobachtete.

Seine unglaublich blauen Augen funkelten herausfordernd. »Gibt's etwa Probleme?«

Kapitel 2

Ich ließ die Türklinke wieder los. »Du wusstest, dass der Pub geschlossen hat, oder?«

Er zog spöttisch eine Augenbraue hoch. »Sehe ich so aus, als hätte ich die Öffnungszeiten auswendig gelernt?«

Ich machte einen Schritt auf ihn zu und zog mein Handy aus der klammen Jeans. »Auf jeden Fall siehst du so aus, als würdest du das hier genießen.«

Er grinste kurz, und ich registrierte unwillig, dass mein Magen einen kleinen Hüpfer machte, als ich seine weißen Zähne aufblitzen sah. Rasch senkte ich den Blick auf mein Display und prüfte, ob ich hier Empfang hatte. Doch wie zuvor zeigte mein Telefon null Striche an.

»Was hast du jetzt vor?« Der Typ strich sich die nassen Haare aus der Stirn und lehnte sich entspannt auf seiner Maschine zurück.

»Keine Ahnung. Vielleicht an jede Tür hier klopfen, bis irgendjemand öffnet und mir hilft, einen Abschleppwagen zu rufen?«

»Sicher, dass du bei fremden Menschen einfach so anklopfen willst? Denk doch an die mehr oder weniger intelligenten Axtmörder.«

Ich steckte das Handy wieder ein und sah ihn genervt an. »Es erscheint mir statistisch gesehen ziemlich unwahrscheinlich, dass sich hier so viele Axtmörder rumtreiben.«

»Okay, wenn du meinst.« Er verschränkte die Arme vor der Brust, und es schien ihn nicht im Mindesten zu kümmern, dass der Regen an ihm herunterlief und seine Klamotten völlig durchnässte.

Ich atmete tief ein. »Und was schlägst du vor?« Seine überhebliche Art ging mir langsam auf den Zeiger – aber noch mehr ärgerte es mich, dass mein Blick immer wieder von seinen blauen Augen angezogen wurde.

»Du könntest *mich* bitten, einen Abschleppwagen zu rufen.«

»Du hast hier Empfang?«, fragte ich skeptisch. Ich hatte angenommen, dass das Unwetter alle Netze lahmgelegt hatte.

Er betrachtete mich ungerührt. »Nenn es ... Magie.«

Ich schnaubte. »Sehr witzig.«

In diesem Augenblick klingelte tatsächlich sein Handy und er stieg vom Motorrad. »Warte hier.« Er ging ein paar Schritte zum Rand des Kais, wo der Empfang offensichtlich besser war.

Ich blickte ihm nach und konnte seine bestimmende Art ebenso wenig leiden wie die Tatsache, dass er offensichtlich Gefallen daran fand, mich an der Nase rumzuführen. Es regnete noch immer in Strömen, und der Typ hielt mit einer Hand sein Telefon ans Ohr, während er aufs Meer hinausstarrte. Da ich keine Lust hatte, hier untätig zu warten, marschierte ich ebenfalls zum Hafen und holte mein Handy hervor. Diesmal war ein Strich beim Netzempfang zu sehen, der jedoch sofort wieder verschwand. Die Straße endete direkt am Meer und die verwitterte Ufermauer fiel ohne Brüstung etwa drei Meter steil ab. Ich reckte das Telefon in alle Himmelsrichtungen und grinste triumphierend, als der Balken wieder erschien –

ich musste das Handy nur weit genug aufs Meer hinaushalten, damit es funktionierte.

Der Typ stand etwa zwei Meter entfernt mit dem Rücken zu mir, doch bei dem Krach, den die Wellen machten, wenn sie an der algenbewachsenen Mauer brachen, waren seine Worte kaum zu verstehen. Allerdings hatte ich ohnehin nicht vor, darauf zu warten, dass er mir half. Stattdessen schaltete ich den Lautsprecher ein und wählte die Nummer der englischen Auskunft. Es dauerte einen Augenblick, bis ich ein leises Knacksen hörte und sich kurz darauf eine Frauenstimme meldete.

»Hallo, hören Sie mich?«, rief ich gegen den Wind an. Im nächsten Moment wurde die Verbindung unterbrochen. Ich unterdrückte einen Fluch und machte vorsichtig noch einen Schritt näher zum Rand des Kais, wobei ich mich gegen die Sturmböen vom Meer stemmte. Dann wählte ich erneut die Nummer der Auskunft. Als der Freiton erklang, drehte der Wind urplötzlich seine Richtung, und ich schrie erschrocken auf, als mir eine Sturmbö in den Rücken fuhr. Wild mit den Armen rudernd versuchte ich mein Gleichgewicht zu halten, als sich von der Seite ein kräftiger Arm um meine Taille schlang und ich mit einem Ruck an die Brust des Motorradfahrers gezogen wurde.

Vor Schreck ließ ich mein Handy fallen und klammerte mich reflexartig an den Schultern meines Retters fest, der mich fluchend ein paar Schritte zurück auf die Straße zerrte. Dabei presste er meinen Körper so fest an seinen, dass ich jeden Muskel unter seiner Jacke spüren konnte.

»Verdammt, was sollte das? Willst du dich umbringen?«, herrschte er mich an und seine tiefblauen Augen bohrten sich in meine. Kleine Lichtblitze schienen darin zu zucken, und für einen

Moment war ich unfähig zu antworten, da es sich anfühlte, als würde die Luft um uns herum zu knistern beginnen, und alle Härchen auf meiner Haut sich aufstellen. Die Empfindung war so stark, dass der tobende Sturm völlig in den Hintergrund trat. Ich konnte weder das Heulen des Windes noch das Krachen der Wellen hören – das Einzige, was ich wahrnahm, war mein heftig pochendes Herz.

Sekundenlang starrten wir einander an. Seine Augen schienen von innen zu leuchten, und ich hatte das Gefühl, in sie hineingezogen zu werden, bis plötzlich ein Blitz über den Himmel zuckte, dem kurz darauf ein heftiger Donnerschlag folgte.

Das ohrenbetäubende Krachen löste den seltsamen Bann und ich taumelte atemlos einen Schritt zurück. Mein ganzer Körper kribbelte, und für einen Augenblick wirkte der Typ ebenfalls verblüfft, bevor er sich fing. Dann wandte er sich ab, um mein Telefon zu holen, das am Rand des Kais auf dem Boden lag.

Völlig verwirrt sah ich ihm dabei zu. Was war da gerade passiert? Was waren das für Lichter gewesen, die ich in seinen Augen gesehen hatte? Stirnrunzelnd wies ich mich selbst zurecht. Seine Augen konnten nicht leuchten, wahrscheinlich hatte das ganze Adrenalin in meinem Körper einfach nur meine Wahrnehmung verändert.

In diesem Moment kam der Typ mit meinem Handy zurück und hielt es mir mit verschlossener Miene entgegen. »Hier«, knurrte er. »Anscheinend braucht es keinen Axtmörder, um dich umzubringen – das schaffst du auch ganz alleine.«

Seine schroffe Art erstickte meine Dankbarkeit und ich nahm das Telefon mit bebenden Fingern an mich. »Ich hab nicht versucht, mich umzubringen.«

»An der Stelle ist schon einmal eine Frau ins Meer gestürzt und ertrunken. Angeblich irrt ihr Geist in stürmischen Nächten noch immer durch Portfall.«

Trotzig hob ich den Kopf. »Erstens gibt es keine Geister, und zweitens bin ich eine gute Schwimmerin.«

»Nicht bei diesem Wetter«, knurrte er und ging zu seinem Motorrad.

Seine schlechte Laune übertrug sich auf mich. »Du brauchst gar nicht so genervt zu tun!«, rief ich. »Ich habe dich nicht darum gebeten, auf mich aufzupassen.«

»Wäre es dir etwa lieber gewesen, ich hätte zugesehen, wie du dich in den Tod stürzt?«

Ich biss mir auf die Lippen, um keine patzige Antwort zu geben und die Situation noch weiter eskalieren zu lassen. Außerdem war er nicht völlig im Unrecht. Ich war unvorsichtig gewesen und wäre beinah im Meer gelandet.

»Ich hab meinem Kumpel am Telefon die Position des Taxis durchgegeben«, fuhr er kühl fort. »Der Abschleppwagen wird in etwa einer Stunde dort sein. Wenn du willst, bringe ich dich dahin zurück.«

Noch immer waren wir völlig allein auf der Straße. Eine Windbö zerrte knatternd an einer alten Markise und ich schlang fröstelnd die Arme um mich. Als er bemerkte, wie sehr ich unter meiner dünnen Jacke zitterte, wurde sein Gesichtsausdruck für einen Moment weicher. »Oder ich bringe dich direkt zu der Adresse, zu der du musst.«

Im ersten Moment wollte ich widersprechen, aber mir war inzwischen so kalt, dass mich die Aussicht auf ein warmes Feuer im Cottage meinen Stolz hinunterschlucken ließ. Stumm zog ich den Zettel mit der Adresse hervor und hielt ihm das Papier hin. »Der

Taxifahrer meinte vorhin, es sollte nicht mehr allzu weit sein«, murmelte ich und versuchte, ihm nicht wieder so tief in seine faszinierenden Augen zu schauen.

Er warf einen beiläufigen Blick auf den Zettel und nickte. »Steig auf.«

Ich folgte ihm zu seiner Maschine und spürte, dass meine Beine ein wenig zitterten, als ich hinter ihm auf das Motorrad kletterte. Dann setzte ich den Helm auf, rückte ganz nah an ihn heran und schlang meine Arme fest um seinen Oberkörper.

»Wenigstens bist du lernfähig«, meinte er trocken, bevor er die Maschine startete und losbretterte.

Wir folgten der Straße Richtung Süden den Berg hinauf und fuhren dann noch etwa zehn Minuten ins Landesinnere, vorbei an beeindruckenden Gartenanlagen, deren Farben allerdings in der Düsternis des Unwetters untergingen. Mittlerweile war es noch dunkler geworden – die Scheinwerfer des Motorrads wurden vom strömenden Regen reflektiert und ließen die dicken Regentropfen glitzern.

Nachdem wir auf einen Kiesweg abgebogen waren, brachte der Typ das Motorrad vor einem imposanten, doppelflügeligen Messingtor zum Stillstand. Zwei brüllende Steinlöwen flankierten den Eingang, und ich fragte mich, was er hier wollte.

Irritiert klappte ich das Visier hoch. »Warum halten wir?«

»Das ist die Adresse, die du mir gezeigt hast.«

Ich schüttelte den Kopf und schielte auf das beeindruckende Herrenhaus, das sich hinter dem Zaun erhob und nichts mit dem Cottage meines Onkels gemein hatte.

»Nein, das ist die falsche Adresse.« Ich nahm den Helm ab. »Das ist definitiv nicht das Haus meines Onkels.« Auch wenn die Erinnerungen an meinen einzigen Besuch bei Onkel Edgar und Tante Catherine vor zehn Jahren nicht gerade frisch waren, wusste ich noch, dass meine Eltern und ich in einem kleinen Häuschen in der Nähe vom Strand und nicht auf diesem herrschaftlichen Anwesen übernachtet hatten.

»Dann musst du wohl klingeln und es herausfinden.«

Noch bevor ich etwas erwidern konnte, stieg er vom Motorrad ab, ging zum Tor und stieß es mit einer kräftigen Bewegung auf.

»Du kannst doch nicht einfach ein fremdes Grundstück betreten!«, rief ich hektisch und folgte ihm über den sanft erleuchteten Kiesweg, der sich in Richtung des grauen Herrenhauses schlängelte. Er ging sehr schnell, und ich musste beinahe laufen, um Schritt zu halten.

Der Typ drehte sich zu mir um und der Blick aus seinen blauen Augen traf mich wie ein Blitz. »Du siehst doch, dass ich es kann, June.«

Ich stockte und blieb stehen, während der Typ zielsicher auf die Eingangstür des Herrenhauses zumarschierte. Mein Puls schnellte nach oben, noch bevor ich richtig verstand warum. »Woher kennst du meinen Namen?«, schrie ich ihm verwirrt hinterher.

»Haben mir die Geister verraten«, gab er ruppig zurück.

Ich beobachtete nervös, wie er ein paar Schritte vor mir die Messingklingel betätigte und die Tür eine Sekunde später geöffnet wurde.

Zum Vorschein kam ein Mann, der von oben bis unten dem Klischee eines Butlers entsprach und perfekt zu diesem Anwesen passte. Er war groß und schlank, hatte grau meliertes Haar und kluge Augen, die mich kurz musterten, bevor sie sich auf den Motorradfahrer richteten. »Guten Abend, Mr Beaufort«, sagte der ältere Mann im Smoking und nickte mir dann freundlich zu. »Guten Abend, Miss Mansfield.«

»Guten Abend«, gab ich überrumpelt zurück und warf dem Typ neben mir einen ungläubigen Blick zu. Der Butler hatte ihn soeben mit Mr Beaufort angesprochen – sollte das heißen, dass er einer meiner Cousins war? Die Gedanken flogen mir nur so durch den Kopf, als ich versuchte, die Situation zu erfassen. Und wenn ja, hieß das dann, dass ich mich wirklich auf dem Anwesen meines Onkels befand?

»Hallo, Wilfried«, entgegnete der schwarz gekleidete Typ neben mir wesentlich freundlicher als eben noch, und der Butler machte einen Schritt zur Seite, um ihn reinzulassen.

Zögernd folgte ich ihm in eine riesige Eingangshalle, die so gar nichts mit dem kleinen Cottage gemein hatte, an das ich mich erinnerte.

»Was *ist* das hier?«, fragte ich überwältigt, während meine Augen von den deckenhohen Buntglasfenstern in den holzverkleideten Wänden angezogen wurden. Eine breite, mit dunkelrotem Teppich ausgelegte Treppe führte in den ersten Stock, und es roch nach Bienenwachs, als ob alles hier erst vor Kurzem auf Hochglanz poliert worden war.

»Mein Zuhause«, erwiderte der Typ knapp, bei dem es sich allem Anschein nach wirklich um einen meiner Cousins handelte.

Verwirrt versuchte ich sein heutiges Erscheinungsbild mit meiner verschwommenen Erinnerung an die zehnjährigen Jungs von damals in Einklang zu bringen, scheiterte aber kläglich.

Der Butler schloss die schwere Eingangstür hinter uns.

»Mr Beaufort erwartet Sie im Salon. Folgen Sie mir.«

Noch immer war ich total verwirrt und bemühte mich, alles,

was bislang passiert war, irgendwie logisch zu erfassen. Mama hatte mir erzählt, dass meine Cousins gerade eine Weltreise unternahmen, was offenbar nicht stimmte. Jetzt ergab es zumindest Sinn, warum der Typ gewusst hatte, dass ich aus Deutschland war.

Der Butler öffnete die zweite Tür von links und bedeutete uns einzutreten. Drinnen spielte ein Lied von Frank Sinatra und ein Mann in einem braunen Tweedanzug erhob sich bei meinem Anblick aus einem beigen Ohrensessel. »June, wie schön, dass du da bist«, begrüßte er mich und kam auf mich zu. Obwohl seine Haare in der Zwischenzeit etwas grauer geworden waren, war sein warmherziges Lächeln dasselbe geblieben.

»Onkel Edgar«, sagte ich, froh darüber, endlich ein bekanntes Gesicht zu sehen. Und noch dazu ein freundliches. Ich lächelte ihn an, und in den Zügen meines Onkels zeichnete sich eine Mischung aus Freude und Erstaunen ab. Für einen Augenblick musterte er mein Gesicht derart intensiv, dass es mir fast unangenehm wurde.

»Du bist ja tropfnass.« Er nahm meine Hand, um mich zum steinernen Kamin zu ziehen, in dem ein wohliges Feuer brannte. »Du musst dich jetzt erst einmal aufwärmen – und dir was anderes anziehen. Wo sind deine Sachen?«

»Noch im Taxi«, antwortete ich und hielt meine Hände über das knisternde Feuer. Dann ließ ich meinen Blick kurz durch den Salon schweifen, ohne dabei den Typ, der mich hergebracht hatte, allzu sehr anzustarren. Noch immer ging es mir nicht in den Kopf, wieso er sich mir nicht einfach als mein Cousin vorgestellt hatte – aber vielleicht war er tatsächlich einer von den Kerlen, die einfach gerne Spielchen spielten. Mit seinem guten Aussehen glaubte er wahrscheinlich, sich das leisten zu können.

Einen Moment lang schaute er mich an, als ob er jeden meiner

Gedanken lesen könnte, und ich riss den Blick rasch los und richtete meine Aufmerksamkeit stattdessen auf das Haus.

Ich war definitiv noch nie hier gewesen. Vor den bodentiefen Fenstern, die den Blick auf den gepflegten Rasen und das tobende Unwetter freigaben, hingen dunkelgrüne Samtvorhänge, die genau denselben Farbton wie meine Augen hatten. Die Wände schmückten alte Ölgemälde, die wahrscheinlich Porträts von irgendwelchen Ahnen zeigten, und auf einem Tischchen am Fenster standen ein paar Bilderrahmen, deren Fotos ich aus der Entfernung nicht allzu gut sehen konnte.

Auffallend war die Büste einer Frau, die auf einer schmalen Kommode neben dem Kamin stand und mich an meine verstorbene Tante Catherine erinnerte.

»Und wo ist das Taxi?«, wollte mein Onkel wissen, während Frank Sinatra im Hintergrund von der Liebe sang.

»Das ist liegen geblieben«, antwortete mein Cousin. Die Ähnlichkeit zu Onkel Edgar war zwar nicht übermäßig stark, aber jetzt, da ich darauf achtete, fiel sie mir auf. Er hatte die gleichen dunklen Haare, das gleiche entschlossene Kinn und den gleichen athletischen Körperbau.

Unwillkürlich fragte ich mich, ob mein Cousin seine leuchtend blauen Augen von meiner Tante hatte – denn die meines Onkels waren braun und strahlten eine Gutmütigkeit aus, die nicht zu meinem Cousin passte.

»Und wo ist es liegen geblieben, Blake?« Onkel Edgar klang so unaufgeregt, als ob sie es hier tagtäglich mit Autopannen im Unwetter zu tun hätten.

»Auf der Straße nach Portfall.« Mein Cousin antwortete, als wäre ich überhaupt nicht im Raum. Seine Körperhaltung war nach außen hin entspannt, aber in seinem Blick lag ein provokantes Glitzern, das mir nicht gefiel. Wenigstens wusste ich nun endlich, wie er hieß. Blake Beaufort. Der Name passte zu ihm, denn er strahlte genau dieselbe kühle Distanz aus wie er selbst.

Einen Moment lang ärgerte ich mich, dass ich so viel über ihn nachdachte – und noch mehr ärgerte es mich, dass es ein winziger Teil von mir schade fand, mit Blake verwandt zu sein, denn ein viel größerer Teil fand ihn und seine Art einfach nur unsympathisch.

»Ich hab den Abschleppdienst gerufen. Die alte Bailey kümmert sich darum.« Blake sah mich noch immer nicht an. Sein Desinteresse an mir war nicht zu übersehen, und ich versuchte die seltsame Mischung aus Ärger und Enttäuschung zu ignorieren, die sein Verhalten in mir auslöste. Von Familienzusammenführungen schien er offenbar nichts zu halten.

»Dann soll Bailey auch Junes Gepäck vorbeibringen«, verlangte mein Onkel, und Blake nickte überraschenderweise, ohne zu widersprechen.

»Preston ist noch nicht zurück?«

Blake schüttelte den Kopf und sein rechter Mundwinkel zuckte. »Nein.«

Onkel Edgar ging zum Servierwagen neben dem Kamin. »Hoffentlich macht ihm das Unwetter nicht zu schaffen. Sie haben eine Sturmwarnung rausgegeben.«

»Er wird schon nicht sterben«, sagte Blake, und hätte ich es nicht besser gewusst, hätte ich geschworen, ein lautloses *Leider* in seinem Gesicht zu entdecken. Gleichzeitig wandte er seinen Kopf in meine Richtung, und mein Herz machte einen Sprung, als mich sein durchdringender Blick traf. Obwohl es völlig legitim gewesen war, ihn anzusehen, fühlte ich mich dennoch irgendwie ertappt.

»Brauchst du noch etwas?«, fragte Blake meinen Onkel, ohne mich aus den Augen zu lassen.

Edgar winkte lächelnd ab. »Nein – und danke, dass du June wohlbehalten hergebracht hast.«

Blake nickte wortlos, bevor er aus dem Salon verschwand und die Tür hinter sich schloss. Kaum war er draußen, atmete ich einmal tief durch und war froh, nicht mehr seinem intensiven Blick ausgesetzt zu sein.

Mein Onkel schenkte eine goldglänzende Flüssigkeit in zwei Gläser ein und reichte mir dann eins davon. »Whisky. Der wird dich von innen wärmen.«

»Es geht schon viel besser«, sagte ich schnell. »Das Feuer ist wunderbar.« Um nicht unhöflich zu wirken, nippte ich aber dennoch an dem Glas. Die Flüssigkeit brannte sich durch meine Kehle und schmeckte bitter – aber mein Onkel hatte recht, kurz darauf machte sich eine wohlige Wärme in mir breit.

»Es ist so schön, dass du da bist, June«, sagte Onkel Edgar und sah mich an, als hätte er mit mir etwas längst Verlorenes wiedergefunden. Doch seine Augen wirkten traurig. »Es tut mir leid, dass du eine so beschwerliche Anreise hattest. Als ich von dem überraschenden Wetterumschwung erfahren habe, habe ich sicherheitshalber die Jungs losgeschickt, um nach dir zu sehen.«

»Das war lieb von dir«, sagte ich und fragte mich gleichzeitig, ob es vielleicht angenehmer gewesen wäre, von meinem anderen Cousin Preston aufgelesen worden zu sein. Wahrscheinlich schon. »Vielen Dank, dass du mich so kurzfristig bei euch aufnimmst und alles mit der Schule geregelt hast«, fügte ich hinzu.

»Aber das ist doch selbstverständlich. Denkst du, ich lasse mir die Chance entgehen, dich nach all den Jahren endlich näher kennenzulernen?« Dabei lächelte er warmherzig und erinnerte mich daran, dass es mein Vater gewesen war, der den Kontakt zu seiner Familie komplett abgebrochen hatte. »Außerdem wird die King's School schon seit Generationen von unserer Familie besucht, und es freut mich, dass auch du ein Jahr dort verbringen wirst. Wir gehören seit jeher zu den wichtigsten Sponsoren der Schule – dadurch hat es wirklich keine Umstände gemacht, dir einen Platz zu besorgen.«

Seine Worte klangen überhaupt nicht eitel, sondern fürsorglich, und ich konnte an seinem Gesichtsausdruck sehen, dass er sich wirklich freute, mich hier zu haben.

»Onkel Edgar, darf ich dich etwas fragen?«

»Natürlich.« Er ließ sich auf einem der beiden Sofas nieder.

»In meiner Erinnerung habt ihr in einem kleinen Cottage am Meer gewohnt – das hab ich mir doch nicht nur eingebildet, oder?«

Er lachte und schüttelte den Kopf. »Nein, natürlich nicht. Das Cottage, an das du dich erinnern kannst, gehört tatsächlich unserer Familie. Früher, als deine Tante noch lebte, haben wir dort immer den Sommer verbracht ... aber seit ihrem Tod – nun ja, seitdem sind wir nicht mehr so oft hingefahren. Blake ist von Zeit zu Zeit noch draußen, aber Preston und ich weniger.«

»Und das hier?« Ich machte eine Handbewegung, die das ganze Anwesen einschloss. »Ich meine, es ist ganz schön ... groß.«

Onkel Edgar musste lächeln. »Groß ist es tatsächlich. Green Manor ist schon seit Generationen im Familienbesitz – ehrlich gesagt wundert es mich, dass du nichts davon wusstest.«

Ich schüttelte bedauernd den Kopf. »Papa redet nicht viel über Cornwall.«

»Nun, es gab schon immer gewisse Spannungen zwischen ihm und deiner Tante Catherine. Aber die sollen dich nicht beschäftigen, liebe June.« Onkel Edgar räusperte sich und schien das Thema wechseln zu wollen. »Deine Mutter hat mir gesagt, dass du dich nach deinem Abschluss in Oxford bewerben möchtest?«

Ich nickte. »Ja, mein Patenonkel hat dort studiert, und seine Geschichten waren lange Zeit das Einzige, was mich mit England verbunden hat.« Ich zögerte kurz. »Es klingt vielleicht komisch, aber ich habe mir schon immer gewünscht, Papas Heimat besser kennenzulernen und nach Oxford zu gehen, um später mal Anwältin zu werden.«

Onkel Edgar lächelte gedankenversunken. »Das kann ich mir bei dir wunderbar vorstellen. Ich kann mich noch erinnern, wie du schon als kleines Mädchen darauf geachtet hast, dass alles fair zugeht und meine Jungs sich beim Muschelsuchen nicht gegenseitig übers Ohr hauen.« Er lachte und lehnte sich auf dem Sofa zurück. »Wenn du nach Oxford willst, ist die King's School die richtige Wahl. Die Schule verfügt über ein ausgezeichnetes Renommee. Blake und Preston werden dieses Jahr ebenfalls ihren Abschluss dort machen.« Er nahm einen tiefen Schluck aus seinem Glas.

Ich runzelte die Stirn. »Ich dachte, die beiden sind ein Jahr älter als ich.«

Mein Onkel nickte. »Das hast du auch richtig in Erinnerung. Aber es gab da ein paar … Ereignisse, weshalb die Jungs ihr Abschlussjahr wiederholen werden.« Er machte eine kurze Pause. »Hat dir deine Mutter nichts davon erzählt?«

Ich schüttelte den Kopf. »Nein, das muss sie vergessen haben.« Wahrscheinlicher war, dass durch die rudimentären Englischkenntnisse meiner Mutter ein paar Informationen flöten gegangen waren.

Onkel Edgar nickte höflich und nippte an seinem Whisky.

Ein paar Sekunden lang herrschte Stille, in der ich meine Neugier zu bezwingen versuchte. »Was für Ereignisse waren das denn?«, hakte ich schließlich dennoch nach.

Mein Onkel zögerte kurz. »Sagen wir so, es kam zu ein paar Fehlstunden, die ihre Noten nicht gerade günstig beeinflusst haben«, antwortete er ausweichend. »Und gute Noten sind nun mal entscheidend für ihren beruflichen Erfolg – wobei Erfolg natürlich nicht alles ist. Aber ich möchte, dass meine Jungs gut auf alles vorbereitet sind.«

»Und deswegen sind ihre Weltreisepläne ins Wasser gefallen?«

Gerade als er antworten wollte, klopfte es an der Tür, und ich drehte mich um. Einen Moment später betrat ein hochgewachsener junger Mann den Raum, bei dem es sich um Preston handeln musste. Er hatte kurze hellbraune Haare, die er mit Gel zu einem coolen Surferlook gestylt hatte, und war vom Sommer noch braun gebrannt. Als mich der Blick meines Cousins traf, setzte mein Herz für eine Sekunde aus. Er war nicht nur ebenso groß und gut aussehend wie Blake, sondern hatte auch dieselben strahlend blauen Augen wie sein Bruder, mit denen er direkt in meine Seele zu schauen schien.

»Guten Tag«, sagte er und fügte schmunzelnd hinzu: »Du musst June sein. Eine durchnässte June, wie ich sehe.«

»Und du musst Preston sein. Ein trockener Preston, wie ich sehe«, antwortete ich im selben Tonfall.

Er grinste breit und sein Lächeln sandte ein warmes Gefühl direkt in meinen Bauch. Genau wie Blake hatte auch Preston nichts mehr mit den Zahnspangen tragenden Zwillingen aus meiner Erinnerung gemein. Wie sein Bruder sah er einfach nur umwerfend aus, wobei Preston hellere Farben zu bevorzugen schien, denn zu seinen zerrissenen Jeans trug er ein schlichtes weißes T-Shirt. Ich konnte kaum glauben, wie sehr sich die Jungs in den letzten zehn Jahren verändert hatten.

»Ich bin die Straße nach Darktrew abgefahren – aber anscheinend hat sich dein Taxifahrer für die andere Route entschieden.«

»Blake hat June vor etwa zehn Minuten hergebracht«, erklärte mein Onkel, und ein seltsamer Ausdruck huschte über Prestons Gesicht. Für einen Moment glaubte ich, Eifersucht in seinen Augen aufblitzen zu sehen.

»Das erklärt dann auch, warum du so mitgenommen aussiehst. In meinem Mini wärst du nicht ansatzweise so nass geworden. Ich hoffe, du bekommst deswegen keine Erkältung.« Prestons Stimme klang fürsorglich, doch gleichzeitig fixierte er mich so intensiv, dass ich nicht wegschauen konnte. Plötzlich hatte ich das Gefühl, als würde mich ein kalter Luftzug streifen, und auf meinen Armen bildete sich eine Gänsehaut.

»Ich bin froh, dass ich überhaupt hier angekommen bin«, sagte ich und strich mir über den Unterarm.

Preston zog irritiert die Augenbrauen zusammen, doch mein Onkel schien es nicht zu bemerken. Ächzend stand er auf und kam auf mich zu. Dann legte er mir seine Hände auf die Schultern. »Das sind wir alle, June. Und ich möchte, dass du dich auf Green Manor wie zu Hause fühlst. Wenn du etwas brauchst – irgendetwas – dann lass es mich wissen. Es soll dir hier an nichts fehlen.« Er lächelte mich an. »Aber jetzt zeigen wir dir erst mal dein Zimmer.«

Kapitel 3

»Und hier ist Ihr Zimmer, Miss Mansfield.« Der Butler mit den klugen Augen lächelte mich zuvorkommend an, und ich lächelte rasch zurück, bevor ich über die Schwelle trat. Dabei versuchte ich das merkwürdige Gefühl zu ignorieren, in einer Folge von Downtown Abbey gelandet zu sein. Ich hatte überhaupt nicht damit gerechnet, dass es hier Bedienstete geben würde, und musste mich an die Anwesenheit eines Butlers erst gewöhnen.

»Wenn Sie noch irgendetwas benötigen, lassen Sie es mich gerne wissen.« Wilfried verbeugte sich knapp.

»Vielen Dank«, sagte ich und trat ganz in das Zimmer hinein. Dann lächelte ich ein letztes Mal, schloss schnell die Tür hinter mir und lehnte mich mit dem Rücken dagegen. Auch wenn ich versucht hatte, mir äußerlich nichts anmerken zu lassen, hatten mich die Ereignisse der letzten Stunden doch ein wenig aus der Bahn geworfen. Zuerst die halsbrecherische Taxifahrt über die enge Küstenstraße, dann die nicht minder aufregende Motorradfahrt inklusive meines Beinahe-Sturzes in den Hafen von Portfall, und am Ende die Offenbarung, dass es sich bei meinem kühlen Retter um meinen eigenen Cousin handelte. Ich atmete tief durch und versuchte, meine widerstreitenden Gefühle zu kontrollieren. Es ergab keinen Sinn, mich darüber zu ärgern, dass Blake Beaufort mich mit voller Absicht für dumm verkauft hatte.

Langsam blickte ich mich in dem riesigen Zimmer um, das ich im nächsten Jahr bewohnen sollte. Es war mit einem großen Himmelbett, einer Chaiselongue sowie einem zierlichen Schreibtisch und einem wuchtigen Schrank ausgestattet – und bot alles, um sich hier wohlzufühlen. Die geschmackvolle Einrichtung war außerordentlich luxuriös und passte auf merkwürdige Weise zu diesem alten Herrenhaus mit seinem rauen Charme, obwohl sie gar nichts Raues an sich hatte. Ganz im Gegenteil – die cremefarbenen Stoffe und der helle Teppich machten den Raum behaglich, ebenso wie die hohen Fenster, durch die ich den Himmel sehen konnte. Im Moment war er aber noch von einer schwarzen Wolkendecke überzogen, weswegen die Lampen im Zimmer brannten, die ihren warmen Schein an die tapezierten Wände warfen. Den Mittelpunkt des Raumes bildete das breite Bett aus dunklem Holz, dessen Kissen und Decken so weich aussahen, dass ich mich am liebsten sofort hineingelegt hätte. Obwohl ich es niemals laut ausgesprochen hätte, steckte mir der Stress der letzten Tage noch in den Knochen, da die kurzfristigen Reisevorbereitungen und der Flug nach Cornwall doch etwas hektisch abgelaufen waren.

Sanft strich ich mit den Fingerspitzen über die Damastbettwäsche und blickte hinauf zu dem spitzenbesetzten Baldachin aus cremefarbenem Stoff. Es war das erste Mal, dass ich in einem Himmelbett schlafen würde.

Neugierig ging ich von dem Bett weiter zu einem Frisiertisch mit einem gepolsterten Hocker davor, auf dem eine saubere Bürste und ein Briefumschlag mit meinem Namen lagen. Gespannt öffnete ich den Umschlag und fand darin ein Blatt Papier mit dem

WLAN-Passwort. Lächelnd tippte ich den Code in mein Handy und blickte danach aus dem Fenster. Unter mir breiteten sich parkähnliche Rasenflächen mit gestutzten Hecken aus und in weiter Ferne konnte ich sogar die Klippen und einen schmalen Streifen des Meeres sehen. Wenn die Sonne schien, musste das Zimmer einen atemberaubenden Ausblick bieten, doch auch jetzt, mit den stürmisch geballten Wolken am Himmel und dem dramatischen Licht, fand ich es wundervoll. Cornwall war so viel rauer und wilder, als ich es aus Frankfurt gewohnt war, und ich fühlte mich hier jetzt schon heimisch.

Ich öffnete das Fenster und atmete tief den kühlen Wind ein, der mir über die Wangen strich.

Ein Jahr. Ich würde das ganze nächste Jahr hier verbringen und mich auf mein Studium in Oxford vorbereiten. Das gigantische Haus entsprach zwar so ziemlich dem Gegenteil meiner Vorstellung eines kleinen abgeschiedenen Cottages – doch mehr Kopfzerbrechen bereiteten mir meine Cousins. Die beiden brachten mich viel zu sehr durcheinander, und ich hoffte, dass sich das in den nächsten Tagen legen würde.

Unter mir im Garten entdeckte ich in der Ferne eine Gestalt in einem grünen Umhang und runzelte kurz die Stirn, da es wirklich kein Wetter für einen Spaziergang war. In diesem Moment klingelte mein Handy. Ich schloss das Fenster wieder und ging ein paar Schritte bis zu der edel gemusterten Chaiselongue, die mit dem gleichen cremefarbenen Stoff bezogen war wie der kleine Hocker vor dem Frisiertisch.

»Nein, ich bereue es noch nicht«, begrüßte ich meinen Vater mit einem kleinen Schmunzeln und ließ mich auf dem Stuhl nieder.

»Du glaubst wirklich, ich rufe nur an, um das von dir zu hören?«, erwiderte er leicht vorwurfsvoll.

»Tust du es denn?«, fragte ich lächelnd.

Eine kleine Pause entstand, in der ich richtiggehend sehen konnte, wie er seine Nasenwurzel oberhalb der eckigen Hornbrille massierte.

»Ach, ich weiß doch auch nicht«, murmelte er schließlich. »Deine Mutter hat auf mich eingeredet wie auf ein krankes Pferd, dass ich nichts sagen darf, was dir das Gefühl geben könnte, ich wäre mit deiner Entscheidung nicht einverstanden.«

Ich grinste. »Und wann fängst du damit an, ihren Rat zu beherzigen?«

Mein Vater seufzte leise. »Du hast ja recht«, gab er schließlich zu. »Es ging nur alles ein wenig schnell, findest du nicht?«

»Immerhin hat hier schon vor einer Woche das neue Schuljahr begonnen, ich hatte also keine Zeit zu verlieren.« Trotzdem spürte ich eine gewisse Nervosität in mir aufflackern, wenn ich daran dachte, schon morgen in eine neue Klasse zu gehen. In einer neuen Schule. In einem neuen Land. Und ohne einen einzigen Menschen, den ich kannte – bis auf meine beiden Cousins, von denen mich einer offensichtlich am liebsten direkt wieder loswerden wollte.

»Ich weiß. Und ich respektiere deine Entscheidung. Das tue ich wirklich.« An der Stimme meines Vaters konnte ich hören, dass er es ernst meinte – selbst wenn es ihm nicht allzu leichtfiel, es auszusprechen. »Wie gefällt es dir denn bisher?«

»Es ist wirklich schön hier, obwohl das Haus viel größer ist, als ich dachte. Und Onkel Edgar ist sehr nett und zuvorkommend – er scheint sich ehrlich über meine Anwesenheit zu freuen. Wann hast du eigentlich das letzte Mal mit ihm gesprochen?«

Ich hörte, wie mein Vater 1333 Kilometer entfernt die Luft einzog. Aus einem Grund, den ich nicht verstand, sprach er nicht gern über seine Familie. Es war, als hätte er mit dem Verlassen des Landes vor dreißig Jahren auch seine Verwandtschaft hinter sich gelassen.

»Bei der Beerdigung meiner Schwester«, sagte er nach einer kurzen, schweren Pause.

»Warum habt ihr keinen Kontakt?« Ich wusste, dass er nicht darüber reden wollte, aber jetzt, da ich hier war, hatte ich das Gefühl, dass ich es wissen musste.

»Meine Schwester und ich hatten einfach nicht das beste Verhältnis.«

»Ich kann mich kaum an sie erinnern.«

»Du hast sie ja auch nur ein einziges Mal gesehen – in dem Sommer, als wir wegen der Beerdigung deines Großvaters in Cornwall waren.« Er machte eine kurze Pause. »Versprich mir nur, dass du dich nicht von den ganzen alten Geschichten einlullen lässt, die dir dort an jeder Straßenecke erzählt werden, June.«

Ich musste unwillkürlich grinsen und streifte im Sitzen meine Sneakers ab, während es draußen weit entfernt donnerte. »Dad. Du kennst mich doch.«

»Ja. Aber hör trotzdem auf mich. Wegen dieser ganzen Mythen und des dummen Aberglaubens in der Gegend sind schon Menschen gestorben.«

»Es sind auch schon Menschen gestorben, weil sie nachts aus dem Bett gefallen sind«, sagte ich und stand auf, um mich zu strecken. »Ich verspreche dir, mich nicht von irgendwelchen alten Legenden nachts ins Moor locken zu lassen, wo ich dann einem Irrlicht folge und für immer zwischen den nebelverhangenen Hügeln verschwinde.«

»Okay, das beruhigt mich«, antwortete er mit einem Lächeln in der Stimme.

»Ist Theo da?«, wechselte ich das Thema.

»Nein, er ist bei einem Freund zum Spielen eingeladen. Wir dachten, es wäre ganz gut, ihn die nächsten Tage ein wenig abzulenken, bis er sich an die neue Situation gewöhnt hat.«

Ich nickte. Der Gedanke, meinen kleinen Bruder erst in den Weihnachtsferien wiederzusehen, tat mir weh, aber Mama hatte gesagt, dass ich mich davon nicht aufhalten lassen durfte, meinen Träumen zu folgen. »Sag Theo, dass ich ihn lieb habe.«

»Das mache ich. Und deine Mutter wird sich ohnehin bald bei dir melden, wie ich sie kenne.« Mein Vater hielt kurz inne. »Halt die Ohren steif, Liebes.«

Plötzlich hatte ich einen Kloß im Hals. »Du auch«, sagte ich und legte auf, als jemand an meine Tür klopfte.

»Miss Mansfield?«, erklang die kultivierte Stimme des Butlers. »Ihr Gepäck wurde gebracht.«

Überrascht und erleichtert eilte ich durch das Zimmer und öffnete die Tür. Dahinter erwartete mich Wilfried mit meinen beiden riesigen Rollkoffern.

»Haben Sie vielen Dank«, seufzte ich und rollte einen nach dem anderen über die Schwelle. »Wie sind die jetzt so schnell hierhergekommen?«

»Einer der jungen Herren des Hauses ist losgefahren, um sie zu holen«, erwiderte der Butler und verneigte sich knapp. »Haben Sie sonst noch einen Wunsch? Anything you wish, Madam.«

»Nein, vielen Dank«, antwortete ich und schloss die Tür hinter ihm. Dann hievte ich den ersten Koffer aufs Bett, um mit dem Auspacken zu beginnen.

Der große Kleiderschrank aus poliertem Holz bot genug Platz für das Dreifache meiner Garderobe, und ich staunte nicht schlecht, als ich ihn öffnete und schon zur Hälfte gefüllt vorfand. Offenbar hatte Onkel Edgar seine Dienstboten damit beauftragt, eine Grundausstattung für mich vorzubereiten, was ich extrem rührend von ihm fand. Neben einer wasserabweisenden Regenjacke und Gummistiefeln in meiner Größe fand ich auch einige Jeans und T-Shirts sowie eine Reihe ausgesprochen eleganter Kleider, die für einen Ball gedacht zu sein schienen. Obwohl ich noch nie auf einem Ball gewesen war und auch nur widerwillig den Tanzkurs an meiner alten Schule absolviert hatte, bewunderte ich ausgiebig die feinen Stoffe. Sie versprühten etwas von dem Glanz vergangener Tage, der in diesen Mauern wohnte, und ich fragte mich, ob die Kleider vielleicht meiner verstorbenen Tante Catherine gehört hatten. Neu schienen sie jedenfalls nicht zu sein, obwohl sie angenehm und frisch rochen, als ob sie erst kürzlich in der Reinigung gewesen wären.

Schulterzuckend legte ich meine Sachen dazu, von denen die meisten eher sportlich ausfielen, und schloss den Schrank. Dann wandte ich mich nach links, zu einer unauffälligen Tür in der Wand, die mit derselben schimmernden Tapete bespannt war wie der Rest des Zimmers. Neugierig öffnete ich sie und blickte mich euphorisch um, als ich das wunderschöne Badezimmer betrat. Es war nicht allzu groß, aber ebenso geschmackvoll eingerichtet wie der Rest des Hauses. Von der stuckverzierten Decke hing ein kristallener Lüster, direkt über einer frei stehenden Wanne aus Emaille mit geschwungenen Standfüßen, wie ich sie aus alten Filmen kannte. An der Wand links davon entdeckte ich einen großen, goldgerahmten Spiegel über einem nostalgischen weißen Waschbecken. Auf einem kleinen Marmortischchen daneben stand eine rosafarbene Vase mit einem Strauß frischer Wiesenblumen.

Ich ging zurück ins Schlafzimmer, schlüpfte in frische Klamotten und beschloss, mir den Rest des Hauses anzusehen.

Das fröhliche Summen einer Frau lockte mich die geschwungene Treppe hinunter zurück in die Eingangshalle und von dort weiter durch einen holzgetäfelten Korridor zu einer offen stehenden Tür, hinter der es nach frisch gebackenem Kuchen roch. Von den Beaufort-Brüdern war nichts zu sehen, was mir nur recht war. Ich steckte mit einem leisen Klopfen meinen Kopf durch die Tür und überraschte damit eine füllige Dame in einer weißen Schürze. Sie hatte ein wenig Mehl an den Fingern und verteilte es auf ihrem dunkelblauen Kleid, als sie sich theatralisch ans Herz griff.

»For heaven's sake!«, stieß sie hervor. »Hast du mich erschreckt.«

»Oje, das war keine Absicht«, sagte ich schnell und freute mich, dass mich die Köchin nicht mit *Madam* oder *Miss* ansprach.

Nach einem Moment, in dem keiner von uns ein Wort sagte, fing sie sich und streckte mir die noch immer leicht bemehlte Hand entgegen. »Ich bin Mrs Stanton«, stellte sie sich vor. »Aber du darfst mich Betty nennen.«

»June«, antwortete ich lächelnd und blickte mich in der großen Küche um. Sie war genau so, wie ich mir die Küche eines alten Herrenhauses vorgestellt hatte: mit einem riesigen Kachelofen an der Wand, breiten Fenstern, die einen wundervollen Blick in den Garten ermöglichten, weißen Hängeschränken mit emaillierten Knäufen und einem massiven Küchenblock in der Mitte, auf dem ein halb durchgeknetter Teig lag. In einem modernen Ofen, der zwischen den alten Möbeln ziemlich cool aussah, entdeckte ich einen

Zimtkuchen, der anscheinend den herrlichen Duft verströmte, der mich in die Küche gelockt hatte.

»Wie schön, dich im Haus zu haben, June.« Betty strich sich mit dem Handrücken eine Locke aus dem Gesicht. Das Alter der Köchin war schwer zu schätzen, denn obwohl ihr Gesicht beinahe faltenlos war, hatten sich schon einige graue Strähnen in ihre hellbraunen Haare geschlichen. »Wird auch Zeit, dass endlich eine Frau zu uns stößt. Viel zu lange schwirren hier nur männliche Energien herum.«

»Sag bloß, du hast etwas gegen meine männliche Energie«, ertönte in diesem Moment eine Stimme knapp hinter mir, und ich fuhr herum. Dabei sah ich Preston, der entspannt an der Wand lehnte und mich charmant anlächelte. Er hatte die Hände in die Jeanstaschen gesteckt und musterte mich intensiv, bevor er sich ganz der Köchin zuwandte. Ich spürte, wie mein Herz augenblicklich etwas schneller schlug, als es eigentlich sollte.

»Deine Energie ist schon in Ordnung, Junge«, erwiderte Betty. »Allerdings brauchst du nicht zu denken, dass ich nicht mitbekomme, wenn du in der Nacht wieder mal den Kühlschrank plünderst.«

Preston zuckte amüsiert mit den Schultern. »Ich denke, da verwechselst du etwas. So etwas würde ich doch nie tun.«

Betty schnaubte nur. »Das kannst du wem anders weismachen, Junge.«

Ich spürte Prestons Blick auf mir, während er sich weiter mit der Köchin unterhielt. »Du bist doch froh, dass du mich im Haus hast, Betty, oder?«

»Ich bin froh, dass June jetzt bei uns ist«, sagte sie und schmunzelte. »Eine Frau macht das Haus einfach wärmer und gemütlicher.«

Preston grinste mich herausfordernd an und richtete seine Augen dann auf die Köchin. Sie leuchteten in einem solch intensiven Blau, dass ich kaum den Blick abwenden konnte. »Gib es zu, Betty, insgeheim bin ich doch dein Liebling«, sprach er weiter, und ich sah, wie die Köchin kurz den Kopf schüttelte, bevor sie unter seinem Blick einzuknicken begann.

»Na, gut …«, begann sie leise und lächelte merkwürdig verzerrt. »Du bist schon der liebere Junge.«

»Du meinst, im Gegensatz zu Blake? Hat er sich schon wieder geprügelt?«

Betty atmete tief ein, und ich spürte eine Gänsehaut auf meinen Armen, als ob ein kalter Luftzug durchs Zimmer gezogen wäre. »Ich weiß nicht, was der Junge hat. Ständig macht er nur Ärger«, seufzte sie. »Und er ist so ungehobelt und will mir nie helfen, das schwere Holz hineinzutragen.« Sie machte eine kurze Pause, in der die Küche plötzlich von einer knisternden Spannung erfüllt war. »Manchmal wünschte ich, er würde einfach das Haus verlassen.« In diesem Moment fiel ein Topf mit lautem Scheppern von der Arbeitsfläche und Betty und ich zuckten zusammen.

»Da bist du nicht die Einzige«, antwortete Preston entspannt und hob den Topf auf, um ihn auf die Anrichte zu stellen. »Aber keine Sorge, nach diesem Schuljahr wird er wahrscheinlich sowieso abhauen.«

Betty wirkte für einen Moment verwirrt, und mir kam ihr Verhalten irgendwie seltsam vor, auch wenn ich ihre Abneigung gegen Blake gut nachvollziehen konnte. Aber wieso war der Topf einfach runtergefallen? Niemand von uns hatte in der Nähe gestanden oder ihn auch nur berührt.

»Wenn er sich wieder mal schlecht benimmt, spuck ihm einfach ins Essen«, schlug Preston grinsend vor und stibitzte sich ein Stück vom Kuchenteig.

»Das würde ich nie tun«, erwiderte Betty, die ihre Fassung wiedererlangt hatte. Dann klopfte sie Preston auf die Finger. »Und hör auf, meinen Teig zu naschen, der ist doch noch nicht fertig.«

»Aber er ist sehr lecker.«

»Das eine schließt das andere nicht aus, oder?« Betty lachte und widmete sich dann dem Klumpen Teig auf der Arbeitsfläche.

Preston sah nun wieder mich an. »Und was ist mit dir, June? Hast du Hunger?«

Ich schüttelte den Kopf. »Nein, ich habe mir am Flughafen noch etwas gekauft.«

»Hast du wirklich keinen Hunger oder liegt es am Ruf der englischen Küche?«, fragte er und kam einen Schritt näher. »Ich hoffe, du gibst nichts auf den Rat von William Somerset Maugham?«

»Und welcher Rat ist das?« Ich forschte in meinem Gedächtnis, ob mir ein Zitat des englischen Schriftstellers einfiel.

»Oh, er sagte, wer in England gut essen will, muss dreimal am Tag frühstücken«, schnaubte Betty und bearbeitete ihren Teig noch etwas fester.

»Unerhört.« Preston schüttelte gespielt entrüstet den Kopf. »Ich bin sicher, Mr Maugham ist nie in den Genuss von Bettys Küche gekommen.«

Die Köchin lächelte verschämt und bekam ganz rosige Wangen.

Preston wandte sich mir zu. »Lust auf eine Führung?« Er deutete mit dem Kopf nach draußen. »Es hat gerade aufgehört zu regnen.«

Ich nickte und steckte meine Hände in die Jeanstaschen. »Klar, wieso nicht.«

»Fantastisch.« Preston strich mir beiläufig eine widerspenstige

Locke hinters Ohr. »Du wirst sehen, meine Führungen sind die besten.«

»Pass bei dem Jungen auf«, warnte mich Betty. »Der verdreht den jungen Dingern reihenweise den Kopf.«

»Keine Sorge, mein Kopf wird gerade bleiben«, sagte ich entschlossen und warf ihm einen unmissverständlichen Blick zu.

Lächelnd zog er seine Hand zurück und machte eine einladende Bewegung. »Nach Ihnen, Mylady.« Seine Stimme war nicht so rau wie die von Blake, hatte dafür jedoch einen seltsam verführerischen Klang. Da er mein Cousin war, versuchte ich jedoch nicht zu viel darüber nachzudenken.

Kurz darauf schlenderten wir nebeneinander durch den holzvertäfelten Korridor zurück in die Eingangshalle.

»Also. Wie gefällt es dir bisher?«, wollte Preston wissen.

»Es ist … noch ziemlich überwältigend – alles hier. Ich hatte nicht mit diesem riesigen Anwesen und einer ganzen Dienerschar gerechnet …« Geschweige denn mit seiner und Blakes Anwesenheit, wobei ich nicht vorhatte, ihm das auf die Nase zu binden.

»Keine Sorge, daran gewöhnst du dich noch. Also an das Haus und die Diener. Ich bleibe so überwältigend.«

Seine Worte brachten mich dazu, laut loszulachen. »Wow. Und das funktioniert bei den Engländerinnen?«

Preston grinste. »Ein gesundes Selbstbewusstsein hat noch nie geschadet. Und dir gefällt es doch auch – oder, June?« Während er das fragte, blickte er mich intensiv an. Seine blauen Augen schienen von innen zu leuchten, und wieder spürte ich eine leichte Gänsehaut auf meinen Armen.

»Wenn Selbstbewusstsein nicht in Selbstverliebtheit übergeht, schon«, antwortete ich und bemerkte ein kurzes Flackern in Prestons Blick, das ich mir nicht erklären konnte. »Aber da wir miteinander verwandt sind, sind jegliche Flirtversuche bei mir ohnehin umsonst.«

Preston kniff die Augen zusammen. »Du weißt es also nicht?«

»Was meinst du?«

Er beugte sich etwas näher zu mir, sodass mir der Duft seines Parfüms in die Nase stieg, das ganz schön teuer roch. »June, ich kann dir an deinem ersten Tag doch nicht gleich alle Geheimnisse der Beauforts verraten, oder?«

»Natürlich kannst du, du willst nur nicht«, sagte ich und brachte Preston damit zum Lachen.

»Ihr Deutschen seid offenbar wirklich so direkt, wie man hört.«

Wir gingen durch die kühle Eingangshalle, und als wir die schwere Eichentür erreicht hatten, zog Preston sie mühelos auf und ließ mir den Vortritt.

»Und ihr Engländer seid offenbar wirklich so höflich, wie man sagt«, erwiderte ich schmunzelnd und versuchte nicht an Blake zu denken, auf den dieses Klischee offensichtlich nicht zutraf.

Wir schritten nach draußen und noch immer lag eine düstere Stimmung über dem Anwesen. Die grauen Wolken ballten sich über unseren Köpfen, doch das Schlimmste schien vorbei zu sein – und wenigstens hatte es aufgehört zu regnen.

»Ich kann aber auch knallhart ehrlich sein«, sagte Preston und schloss zu mir auf.

Ich lachte. »Da bin ich ja mal gespannt.«

Er warf mir einen kurzen Seitenblick zu. »Da wir uns so lange nicht gesehen haben, dachte ich, dass dich dein Vater absichtlich vor uns versteckt. Weil du furchtbar hässlich und entstellt bist.«

Ich hob eine Augenbraue. »Interessante Theorie. Hast du schon allen in der Schule davon erzählt, dass deine entstellte Cousine zu Besuch kommt?«

»Aber klar doch, ich hab auch überlegt, Eintritt auf Green Manor zu verlangen. Ich habe sogar schon Flyer drucken lassen.«

»Tut mir leid, wenn ich dir diesen Traum zerstöre.«

Er zuckte mit den Schultern und grinste. »Tja, die schönsten Träume sind wahrscheinlich die unerreichbaren.« Dabei sah er mich auf eine Art an, dass ich plötzlich verstand, warum die Mädchen angeblich so auf ihn abfuhren. Mein Blick glitt kurz von seinen breiten Schultern über die durchtrainierten Arme bis hin zu den schlanken Hüften. Rein körperlich hatten meine Cousins offenbar gute Gene abbekommen – was bestimmt durch die in Cornwall so beliebten Sportarten wie Reiten, Surfen und Klettern gefördert wurde, die laut Internet einfach zum Outdoor-Programm dazugehörten.

»Mein Vater hat mir erzählt, dass du auf die King's School möchtest, um später in Oxford zu studieren«, wechselte er das Thema, und für einen Moment war es mir unangenehm, dass ich ihn so genau betrachtet hatte. Immerhin war er mein Cousin.

»Es war eine relativ spontane Entscheidung, hierherzukommen«, gab ich zu und straffte unbewusst die Schultern, als wir über die weiße Kiesauffahrt schlenderten.

Preston wandte sich mir zu und schmunzelte. »Spontan, ehrgeizig und nicht entstellt? Du hast viele interessante Seiten, June.«

»Anscheinend nicht nur ich. Eigentlich dachte ich, dass ich dich dieses Jahr gar nicht sehen würde.«

Preston blickte mich durchdringend von der Seite an. »Und bist *du* jetzt enttäuscht?«

»Nein, ich dachte nur, dass du und dein Bruder auf Weltreise seid.«

Preston hob nur kurz die Augenbrauen. »Das Leben spielt manchmal verrückt.«

»Wieso müsst ihr das Jahr eigentlich wiederholen?«

»Du bist ganz schön neugierig«, meinte Preston und schlug mit mir einen Weg ein, der rechts um das Herrenhaus herum zum rückwärtigen Teil des Anwesens führte. Unter einem der hohen Bäume stand ein gebückter alter Mann, der Laub zusammenrechte. »Das ist Joseph, unser Gärtner«, erklärte Preston.

»Ich bin sogar so neugierig, dass ich mich nicht mal vom Gärtner ablenken lasse. Also?«

Preston fuhr sich lachend durch die Haare. »Neugierig und forsch. June, du bist eine gefährliche Mischung.«

»Und du weichst mir schon wieder aus.«

Er blieb stehen. »Sagen wir mal, Blake und ich hatten gewisse Differenzen, auch mit anderen. Das wird dich wohl kaum überraschen, oder?«

»Zumindest nicht bei Blake«, antwortete ich knapp.

Prestons Blick suchte meinen. »Das werte ich mal als Kompliment«, sagte er, legte seine Hand auf meinen Rücken und lenkte mich nach links. Seine Berührung fühlte sich gut an, aber ich ging trotzdem etwas schneller, um den Kontakt zwischen uns wieder zu lösen.

Wir folgten dem schmalen Pfad, der sich zwischen kunstvoll angelegten Blumenbeeten und schulterhohen Hecken wand, bis wir die Rückseite des Hauses erreicht hatten, von der aus das Gelände sanft abfiel und in eine saftige Wiesenlandschaft überging. In einiger Entfernung konnte ich zwischen den Hügeln einige flache Gebäude mit einer Koppel erkennen, auf der drei Pferde grasten.

Ich zog tief die Luft ein, die nach frischem Regen roch. »Beeindruckend. Wirklich beeindruckend *riesig.*«

»Dahinten liegen die Ställe und dort drüben die Gärten. Das Anwesen ist etwa vierhundert Jahre alt und zwanzig Hektar groß.« Preston machte eine umfassende Handbewegung, die das graue Herrenhaus und die Parkanlage umschloss. »Unsere Vorfahren haben Green Manor zur Zeit der Regentschaft von Elizabeth I. errichten lassen – Sir Winston Winterly hat das Herrenhaus vor ungefähr dreihundert Jahren von seiner Urgroßmutter geerbt und als Landsitz für sich und seine Geliebte umbauen lassen.«

Wir drehten uns um und betrachteten das Herrenhaus mit der grauen Granitfassade, die von wildem Weinlaub umrankt wurde. An der linken Seite befand sich ein hübscher Wintergarten aus Glas, der später angebaut worden sein musste, und in der Mitte führte eine doppelflügelige Terrassentür in den großen Saal.

»Das Haus wurde über die Jahre immer wieder renoviert und verändert.« Preston hielt kurz inne und beugte sich ein Stück zu mir, sodass mich sein angenehmer Duft umhüllte. »Man munkelt, dass sich Sir Winston Winterly bei der Übernahme des Hauses ein paar Geheimgänge einbauen ließ, um seinen Geliebten unbemerkt Einlass zu gewähren.«

Ich runzelte die Stirn. »Gerade war es doch noch *eine* Geliebte. Hatte er denn mehrere?«

Preston nickte und ein amüsierter Zug umspielte seinen Mund. »Er hat das Haus für *eine* seiner Geliebten umbauen lassen, hat es dann aber für die *anderen* gleich mitgenutzt.«

»Ein wahrer Gentleman also. Nur nicht besonders nett.«

»Weil er überhaupt eine Geliebte hatte oder weil er sie durch andere ersetzt hat?«

»Beides – mit Anstand scheint es dieser Vorfahre ja nicht so gehabt zu haben.« Der Wind frischte etwas auf und ich schlang fröstelnd die Arme um mich.

»Warte mal, ist dir kalt?«, fragte Preston und zog im nächsten Moment seinen Pullover aus, um ihn mir zu geben.

»Das muss doch nicht sein«, murmelte ich schnell.

»Ist schon okay«, sagte er und drückte mir seinen dunkelblauen Hoodie in die Hand.

»Das brauchst du wirklich nicht.«

»Auf gar keinen Fall lasse ich dich frieren. Also los, überziehen!«, verlangte er.

»Okay«, sagte ich und schlüpfte in den weichen Pullover, der unglaublich gut nach Preston roch. »Und dir ist wirklich nicht kalt?«

Preston, der nur noch in seinem weißen T-Shirt vor mir stand, schüttelte den Kopf. »Echte Männer frieren doch nicht. Aber jetzt wieder zu meiner Führung, immerhin habe ich den Text auswendig gelernt, um Eindruck zu schinden.«

Ich lachte und machte eine Geste, dass es weitergehen konnte.

»Also, unser Sir Winterly war trotz seines Faibles für Frauen in der Gemeinde sehr geschätzt, da er den Ausbau der nahe gelegenen Pfarrkirche in Darktrew finanzierte.«

»Um damit seine Sünden zu tilgen?«

Preston hob erwartungsvoll die Augenbrauen, als wäre das Kommende sein Lieblingsteil der Geschichte. »Es heißt, er hat es deshalb getan, weil es einen Mord auf Green Manor gegeben hatte.«

»Hier wurde ein Mensch ermordet?«, fragte ich und fixierte das graue Herrenhaus.

Preston beugte sich näher zu mir. »Genau genommen gleich zwei.«

Ich legte den Kopf leicht schief. »Du verarschst mich doch.«

Er grinste. »Nein, man munkelt, die Geliebte von Sir Winterly und der Dorfpfarrer haben sich gegenseitig umgebracht. Warum, weiß keiner so genau. Das ist wohl ein Geheimnis, das Sir Winterly mit ins Grab genommen hat.«

Ich schnaubte. »Und die Dorfgemeinde war an der Lösung der Morde wahrscheinlich gar nicht so interessiert, nachdem die Kirche ausgebaut worden war.«

»Du sagst es«, erwiderte Preston. »Aber das ist noch nicht alles. Noch Jahre später soll in den Nächten eine grün gekleidete, blasse Frau auf Green Manor ihr Unwesen getrieben haben. Sie soll gesehen worden sein, wie sie im Obergeschoss durch die Wände ging und verzweifelt schrie.«

»Und was hat sie so verzweifelt geschrien? Dass die ganze Story nur erfunden ist?« Ich schüttelte den Kopf. »Das sind doch nur irgendwelche Spukgeschichten.« Doch dann stockte ich plötzlich. »Als ich heute aus dem Fenster geschaut habe, dachte ich wirklich kurz, jemanden in einem grünen Umhang zu sehen.«

Preston riss theatralisch die Augen auf. »Oje, es fängt schon an.«

Ich schlug ihm spielerisch auf die Schulter. »Das macht dir Spaß, oder?«

»Ein wenig«, gab er zu. »Bist du dir denn noch sicher, dass du hier bei uns bleiben willst?«

»Ich gebe nicht viel auf Spukgeschichten. Oder ist das der plumpe Versuch, mich schon am ersten Tag loszuwerden?«

Preston schmunzelte. »Hey, ich und plump? Das solltest du inzwischen besser wissen. Außerdem wäre es doch seltsam, dich loswerden zu wollen, nachdem du dich als eine so positive Überraschung entpuppt hast.« Er hielt kurz inne, und ich wusste nicht, was ich darauf sagen sollte.

»Reitest du gern?«, fragte er im nächsten Moment, als wir über die windgepeitschte Ebene zu der Koppel mit den drei Pferden gingen. Es waren zwei schwarze Hengste und eine dunkelbraune Stute, die nervös die Ohren anlegte.

»Früher mal.« Ich berührte mit einer Hand den Holzzaun um die Koppel, während ich die andere der Stute entgegenstreckte. Nach kurzem Zögern trottete sie langsam auf mich zu und schnupperte mit ihren weichen Nüstern an meinen Fingern.

»January ist sonst immer sehr wählerisch bei Fremden«, sagte Preston überrascht.

»Interessanter Name. Wer hat ihn ihr gegeben?«

Preston stützte die Unterarme auf dem massiven Holzzaun ab und antwortete nicht sofort. »Blake«, meinte er schließlich. »Er hat bei ihrer Geburt geholfen.«

Ich zog eine Augenbraue hoch. »Und es war sicher eine stürmische Nacht im Januar, habe ich recht?«

Preston grinste. »Wahrscheinlich. Blake war noch nie besonders einfallsreich.«

Die Stute begann mit der Nase gegen meine Hand zu stupsen und ich strich ihr sanft über den Hals.

Preston ging zum Gatter, um zu es zu öffnen. »Komm und hilf mir, die Pferde in den Stall zu führen«, meinte er selbstbewusst und lächelte breit. »Dann nehme ich dich auch morgen mit zur Schule und lasse die gedruckten Flyer über die hässliche Cousine zu Hause.«

Kapitel 4

Gemeinsam mit Preston führte ich die Pferde in den geräumigen, warmen Stall, in dem es angenehm nach Heu duftete. Offenbar war er erst vor Kurzem erbaut worden. Die komfortablen Boxen und Dachbalken aus hellem Holz sorgten für eine behagliche Atmosphäre. Nachdem ich January in ihre Box gebracht hatte, rieb ich die Stute mit einem Handtuch trocken, striegelte ihr das Fell und fütterte sie zur Belohnung mit einer Karotte.

»Du stellst dich geschickt mit Pferden an«, meinte Preston, der in der Zwischenzeit die beiden Hengste versorgt hatte. »Wieso hast du das Reiten aufgegeben?«

Ich zögerte und klopfte der Stute sanft auf den samtig warmen Hals, bevor ich aus ihrer Box ging und den Holzriegel hinter mir schloss. »Hat sich einfach nicht mehr richtig angefühlt«, sagte ich knapp, da ich keine Lust hatte, die ganze Geschichte vor ihm auszubreiten.

Er grinste herausfordernd. »Hast du einen Kurs für die besten nichtssagenden Antworten belegt? Das geht doch noch besser, June.«

Ich schnaubte belustigt. »Anscheinend sprichst du gern über die Geheimnisse anderer, nur bei deinen eigenen hältst du dich bedeckt.«

»Aber natürlich tue ich das. Wo bliebe denn sonst der ganze Spaß?« Er lächelte entwaffnend und seine weißen Zähne leuchteten im Dämmerlicht des Stalls. »Und schließlich hat doch jeder seine Geheimnisse, die er nicht preisgeben möchte.«

Ich nickte. »Statistisch gesehen sind es sogar dreizehn Geheimnisse, die jeder Mensch mit sich herumschleppt. Fünf davon hat er noch nie jemandem erzählt.«

»Du weißt ungewöhnliche Dinge«, bemerkte Preston und kontrollierte die Holzverriegelung der Pferdeboxen, bevor er auf mich zukam. »Und was machst du sonst in deiner Freizeit, außer schräge Statistiken auswendig zu lernen?«

Schmunzelnd trat ich mit ihm hinaus aus dem Stall auf die windige Ebene. Der Geruch nach Regen lag noch immer in der Luft, und ich steckte meine Hände in die Taschen, während ich mich innerlich schon auf ein heißes Bad in meiner frei stehenden Badewanne freute.

»Ich spiele Hockey und Schach. Allerdings dachte ich, das wird eine Führung – und kein Verhör.«

»Natürlich nicht, bei einem Verhör würde ich dich in unser Verlies sperren, an einen Stuhl fesseln und dir mit einer Lampe ins Gesicht leuchten.«

»Mit einer Lampe? Benutzt ihr gar keine Fackeln?«

Preston schüttelte den Kopf. »Wir sind ein moderner Folterhaushalt.«

»Dann bin ich ja beruhigt.«

»Das war auch meine Absicht«, meinte er mit einem leichten Lächeln und griff nach meinem Oberarm, als ich auf dem feuchten Gras plötzlich ausglitt. »Vorsicht. Pass auf, dass du dir nicht an deinem ersten Tag gleich das Bein brichst.«

»Ich hätte vielleicht doch besser die Gummistiefel anziehen sollen«, sagte ich und zog meinen Arm zurück. Wir hatten die Anhöhe erklommen und standen wieder auf der Rückseite des alten Herrenhauses.

»Hast du denn welche eingepackt?«

Ich schüttelte den Kopf. »Nein, aber dein Vater war so nett, mir welche in mein Zimmer stellen zu lassen.«

Preston lächelte. »So ist er eben, immer zuvorkommend«, sagte er und steuerte auf den Wintergarten des Hauses zu, neben dem eine verwitterte Holzbank stand. Auf dem Weg dorthin kamen wir an einer kleinen Kräuterspirale aus Stein vorbei, in der der Thymian hüfthoch wuchs, und ich strich mit den Fingerspitzen durch die nassen Blätter.

»War dein Wunsch, nach Oxford zu gehen, der einzige Grund hierherzukommen?«, wollte Preston unvermittelt wissen, und ich war so überrumpelt von der Frage, dass mein Puls nach oben schoss. Ich wollte nicht lügen, aber ich wollte ihm auch nichts von der Sache mit Jasper erzählen.

Ich rieb mir kurz über den Hals. »Es war der ausschlaggebende Grund.«

»Jetzt verheimlichst *du* mir aber etwas.« Preston blieb neben der kleinen Holzbank stehen und starrte mich so eindringlich an, als würde er auf eine besondere Antwort warten. Sein Blick hatte beinahe etwas Hypnotisches, und ich runzelte die Stirn, als ich einen Anflug von Kälte spürte und die Tür des Wintergartens plötzlich leise klirrte.

»Komm schon, June. Erzähl es mir einfach, danach fühlst du dich sicher besser.« Preston betrachtete mich so intensiv, dass ich am ganzen Körper eine Gänsehaut bekam. Plötzlich hatte ich wieder das Gefühl, dass die Luft von knisternder Spannung erfüllt war. Die gläserne Tür des Wintergartens klirrte erneut und begann immer mehr zu scheppern, bis es plötzlich leise knirschte und sich ein zwanzig Zentimeter großer Riss durchs Glas zog.

»Oh mein Gott, wie ist das denn passiert?«, entfuhr es mir.

Preston betrachtete mich irritiert. Er machte den Eindruck, als sei ihm der Riss im Glas völlig egal.

»Alles okay?«, fragte ich, da sein Blick irgendwie seltsam war.

»Was ist hier los?«, hörte ich in dem Moment eine tiefe Stimme hinter mir, die mir nur allzu bekannt vorkam.

Preston verschränkte die Arme vor der breiten Brust und hob herausfordernd das Kinn. »Ich führe June herum, hast du ein Problem damit?«

Ich drehte mich um und begegnete dem kalten Blick von Blake, der offenbar gerade vom Laufen kam. Er trug einen schwarzen Jogginganzug und seine dunklen Haare hingen ihm verschwitzt in die Stirn. Sein Atem ging noch immer schneller von der Anstrengung und er zog sich gerade die Ohrstöpsel aus den Ohren. Dabei betrachtete er mich widerwillig. »Wie ich sehe, seid ihr euch schon nähergekommen.«

Erst jetzt fiel mir auf, dass ich noch immer Prestons dunkelblauen Hoodie trug.

»Ich wiederhole: Hast du ein Problem damit?«, fragte Preston und baute sich vor seinem Bruder auf. Obwohl sie zweieiige Zwillinge waren, waren sie exakt gleich groß, und mir fiel auf, dass Blake nur einen Tick muskulöser war.

»Du weißt, womit ich ein Problem habe«, knurrte Blake und fixierte seinen Bruder kalt. Dabei glitt sein Blick für einen Moment zu dem Wintergarten, und ich sah, wie er den Kiefer anspannte.

Preston lächelte kühl. »Ich hab keine Ahnung, wovon du sprichst. Komm, June, ich zeig dir noch den Rest des Hauses.«

»Nein, das tust du nicht«, widersprach Blake, ohne mich anzusehen. Seine dunklen Trainingsklamotten klebten an ihm, und ich fand es unmöglich, wie er mit Preston und mir umging.

»Du hast mir nichts zu sagen.« Prestons Stimme klang eiskalt, und für einen kurzen Moment wirkte es, als würden die Brüder gleich aufeinander losgehen.

»Schon gut, ich wollte vor dem Abendessen ohnehin noch ein Bad nehmen«, sagte ich schnell, weil ein Streit das Letzte war, was ich zu meinem Schulstart brauchte. Entschlossen drängte ich mich an den beiden vorbei zur gesprungenen Tür des Wintergartens. »Den Weg in mein Zimmer finde ich auch allein.«

Die zerbrochene Glastür und die merkwürdige Spannung zwischen den Jungs beschäftigten mich auf dem ganzen Weg hinauf, und meine Gedanken kreisten noch immer um Preston und Blake, als ich mich in der heißen Wanne ausstreckte, wo endlich auch die letzte Kälte des regnerischen Tages aus meinen Knochen verschwand. Doch während meine Muskeln in dem duftenden Wasser entspannten, lief mein Hirn auf Hochtouren: Was war bloß mit meinen Cousins los? Hassten sie sich wirklich so sehr, wie es den Anschein hatte? Und wenn ja, was war dann zwischen ihnen vorgefallen? Ich konnte mir ihr Verhalten beim besten Willen nicht erklären und befahl mir kurzerhand selbst, nicht weiter darüber nachzudenken.

In ein weiches Badehandtuch gehüllt, schnappte ich mir eine Viertelstunde später mein Handy. Carla hatte mir während Prestons Führung eine WhatsApp geschrieben.

Hey, June. Wie ist es in Great Britain? Schon die Queen getroffen? Oder noch besser: Hast du schon einen Prinzen kennengelernt? Und geheiratet?

Noch keinen Prinzen, dafür habe ich aber meine Cousins getroffen, schrieb ich zurück, und kurz darauf ging das typische Signal eines Skype-Anrufes ein.

»Und wie sind sie so?«, wollte Carla wissen, kaum dass ich abgehoben hatte. Sie saß in ihrem Schlafzimmer vor dem Laptop, und ihre dunklen Augen hatten diesen unheilvollen Glanz, den sie immer bekamen, wenn es um Jungs ging. Seit gut fünf Jahren war ich mit Carla befreundet, und auch wenn sie in der ganzen Zeit keinen ernstzunehmenden Freund gehabt hatte, waren Jungs wirklich immer ein Thema für sie.

»Seltsam«, antwortete ich vage.

»Wow … ist das dein Zimmer?«, fragte Carla mit aufgerissenen Augen. »Führ mich herum, führ mich herum!«, bettelte sie, und ich zeigte ihr grinsend mein Himmelbett, den Frisiertisch, das Bad und den Ausblick in den Garten.

»Ich dachte, dein Onkel hat nur irgendeine Hütte«, sagte sie schließlich und strich sich durch ihre kurzen schwarzen Haare. »Du bist doch bei einem Prinzen gelandet, gib es zu, June!«

Ich schüttelte den Kopf. »Nein, anscheinend wohnen sie nur noch selten in dem Cottage, an das ich mich erinnern konnte.«

Carla zog eine dunkle Augenbraue hoch. »Und sonst wohnen sie in einem Schloss?«

Ich ließ mich aufs Bett fallen. »Nein. Also fast. Das Anwesen nennt sich Green Manor. Es ist alles ein bisschen wie im Film.«

»Wow. Nur schade, dass du deine Cousins natürlich nicht heiraten kannst«, sagte Carla und grinste breit. »Aber ich kann das ja für dich übernehmen.«

In dem Moment klopfte es an der Tür und Preston betrat das Zimmer. Anscheinend hatte er geduscht, denn seine Haare waren noch feucht. »Hey, ich wollte nur nach dir sehen. Das war vorhin irgendwie … seltsam«, sagte er und kam auf mich zu, woraufhin ich schnell den Sitz meines Badetuches kontrollierte.

Als Preston in seinem engen weißen T-Shirt und der abgetragenen Jeans näher kam, traf mich der herbe Duft seines Duschgels, das viel zu gut roch. Mein Blick glitt zu Carla, die ein lautloses *WOW* formte.

»Und anscheinend bist du nicht allein. Ich bin Preston«, stellte er sich in Richtung Bildschirm vor.

»Und ich bin Carla«, hauchte sie. »Bist du der Prinz?«

Ich erstarrte, doch Preston grinste nur. »Gut erkannt. Deine Freundin hat eine unglaubliche Beobachtungsgabe, June.«

»Meine Freundin hat eine unglaublich große Klappe«, sagte ich schnell. »Und sie leidet am Tourette-Syndrom und plappert ständig irgendein wirres Zeug.«

Preston grinste. »Ich glaube, sie sagt nur, was sie denkt. Insofern passt ihr doch ganz gut zusammen.«

Als mir darauf nicht sofort eine Antwort einfiel, wurde sein Lächeln noch breiter. »Ich wollte dir eigentlich nur sagen, dass du jederzeit zu mir kommen kannst, wenn du etwas brauchst. Egal, was es ist.« Er sah mich eindringlich an, und ich nickte überrumpelt, bevor er die Tür einen kurzen Moment später wieder hinter sich schloss.

»WOW«, wiederholte Carla nur.

»Ja, WOW – wie peinlich«, sagte ich und atmete tief ein.

»Der sieht aber auch mega aus. Und *das* war wirklich dein Cousin?« Sie seufzte. »Wie sieht denn der andere aus?«

»Auch ganz okay«, murmelte ich, obwohl ich wusste, dass das eine fette Lüge war. Blake sah für seine schreckliche Art viel zu gut aus.

»Lüge!«, rief Carla lachend. »Das ist doch so was von geschwindelt. Er ist sicher auch megaheiß.«

»Aber total unsympathisch. Und irgendetwas ist seltsam hier.«

Carla streckte die Beine auf ihrem Bett aus und sah mich fragend an.

»Heute ist in der Küche einfach so ein Topf runtergefallen. Und vorhin, als mir Preston das Gelände gezeigt hat, hat das Glas im Wintergarten ohne Grund einen Sprung bekommen.«

»Und das ist seltsam? Es ist ein altes Haus, das hat einfach seine Macken. Vielleicht spukt es ja auch?« Carla riss die Augen weit auf. »War der Typ eben vielleicht nur ein Geist? Ich wusste doch, dass echte Kerle nicht so gut aussehen.«

Ich lachte. »Hör mir bloß auf mit irgendwelchen Spukgeschichten. Vor denen hat mich mein Vater schon gewarnt, und sie werden einem hier wirklich an jeder Ecke erzählt.«

Carla stopfte sich ein Kissen hinter den Rücken. »Die Leute brauchen einfach Beschäftigung. Und, bist du schon aufgeregt wegen morgen?«

»Ein wenig«, gab ich zu. »Immerhin kennen sich alle in der Schule und ich bin die Neue.«

»Aber was für eine Neue«, erwiderte Carla. »Mit deinen tollen grünen Augen und deinem entzückenden Sturschädel wirst du sie alle um den Finger wickeln.«

»Ich weiß nicht …«

Carla rümpfte die Nase. »Jetzt nur nicht so bescheiden sein! Du passt perfekt nach Cornwall und sie werden dich nicht mehr rausrücken wollen. Vor allem, wenn sie mitkriegen, wie großartig du bist. Deinen Onkel könntest du in Schach schlagen und mit den Jungs eine Partie Hockey spielen.« Sie grinste anzüglich und zwinkerte mir zu.

»Ich glaube nicht, dass das passieren wird«, sagte ich, musste aber dennoch lachen. Mit Carla zu reden, gab mir einfach immer ein gutes Gefühl. Nach der Sache mit Jasper hatte sie mich total motiviert, den Schritt zu wagen und kurzfristig nach Cornwall zu gehen.

»Auf alle Fälle werde ich mich aufs Lernen konzentrieren. Ich muss mich echt ins Zeug legen, um den Abschluss hier zu schaffen.«

»Ins Zeug legen? Das schaffst du doch mit links.« Sie machte eine kurze Pause. »Hast du denn schon Heimweh?«

Schulterzuckend griff ich nach einem Zipfel der Damastbettdecke und rieb ihn zwischen meinen Fingern. »Vielleicht ein bisschen, aber noch ist alles so neu und aufregend. Mal sehen, wie die nächsten Tage werden.«

»Wenn du irgendwann Heimweh bekommen solltest, ruf mich an, versprochen? Ich kümmere mich darum, dass es ganz schnell wieder verfliegt.«

Ich nickte und ertappte mich dabei, dass ich kurz an Jasper dachte. Auch wenn es mir noch immer einen Stich versetzte, dass er mich derart hintergangen hatte, war ich froh, dass ich nun kilometerweit von ihm entfernt war.

Nach dem Skype-Gespräch mit Carla hatte ich noch etwa eine halbe Stunde Zeit bis zum Abendessen, die ich dazu nutzte, um mir die Haare zu föhnen und mich in meinem Zimmer fertig einzurichten.

Danach schlüpfte ich in eine Jeans sowie meinen Lieblingspulli und musste dabei wieder an die Situation zwischen Blake und Preston denken. Es ging mir immer noch nicht in den Kopf, wie zentimeterdickes Glas einfach so zerspringen konnte. Carlas Erklärung, dass ein altes Haus eben seine Macken hatte, überzeugte mich nicht, und ich beschloss, mir den Wintergarten noch einmal genauer anzusehen.

Da Preston seine Führung nicht beendet hatte, erforschte ich zuerst das Erdgeschoss und entdeckte eine große Bibliothek, gleich zwei Salons, ein Musikzimmer und ein Billardzimmer – sowie einen abgeschlossenen Raum, der privat zu sein schien. Nach einigen Versuchen fand ich schließlich auch wieder zurück zum Wintergarten, dessen helle Steinfliesen an einigen Stellen schon gesprungen waren. Wenn die Sonne schien, war das sicherlich ein gemütlicher und lichtdurchfluteter Ort – das bewiesen schon die unzähligen Grünpflanzen, die in großen Terrakottatöpfen üppig vor sich hin wucherten. In der Mitte des Raumes stand eine helle Sitzgarnitur mit einem runden Glastisch und an einer der Wände entdeckte ich einen antik aussehenden Sekretär mit einem gemütlichen Stuhl davor.

Neugierig marschierte ich zu der gläsernen Tür, die nach draußen führte und die von einem dicken Riss durchzogen war. Bei seinem Anblick bekam ich eine Gänsehaut, vor allem, wenn ich an die Spannung in der Luft dachte, die sich genauso angefühlt hatte wie in der Küche, kurz bevor der Topf von der Anrichte gefallen war.

Wenn ich es nicht besser gewusst hätte, hätte ich fast gedacht, dass es hier tatsächlich spukte. Vorsichtig berührte ich den Riss mit den Fingerspitzen und schüttelte den Kopf. Es gab keine logische Erklärung dafür, dass er hier war. Suchend schaute ich mich im

Zimmer um, ob irgendetwas von innen gegen das Glas gedonnert sein könnte. Dabei fiel mein Blick auf den alten Sekretär, auf dem die Fotografie einer Frau stand. Einem Impuls folgend ging ich hinüber und nahm sie in die Hand. Es handelte sich um ein Bild von Tante Catherine. Sie saß lachend auf einem Pferd und ihre grünen Augen funkelten fröhlich. Jetzt konnte ich mich auch wieder an ihr ansteckendes Lachen erinnern, als wir im Cottage einen gemeinsamen Spieleabend verbracht hatten. Die Lade des Sekretärs war halb geöffnet und ich entdeckte noch mehr Fotos darin. Vorsichtig zog ich die Bilder hervor. Sie waren unsortiert und zeigten Schnappschüsse aus verschiedenen Jahren. Auf einem davon war ein junges Mädchen mit hellblonden Haaren zu sehen, das glücklich mit seinem Surfbrett am Strand posierte. Ich kannte es nicht, aber es war wunderschön und musste auf dem Bild ungefähr in meinem Alter sein. Neugierig griff ich nach dem nächsten Foto. Darauf war dasselbe junge Mädchen abgelichtet, doch diesmal lag das Surfbrett im Sand und das Mädchen wehrte sich lachend gegen einen durchtrainierten Jungen, der sie um die Taille gepackt hatte und dessen Körper vom Wasser noch glitzerte. Seine dunklen Haare hingen ihm wild in die Stirn, und obwohl nur die Hälfte seines Gesichtes zu sehen war, erkannte ich auf den ersten Blick, dass es sich um Blake handelte. Einen lachenden, glücklichen Blake.

Ungläubig starrte ich auf das Bild und hätte es fast fallen gelassen, als die Tür zum Wintergarten mit Schwung aufgerissen wurde und ein Schwall kalter Luft von draußen hereinströmte.

»Aber hallo, wer sind Sie denn?«, murrte der bucklige alte Mann, der im Türrahmen stand. Seine buschigen Augenbrauen waren misstrauisch zusammengezogen, und ich beeilte mich, die Fotos rasch wieder in die Lade des Sekretärs zu stopfen.

Mit klopfendem Herzen drehte ich mich zu ihm um. »Ich bin June. Mr Beauforts Nichte. – Und Sie sind Joseph, der Gärtner, nicht wahr?«

Der Alte hustete und kratzte sich am kahlen Schädel. »Kennen wir uns?«

»Preston hat mir vorhin verraten, wie Sie heißen.«

Er nickte, wandte sich der Glastür zu und brummte unzufrieden, als er den langen Riss betrachtete. »Verdammtes Glas!«

Ich merkte, wie sich mein Herzschlag langsam wieder beruhigte. »Passiert so etwas öfter?«

»Ständig«, schnaubte Joseph und klopfte mit den Fingerknöcheln seiner schwieligen Hand dagegen. »Muss am Material liegen. Der Glaser verdient sich eine goldene Nase an uns.«

In dem Moment hörte ich eine helle Glocke im Haus läuten.

»Das ist das Zeichen, dass es Abendessen gibt«, sagte der Alte, der meinen Blick bemerkt hatte.

Ich nickte. »Wo ist noch mal das Esszimmer?«

»Den Korridor runter und dann rechts, an der Bibliothek vorbei und dann einfach immer dem Essensgeruch folgen«, meinte der Gärtner und wandte sich wieder leise grummelnd der kaputten Tür zu.

Das Esszimmer war ein herrschaftlicher Raum mit dunklen Möbeln und einer langen Tafel, an der Onkel Edgar schon auf mich wartete. Nur zwei Gedecke lagen auf dem Tisch, und ich wusste nicht, ob ich irritiert oder erleichtert sein sollte, weil Preston und Blake anscheinend nicht mit uns aßen.

»Schön, dass du gekommen bist, June«, begrüßte mich mein Onkel und erhob sich, als ich an den Tisch trat, auf dem sechs weiße

Kerzen in einem silbernen Kerzenleuchter brannten. »Die Jungs haben anscheinend noch etwas anderes vor, also musst du heute mit mir vorliebnehmen.«

»Das tue ich doch gern.« Ich rückte den schweren Stuhl zurück und versuchte mich dabei an das Gefühl zu gewöhnen, dass ich in den nächsten Monaten immer hier zu Abend essen würde. In einem hohen Raum mit dunklem Dachgebälk und dicken Samtvorhängen vor den Fenstern. Noch immer fühlte es sich an, als wäre ich im falschen Film.

»Wie geht es dir?«, fragte Onkel Edgar und nickte Wilfried lächelnd zu, der unseren ersten Gang brachte. Es sah aus wie eine Pastete, und ich beschloss, sie einfach zu kosten, ohne nachzufragen, woraus sie bestand.

»Ich bin ein wenig müde. Heute Nacht werde ich sicher gut schlafen.« Ich stach mit der feinen Silbergabel in die saftige Pastete.

»Das hoffe ich.« Onkel Edgar verschränkte die Finger seiner gepflegten Hände vor der Brust. Dabei betrachtete er mich wieder auf diese Art, als würde er im Geist eine Reise in die Vergangenheit unternehmen.

»Was ist?«, fragte ich, nachdem ich meinen Bissen heruntergeschluckt hatte. Die Pastete schmeckte köstlich, was vielleicht aber auch einfach daran lag, dass ich den ganzen Tag kaum etwas gegessen hatte.

»Es tut mir leid.« Er schüttelte den Kopf und fuhr sich über seine Augenbrauen. »Ich wollte dich nicht anstarren. Es ist nur … du hast genau die gleichen Augen wie deine Tante Catherine. Wenn ich dich ansehe …« Seine Stimme brach und er räusperte sich rasch. »Wenn ich dich ansehe, dann ist es fast so, als wäre sie hier. Ich weiß, es klingt albern – aber es ist irgendwie schön, einen Teil von Catherine hier zu haben.«

Ich runzelte die Stirn. »Haben die Zwillinge denn überhaupt keine Ähnlichkeit mit Tante Catherine?«

Mein Onkel schüttelte den Kopf. »Catherine und ich haben die Jungs als Babys adoptiert, June. Wir sind nicht ihre leiblichen Eltern.«

Ich stockte. »Die Jungs sind adoptiert?«

Er nickte. »Catherine und mir war es leider nicht vergönnt, eigene Kinder zu haben. Und es war ein Geschenk des Himmels, als Preston und Blake in unser Leben traten – zu einem Zeitpunkt, an dem wir gar nicht mehr damit gerechnet hatten.«

»Aber ich hätte schwören können, dass sie dir ähnlich sehen«, sagte ich und war noch immer damit beschäftigt, zu verdauen, dass meine Cousins gar nicht blutsverwandt mit mir waren. Das war es, was Preston vorhin gemeint haben musste. Jetzt, da ich das Geheimnis der Beaufort-Familie kannte, fühlte ich mich irgendwie erleichtert.

»Die Ähnlichkeiten sind reiner Zufall«, sagte mein Onkel und zog die Stirn kraus. »Hat dir dein Vater nie davon erzählt?«

Ich schüttelte den Kopf. »Nein, er hat es nie erwähnt.«

»Es ist ja auch nicht wichtig. Adoptiert oder nicht – für mich sind es meine Jungs.« Onkel Edgar machte eine kurze Pause und betrachtete mich eindringlich. »Dein Vater hat dir wirklich nicht viel über uns erzählt, nicht wahr?«

Ich zögerte kurz und griff nach meinem Kristallglas, das mit rotem Traubensaft gefüllt war. »Dad hat so gut wie nie über Cornwall oder Tante Catherine gesprochen«, erklärte ich schließlich entschuldigend.

»Ich weiß – und deswegen freut es mich umso mehr, dass du da bist, June.« Er lächelte und griff nach seiner Gabel. »Morgen beginnt ja schon die Schule für dich. Bist du aufgeregt?«

»Ein wenig«, gab ich zu. »Aber immerhin ist es der letzte Schulbeginn meines Lebens«, fügte ich mit einem Schmunzeln hinzu. »Hoffe ich zumindest.«

»Du wirst sehen, die King's School ist wunderbar. Soll ich jemanden vom Personal bitten, dich zu fahren?«

Ich strich mir eine Haarlocke hinters Ohr und schüttelte den Kopf. »Preston hat angeboten, mich mitzunehmen.«

»Wunderbar. Ich habe mir schon gedacht, dass er es sich nicht entgehen lassen wird, mit so einem hübschen Mädchen wie dir in Darktrew anzugeben«, sagte er mit einem Lächeln. »Nimm vielleicht auch noch einen Motorradhelm mit«, fügte er dann hinzu. »Falls du mit Blake zurückfährst.«

Ich verschluckte mich beinahe an meinem Bissen und griff hustend nach der weißen Serviette. »Wieso sollte ich mit Blake zurückfahren?«

Mein Onkel sah mich besorgt an. »Alles in Ordnung?«

»Nur ein Stück Pastete in meinem Hals«, krächzte ich. »Daran werde ich nicht sterben.« *Aber vielleicht an einer weiteren Motorradfahrt mit Blake*, fügte ich in Gedanken hinzu. »Ich könnte auch mit dem Bus fahren. Es fährt doch ein Bus?«

Onkel Edgar nickte. »Schon, aber das ist doch nicht notwendig. Ihr habt sowieso denselben Weg, auch wenn ihr manchmal wahrscheinlich andere Schulschlusszeiten habt, aber morgen könnt ihr gemeinsam fahren.«

»Und Preston fährt nach der Schule nicht auch zurück zum Anwesen?«

»Preston probt Montagnachmittag immer mit seiner Band.« Onkel Edgar betrachtete mich nachdenklich. Dabei huschte ein kummervoller Ausdruck über sein Gesicht. »Ich weiß, Blake ist manchmal etwas ruppig.«

Ich wollte im ersten Moment zustimmend nicken, beherrschte mich aber, da ich meinen Onkel nicht vor den Kopf stoßen wollte.

»Blake hatte es in den letzten Jahren nicht leicht – er hat sehr unter dem Tod von Catherine gelitten«, begann er zu erzählen. »Und als Riley dann auch noch gestorben ist …« Er rieb sich über seine Nasenwurzel und seufzte.

»Wer ist Riley?«, fragte ich vorsichtig und legte meine Gabel nieder.

»Das war Blakes Freundin. Sie hatte vor einem Jahr einen tödlichen Autounfall. Natürlich hat keiner mit so etwas gerechnet.«

Sofort kamen mir die Bilder aus dem Wintergarten wieder in den Sinn und ich senkte erschrocken den Blick. War das wunderschöne blonde Mädchen Riley gewesen?

Mein Onkel presste die Lippen aufeinander und hielt einen Augenblick inne. »Blake braucht einfach etwas Zeit, June. Ich weiß, er ist nicht immer einfach, aber er ist ein guter Junge.« Er machte eine kurze Pause. »Und auch Preston hat darunter gelitten. Allerdings hat jeder Mensch seine eigene Art, mit Trauer umzugehen.«

Ich schluckte und konnte mir nicht vorstellen, wie es war, einen geliebten Menschen zu verlieren.

Onkel Edgar nahm einen Schluck von seinem Wein. »Aber genug der traurigen Geschichten«, sagte er und setzte ein freundliches Lächeln auf. »Schließlich wollen wir morgen eine Party feiern und dazu auch fröhliche Gesichter machen.«

»Welche Party?«, fragte ich überrascht.

»Ach, nur ein kleiner Empfang für unsere engsten Freunde«, winkte Onkel Edgar ab und lächelte verschmitzt. »Schließlich bekomme ich nicht oft Besuch von meiner bezaubernden Nichte aus Deutschland. Das müssen wir doch feiern, nicht wahr?«

Kapitel 5

»Guten Morgen, June«, begrüßte mich Preston am nächsten Morgen gut gelaunt vom Treppenabsatz der großen Eingangshalle.

Seine blauen Augen strahlten sogar von dort unten zu mir herauf, und ich zwang mich, nicht an der Schuluniform herumzuzupfen, die mein Onkel für mich organisiert hatte, und die an manchen Stellen ein wenig zu eng war. Sie bestand aus einer weißen Bluse und einem grau karierten Rock, der knapp oberhalb der Knie endete. Dazu trug ich einen steingrauen Blazer, der beim Waschen jedoch eingegangen sein musste, denn ich bekam den Knopf vor der Brust nur mit Gewalt zu, obwohl ich nicht mit einer übermäßig üppigen Oberweite ausgestattet war. Um es nicht so aussehen zu lassen, als ob ich meinen Busen noch extra betonen wollte, hatte ich den Blazer kurzerhand offen gelassen und dafür meine dunklen Haare hochgesteckt. Nach einem Blick in den Spiegel hatte ich sie aber wieder geöffnet, da ich an meinem ersten Tag nicht zu streng rüberkommen wollte. Schließlich war ich von meinen eigenen Überlegungen so genervt gewesen, dass ich mir meinen Rucksack geschnappt und das Zimmer verlassen hatte, ohne zurückzublicken. Ich hatte es nicht gedacht, doch man vergaß, wie emotional herausfordernd ein erster Tag in einer neuen Schule war, wenn der letzte erste Tag sieben Jahre zurücklag – als ich von der Grundschule auf das Gymnasium in Frankfurt gewechselt war. Aus diesem Grund hatte ich heute Morgen auch auf das Frühstück verzichtet, da ich das Gefühl hatte, ohnehin keinen Bissen hinunterzubekommen.

»Steht dir gut«, sagte ich zu Preston und nickte mit dem Kinn zu der grauen Hose und dem weißen Hemd, das er lässig bis zu den Ellbogen hochgekrempelt hatte. Sein graues Schulsakko trug er über der Schulter und mit den modisch gestylten braunen Haaren sah er aus wie ein Model von Burberry.

»Danke«, erwiderte Preston und lächelte charmant. »Dir aber auch.« Sein Blick blieb für einen Moment an meinem Oberkörper hängen, und ich hatte das Gefühl, ihm gefiel, was er sah. Unwillkürlich spürte ich ein sanftes Zupfen in meiner Magengegend, und obwohl ich seit gestern wusste, dass wir nicht richtig miteinander verwandt waren, hatte ich deswegen ein schlechtes Gewissen.

»Wie lange dauert die Fahrt?«, fragte ich deshalb schnell, als wir zusammen über den dunklen Holzboden zur Tür gingen. Auf der weißen Kiesauffahrt wartete ein glänzender schwarzer Mini Cooper, den Preston mit einer Fernbedienung entsperrte. Automatisch ging ich zur Beifahrertür und bremste im letzten Moment ab, da das hier die Fahrerseite war.

»Etwa zwanzig Minuten«, erwiderte Preston.

Ich ließ meinen Blick über das wunderschöne Anwesen gleiten. Der Morgennebel stieg von den noch feuchten Wiesen auf, und in der Ferne, zwischen zwei einsamen Bäumen, bemerkte ich einen Hirsch und eine Hirschkuh, die friedlich nebeneinander grasten.

Preston öffnete mir die Beifahrertür auf der linken Seite. »Soll ich Gas geben, damit du dir die Schule noch ein wenig ansehen kannst?«

»Du gibst doch nie Gas«, erklang eine tiefe Stimme hinter uns und mein Kopf fuhr herum. Blake war in diesem Moment aus dem Herrenhaus getreten, und seine ganze Körperhaltung war abweisend.

»Ansichtssache. Zumindest habe ich noch keine Maschine zu Schrott gefahren«, sagte Preston kühl, und ich erinnerte mich daran, dass Blake an meinem ersten Tag behauptet hatte, noch nie einen Unfall gebaut zu haben. Aber vielleicht hatte das kaputte Motorrad auch mit Rileys Tod zu tun. Automatisch fragte ich mich, wie Blake wohl vor ihrem Unfall gewesen war, und bemerkte, dass ich noch immer mit der Hand auf dem Autodach dastand und ihn anstarrte.

Im Gegensatz zu Preston und mir trug Blake keine Schuluniform, sondern eine graue Jeans mit einer schwarzen Lederjacke. Unter seinem Arm klemmte sein schwarzer Motorradhelm. Als mich der Blick aus seinen funkelnden Augen traf, war es, als würde eine Hitzewelle durch meinen Körper gehen, und ich versuchte verwirrt, mir nichts davon anmerken zu lassen. Was auch immer hier passierte, es gefiel mir nicht. Normalerweise hatte ich mich ganz gut im Griff, aber hier in Cornwall schien das irgendwie nicht zu funktionieren – und ich verstand einfach nicht, wieso. Rasch wandte ich den Kopf ab und stieg in den Wagen.

»Sicher, dass du lieber bei ihm mitfahren willst?«, fragte Blake amüsiert und kam ohne Eile auf mich zu. Seine dunklen Haare wurden ihm vom Wind in die Stirn geblasen, und ich war mir sicher, dass er sich im Gegensatz zu Preston nicht die Mühe machte, sie morgens zu stylen. Und trotzdem – oder gerade deshalb – sah er einfach nur umwerfend aus. »Möglich, dass du bei seinem Tempo zu spät zur Schule kommst.«

»Dafür komme ich hoffentlich in einem Stück an«, erwiderte

ich und hasste es, dass ich mir so viele Gedanken über seine Frisur machte.

»Allerdings mit grauen Haaren«, konterte er trocken. »Bis ihr unten seid, vergehen bei meinem Bruder Jahre.«

»Kapier's doch endlich«, sagte Preston und schloss die Autotür mit Nachdruck. »Sie hat sich entschieden.«

Blake setzte den Helm auf. »Sperrst du sie deshalb in deinem Auto ein, damit sie nicht mehr davonläuft?«

Unsere Blicke trafen sich erneut, und mein Mund wurde staubtrocken, als ich an den Moment von gestern Nachmittag zurückdachte, als ich das Gefühl gehabt hatte, kleine Lichtreflexe in seinen Augen zu sehen. Genau wie gestern hatte ich auch jetzt das Verlangen, ihm näherzukommen, obwohl mir mein Verstand sagte, dass das Wahnsinn war. Am Sinnvollsten wäre es wahrscheinlich gewesen, den Blickkontakt einfach zu unterbrechen, aber ich wollte mich nicht so schnell aus dem Konzept bringen lassen. Deshalb hielt ich den Augenkontakt so lange, bis Blake sein Visier hinunterklappte. Erst dann gestattete ich es mir, langsam auszuatmen und den Blick von ihm abzuwenden.

Preston stieg rechts von mir ein, und ich sah an seiner angespannten Kinnpartie, dass er Blake wirklich aus tiefstem Herzen verachtete. Anstatt etwas auf den Kommentar seines Bruders zu erwidern, ließ er einfach den Motor an, während Blake langsam zu seiner glänzenden Maschine hinüberging und ohne Eile aufstieg. Dann trat er den Kickstarter durch und brauste in einer wahnsinnigen Geschwindigkeit an uns vorbei die Auffahrt hinunter. Der weiße Kies spritzte hinter ihm in die Höhe, und ich hörte Preston leise fluchen, als die Steinchen gegen seinen Wagen sprangen und ihm wahrscheinlich den Lack zerkratzten.

»Als ich das letzte Mal hier war, konntet ihr euch doch noch leiden«, sagte ich, als Preston den Wagen vom Grundstück hinunterlenkte und auf die kurvige Straße fuhr, über die ich erst gestern angekommen war. Die Sonne war schon aufgegangen und tastete sich langsam über die nebelverhangenen grünen Hügel, die auf der rechten Seite zum Meer abfielen, das im Gegensatz zu gestern nur sanft gegen die Klippen brandete.

»Ja, da war Blake auch noch nicht das arrogante Arschloch, das er jetzt ist«, antwortete Preston, bevor er Gas gab.

Obwohl Blake ihn damit aufgezogen hatte, dass er zu langsam fuhr, hielt ich mich instinktiv an den Haltegriffen auf der Innenseite der Tür fest, als er mit dem Mini über die Küstenstraße raste. Blake tauchte immer wieder als kleiner schwarzer Punkt vor uns auf. Er saß nach vorn gebeugt auf seiner Maschine und legte sich halsbrecherisch in die Kurven. Ich hoffte sehr, dass Preston nicht vorhatte, seinen Bruder einzuholen, und räusperte mich leise. »Hat sein Verhalten mit Rileys Tod zu tun?«

Preston ging endlich ein wenig vom Gas. »Wer hat dir denn von Riley erzählt?«

»Dein Vater. Er hat erwähnt, dass Blake unter ihrem Verlust sehr leidet.«

Preston schnaubte. »Es ist zumindest ein guter vorgeschobener Grund, um überall das Arschloch raushängen zu lassen.«

Ich blickte aus dem Fenster. »Und was ist der wahre Grund?« Auf den Hügeln links von mir weidete eine Schafherde, und dahinter konnte ich ein altes Cottage entdecken, von dem ich mir nicht sicher war, ob es noch bewohnt war.

»Der ist mir völlig egal«, sagte Preston hart. »Leider kann man sich seinen Bruder nicht aussuchen.«

»Seine Cousins auch nicht«, bemerkte ich und provozierte damit einen amüsierten Seitenblick von Preston.

»Warum hast du es mir nicht einfach gesagt?«, hakte ich nach.

»Was gesagt?«

Ich lehnte mich gegen die Fensterscheibe. »Dass wir nicht blutsverwandt sind.«

»Macht es denn einen Unterschied? Nur ein Tag und du hast es selbst herausgefunden.« Er wandte sich mir zu, und für ein Moment hatte ich das Gefühl, als würde das Auto über eine riesige Bodenwelle donnern.

»Natürlich nicht«, sagte ich schnell.

»Nicht?«, wiederholte er und warf mir einen herausfordernden Blick zu, bevor er sich zum Glück wieder auf die Straße konzentrierte.

»Und, bist du nervös?«, fragte er nach einigen Augenblicken. »Immerhin ist es dein erster Schultag.«

Ich seufzte. »Ein wenig.«

»Ein großes oder ein kleines Wenig?«

»Vielleicht ein mittelgroßes Wenig«, antwortete ich ehrlich und blickte wieder aus dem Fenster. Die grüne Landschaft zog an uns vorüber, und wir wechselten auf eine Landstraße, die landeinwärts führte. »Ich bin natürlich gespannt, was mich erwartet.«

»Tja, das kannst du auch sein. Die King's School ist die elitärste Schule in der Region.«

»Und was soll das heißen?«

Er grinste. »Dass dort viele arrogante Idioten abhängen, die zu viel Kohle besitzen.«

»Und zu denen zählst du dich natürlich nicht.«

»Natürlich nicht.« Er bog mit dem Mini in einen schattigen

Waldweg ein. Links und rechts von uns ragten verwitterte Natursteinmauern in die Höhe, und die Straße war so eng, dass unmöglich zwei Autos nebeneinander darauf Platz hatten. Trotzdem lenkte Preston seinen Wagen sicher und entspannt durch den Wald, in dem eine märchenhafte Stimmung herrschte. Die Bäume bildeten über unseren Köpfen ein geschlossenes grünes Blätterdach, durch das immer wieder einzelne hellgrüne Sonnenstrahlen blitzten. Als hinter einer Kurve plötzlich ein Wagen auftauchte, der uns den Weg versperrte, legte Preston, ohne zu zögern, den Rückwärtsgang ein und fuhr ein Stück der Strecke zurück, die wir gerade gekommen waren. Ich sah die bewachsenen Mauern rechts und links von uns in einem solchen Tempo vorbeiziehen, dass ich unwillkürlich die Luft anhielt, aber Preston schien das jeden Tag zu machen. Als er eine etwas breitere Stelle erreicht hatte, ließ er den entgegenkommenden Wagen vorbei und wir setzten unseren Weg fort.

Nach einer Weile stießen wir auf ein kleines Dorf, bei dem es sich um Darktrew handeln musste. Neugierig hob ich den Kopf, als wir auf einer holprigen Straße zwischen wildromantischen Steinhäusern entlangfuhren, bis Preston links in den Ortskern abbog. Hier schmiegten sich jede Menge kleiner Läden aneinander und es herrschte bereits eine geschäftige Betriebsamkeit. Ich sah, wie die Menschen in Darktrew ihre Fensterläden öffneten und eine alte Frau einen Korb voller Äpfel vor ihren Bioladen stellte. Der Wagen rumpelte über das Kopfsteinpflaster und ich wurde ordentlich durchgerüttelt. Als von irgendwo das Läuten einer Kirchturmglocke ertönte, ließ ich das Fenster hinunter und hielt meine Nase in den Wind. Der süße Geruch von Scones und frischem Kaffee lag in der Luft, und ich erkannte mit Entzücken, dass es hier auch ein romantisches kleines Café und eine hübsche, altenglische Bäckerei gab, aus der es einfach hervorragend duftete.

Zwei junge Schülerinnen in der Uniform der King's School gingen gerade daran vorbei, und ich sah, wie die eine die andere unauffällig anstieß, als Preston vorbeifuhr. Er warf nur einen kurzen Blick in ihre Richtung, und beide begannen verlegen zu lächeln, was er mit einem kurzen Zwinkern quittierte.

Schließlich bog er nach rechts in ein schmales Gässchen, das nach einigen Kurven über eine gebogene Steinbrücke führte und von dort weiter an einem kleinen Cottage vorbei, von dessen hellblauer Holztür schon die Farbe abblätterte. Dennoch konnte ich meinen Blick nicht abwenden, da das verwitterte Steinhaus mit dem schmiedeeisernen Gartentor und den blühenden Heckenrosen, die sich an der Mauer entlangrankten, einfach nur bezaubernd aussah.

»Es ist wunderschön hier«, murmelte ich vor mich hin, während ich die Idylle auf mich wirken ließ.

Preston schmunzelte und lenkte seinen Mini Cooper auf eine Steinstraße, die sich in einigen Windungen einen kleinen Hügel hinaufschlängelte. »Dann warte erst mal, bis du unsere Schule siehst.«

Die King's School lag nur etwa einen Kilometer von Darktrew entfernt. Es war ein großes, wuchtiges Backsteingebäude in der Mitte eines weitläufigen Anwesens, das sich über die ganze Hügelkuppe erstreckte. Über eine Kiesauffahrt gelangten wir zu einem Parkplatz, auf dem ein paar ansehnliche Autos standen, darunter sogar einige Oldtimer. Dagegen konnte ich nur wenige normale Wagen ausmachen, wie ich sie an einer normalen Schule erwartet hatte.

In Frankfurt hatte ich meinen Schulweg immer mit den öffentlichen Verkehrsmitteln zurückgelegt, aber hier war es anscheinend üblich, selbst zu fahren – oder sich fahren zu lassen.

Nachdem Preston seinen Mini geparkt hatte, stiegen wir aus, und ich ließ meinen Blick über das Schulgebäude schweifen, auf das sich ein stetiger Strom an Schülern zubewegte. Das rötliche Backsteingebäude mit den spitzen Türmen verfügte über mehrere Trakte und einen wunderschön gelegenen Campus, der eine ebenso ehrwürdige Ausstrahlung hatte wie Green Manor.

»Du musst zuerst ins Schulbüro, um dich anzumelden«, erklärte Preston und schloss seinen Mini mit der Fernbedienung ab.

»Und das finde ich wo?« Ich folgte Preston Richtung Eingang.

»Es ist gleich im Erdgeschoss. Kleiner Tipp: Lass dich nicht von der Sekretärin, Miss Kensington, irritieren, sie ist eine alte Schreckschraube und noch immer frustriert, weil letztes Jahr unter ihrer Aufsicht das Wahrzeichen der Schule verschwunden ist.«

Neugierig sah ich Preston von der Seite an. »Was für ein Wahrzeichen?«

Er winkte ab. »Das ist eine längere Geschichte. Sieh lieber zu, dass du sie nicht darauf ansprichst.«

Ich nickte gedankenverloren, während ich versuchte, mich an den Anblick der Schuluniformen zu gewöhnen. Auch wenn alle mehr oder weniger das Gleiche trugen, waren manche Schüler besonders geschickt darin, ihre Kleidungsstücke mit Buttons, Ketten oder anderen Accessoires aufzupeppen – obwohl das an den meisten Schulen eigentlich verboten war.

Interessiert betrachtete ich einige Schülerinnen, deren Röcke noch kürzer waren als meiner – während andere ihre Uniformen ganz korrekt trugen. Doch was alle gemein hatten, war, dass sie Preston unverblümt anschmachteten.

»Du scheinst hier ziemlich bekannt zu sein«, sagte ich, als Preston und ich über eine breite Steintreppe zur großen Eingangstür liefen.

»Wundert dich das?«

Ich schmunzelte. »Natürlich nicht.«

»Richtige Antwort, June. Vielleicht liegt es auch ein wenig daran, dass ich in einer Band spiele. Und natürlich an meinem guten Aussehen und meinem unfassbaren Charme«, ergänzte er und zwinkerte mir zu.

Lächelnd betrat ich die Schule. Im Inneren war es angenehm kühl und ich sah mich neugierig um. Von der Eingangshalle zweigten lange Korridore in mehrere Richtungen ab, und ich entdeckte auch gleich zwei Treppenaufgänge, die in den ersten Stock hinaufzuführen schienen. Alles hier war mindestens doppelt so groß wie in Frankfurt, und ich war mir sicher, dass ich Zeit brauchen würde, um mich zurechtzufinden.

Preston deutete auf eine weiße Tür links von uns. »Das Sekretariat ist gleich hier. Man sieht sich, June.« Mit diesen Worten verschwand er, und ich atmete tief durch, bevor ich zu der weißen Tür ging und höflich klopfte. Als ich von einer tiefen Stimme hereingebeten wurde, betrat ich den Raum und schaute mich um. Die tiefe Stimme gehörte zu einer zierlichen Frau, die hinter einem glänzenden Schreibtisch aus dunklem Holz saß und mich durch ihre schmalen Brillengläser betrachtete, als ob ich sie gerade bei etwas unglaublich Wichtigem gestört hätte.

»Was kann ich für Sie tun?«, fragte sie reserviert.

»Heute ist mein erster Schultag. Mein Name ist June Mansfield und ich sollte mich im Schulbüro melden.«

Die Sekretärin nickte. »All right. Ich muss sehen, ob ich Ihre

Unterlagen finde.« Sie stand auf und ging widerwillig zu einem Schrank, um mit spitzen Fingern ein paar Akten durchzusehen. Neben dem Schrank stand eine Glasvitrine, in der nur ein rotes Kissen aus Samt lag.

»So, Jane Mansfield, da haben wir Sie.«

»*June* Mansfield«, korrigierte ich und lächelte sanft, weil Miss Kensington sicher nicht zu den Leuten gehörte, die gerne verbessert wurden.

»*June* Mansfield also.« Sie betonte meinen Vornamen, als handelte es sich dabei um eine ansteckende Krankheit, und blätterte dabei durch meine Akte. »Sie sind eine Woche zu spät.«

»Ich bin erst gestern in Cornwall angekommen. Mein Onkel meinte aber, es sei bereits alles mit der Schule geklärt.«

»Meinte er das?« Miss Kensington zog eine Augenbraue hoch. Unter ihrem Blick begann ich mich unwohl zu fühlen und widerstand dem Drang, mir nervös über den Rock zu streichen.

»Hier ist eine Liste der Kurse, die Sie ausgewählt haben«, sagte sie und reichte mir einen Zettel, auf dem ein Stundenplan aufgezeichnet war. Neben jedem Kurs stand der Name eines ehemaligen britischen Premierministers. »Und hier ist eine Übersicht über die einzelnen Räume«, erklärte sie weiter und drückte mir noch einen Zettel in die Hand. »Die Anmeldefrist für die Zusatzangebote wie den Theaterkurs oder weitere Sportkurse läuft Ende der Woche aus.«

Ich nickte und bekam noch ein drittes Blatt Papier ausgehändigt, auf dem eine Liste der freiwilligen Kurse zu finden war.

»Das war alles.« Miss Kensington wandte mir demonstrativ den Rücken zu, als sie sich wieder auf ihren Stuhl setzte.

»Okay. Danke schön«, sagte ich und trat den Rückzug an.

Als ich draußen war, atmete ich tief durch und nahm meine Pläne zur Hand. Mein erster Kurs war Mathe im Raum *Margaret Thatcher* – dazu musste ich über eine geschwungene Treppe in den ersten Stock hinauf.

Jede Menge schnatternder Schüler liefen an mir vorbei – und abgesehen von der anderen Sprache und den Schuluniformen fühlte es sich gar nicht so anders an als in Frankfurt. Selbst mein Herz klopfte genauso heftig wie an meinem ersten Tag im Gymnasium, als ich *Margaret Thatcher* gefunden hatte und das Klassenzimmer betrat. Es wirkte ein wenig verstaubt und auch die Möbel erinnerten mich an eine längst vergangene Zeit. Die Einrichtung bestand aus abgenutzten dunkelbraunen Holztischen mit dazu passenden Stühlen vor einer langen Reihe hoher Fenster, die den Blick direkt in das Geäst eines verzweigten Baumes freigaben. An der Stirnseite des Zimmers, wo sich auch die Tür befand, hing eine große dunkelgrüne Schultafel, wie man sie schon vor hundert Jahren benutzt hatte. Etwas seitlich davon stand ein modernes Whiteboard, das überhaupt nicht in diese Umgebung passte. Während ich mich im Klassenzimmer umsah, fühlte ich mich diesem Whiteboard irgendwie verbunden, denn obwohl ich dieselbe Uniform wie die anderen trug, war ich hier genauso fehl am Platz wie die weiße Multimedia-Tafel inmitten der alten Einrichtung.

Ohne mir meine Gedanken anmerken zu lassen, ging ich weiter in den Raum hinein, in dem schon eine Menge Schüler saßen, und blickte mich nach einem freien Platz um. Dabei entdeckte ich einen leer stehenden Tisch am Fenster und ging rasch hin. Erleichtert legte ich meinen Rucksack auf der Tischplatte ab und zog gerade meinen Stuhl zurück, als ich neben mir eine männliche Stimme hörte.

»Ich möchte dir ja nicht dazwischenfunken, aber bist du sicher, dass du hier sitzen möchtest?«

Überrascht blickte ich auf. »Ist dieser Platz etwa schon vergeben?«, fragte ich und betrachtete mein Gegenüber neugierig. Es handelte sich um einen schlaksigen Jungen mit dunklen Haaren und einem deutlich hervortretenden Adamsapfel, der offenbar auch gerade erst gekommen war. Er warf mir einen mitleidigen Blick zu und ließ seinen Rucksack von der Schulter gleiten, bevor er ihn auf die Tischplatte vor meiner warf.

»Nein«, erwiderte er gedehnt und setzte sich auf den Stuhl vor meinem Tisch, bevor er sich mir zuwandte und die Beine übereinanderschlug. »Und das hat auch einen Grund, my dear.«

»Und der wäre?«, hakte ich nach und sah mich vorsichtshalber in dem Klassenzimmer um, ob sich noch ein anderer freier Platz anbot.

»Ameisen.« Der Typ hob beide Augenbrauen. »Grayson.«

Ich schien etwas verwirrt auszusehen, denn er verzog den Mund zu einem Lächeln. »Die Ameisen sind der Grund. Ich bin Grayson«, wiederholte er und streckte mir die Hand entgegen.

»June«, stellte ich mich lächelnd vor und schüttelte seine Hand. »Und mit Ameisen komme ich klar.«

»Das werden wir noch sehen«, sagte er und blickte kurz auf die Uhr an seinem Handgelenk. Obwohl ich mich mit Uhren nicht auskannte, konnte ich mir vorstellen, dass sie einige Tausend Pfund gekostet hatte.

»Sind es denn so viele?« Ich warf einen prüfenden Blick unter den Tisch, konnte aber keine einzige Ameise entdecken.

»Sie kommen direkt aus den Mauerritzen, und meist dann, wenn du nicht mit ihnen rechnest. Die Biester haben ihre Nester überall.«

»Ameisen können hartnäckig sein«, stimmte ich ihm zu. »Angeblich erstreckt sich die größte Ameisenkolonie über eine Länge von 5760 Kilometern.«

Grayson sah mich überrascht an. »Na, dann hoffen wir mal, dass sich diese Kilometer nicht nur durch Cornwall ziehen. Denn ich stehe überhaupt nicht auf Ameisen, die krabbeln ja überallhin. Lilly hatte sie sogar schon mal in ihrer …« Er unterbrach sich. »Ach, das soll sie dir am besten selbst erzählen. Sie wird unausstehlich, wenn ich ihr die Pointen versaue.«

Ich setzte mich. »Wer ist Lilly?«

Das Klassenzimmer füllte sich immer weiter, und ich bekam einige neugierige Blicke zugeworfen, aber die meisten Schüler beachteten mich kaum.

»Immer die, die zuletzt kommt«, erwiderte Grayson und hob beide Augenbrauen.

In diesem Moment stürmte ein rothaariges Mädchen zur Tür herein. Sie war völlig aus der Puste und steuerte direkt auf Graysons Tisch zu, wo sie sich so schnell auf den Stuhl fallen ließ, als ob ihn ihr jemand sonst wegnehmen würde. Keuchend ließ sie ihre Tasche von der Schulter rutschen und schien mich erst dann zu bemerken.

»Sicher … dass du … hier … sitzen willst?«, japste sie und fächelte sich mit der Hand Luft zu.

»Ich probiere es mal«, sagte ich schmunzelnd. »Mein Name ist übrigens June.«

»Lilly«, stieß sie hervor und bekam von Grayson eine Flasche Wasser gereicht, aus der sie in gierigen Schlucken trank. »Ich gebe dir nicht die Hand«, sagte sie dann und wischte sich mit dem Handrücken über den Mund. »Bin total verschwitzt und eklig.«

»Und was war es heute?«, fragte Grayson, wobei ich zum ersten Mal einen starken Londoner Akzent bei ihm bemerkte, der mir zuvor nicht aufgefallen war. »Hat sich dein kleiner Bruder wieder mal im Bad eingeschlossen?«

Obwohl ihre Gesichtsfarbe gerade erst einen normalen Ton angenommen hatte, errötete Lilly nun erneut. »Ich hab den blöden Bus verpasst«, murmelte sie und gab Grayson die Wasserflasche zurück.

Er steckte sie in seine Tasche. »Du musst einfach lernen, früher aufzustehen, Darling.«

»Ja, ja«, murmelte Lilly und drehte sich dann schnell zu mir um. »June«, sprach sie meinen Namen wie einen rettenden Anker aus. »Erzähl mal. Woher kommst du?«

»Aus Frankfurt«, antwortete ich und entspannte mich langsam, da Grayson und Lilly wirklich nett zu sein schienen. »Ich verbringe hier ein Austauschjahr bei meinem Onkel.«

»Und wer ist dein Onkel?«, fragte Grayson und fixierte einen Punkt auf meiner Tischplatte. Ich folgte seinem Blick und entdeckte eine Ameise, die über das dunkle Holz mit den tiefen Rillen krabbelte.

»Edgar Beaufort«, sagte ich etwas abgelenkt und überlegte, ob ich die Ameise ignorieren oder irgendwie verscheuchen sollte.

»Soll das heißen, du bist mit den Beaufort-Zwillingen verwandt?«, stieß Lilly hervor und riss ihre braunen Augen auf. Selbst Grayson vergaß augenblicklich die Ameise und starrte stattdessen mich an.

Ich war mir nicht sicher, ob ich die plötzliche Aufmerksamkeit gut oder schlecht finden sollte. »Nun ja, sie sind meine Cousins.«

Grayson beugte sich ein Stück weit zu mir. »Blake und Preston Beaufort sind tatsächlich deine Cousins?« Er sah mir dabei so tief in die Augen, als ob er dadurch herausfinden könnte, ob ich auch wirklich die Wahrheit sagte.

Da mir ihre Reaktion ein wenig zu schräg war, beschränkte ich mich aufs Nicken.

Lilly schnappte sich eines ihrer Bücher und knallte es vor mir so laut auf den Tisch, dass ich erschrocken zusammenfuhr.

»Man muss sie töten«, sagte sie auf meinen irritierten Blick hin.

»Nicht deine Cousins, die Ameisen«, warf Grayson ein und seufzte ergeben, als die Schulglocke klingelte und nur einen Moment später ein drahtiger Mann um die fünfzig das Klassenzimmer betrat. »Aber den hier würde ich manchmal tatsächlich gern töten«, hauchte er dann tonlos in Richtung des Lehrers und erntete einen amüsierten Seitenblick von Lilly, die soeben mit einem Taschentuch die platte Ameise von ihrem Schulbuch kratzte.

»Wieso denn?«, flüsterte ich interessiert und sah, wie Grayson warnend den Kopf schüttelte, während er rasch seine Bücher auf die Tischplatte legte.

»Still jetzt!«, wisperte er. »Mr Hodgkin duldet kein Gequatsche und petzt gerne bei den anderen Lehrern. Wenn du morgen mit zum Ausflug willst, würde ich an deiner Stelle den Mund halten.«

Kapitel 6

In den folgenden fünfzig Minuten beherzigte ich Graysons Rat und erkannte, dass er recht hatte: Mr Hodgkin duldete tatsächlich kein Gequatsche und holte gleich drei Schüler nach vorne an das Whiteboard, weil sie in seiner Stunde etwas zu besprechen hatten, das nichts mit dem Unterricht zu tun hatte.

Nach Mathe stand Englisch auf meinem Stundenplan, und ich hängte mich an Grayson und Lilly, die im selben Kurs waren.

»Englisch findet meist in Winston Churchill statt«, sagte Lilly über die Schulter und drängte sich gekonnt durch die hohen Gänge des alten Schulgebäudes.

»Englisch findet *in* Winston Churchill statt?«, wiederholte Grayson gedehnt und warf ihr einen bezeichnenden Seitenblick zu. »Das ist ekelhaft, Darling.«

Lilly verdrehte die Augen und nahm die Treppe ins Erdgeschoss, von wo aus wir durch eine doppelflügelige Tür in den grünen Innenhof traten. Überwältigt blickte ich mich um. Wie schon heute Morgen bei der Fahrt durch das Dorf war ich ganz angetan von dem englischen Flair. Ein großer, stillgelegter Springbrunnen dominierte den Platz, der von blühenden Ziersträuchern und steinernen Bänken gesäumt wurde. Dahinter erstreckte sich ein gepflegter englischer Rasen bis zu den weiter entfernt liegenden Sportanlagen für jede denkbare Sportart.

»Wir haben zehn Minuten.« Lilly steuerte eine der Steinbänke an, die unter einem Kirschbaum im Schatten stand. »Also, du bist wirklich mit den Beauforts verwandt?«

»Ist das denn so etwas Besonderes?« Ich setzte mich neben sie auf die Bank. Lilly war etwas kleiner als ich und hatte eine Stupsnase mit Sommersprossen in genau demselben Braun wie ihre Augen.

»Ob es ... ob es etwas Besonderes ist?«, wiederholte sie fassungslos und lachte laut auf. Dabei sah sie Grayson an. »Sie fragt, ob es etwas Besonderes ist.«

Grayson ließ sich elegant neben uns auf der Bank nieder und schlug kopfschüttelnd die Beine übereinander, bevor er mir tief in die Augen blickte. »Die beiden werden hier nur die Deep-Blue-Twins genannt, Darling. Und das liegt nicht nur daran, dass ihre Augen so unglaublich leuchten wie zwei tiefblaue Seen.« Er senkte die Stimme. »Die beiden umgibt auch etwas Tiefgründiges, Geheimnisvolles. Mal abgesehen davon, dass sie natürlich unwahrscheinlich heiß sind.«

»So heiß sind sie gar nicht«, widersprach ich und wünschte, ich hätte mir selbst geglaubt.

»Das sagst du jetzt nur, weil du ihre Cousine bist«, sagte Lilly und packte ihre Lunchbox aus. Ein Stück weit entfernt saßen ein paar Schülerinnen auf einer Bank, und eine von ihnen biss gerade von ihrem Apfel ab, als Lilly innehielt. Ich bemerkte ein kurzes Glitzern in ihren Augen, als sie zu der dunkelhaarigen Schülerin mit den hübschen Silberohrringen hinüberstarrte. Dann riss sie ihren Blick los und wandte sich wieder mir zu. »Wo war ich stehen geblieben?«

»Bei Blake und Preston«, half ihr Grayson auf die Sprünge und schnippte sich einen Fussel von seiner grauen Hose.

»Ach ja, die beiden.« Lilly biss grinsend von ihrem Sandwich ab. »Die sind definitiv etwas Besonderes. Und das liegt nicht nur an ihrem Aussehen. Weißt du irgendetwas über sie, was wir nicht wissen?«

»Da ich gestern erst angekommen bin, kann ich euch noch nicht viel über sie erzählen.« Kurz dachte ich an den Moment in Portfall, als ich das Gefühl gehabt hatte, in Blakes Augen Lichtblitze zu sehen. Stirnrunzelnd schob ich das Erlebnis zur Seite. »Aber was macht sie denn für *euch* so interessant?«

Grayson lehnte sich auf der steinernen Bank zurück. »Natürlich ihr Image. Und dass sie so mysteriös sind. Die beiden haben nicht viel Kontakt mit dem Fußvolk.«

»Und sie wiederholen das letzte Schuljahr«, warf Lilly ein und wischte sich mit dem Handrücken einen Krümel von der Wange.

»Ja, weil sie sich angeblich mit dem Direktor angelegt haben«, sagte Grayson und blinzelte genießerisch in die Sonne. Nach dem heftigen Unwetter gestern war es heute ein wunderschöner, sommerlich warmer Tag, der viele Schüler hinaus an die frische Luft gelockt hatte. »Es heißt, er soll sie verdächtigen, die Königskrone der King's School geklaut zu haben.«

»Blödsinn«, mischte sich Lilly ein. »Ich habe gehört, sie haben der Kensington einen Streich gespielt.«

»Was für eine Königskrone?«, fragte ich neugierig und musste an die leere Glasvitrine im Büro der Schulsekretärin denken.

Grayson richtete seinen Blick auf mich und holte tief Luft. »Also, es ist so: Jedes Jahr feiern wir am Tag der Gründung unserer Schule das *Kings & Queens*-Fest, an dem alle Schüler als Könige und alle

Schülerinnen als Königinnen erscheinen. Bisher hatten wir auch ein Wahrzeichen – eine Krone aus echtem Gold – die an diesem Tag immer vom Direktor getragen wurde, wenn er seine Rede hielt. Doch letztes Jahr ist die Königskrone nach dem Fest verschwunden und nie wieder aufgetaucht.«

»Sogar die Polizei war da«, sagte Lilly und biss noch einmal von ihrem Sandwich ab. »Ich habe das Gefühl, der Direktor und die Kensington sind über den Verlust nie so recht hinweggekommen. Die Krone ist nicht nur schweineteuer, sie hat auch einen hohen ideellen Wert.«

»Und ihr wollt mir sagen, dass Blake und Preston sie geklaut haben?«

Lilly schüttelte den Kopf. »Niemand weiß, was wirklich an dem Tag passiert ist. Es könnte auch jeder andere gewesen sein.«

»Aber es wird doch einen Grund geben, warum sie das Jahr wiederholen«, sagte Grayson, und ich überlegte, was genau Onkel Edgar und Preston zu dem Thema gesagt hatten. Onkel Edgar hatte von ein paar *Ereignissen* gesprochen und Preston von *Differenzen*, aber was steckte wirklich dahinter?

»Über die Beaufort-Zwillinge wird ständig gesprochen, und doch weiß niemand wirklich etwas über sie«, fügte Grayson hinzu und wandte sich dann an Lilly, die sehnsüchtige Blicke zu den Silberohrringen des dunkelhaarigen Mädchens warf und dabei gedankenverloren mit ihrer Kette spielte. »Wie war das noch mal, Darling? Sie sollen ja auch beide in dasselbe Mädchen verliebt gewesen sein.«

Der Satz ließ mich innehalten, und ich spürte, wie mein Herz einen Schlag aussetzte, als ich an das Gespräch mit Onkel Edgar dachte. Konnte es sein, dass Preston ebenfalls in Riley verliebt gewesen war? Hassten sich die Brüder deshalb so?

In diesem Moment traten Blake und Preston mit deutlichem Abstand zueinander aus dem Schulgebäude auf den Innenhof, und von einer Sekunde auf die andere änderte sich die Stimmung auf dem Platz. Mädchen, die sich vorher noch ganz normal mit ihren Freunden unterhalten hatten, spielten plötzlich nervös mit Haarsträhnen herum oder steckten tuschelnd die Köpfe zusammen. Dabei verschlangen sie alle Blake und Preston mit ihren Augen, als ob sie die einzigen Jungs an der Schule wären.

Als ich bemerkte, dass ich ebenfalls zur Glotz-Fraktion gehörte, wandte ich rasch den Blick ab. Blake und Preston wurden beinahe schon wie Rockstars behandelt – und irgendwie war ich mir nicht sicher, ob ihnen das überhaupt gefiel. Beim Thema Rockstar fiel mir auch wieder Prestons Bandprobe heute Nachmittag ein, genau wie Onkel Edgars Vorschlag, mit Blake zusammen auf dem Motorrad nach Hause zu fahren. Ohne es zu wollen, wanderte mein Blick nun doch wieder zurück zu ihm, und ich versuchte, mein plötzlich auftretendes Herzklopfen zu ignorieren.

»Nichts für ungut«, sagte Lilly, die sich gerade das letzte Stück ihres Sandwiches in den Mund geschoben hatte und es rasch hinunterschluckte, bevor sie weitersprach, »aber irgendwas an deinen Cousins ist merkwürdig.«

»Ja, es ist merkwürdig, dass zwei Götter wie sie sich in unserer Schule rumtreiben«, sagte Grayson spöttisch und beobachtete Blake aus den Augenwinkeln. Er trug noch immer seine schwarze Motorradkluft von heute Morgen und war damit der Einzige, der sich gegen die Kleiderordnung auflehnte und damit offenbar auch durchkam.

»Nein, das meine ich nicht.« Lilly senkte die Stimme und schüttelte so heftig den Kopf, dass ihre stufig geschnittenen roten

Haare hin und her flogen. »Irgendwas an ihnen ist tatsächlich *seltsam.*«

Ich wurde hellhörig. »Und was?«, fragte ich, weil ich an den unheimlichen Augenblick vor dem Wintergarten denken musste, bei dem die Scheibe der Glastür gesprungen war. Auch wenn der Gärtner das schlechte Material verantwortlich gemacht hatte, konnte ich das irgendwie nicht ganz glauben.

»Es gab da mal so eine Situation«, begann Lilly zu erzählen und erntete ein leises Stöhnen von Grayson.

»Nicht schon wieder die Geschichte von deiner Gänsehaut, Darling. An dem Tag war es einfach nur kühl draußen, das war alles.«

»Es war überhaupt nicht kalt«, widersprach Lilly und schloss energisch ihre Lunchbox. »Im Gegenteil, es war sogar ziemlich warm.«

Grayson seufzte und sagte nichts.

Lilly beugte sich etwas näher zu mir. »Es war vor ungefähr einem halben Jahr. Damals war gerade der Hund von Abigail Hopkins gestorben und sie hat sich deswegen den ganzen Tag die Augen ausgeweint.«

»Abigail hing sehr an ihrem Hund«, bestätigte Grayson, woraufhin Lilly ihm einen strafenden Blick zuwarf, weil er sie unterbrochen hatte.

»Jedenfalls behauptete Abigails beste Freundin eines Tages, Abigail würde deshalb so furchtbar um ihren Hund trauern, weil sie ihn selbst vergiftet hätte.«

»Mit Schokolade«, warf Grayson erneut ein. »Ist für Hunde tödlich.«

»Jedenfalls machte die Story schnell die Runde«, fuhr Lilly schnell mit ihrer Geschichte fort. »Das Gerücht rief die ganzen Tierschützer auf den Plan. Das ging so weit, dass Abigail sogar Hassbriefe und

Drohanrufe bekam, weil sie ihren Hund angeblich mit Schokolade gefüttert hatte.«

Ich strich mir über die Stirn und fragte mich, wie diese Hundegeschichte mit meinen Cousins zusammenhing.

»Eines Tages standen wir jedenfalls alle auf dem Schulhof und Abigail wurde von ein paar Mädchen fies angemacht. Ich stand zufällig daneben und bekam mit, wie Abigails beste Freundin nur ein paar Meter entfernt seelenruhig zusah. Und in diesem Moment«, sie begann wieder zu flüstern, »kam Blake dazu.«

Automatisch blickte ich zu Blake hinüber, der mit seinem Handy in der Hand neben dem Springbrunnen stand und auf dem Display herumtippte, während sein Bruder am anderen Ende des Schulhofes an einem Baum lehnte und von einem Mädchen vollgequatscht wurde, das offenbar mit ihm flirtete.

Lilly verstand es wirklich, Spannung aufzubauen. »Und was ist dann passiert?«, fragte ich.

»Blake ging zu Abigails bester Freundin und sah sie an. Er machte nichts weiter, er blickte sie einfach nur durchdringend an.« Lilly atmete so tief ein, dass sich die weiße Bluse ihrer Schuluniform über ihrem Brustkorb spannte. »Ich stand ganz in der Nähe und bekam eine Gänsehaut am ganzen Körper, als ob die Temperatur plötzlich um einige Grad gesunken wäre. Und es lag *nicht* am Wind«, betonte sie rasch in Graysons Richtung, der nur träge schmunzelte. »Und dann«, Lilly richtete ihre braunen Augen auf mich und schluckte kurz, »dann gestand Abigails beste Freundin vor allen, dass sie die Hundevergiftung nur erfunden hatte, um sich an Abigail zu rächen, weil diese Tommy Johnson geküsst hatte. Und dass jetzt alle damit aufhören sollten, Abigail wegen ihres toten Hundes anzugreifen.«

»Achtung, er kommt her«, zischte Grayson plötzlich und setzte sich aufrechter hin, wobei sein Adamsapfel nervös auf und ab hüpfte. Lilly folgte seinem Blick und wurde ein wenig blasser um die Nase, als sie sah, dass Blake das Handy weggesteckt hatte und direkt auf uns zusteuerte.

»Meinst du … er hat gehört, dass ich über ihn geredet habe?«, zischte sie Grayson zu, ohne den Blick von Blake abzuwenden.

»Nein, aber er wird mitkriegen, dass wir ganz komisch miteinander sprechen«, zischte Grayson zurück, ohne die Lippen zu bewegen. Dabei ließ er seine Augen einmal bewundernd von oben bis unten über Blakes Körper gleiten. Ich konnte es ihm nicht verübeln, versuchte jedoch, eine stoische Miene aufzusetzen, als mein Cousin auf mich zukam.

»Gratuliere, du hast es geschafft«, begrüßte er mich nüchtern und betrachtete mich so eindringlich, dass ich automatisch die Luft anhielt.

»Was geschafft?«, fragte ich und registrierte dabei, dass nicht nur die anderen Mädchen auf dem Hof, sondern auch Preston auf unsere Unterhaltung aufmerksam geworden waren. Allerdings war er ein wenig abgelenkt, weil ihn inzwischen ein schlanker Typ in ein Gespräch verwickelt hatte. Er hatte etwas längere Haare, die er zu einem lässigen Knoten gebunden hatte, und trommelte unaufhörlich mit den Fingern gegen seinen Oberschenkel.

»In der Schule anzukommen«, sagte Blake und verschränkte die Arme vor der Brust, sodass seine Muskeln deutlich hervortraten. »Und zwar noch heute.«

»Bist du jetzt enttäuscht?«, fragte ich und schlug scheinbar entspannt die Beine übereinander, obwohl ich innerlich alles andere als entspannt war.

Die Andeutung eines Schmunzelns huschte über sein Gesicht,

was mich wesentlich mehr aus dem Konzept brachte, als wenn er mich verarschte.

»Überrascht trifft es wohl eher.«

»So überrascht wie ich gestern?«

Er blickte mich unbewegt an. »Was meinst du?«

»Du hättest mir ruhig sagen können, wer du bist«, sagte ich, obwohl mir klar war, dass er genau wusste, was ich meinte.

Er zuckte mit den Schultern und machte einen Schritt auf mich zu. »Du hast mich nicht gefragt, wer ich bin, June.«

Es war eigenartig, aber meinen Namen aus seinem Mund zu hören, führte sofort dazu, dass mein Puls nach oben schnellte.

»Das ist wahr. Vermutlich hat mich unsere Unterhaltung über psychopathische Axtmörder zu sehr abgelenkt, um dir diese naheliegende Frage zu stellen.« Meine Worte trieften nur so vor Sarkasmus, und Blakes Augen funkelten kurz amüsiert, bevor er gleich wieder ernst wurde.

»Mein Vater hat mich gebeten, deinen Babysitter zu spielen und dich nach der Schule auf dem Bike mit nach Hause zu nehmen.«

Ich lehnte mich ein Stück zurück und zog eine Augenbraue hoch. »Und bringst du mich danach auch ins Bett und liest mir eine Gutenachtgeschichte vor?«

Grayson zog neben mir scharf die Luft ein, doch ich ignorierte ihn. Dafür bekam ich mit, wie Lilly leise kicherte.

Blake beachtete die beiden nicht und erwiderte meinen Blick völlig ungerührt. »Keine Sorge, so weit wird es nicht kommen. Also, ich erwarte dich nach Schulschluss auf dem Parkplatz.«

»Reizend von dir, aber ich komme auch ohne dich nach Hause«, konterte ich schroff und hoffte, dass mir Lilly sagen konnte, welchen

Bus ich nehmen musste, um vor Einbruch der Dunkelheit wieder in Green Manor zu sein.

Neben mir sah ich Grayson fast schon entsetzt unseren Dialog verfolgen und konnte mir vorstellen, dass er noch nie jemanden so mit *Rockstar* Blake Beaufort sprechen gehört hatte. Lilly hingegen hob nur zufrieden eine Augenbraue und schien mein Verhalten gutzuheißen.

Blake schüttelte kaum merklich den Kopf. »Ich habe den zweiten Helm nicht umsonst mitgeschleppt.«

»Es gibt sicher noch jemand anders, den du mitnehmen kannst«, sagte ich und erhob mich, als die Glocke zur nächsten Stunde klingelte. Dabei bemerkte ich, dass die Gespräche auf dem Schulhof beinahe vollständig zum Erliegen gekommen waren und alle Mädchen ringsum nur in unsere Richtung starrten.

»Ich werde aber nicht jemand anders, sondern dich mitnehmen. Punkt 16 Uhr auf dem Parkplatz vor der Schule. Und komm bloß nicht zu spät.« Mit diesen Worten drehte er sich um und ließ mich einfach stehen.

Wütend blickte ich ihm hinterher.

»Wir müssen jetzt in die Englischstunde«, sagte Lilly und zog Grayson hoch, der noch immer wie paralysiert auf der steinernen Bank saß. Selbst die Biene, die gefährlich knapp an seinem offenen Mund vorbeisauste und dann einen blühenden Azaleenstrauch ansteuerte, schien ihn nicht zu beunruhigen.

»Unbelievable«, murmelte er. »Nicht nur, dass er dich auf seinem Motorrad mitnehmen will – aus der Nähe sieht der Typ sogar noch besser aus, als ich dachte.«

Nach Englisch hatte ich noch eine Doppelstunde Geschichte, bis schließlich die lange Mittagspause begann. Lilly erwies sich als hervorragende Begleitung und half mir geduldig, mich auf dem riesigen Gelände zurechtzufinden, während wir das Thema Cousins beide mieden. Ich hatte nach Blakes arrogantem Auftritt keine Lust, über ihn zu sprechen, und Lilly schien es ähnlich zu gehen. Stattdessen schwärmte sie mir von dem morgigen Ausflug zu dem Steinkreis im Bodmin Moor vor, den unser Literaturlehrer jedes Jahr mit seinen Abschlussklassen machte, weswegen wir heute auch keine Hausaufgaben bekamen.

»Diese Steine sind wirklich cool«, sagte Lilly, als sie mit mir und Grayson in der Cafeteria saß und gerade genüsslich einen Muffin verzehrte. »Ich stehe ja normalerweise nicht so auf die ganzen mystischen Geschichten, aber dort fühlt man irgendwie diese alte Energie aus den keltischen Sagen.«

Grayson kippte einen Espresso hinunter und hob eine dunkle Augenbraue. »Hattest du dort auch eine Gänsehaut?«

»Es war nicht der Wind!« Lilly brach ein Stück ihres Muffins ab, um Grayson damit zu bewerfen.

»Köstlich, vielen Dank«, sagte er und steckte es sich in den Mund.

»Wieso warst du eigentlich schon dort, wenn erst die Abschlussklassen den Ausflug unternehmen?«, fragte ich und aß den Rest von meinem Nudelsalat. Das Angebot in der Cafeteria war wirklich gut und mein Salat schmeckte extrem lecker. Es war kein Wunder, dass noch immer Schüler bei der Essensausgabe anstanden.

»Meine Eltern fahren mehrmals im Jahr dorthin. Meine Brüder lieben diesen Ort.«

»Vielleicht kam daher deine Gänsehaut«, sagte Grayson spöttisch. »Weil du mit deiner ganzen Familie dort warst. Da würde selbst ich eine Gänsehaut bekommen.«

Lilly begann zu kichern und schüttelte den Kopf. »Du bist unmöglich.« Dann sah sie mich an. »Morgen im Bus möchte ich, dass *du* neben mir sitzt, June. Dann kann dieser Idiot hier sich ganz und gar dem wunderschönen Gefühl hingeben, ein Einzelkind zu sein.«

»Ich bin gern ein Einzelkind«, sagte Grayson sofort. »So haben meine Eltern nur einen Menschen auf der Welt, dem sie ihre ganze Liebe schenken können.«

»Einander?«, fragte Lilly, und ich musste schmunzeln, da ich es genoss, wie unbeschwert die Neckereien zwischen ihnen hin und her flogen.

»Apropos Bus«, nahm ich den Faden von vorhin wieder auf und lehnte mich auf dem grauen Stuhl zurück. »Kannst du mir sagen, wie ich von hier aus zurück nach Green Manor komme?«

Grayson tupfte sich gerade mit einer weißen Serviette den Mund ab und hielt mitten in der Bewegung inne. »Du willst also wirklich nicht mit ihm fahren?«

»Definitiv nicht.« Ich hatte keine Lust, mich von Blake herumkommandieren zu lassen. »Hast du nicht gehört, wie er vorhin mit mir gesprochen hat?«

»Immerhin *hat* er mit dir gesprochen«, sagte Lilly. »Das ist in Graysons Welt schon ein Sieg.«

»Mehr als das. Das ist der Anfang einer ganz großen Lovestory«, meinte Grayson seufzend.

Ich trank den Rest meiner Cola und runzelte dabei die Stirn. »Nun, in meiner Welt aber nicht. Und deshalb werde ich mit dem Bus nach Hause fahren.«

Kapitel 7

Nachdem der Bus hinter der nächsten Kurve verschwunden war, angelte ich mein Handy aus der Jackentasche und rief Google Maps auf, um sicherzugehen, dass ich in die richtige Richtung marschierte. Die Straße schlängelte sich stetig bergan, und ich versuchte mich zu erinnern, ob ich während meiner Motorradfahrt mit Blake hier vorbeigekommen war. Doch Fakt war, dass mich seine Nähe so sehr abgelenkt hatte, dass ich es nicht mehr wusste.

Nein, nicht seine Nähe, korrigierte ich mich selbst. Es musste am Unwetter gelegen haben – im strömenden Regen hatte hier alles anders ausgesehen.

Google Maps bestätigte mir, dass ich in die richtige Richtung lief und der Fußmarsch bis Green Manor noch etwa dreizehn Minuten dauern würde. Gerade, als ich mir meinen prallen Rucksack zurechtrückte, bekam ich einen Anruf von meiner Mutter.

»Hi, Mama«, begrüßte ich sie schnaufend, da die Schulbücher, die ich bekommen hatte, mit jedem Schritt schwerer wurden. Und auch die Steigung war nicht zu unterschätzen.

»Hallo, mein Schatz«, sagte sie. »Warum schnaufst du denn so? Musst du gerade ein Schaf tragen? Oder … ich störe dich doch nicht bei etwas anderem?«

»Mama!«, rief ich entsetzt. »Ich bin auf dem Weg nach Hause.« Um ihr nicht die ganze Zeit in die Ohren zu keuchen, ging ich ein bisschen langsamer. Neben der Straße wuchs wilder Lavendel und der Wind trug den Geruch von Meer mit sich.

»Schön, dass du schon *nach Hause* sagst. Aber erzähl, hast du vielleicht schon einen Jungen kennengelernt? Einen hübschen Briten?«

Meine Mutter wusste von der Sache mit Jasper, und ihre Devise hierzu lautete: Nicht zu lange Trübsal blasen, sondern sich gleich ins nächste Abenteuer stürzen.

»Ich bin gerade mal einen Tag hier«, antwortete ich kopfschüttelnd.

»Okay, dann frag ich morgen noch mal«, sagte sie amüsiert. »Wie war denn dein erster Schultag?«

»Wirklich okay. Ich hab schon zwei Mitschüler kennengelernt, die wirklich nett sind.«

»Und wie geht es dir mit Onkel Edgar? Verstehst du dich gut mit ihm?«

Ich holte tief Atem. »Mit ihm schon.«

»Aber?«

»Hast du gewusst, dass Blake und Preston auch noch hier wohnen? Sie wiederholen aus irgendeinem Grund ihr Abschlussjahr.« Ich schluckte unweigerlich, als ich an die Zwillinge dachte. »Preston ist ziemlich charmant, aber Blake ist irgendwie seltsam.«

»Nun, er ist Brite, mein Schatz. Manchmal müssen die etwas seltsam sein.«

Ich hob eine Augenbraue. »Und das sagst du, obwohl Papa auch Brite ist?«

»Manchmal ist dein Vater ja auch seltsam, Schatz.«

»Ja, zum Beispiel beim Thema Tante Catherine«, murmelte ich etwas leiser.

Meine Mutter seufzte. »Du weißt doch, dass dein Vater nicht gern darüber spricht. Ich war selbst nur zur Beerdigung deines Großvaters in Cornwall – als Catherine und dein Vater versucht haben, sich noch einmal anzunähern. Aber die alten Streitereien kamen immer und immer wieder hoch.«

»Und was waren das für Streitereien?«

Sie zögerte kurz. »Die Jahre vor seinem Tod verhielt sich dein Großvater etwas eigenartig. Er hatte Stimmungsschwankungen, wurde ausfallend und redete wirres Zeug. Deine Tante bestand darauf, dass dein Großvater an Alzheimer litt, während dein Vater von einer Art Schizophrenie ausging. Sie konnten sich über die Art der Pflege nicht einigen und es kam immer wieder zu heftigen Diskussionen. Während dein Vater ein sehr vernunftorientierter Mensch ist, wurde deine Tante Catherine immer von ihren Emotionen gesteuert.« Sie hielt kurz inne und wirkte etwas gestresst. »Schatz, es tut mir leid, aber ich muss jetzt gleich zu einem Meeting mit der Agentur. Wollen wir ein anderes Mal weitersprechen?«

»Klar. Drück Theo von mir«, sagte ich noch, bevor ich auflegte. Diese ganze Familiengeschichte fühlte sich noch immer total verworren an, aber langsam hatte ich das Gefühl, Stück für Stück das Puzzle zusammensetzen zu können.

Ich bog um eine weitere Kurve und blieb überwältigt stehen. Es musste der Wahnsinn sein, hier aufzuwachsen. Ein Panorama wie auf einer Postkarte breitete sich vor mir aus. Ich blickte über sanfte grüne Hügel und schroffe Felsen hinunter zum Meer. Die Sonnenstrahlen brachten das türkisblaue Wasser zum Glitzern und ich konnte in der Ferne ein paar weiße Fischerboote auf den Wellen schaukeln sehen.

Ein lautes Hupen hinter mir ließ mich zusammenschrecken. Es stammte von einem weißen Lieferwagen, der soeben an mir vorbeikurvte, und schien nur eine Art Gruß gewesen zu sein. In Frankfurt wurde man eigentlich nur angehupt, wenn man etwas Blödes machte, wie mitten auf der Straße im Regen zu tanzen – wofür ich nicht der Typ war, meine Freundin Carla aber schon.

Langsam setzte ich mich wieder in Bewegung. Nach dem anstrengenden ersten Schultag freute ich mich jetzt auf ein paar ruhige Stunden draußen im Garten. Ich würde mir ein gemütliches Plätzchen suchen, meine Nase in die neuen Schulbücher stecken und danach vielleicht noch einen Agatha-Christie-Krimi lesen.

In Gedanken war ich schon bei meinem entspannten Nachmittag, als ich die letzte Biegung erreichte und das Anwesen meines Onkels in Sicht kam. Das schmiedeeiserne Tor vor dem herrschaftlichen grauen Gebäude stand heute sperrangelweit offen, und dahinter konnte ich Blakes Maschine sehen, die er am Rande der Kiesauffahrt abgestellt hatte. Doch das war nicht das einzige Fahrzeug auf dem Grundstück. Es parkten noch zwei Lieferwagen direkt vor dem Haus, ein grüner und der weiße, der eben an mir vorbeigekommen war.

Irritiert beobachtete ich, wie der Lieferant gemeinsam mit einem Bediensteten Kisten voller Blumen aus dem Auto holte und in Richtung eines riesigen weißen Festzeltes schleppte, das auf dem penibel gestutzten dunkelgrünen Rasen vor der breiten Terrassentür aufgebaut worden war.

»Achtung«, erklang die gestresste Stimme des anderen Lieferanten, als ich staunend näher trat. Er hievte gerade eine meterhohe

Eisskulptur aus dem zweiten Lieferwagen, die die Form einer Rose hatte. Rasch machte ich einen Schritt zur Seite und wäre dabei fast mit einer jungen Frau zusammengestoßen, die eine ganze Kiste voller gläserner Windlichter trug, die bei jedem ihrer Schritte leise klirrten.

»Sorry«, entschuldigte ich mich und erntete ein kurzes Lächeln von ihr, bevor sie weitereilte.

Die Vorbereitungen schienen sich alle auf das offene weiße Festzelt zu konzentrieren, und mir fiel wieder der verschmitzte Gesichtsausdruck meines Onkels ein, als er mir gestern erklärt hatte, dass er einen *kleinen Empfang* für seine engsten Freunde geplant hätte. Diesen Empfang hatte ich bis gerade eben völlig vergessen, und wenn tatsächlich nur Onkel Edgars *engste Freunde* kamen, dann musste er mit halb Cornwall befreundet sein.

Ein wenig sauer auf mich selbst, dass ich die geplante Party heute Abend völlig vergessen hatte, eilte ich die Treppe hinauf in mein Zimmer. Dort ließ ich den schweren Rucksack zu Boden gleiten und seufzte. Ich hatte mich wirklich auf einen ruhigen Nachmittag gefreut, ganz ohne Gäste, Eisskulpturen und gestresst herumlaufendes Personal.

In diesem Moment erklang direkt unter meinem Fenster das Trommeln eines Schlagzeugs und hörte nicht mehr auf. Stirnrunzelnd durchquerte ich das Zimmer und warf einen Blick hinaus in den Garten. Offenbar war eine Band gebucht, die hier im Schatten des Hauses ihren Soundcheck machte. Da es selbst mit geschlossenen Fenstern ziemlich laut war, schnappte ich mir meinen Lieblingskrimi und machte mich auf die Suche nach einem ruhigeren Plätzchen.

Auf dem Weg begegneten mir weitere hektisch umhereilende

Dienstboten, die riesige Platten mit Essen oder Blumengestecke nach draußen schleppten, und ich wich an die Wand der Eingangshalle zurück, als der Lieferant mit der Eisskulptur gemeinsam mit einem schwitzenden jungen Mann die Tür aufstieß.

»Draußen ist es zu warm, wir müssen sie hier lagern«, stieß er keuchend hervor, als Wilfried aus der großen Bibliothek trat.

»Ich habe Ihnen doch gesagt, Sie sollen erst etwas später kommen«, sagte der Butler unterkühlt.

»Das ist heute nicht meine einzige Lieferung«, gab der Typ verärgert zurück, und ich schlug rasch den Weg zur Küche ein, um durch den Hinterausgang des Hauses zu verschwinden. Vielleicht war es auf der Koppel bei den Pferden ruhiger – oder möglicherweise konnte ich mich auch im Stall in eine der mit frischem Stroh ausgelegten Boxen zurückziehen.

Ich hatte die Küchentür gerade erreicht, als ich die Stimme der Köchin hörte.

»Mary, bist du das? For the love of God, wo hast du nur gesteckt?«

»Ich … ich bin nicht Mary«, sagte ich und steckte meinen Kopf durch die offene Küchentür.

Betty stand mit rot glänzenden Backen und hochgekrempelten Ärmeln vor dem Küchenblock und wischte sich mit dem Unterarm gerade den Schweiß von der Stirn. In den Töpfen auf dem Herd hinter ihr blubberte es und im Backofen steckte schon wieder ein Kuchen. Während hier gestern noch alles einen gemütlichen und aufgeräumten Eindruck gemacht hatte, sah die Küche nun aus, als ob eine Bombe eingeschlagen hätte.

»June. Verzeih, ich dachte, du bist Mary.« Betty legte schnell ihr Messer zur Seite, als der Topf hinter ihr überzukochen drohte. »Caroline ist heute ausgefallen, weil sie krank geworden ist, und Mary verschwindet immer dann, wenn ich sie brauche«, schnaubte sie und drehte rasch die Temperatur runter, während der Dampf aus dem Topf in die Höhe schoss und ihr ohnehin rotes Gesicht noch mehr zum Glänzen brachte.

»Kann ich irgendetwas tun?« Betty sah so aus, als ob sie wirklich Hilfe brauchte.

»Ach, das ist ganz entzückend von dir!« Sie wischte sich ihre Hände an der Schürze ab, während in ihrem Gesicht zwei gegensätzliche Gefühle stritten. »Aber ich weiß nicht, ob Mr Beaufort davon begeistert wäre, wenn ich seine Nichte für die Küchenarbeit einspannen würde …«

»Ach, das macht mir nichts«, erwiderte ich und legte mein Taschenbuch beiseite. »Sagen Sie mir einfach, was zu tun ist, ich helfe gern.«

»You're an angel«, stieß Betty hervor und wies auf die Spüle vor dem Fenster. »Zuerst wäschst du dir die Hände, und dann wäre es großartig, wenn du die Kartoffeln schälen könntest. Ach, und die Zwiebeln dort gehören auch noch geschnitten.« Sie deutete zuerst auf einen riesigen Berg Kartoffeln und dann auf ein Schneidebrett mit einem nur unwesentlich kleineren Berg Zwiebeln.

»Was wird das denn?«, fragte ich, während ich mir die Hände mit Seife wusch und dann zu dem Schneidebrett mit den Zwiebeln ging. Da es die unangenehmere Arbeit war, wollte ich es schnell hinter mich bringen.

»Cornish Pasties«, sagte Betty abgelenkt, während sie sich bückte, um den Ofen zu öffnen und den Kuchenteig zu kontrollieren. »Das sind mit Fleischragout, Kartoffeln und Zwiebeln gefüllte Pasteten, die die Farm- und Bergarbeiter früher oft als Mittagessen zur Arbeit mitgenommen haben«, erklärte sie mir über die Schulter, während sie mit einer langen, dünnen Nadel in den Kuchenteig stach und den Ofen dann mit einem unzufrieden Murmeln wieder schloss.

»Davon habe ich schon gehört.« Ich begann damit, die erste geschälte Zwiebel in feine Streifen zu schneiden. »Es ist eines der Lieblingsgerichte meines Dads.« Obwohl mein Vater wenig über seine Heimat sprach, fing er immer wieder von diesen Pasteten an.

Betty lachte. »Ja, das kann ich mir vorstellen. Mr Beaufort ist auch ganz verrückt danach, weshalb ich auch gleich zwei große Platten als Fingerfood machen soll. Und frisch schmecken sie nun mal am besten.«

Ich nickte und konzentrierte mich auf meine Zwiebel, die so rutschig war, dass ich mir fast in den Finger schnitt.

»Und, wie hat dir dein erster Tag an der King's School gefallen?« Betty holte eine große Packung Beefsteak aus dem Kühlschrank, die sie gewissenhaft öffnete und das Fleisch danach unter fließendem Wasser abspülte.

»Gut«, sagte ich nach kurzem Zögern und schob mit dem Messer die klein geschnittenen Zwiebelstückchen zur Seite, um mit der Nächsten zu beginnen.

»Das ist nicht fein genug.« Betty nickte mit dem Kopf in Richtung Schneidebrett. »Du musst die Zwiebel ganz klein hacken.« Eine braune Locke klebte an ihrer Wange fest und sie strich sie beiläufig zur Seite.

»... Okay«, sagte ich und machte mich daran, die Zwiebel noch feiner zu hacken. Dabei stiegen mir die scharfen Dämpfe in die Augen, die prompt zu tränen begannen.

Betty schien mein kurzes Zögern bemerkt zu haben. »Der erste Tag ist nie leicht«, meinte sie. »Glaub mir, ich habe schon viele solche Tage hinter mich gebracht. Aber immerhin waren Blake und Preston dabei, so warst du nicht ganz allein.«

Darauf sagte ich nichts und erinnerte sie auch nicht daran, dass ihre Meinung zu Blake gestern noch wesentlich weniger positiv ausgefallen war. Stattdessen ging ich zur zweiten Zwiebel über, nachdem ich die erste in so winzige Teile gehackt hatte, dass sie bei weiterer Bearbeitung in ihre atomaren Einzelteile zerfallen würden.

»Sehr gut machst du das«, sagte Betty, drehte den Wasserhahn ab und ging mit dem noch tropfenden Fleisch zum Fleischwolf, wo sie das Beefsteak mit einer Küchenrolle abtupfte, bevor sie es in die Öffnung gleiten ließ. »Es ist eben doch was anderes, ein Mädchen im Haus zu haben.«

»Onkel Edgar hat mir gestern erzählt, dass die Zwillinge gar nicht meine leiblichen Cousins sind«, warf ich ein und blickte kurz zur Decke, weil meine Augen inzwischen so sehr tränten.

Betty schielte zur Küchentür und senkte dann vertraulich die Stimme, bevor sie weitersprach. »Das ist wahr. Allerdings war es auch gar nicht so einfach für Mrs Beaufort, der gesetzlich anerkannte Vormund zu werden … da die beiden ja keine Papiere und nichts hatten.«

Ich horchte auf und glitt prompt mit dem Messer ab, das meinen Finger um Haaresbreite verfehlte. »Wie kam es denn dazu? Hat ein Feuer ihre Geburtsurkunden vernichtet?«

Die Köchin schüttelte den Kopf. »Nein, die Kleinen wurden vor dem Anwesen ausgesetzt.«

Überrascht hielt ich inne.

»Sie müssen ungefähr ein Jahr alt gewesen sein«, fuhr Betty fort und packte das fertige Rinderhack in eine Schüssel, bevor sie zur Spüle eilte und sich die Hände wusch. »Es war Samhain, also die

Nacht von Halloween, und es regnete.« Sie machte eine kurze Pause, in der sie sich die Hände an einem Küchentuch abtrocknete. »Ein jeder weiß, dass man an diesem Abend besser nicht sein Haus verlässt, da die Wesen der Anderswelt durch die Dunkelheit streifen. Doch uns brachte diese Nacht keine finsteren Geister, sondern zwei entzückende Knaben, die in einer großen schwarzen Reisetasche vor der Tür abgestellt wurden.«

»Halloween«, murmelte ich. »Eine seltsame Nacht, um seine Kinder auszusetzen.«

»Für Mrs Beaufort war es eine der schönsten Nächte ihres Lebens«, sagte Betty zärtlich. »Sie hatte sich schon so lange ein Kind gewünscht – und in die strahlend blauen Augen dieser kleinen Jungs konnte man sich nur verlieben.«

»Und was passierte dann?« Ich versuchte, mich weiter auf meine Zwiebel zu konzentrieren, obwohl mich die Geschichte total in ihren Bann zog.

»Dann folgte ein langer bürokratischer Hindernislauf, bis die Beauforts es schließlich schafften, die Kleinen zu adoptieren. Ihr großes Vermögen war dem Prozess natürlich auch nicht abträglich, wenn du verstehst, was ich meine.« Sie ging zum Herd und rührte kurz in einem Topf, bevor sie zurück zum großen Küchenblock eilte und mit den Kartoffeln anfing. »Natürlich wurde zuerst der Chief Constable verständigt und eine große Suchaktion nach den Eltern der Jungs gestartet. Sie haben sogar versucht, die Reifenspuren des Wagens zu identifizieren, der die beiden vor dem Anwesen abgesetzt hat. Aber Reifenspuren aus dem Kies lesen? Das könnte nicht mal Sherlock Holmes.« Betty blickte mich besorgt an. »Lass uns tauschen, Kleine. Du siehst ja fast nichts mehr vor lauter Tränen.«

Dankbar ließ ich das Messer sinken und widerstand der Versuchung, mir mit dem Handrücken über die Augen zu wischen und damit alles nur noch schlimmer zu machen. Stattdessen stolperte ich zur Spüle und wusch mir dort erst die Hände und dann das Gesicht.

»Und haben Edgar und Catherine noch etwas über die Herkunft der Jungs herausgefunden?«, fragte ich, während ich mir tonnenweise kaltes Wasser ins Gesicht schaufelte.

»Nein. Sie wussten nicht mal ihre Namen. Normalerweise wird bei ausgesetzten Kindern ja oft noch ein persönlicher Brief oder eine Botschaft gefunden – doch hier: gar nichts. Die Beauforts wussten weder, woher die beiden kamen, noch wie sie hießen oder wann sie geboren wurden.«

Ich schwieg für einen Moment, während ich durch die dampfende Küche zu dem Berg Kartoffeln ging. Dabei versuchte ich mir vorzustellen, wie es sich anfühlen musste, seine eigenen Wurzeln nicht zu kennen. Weder zu wissen, woher man stammte, noch warum sich die Eltern entschlossen hatten, einen fortzugeben. Und ob sie überhaupt noch lebten.

»Das Thema hat in der Nachbarschaft bestimmt für viel Gesprächsstoff gesorgt«, mutmaßte ich und begann, die erste Kartoffel zu schälen, während Betty in einer unglaublichen Geschwindigkeit die Zwiebeln in feine Stückchen hackte.

»Oh ja, und wie«, stimmte sie mir zu. »Das war ein gefundenes Fressen für die Dorfbewohner. Jahrelang haben sie darüber getratscht – und selbst heute gibt es noch alte Leute, die tatsächlich glauben, dass die Jungs gar nicht aus unserer Welt stammen, sondern aus der Anderswelt herübergekommen sind, um hier ein Leben als Menschen zu führen, bis sie zu ihrer Volljährigkeit wieder für immer im Nebel zwischen den Hügeln verschwinden.«

Trotz der absurden Behauptung schien es für einen Moment kühler zu werden in dem dampfenden Raum.

»Angeblich wollen zehn Prozent aller Menschen schon mal einen Geist gesehen haben, aber an solche Dinge glaube ich nicht«, sagte ich und blickte mich kurz um. Eines der Fenster stand offen, daher also die frische Brise. »Ich halte nichts von Geistern, Mythen oder der Anderswelt.«

»Dann bist du aber ganz anders als deine Tante Catherine und dein Großvater«, bemerkte Betty, doch als ich interessiert die Augenbrauen hob, winkte sie schnell ab. »Du hast natürlich recht«, sagte sie mit einem Lächeln und nahm sich die nächste Zwiebel vor. »Ich glaube ja auch nicht daran.«

»Du kanntest meinen Großvater?«

Betty zögerte kurz. »Ja, aber nicht besonders gut.«

»Und wie war er so?«

»Wie Charles Mansfield so war? Das ist schwer zu beschreiben, mein Kind. In seinen guten Zeiten war er ein charismatischer Mann mit einem ansteckenden Lachen, aber als er alt wurde …« Sie verstummte für einen Augenblick. »Er war sehr krank.«

»Ich weiß, meine Mutter hat mir davon erzählt.«

»Alzheimer ist eine boshafte Krankheit«, murmelte Betty und schüttelte den Kopf.

In diesem Moment huschte ein dünnes Mädchen mit glatten blonden Haaren in die Küche.

»Mary!«, entfuhr es Betty. »Wo warst du denn?«

»Es tut mir leid.« Mary errötete bis unter die Haarwurzeln. »Mr Beaufort hat mich gebeten, der Liveband einige Erfrischungen zu bringen. Doch mir ist das Tablett mit den Getränken runtergefallen. Und dann …«

»Schon gut«, wiegelte Betty ab, als sie sah, dass Mary kurz davor war, in Tränen auszubrechen. Immerhin hätten wir dann optisch gut zusammengepasst. »Vielen Dank, dass du mir geholfen hast, June. Da Mary nun wieder hier ist, möchte ich deine Zeit nicht länger in Anspruch nehmen.«

»Schon gut, es hat Spaß gemacht«, sagte ich schnell und fing mir einen belustigten Blick von Betty ein, da meine Augen vom Zwiebelschneiden wahrscheinlich noch immer total verheult aussahen.

»Wir sehen uns heute Abend.« Betty bedeutete Mary mit einem Kopfnicken, meinen Platz bei den Kartoffeln einzunehmen. »Du musst später unbedingt die Cornish Pasties kosten, wo du ja jetzt daran mitgearbeitet hast.«

»Versprochen.« Ich wischte mir die Hände an meinen Jeans ab, bevor ich mich Richtung Tür wandte.

»Betty? Dad möchte, dass du auch eine Erdbeerbowle machst«, kam in diesem Moment eine dunkle Stimme aus Richtung der Küchentür, und ich blieb wie angewurzelt stehen, als ich Blake sah, der den Kopf hereinstreckte und sich links und rechts mit den Händen im Türrahmen abstützte. Seine Muskeln spannten unter dem schwarzen T-Shirt, und es kostete mich einige Mühe, mich von diesem Anblick loszureißen. Doch als ich ihm ins Gesicht schaute und er mich entdeckte, wirkte er alles andere als begeistert.

Kurz durchzuckte mich ein schlechtes Gewissen, weil er womöglich lange am Parkplatz auf mich gewartet hatte und ich einfach mit dem Bus gefahren war. Allerdings hatte er nach der Nummer auf dem Pausenhof auch nichts anderes verdient.

Blake starrte mich an, und ich musste ein paarmal blinzeln, da meine Augen von den Zwiebeln noch immer brannten. Dabei glaubte ich für den Bruchteil einer Sekunde so etwas wie Sorge bei ihm aufblitzen zu sehen, die jedoch sofort wieder verflog, als er den Berg aus Zwiebeln entdeckte.

»Wo zum Teufel warst du?«, wollte er wissen.

»Ich bin mit dem Bus gefahren«, sagte ich schroff.

Blake machte einen Schritt auf mich zu und ließ mich dabei nicht aus den Augen. »Was genau hast du nicht verstanden? Ich hatte 16 Uhr auf dem Parkplatz gesagt.«

Ich verschränkte die Arme vor der Brust. »Und ich hatte gesagt, dass ich es allein zurückschaffe. Ich brauche keinen Babysitter.«

Blake schnaubte. »So wie du dich aufführst, anscheinend schon. Ist es so schwer, sich an eine Abmachung zu halten?«

»Wir hatten keine Abmachung, Blake. Du hast mir eine Anweisung gegeben. Ich habe mich einfach nicht daran gehalten und bin lieber mit dem Bus gefahren.«

»Du bist lieber mit dem Bus gefahren?«

»Ich lerne gerne neue Leute kennen«, erwiderte ich schnippisch.

»Aha. Du hast dich im Bus also wieder von fremden Männern ansprechen lassen?«

»Ja, genau. Und diesmal bin ich sogar noch weiter gegangen und habe ihm sogar mein Busticket für die Fahrt gezeigt.« Ich setzte ein schockiertes Gesicht auf, woraufhin Blakes Mundwinkel kurz nach oben zuckten.

»Du solltest es nicht zu weit treiben«, sagte er mit rauer Stimme, und für einen Augenblick hatte ich den Eindruck, dass es nicht mehr um die Busfahrt ging. Sein Blick wurde intensiver, und obwohl ich am liebsten weggesehen hätte, konnte ich es nicht. Stattdessen verlor ich mich in dem leuchtenden Blau seiner Augen, während er mich auf eine Art fixierte, die mir den Atem raubte.

Plötzlich ging ein kaum wahrnehmbarer Ruck durch Blake, und

es schien, als müsste er sich mit Gewalt von meinem Anblick losreißen. Dann wandte er sich an Betty, die unseren Dialog stumm verfolgt hatte. »Kriegst du das mit der Erdbeerbowle noch hin?«

»Ja. Knapp, aber ja«, erwiderte sie und er nickte zufrieden.

»Du bist die Beste, Betty.«

Die Köchin lächelte verzückt, und ich verstand nicht, warum sie gestern noch so über Blake hergezogen hatte – anscheinend schien sie ihn ja doch zu mögen.

»Ich bin mal eine Stunde weg«, sagte Blake dann. »Mir ist hier zu viel los.«

»Du willst weg? Aber du kommst nachher wieder, oder?«, fragte Onkel Edgar, der gerade hinter Blake aufgetaucht war.

»Klar.« Blake schob sich die Hände in die Hosentaschen.

Mein Onkel lächelte. »Wohin geht es denn?«

»Reiten«, antwortete Blake kurz angebunden.

Das Lächeln auf dem gutmütigen Gesicht meines Onkels wurde noch breiter und er legte seine große Hand aufs Blakes Schulter. »Nimm doch June mit«, schlug er vor. »Und zeig ihr ein bisschen die Gegend.«

Blake wirkte nicht sonderlich begeistert.

»Nein, wirklich, das muss nicht sein«, sagte ich schnell, um aus der Sache irgendwie herauszukommen.

»Wenn sie nicht will, sollten wir sie nicht zwingen«, kam mir Blake unerwartet zu Hilfe, und obwohl es mich hätte freuen sollen, gaben mir seine Worte stattdessen einen kleinen Stich.

»Aber du bist doch früher immer so gern geritten«, beharrte Onkel Edgar. »Ich erinnere mich noch, als du vor neun Jahren bei uns warst, da hast du mir doch so stolz von deinem schwarzen Hengst erzählt.«

Rasch schüttelte ich den Kopf. »Wirklich, ich bin schon ewig nicht mehr auf einem Pferd gesessen.«

»Tatsächlich? Dann wird es aber höchste Zeit«, sagte mein Onkel mit einer Stimme, die keine Widerrede duldete. »Damit ist es also beschlossene Sache«, fuhr er lächelnd fort und rieb die Hände aneinander. »Und wenn du zurückkommst, wartet hier eine kleine Überraschung auf dich.«

Kapitel 8

Ich wollte gar nicht darüber nachdenken, welche weitere Überraschung mich auf Green Manor wohl erwartete, nachdem ich schon diese Überraschung hier zum Kotzen fand. Ein Ausritt mit Blake, der mich auf dem ganzen Weg aus dem Haus behandelte, als wäre ich Luft – wirklich großartig.

Ich versuchte, dieselbe stoische Miene wie er aufzusetzen, hatte aber das Gefühl, dass es mir wesentlich schlechter gelang, ihm die kalte Schulter zu zeigen, als umgekehrt.

»Kannst du überhaupt noch reiten?«, fragte er mich über seine breite Schulter hinweg und trat auf die Terrasse hinaus.

Links von uns türmten sich einige aufeinandergestapelte Stühle in die Höhe und es herrschte noch immer so ein geschäftiges Treiben wie bei meiner Ankunft. Ich wich gerade einem jungen Mann aus, der unter jedem Arm einen weißen Stuhl in Richtung des Festzeltes schleppte, als plötzlich ein erschrockener Schrei ertönte. Noch bevor ich reagieren konnte, hatte Blake mich schon zur Seite gerissen und fing mit einer Hand die übereinandergestapelten Stühle des Sesselturms auf, der von einem Lieferanten unabsichtlich ins Kippen gebracht worden war. Atemlos starrte ich auf die vielen Sessel, die beinahe auf mich hinuntergedonnert wären. Dabei konnte ich Blakes Herzschlag spüren, denn sein linker Arm hielt mich noch immer an seine Brust gedrückt, während er mit der Rechten den schweren Stuhlturm zurück in seine Ausgangsposition hievte.

Der Lieferant und das junge Hausmädchen, das geschrien hatte, halfen ihm, und innerhalb weniger Sekunden war die ganze Aufregung vorbei. Blake ließ mich wieder los und brachte etwas Abstand zwischen uns.

»Alles okay?«, fragte er und sah mich forschend an.

Ich nickte rasch. Mein Herz schlug noch immer viel zu schnell, und es war mir auch ein wenig peinlich, dass mich alle Menschen ringsum anstarrten – aber noch peinlicher war mir, dass es in meinem Bauch zu kribbeln begonnen hatte, als Blake mich an sich gezogen hatte.

»Es geht mir gut, danke«, murmelte ich und versuchte seinen betörenden Duft aus der Nase zu bekommen, der mich wieder an unsere gemeinsame Motorradfahrt erinnerte.

Er nickte knapp und wandte sich dann ab, um den Weg zum Stall einzuschlagen.

Erst als wir durch das hohe Gras in Richtung Koppel stapften, drehte Blake sich wieder zu mir um. »Du hast mir vorhin keine Antwort gegeben.«

»Wie war noch mal die Frage?«

»Die Frage war, ob du überhaupt noch reiten kannst.«

Ich vermied seinen Blick und sah stattdessen zu den drei Pferden, die bei dem schönen Wetter friedlich draußen grasten, was mich sofort ein wenig runterholte.

»Vor sieben Jahren konnte ich es jedenfalls noch«, antwortete ich und konnte selbst kaum glauben, dass so viel Zeit vergangen war. Gleichzeitig war ich ein wenig nervös. War Reiten eigentlich so etwas wie Fahrradfahren, das man einfach nicht verlernte? Oder würde mich das Pferd bei erster Gelegenheit abwerfen, weil es meine Unsicherheit spürte?

»Und wieso hast du es aufgegeben?« Blake musterte mich so eindringlich, dass ich glaubte, nie wieder wegsehen zu können. Seine blauen Augen glitzerten wie ein kalter Bergsee und ich ertrank förmlich in ihnen. Gleichzeitig hatte ich das Gefühl, als würde die Luft um mich herum zu flimmern beginnen, und rieb mir schnell über die Gänsehaut auf meinen Armen.

Ich riss mich beinahe mit Gewalt von dem seltsamen Bann seiner Augen los. »Darüber möchte ich nicht sprechen.«

Blake wirkte verblüfft. »Du willst nicht darüber sprechen?«

Stirnrunzelnd erwiderte ich seinen Blick. »Nein. Ist das ein Problem für dich?«

Einen unangenehmen Moment lang sagte er kein Wort. »Natürlich nicht«, meinte er schließlich. »Aber ich hoffe, du fällst nicht vom Sattel, ich hab nämlich keine Lust, dich unterwegs vom Boden aufzusammeln.«

»Mach dir da mal keine Sorgen. Ich falle schon nicht runter.«

»Das werden wir noch sehen.«

Die Selbstsicherheit in seiner Stimme irritierte mich, und ich überlegte, wie Blake früher gewesen war. Hatte er bei meinem letzten Besuch auch schon versucht, mich bei jeder Gelegenheit herauszufordern? Ich erinnerte mich noch an die zwei Zahnspangen tragenden Jungs, mit denen ich im Cottage Fangen gespielt und am Strand Muscheln gesucht hatte, aber ich erinnerte mich nicht mehr daran, dass einer von ihnen so ein Kotzbrocken gewesen war.

Wir hatten mittlerweile den Zaun um die Koppel erreicht, und ich spürte den Wind durch meine leicht gelockten Haare fahren.

January und die beiden Hengste grasten noch immer ruhig. Als die Stute Blakes Geruch witterte, stellte sie mit einem leisen Schnauben die Ohren auf und drehte den Kopf in seine Richtung. Dann wieherte sie freudig zur Begrüßung und trabte auf ihn zu. Ich sah, wie Blake die Hand ausstreckte und sie sanft zwischen den Ohren kraulte, während sie ihn mehrfach mit der Nase anstupste und noch mehr Streicheleinheiten verlangte.

»Hey, Beauty«, murmelte Blake, und das tiefe Timbre seiner Stimme jagte mir einen warmen Schauer über den Rücken.

Wenn Blake wollte, konnte er offenbar einfühlsam und freundlich sein – nur bei mir wollte er eben nicht. Lag es wirklich an dem Tod seiner Freundin, dass er sich so ruppig benahm?

»Willst du sie oder einen der beiden Jungs reiten?«, fragte er in diesem Moment.

»Welches Pferd würdest du mir denn empfehlen?« Ich hoffte, dass ich nicht wirklich vom Sattel fallen würde. Diese Genugtuung gönnte ich ihm nicht.

Blake strich sich seine dunklen Haare aus der Stirn und wandte mir sein Gesicht zu. »Kommt drauf an, wie wild du es magst.«

Vielleicht bildete ich es mir nur ein, aber bei der Art, wie er den Satz betonte, klang er für mich ziemlich doppeldeutig.

»Für den Anfang nehme ich gern das ruhigste Pferd«, sagte ich sachlich und lächelte January an, die daraufhin ihren Kopf in meine Richtung drehte und auf mich zu trottete.

Blake wirkte überrascht, dass January so auf mich reagierte. »Also bist du dir doch nicht so sicher, dass du nicht runterfällst«, bemerkte er spöttisch.

Ich schüttelte den Kopf. »Nein, es bedeutet nur, dass ich es ruhig angehen will.«

»Gut«, sagte er, legte beide Hände auf den Zaun und ließ seinen Blick über die Koppel schweifen. »Dann lass es uns ruhig angehen.«

Zehn Minuten später saß ich zum ersten Mal seit meinem elften Lebensjahr wieder im Sattel eines Pferdes und versuchte mir auszurechnen, wie hoch die Wahrscheinlichkeit war, dass ich nach sieben Jahren Pause tatsächlich gleich wieder vom Pferd fallen würde. Dabei tätschelte ich beruhigend den Hals der Stute, die nervös herumtänzelte. Offenbar konnte sie es kaum erwarten, mit mir über die saftigen grünen Wiesen zu galoppieren.

»Fertig?«, fragte Blake. Sein scharf geschnittenes Gesicht zeigte keine Regung, und ich konnte mich selbst für den Gedanken nicht leiden, wie sich sein Dreitagebart wohl unter meinen Fingerspitzen anfühlen würde.

»Ja, fertig.« Ich stieß sanft meine Fersen in Januarys Seiten, die sofort lostrabte. »Und sie ist wirklich euer ruhigstes Pferd?«, rief ich über die Schulter zurück, während ich alle Hände voll damit zu tun hatte, die Stute davon abzuhalten, in einen wilden Galopp zu verfallen.

»Pferde reagieren auf die Menschen, die sie tragen«, antwortete Blake und schnalzte leise, woraufhin der schwarze Hengst mit ihm lospreschte.

Obwohl ich mit meinem eigenen Pferd beschäftigt war, wurde mein Blick wie magnetisch von dem wilden Galopp der beiden angezogen. Ich hatte das Gefühl, als würde Blake mit seinem Pferd verschmelzen, als er über den sanft abfallenden Hügel auf die weit entfernte Baumgrenze zujagte. Sein dunkles Haar wehte im Wind, und er hatte sich dicht über den Rücken des Hengstes gebeugt, um den Luftwiderstand so klein wie möglich zu halten. Als January sah, dass der Hengst schon weit an uns vorübergezogen war, war auch sie nicht mehr zu halten und galoppierte ihm nach. Ich wusste, dass ich sie nur mit Gewalt daran hätte hindern können, und ließ stattdessen die Zügel locker. Augenblicklich preschte January vorwärts, und ich genoss den Adrenalinschub, als mir der Wind entgegenbrauste und die Pferdehufe über das frische Gras donnerten. January jagte hinter Blake und seinem Hengst den Hügel hinunter und ich presste meine Schenkel eng an den Pferdeleib. Dabei beugte ich mich knapp über ihren Hals. Es machte mir nichts, dass Januarys Mähne mir ins Gesicht peitschte – ich spürte ein so grenzenloses Gefühl von Freiheit in mir aufsteigen, dass ich am liebsten laut geschrien hätte. Sobald ich mich ganz auf den Rhythmus des Tieres eingelassen hatte und auch innerlich alle Zügel losließ, fühlte es sich an, als könnte ich fliegen. Die Entscheidung hierherzukommen, die Ankunft in Cornwall inklusive der Geschichten über Green Manor und die seltsamen Erlebnisse mit Blake und Preston – all das rückte in den Hintergrund und verlor an Bedeutung. Alles, was noch zählte, war das Schlagen meines Herzens, das Brausen des Windes, die warmen Sonnenstrahlen auf meiner Haut und der Geruch des dampfenden Pferdekörpers unter mir. Wie hatte ich nur so lange darauf verzichten können?

Schließlich sah ich, wie Blake vor mir sein Pferd zügelte, und gab January durch eine sanfte Bewegung zu verstehen, dass sie ebenfalls langsamer werden sollte. Diesmal fügte sie sich widerstandslos, und ich klopfte ihr glücklich lächelnd auf den Hals, bevor mein Blick zu Blake glitt, der sich auf seinem Pferd herumgedreht hatte und mich aus zusammengekniffenen Augen beobachtete. Trotz des wilden Ritts war er kaum außer Atem und wirkte beinahe ebenso distanziert wie zuvor.

Der Wind blies mir ein paar Locken ins Gesicht und ich straffte automatisch die Schultern. Onkel Edgar hatte ihn schon wieder dazu verdonnert, Zeit mit mir zu verbringen – und nur weil der Ausritt bei mir Glücksgefühle ausgelöst hatte, hieß das noch lange nicht, dass es bei Blake genauso sein musste.

»January *war* anscheinend unser ruhigstes Pferd«, bemerkte er nüchtern.

»Ich habe sie einfach laufen lassen«, sagte ich und war nicht recht sicher, ob ich Blakes Bemerkung negativ oder positiv auffassen sollte.

Blake betrachtete die Stute. »Du scheinst eine andere Seite in ihr hervorzurufen«.

Ich hielt die Zügel locker in der Hand. »Und … ist das schlecht?«

»Das kann ich noch nicht sagen.« Er richtete den Blick auf mich, so als würde er damit nicht nur die Stute meinen.

Für einen Augenblick lagen die Worte und ihre Bedeutung zwischen uns, und ich fühlte, wie mir dir Röte ins Gesicht stieg.

»Aber du reitest gar nicht so schlecht, wie ich dachte«, fügte er im nächsten Moment hinzu und glitt aus dem Sattel.

»Du reitest auch nicht so schlecht, wie ich dachte«, konterte ich und glaubte, ein amüsiertes Funkeln in seinen Augen zu erkennen.

»Steig ab, wir gehen hier ein Stück.« Seine Stimme klang so bestimmt, dass ich es einfach tat. Erst als ich vor ihm auf der Wiese und zwischen den dampfenden Pferdekörpern stand, wurde mir bewusst, dass er mir schon wieder eine Anweisung gegeben hatte.

Blake nahm die Zügel seines Hengstes und deutete mit dem Kopf in Richtung der dunkelgrünen Baumgrenze, deren Wipfel vor uns aufragten.

»Wohin gehen wir?«, fragte ich, als ich ihm über die wild wachsende Wiese zu den Bäumen folgte. January hob den Kopf und blähte die Nüstern.

»Im Wald gibt es eine Stelle mit frischem Gras, das die Pferde lieben.« Blake ging mit langen Schritten auf die Bäume zu. »January wird sauer, wenn ich sie dort nicht fressen lasse.«

Der Gedanke, dass Blake etwas tat, um sein Pferd nicht zu verärgern, brachte mich zum Lächeln.

»Was machst du eigentlich sonst so?«, fragte ich ihn, um die Stille zu durchbrechen, während wir nebeneinander hergingen. »Ich meine, abgesehen von Motorradfahren, mit Preston streiten und Pferdewünsche erfüllen?«

»Wieso willst du das wissen?« Er schob einen hüfthoch wachsenden Farn zur Seite, um den Weg freizumachen, und bewegte sich mit einer solchen Selbstverständlichkeit zwischen den Bäumen hindurch, dass ich mich automatisch bei ihm sicher fühlte.

»Das nennt man Konversation.«

Er wandte sich halb zu mir um und hob eine dunkle Augenbraue. »Und das ist es, was du willst? Konversation betreiben?«

»Ich dachte, es ist besser, als sich einfach nur anzuschweigen.«

Er führte seinen Hengst um einen dicken Baumstamm herum zu einer sonnigen Lichtung mit einem leise plätschernden Bach. »Ich mag die Stille.«

»Offensichtlich«, murmelte ich und beschloss, ihn gar nichts mehr zu fragen, obwohl es so einiges gab, was mir durch den Kopf ging. Automatisch musste ich wieder an das wunderschöne blonde Mädchen auf dem Foto denken, das nur Riley sein konnte. Blake und sie hatten auf dem Bild so glücklich ausgesehen, dass es mir fast wie ein Eingriff in ihre Intimsphäre vorkam, dass ich das Bild gesehen hatte.

»Schmollst du jetzt?« Blake ließ die Zügel seines Pferdes los. Dann klopfte er ihm sanft auf den Hals, und der Hengst neigte sofort den Kopf, um aus dem Bach zu trinken.

»Wir sind doch nicht mehr im Kindergarten«, gab ich zurück und ließ Januarys Zügel ebenfalls los, damit sie zum Wasser konnte, wenn sie wollte. Die Stute wieherte freudig und stürzte sich sofort auf das frische Gras.

Blake betrachtete mich aus zusammengekniffenen Augen und verschränkte die Arme vor der Brust. »So benimmst du dich aber.«

Ich schüttelte verärgert den Kopf. »Was ist nur los mit dir? Seit ich in Cornwall angekommen bin, versuchst du mich entweder herauszufordern, herumzukommandieren oder …«

»… zu retten«, fiel er mir ins Wort.

»Was?«

»Zuerst der Sturm, dann dein Beinahe-Sturz ins Meer und gerade eben der Sesselturm«, begann er aufzuzählen. »Es ist ganz schön anstrengend, seit du hier bist, June.« Er sah mich völlig ernst an, und auch seine Stimme klang nicht so, als ob er Scherze machte.

Hinter mir hörte ich January leise das Gras vom Boden der Lichtung rupfen und atmete tief durch. »Okay. Dann werde ich dir dein Leben jetzt etwas leichter machen und einfach gehen.«

»Jetzt sofort?«

»Ja, jetzt sofort«, sagte ich wütend und machte einen Schritt zurück.

Er lehnte sich gegen einen der Bäume und betrachtete mich ruhig. »Das würde ich an deiner Stelle nicht tun.«

»Ach nein?«, fauchte ich.

Mit diesen Worten drehte ich mich um und machte einen Schritt auf January zu. Dabei stieg ich mit dem rechten Fuß direkt in einen dampfenden Haufen Pferdeäpfel und fluchte erschrocken, als mein Schuh in dem noch warmen Dung versank.

Hinter mir hörte ich Blake leise lachen und fuhr fuchsteufelswild herum. »Findest du das etwa lustig?«

Er stieß sich vom Baumstamm ab und schlenderte auf seinen Hengst zu. Seine Augen funkelten spöttisch, und obwohl ich wusste, dass er sich gerade über mich lustig gemacht hatte, war da doch dieses Flattern in meinem Bauch, als er sich beim Vorbeigehen kurz zu mir beugte und mich sein Duft nach Leder und Meeresluft umfing. »Sehr sogar«, flüsterte er mir zu, und in diesem Moment hätte ich es verdammt gerecht gefunden, wenn er ebenfalls in Pferdescheiße getreten wäre. Tat er aber nicht.

Stattdessen klingelte sein Telefon und sein Gesicht wurde nach einem Blick auf das Display sofort ernst.

»Blake Beaufort«, meldete er sich dunkel und wandte mir den Rücken zu, um ein paar Schritte Abstand zwischen uns zu bringen. Ich runzelte die Stirn und griff nach Januarys Zügel, während ich ihm nachblickte. Die Lässigkeit war aus seinen Bewegungen verschwunden, und ich fragte mich, mit wem er gerade sprach.

»Ich muss wissen, wer in Ihrer Abteilung das Kürzel VK hat«, sagte Blake und blieb in einiger Entfernung stehen. Sein Hengst trottete schnaubend zu ihm und er wandte sich konzentriert ab. »Okay. Wissen Sie, wo ich ihn erreichen kann?« Wieder gab es eine Pause, in der er seinem Gesprächspartner nur zuhörte. »Haben Sie nicht irgendeine Nummer?« Ich sah, wie Blakes Rückenmuskeln sich anspannten. Dann warf er einen kurzen Blick in meine Richtung und seine blauen Augen wirkten viel düsterer als sonst.

»Du findest nach Hause?«, rief er mir zu, und ich nickte knapp, da ich mir nicht die Blöße geben wollte, ihn doch noch zu meinem Babysitter zu machen.

»Gut. Ich warte«, hörte ich ihn noch sagen, als ich mich auf January schwang und mit ihr zurück zur Wiese ritt, wo ich den Weg nach Green Manor einschlug und sie in einen sanften Galopp fallen ließ.

Als ich ein paar Minuten später das Anwesen meines Onkels erreichte, führte ich January in den Stall und rieb sie mit trockenem Stroh ab, bevor ich sie wieder zurück auf die Koppel brachte. Dann marschierte ich zurück zum Haus und versuchte, nicht mehr an Blake zu denken.

Noch immer waren die Bediensteten damit beschäftigt, alles für die Party heute Abend vorzubereiten, auf die ich nun endgültig keine Lust mehr hatte. Deshalb zog ich auch den Kopf ein, als ich an der Liveband vorbeilief, die gerade einen Oldie nach dem anderen probte, und eine Angestellte mit einem riesigen Tablett voller süßer Köstlichkeiten an mir vorbeikam.

»June! Seid ihr schon wieder zurück?«, hörte ich in diesem Moment die Stimme meines Onkels und hielt ertappt mitten im Schritt inne. Er kam zwischen zwei Zierbüschen auf mich zugelaufen.

»Ja, ich wollte nicht zu spät zur Party kommen«, sagte ich, um Blake nicht bei seinem Adoptivvater anzuschwärzen. »Der Ausritt war sehr schön«, fügte ich schnell hinzu, weil Onkel Edgar ein wenig unglücklich aussah.

»Wirklich? Das freut mich.« Er legte mir lächelnd die Hand auf den Arm. »Eigentlich ist es auch ganz gut, dass du schon wieder zurück bist, denn ich habe mir sagen lassen, dass meine Überraschung doch länger dauert, als ich angenommen habe.«

Ein ungutes Gefühl machte sich in mir breit, als ich mich zwischen den ganzen emsigen Aktivitäten umsah und ahnte, dass seine Überraschung etwas mit heute Abend zu tun hatte.

»Und wie lange dauert sie?«, fragte ich vorsichtig.

»Ach, so ein bis drei Stunden, schätze ich.«

Ungläubig starrte ich ihn an.

Onkel Edgar sah mein überrumpeltes Gesicht und lachte gutmütig. »Keine Sorge, June, es ist nichts Schlimmes. Im Gegenteil, ich bin überzeugt, dass es dir gefallen wird.« Er legte mir einen Arm über die Schultern und schritt mit mir Richtung Hauseingang. Obwohl ich ohnehin auf demselben Weg gewesen war, weil ich schnell duschen und mir dann etwas Frisches überziehen wollte, war ich mir nun nicht mehr so sicher, ob ich wirklich ins Haus gehen und herausfinden wollte, was dort auf mich wartete.

»Weißt du, ich hatte mein ganzes Leben lang ja nur Jungs«, begann Onkel Edgar und zwinkerte mir zu. »Und wenn man nur Jungs hat, fällt das Wissen über Frauenangelegenheiten etwas beschränkter aus.«

Ich nickte und versuchte zu erahnen, in welche Richtung dieses Gespräch führen würde. Für eine Unterhaltung über meine Periode war ich schon zu alt, und ich konnte mir auch nicht vorstellen, dass Onkel Edgar ernsthaft dachte, er müsste mich anderweitig aufklären.

»Jedenfalls werden wir heute Abend tanzen, und da dachte ich mir, dass ein schönes Kleid angemessen ist.«

Ich blickte ihn erschrocken von der Seite an. Getanzt hatte ich zuletzt im Tanzkurs meiner alten Schule – und ich war nicht besonders gut darin gewesen.

»Und ich habe mir sagen lassen, dass zu einem schönen Kleid

auch eine schöne Frisur und das passende Make-up gehören«, fuhr er fort. »Und deshalb, meine liebe June, habe ich für heute Abend eine Stylistin angeheuert.« Er strahlte mich an und schob mich in die Eingangshalle des Hauses, wo eine kleine Frau mit kurzen schwarzen Haaren und einem viel zu großen Koffer in der Hand auf mich wartete. »Überraschung!«

Kapitel 9

»So ein hübsches Mädchen muss auch hübsche Sachen anziehen«, behauptete die Stylistin, die sich mir mit dem Namen Madeleine vorgestellt hatte, als sie mich auf den Hocker vor den Frisiertisch schob. Ihre rauchige Stimme klang genauso französisch wie ihr Vorname. »Was machen wir mit deinen Haaren, ma chérie? Sollen wir sie hochstecken oder lieber verlängern?«

Ich runzelte die Stirn. »Oder wir lassen sie so, wie sie sind?«

Die kleine Französin schüttelte vehement den Kopf. »Non, non, das wäre ein Frevel«, erklärte sie entrüstet. »Dafür bezahlt mich Mr Beaufort sicher nicht. Wir wollen, dass du aussiehst wie eine Prinzessin.«

»Wollen wir das?«, wiederholte ich irritiert, während sie sich bückte und die Schnallen ihres riesigen Koffers aufschnappen ließ.

»Natürlich, jedes Mädchen möchte eine Prinzessin sein – schon von klein auf habe ich geträumt, eine zu sein! Und du wirst sie alle verzaubern, jeden einzelnen Engländer, dafür sorge ich. Aber«, sie schnupperte mit ihrer spitzen Nase in die Luft und verzog dabei das Gesicht, »du musst auch riechen wie eine Prinzessin. Und nicht wie ein Pferd.«

Nachdem ich rasch geduscht hatte, saß ich nun in ein Handtuch gehüllt auf dem gepolsterten Hocker vor dem hellen Frisiertisch, auf dem sich inzwischen Dutzende von Döschen und Schminkpaletten stapelten.

»Pah«, schnaubte Madeleine. »Wenig Platz hier, aber das wird uns nicht aufhalten, n'est-ce pas?«

Ich war mir sicher, dass Madeleine nichts und niemand aufhalten konnte, denn die Dame war auf einer Mission. Und obwohl ich mich am liebsten nur schnell selbst fertig gemacht hätte, konnte ich die großzügige Überraschung meines Onkels natürlich nicht ablehnen.

Also saß ich artig auf meinem Hocker, während die kleine Stylistin meine Haare aus dem Gesicht frisierte und mit einigen Spangen fixierte, bevor sie routiniert eine schwarze Tasche auf meinem Bett ausbreitete, in deren Laschen unzählige Pinsel steckten. Dann tropfte Madeleine eine durchsichtige Flüssigkeit auf ein Wattepad und begann, mein Gesicht zu reinigen. Als sie fertig war, zupfte sie meine Augenbrauen in Form.

»Du hast eine Haut wie ein junger Pfirsich, aber auch ein junger Pfirsich kann noch mehr erstrahlen, kann leuchten und hervorstechen. Ich bin eine Künstlerin, eine Perfektionistin, ma chérie. Und du wirst heute perfekt aussehen.« Sie tätschelte kurz mein Kinn. »Ach, was sage ich, du wirst besser als perfekt aussehen, die Jungs werden sich um dich reißen.« Sie lächelte mich an und holte ein Tuch aus ihrem Schminkkoffer, um damit den Spiegel des Frisiertisches zu überhängen. »Dein Onkel wollte, dass du eine Überraschung bekommst, und die sollst du auch haben … und was für eine«, sagte sie und ein spitzbübisches Lächeln legte sich auf ihre dunkelrot geschminkten Lippen.

Da ich sowieso bereits resigniert hatte, lächelte ich kurz zurück.

Madeleine schraubte als Nächstes einen glänzenden Tiegel auf und begann, mit ihren Fingerkuppen irgendeine Creme auf meinem Gesicht zu verteilen.

»Und«, sagte sie gedehnt und ihre Stimme wurde einen Tick tiefer, »gibt es denn schon einen Herrn deiner Wahl?«

Ich schüttelte den Kopf. »Nein, niemanden.«

Madeleine hielt in der Bewegung inne und richtete sich auf. Ihre Augen verengten sich. »Das kann ich nicht glauben, das ist doch eine dreiste Lüge, sie laufen dir doch sicher in Scharen hinterher.«

»Es gibt wirklich niemanden, und auch keinen, der mir hinterherläuft.« Ich hasste es, dass ich kurz an Blake und Preston denken musste.

»Dann wird es ab heute Abend sicher jemanden geben.« Madeleine nickte sich selbst bestätigend zu. »Denn eine Prinzessin braucht natürlich eins: den richtigen Prinzen.«

Ich hatte nicht gewusst, wie viel Zeit man mit dem Auftragen von Make-up verbringen konnte, aber eins bestätigte sich: Madeleine war tatsächlich eine Künstlerin, die mein Gesicht als ihre Leinwand benutzte. Und während sie es mit feinen Schwüngen ihrer Pinsel bemalte, erzählte sie mir, wie es sie nach Cornwall verschlagen hatte.

»L'amour – ich wollte nie nach England, ich wollte in der Stadt der Liebe bleiben.« Sie seufzte. »Aber das Herz tut, was es will.«

»Und wie lange lebst du nun schon hier?«

»Mon dieu, es müssen schon zwanzig Jahre sein«, sagte sie und strich sich eine schwarze Haarsträhne aus dem Gesicht. »Zwanzig Jahre sind eine lange Zeit, l'amour ist weg – zumindest die Liebe für diesen Schuft.«

»Was ist denn passiert?«, hakte ich nach, weil ich das Gefühl hatte, dass Madeleine darüber sprechen wollte.

»Ich habe ihn mit einer anderen erwischt und hinausgejagt. So schnell habe ich ihn noch nie laufen gesehen.« Sie kicherte wie ein junges Mädchen.

»Und warum bist du dann nicht nach Paris zurückgekehrt?«

»L'amour, ma chérie, die Liebe. Man kann nicht nur einen Mann lieben, sondern auch ein Land. Und ich liebe dieses Land wirklich. Cornwall hat seinen eigenen Charme, mit seinen schäumenden Wellen, den romantischen Buchten und den rauen Felsen – und natürlich seinen Geheimnissen. Ich *liebe* Geheimnisse.« Madeleine setzte an, mit einem hellroten Stift die Konturen meiner Lippen nachzumalen. »Und auch dieser Ort hier hat seine Geheimnisse, nicht wahr?«

Ich spitzte automatisch die Ohren. »Dieser Ort?«

»Deine Tante war eine schöne Frau, und ihre Augen – ma chérie, du hast die Augen von ihr«, erzählte sie versonnen, ohne auf meine Frage einzugehen. »So dunkelgrün wie die Wälder, so tief wie die aufbrausende See. Sie fehlt deinem Onkel sehr, seit sie gestorben ist.« Madeleine zog tief die Luft ein, und ich hoffte, dass sie weitersprach, aber sie schien nun ganz in ihren Erinnerungen versunken.

»Du kanntest Tante Catherine?«

Die Stylistin seufzte. »Jeder kannte deine Tante, Liebes. Sie hatte so ein offenes Wesen und war immer freundlich. Ich habe nicht oft mit ihr gesprochen, aber die wenigen Male hatte ich immer das Gefühl, dass sie mir bis ins Herz sehen konnte.« Sie machte eine kurze Pause und wies mich an, den Mund leicht zu öffnen, damit sie nun den Lippenstift auftragen konnte. »Es gibt solche Menschen. Menschen, die mehr sehen als die anderen. Die diesen Blick haben, verstehst du?«

Ich nickte, weil sie offensichtlich auf diese Reaktion wartete – obwohl ich nicht wirklich verstand, was sie meinte. Aber ich wollte, dass sie weitersprach, denn es fühlte sich gut an, mehr über meine Tante zu erfahren.

»Und was für Geheimnisse meintest du?«

»Ach, das war nur so dahergesagt«, behauptete Madeleine und winkte mit der Hand ab. Doch als sie meinen fragenden Blick bemerkte, fügte sie hinzu: »Das ist doch nur dummes Geschwätz.«

Die kleine Französin schnappte sich eine Haarbürste und konzentrierte sich nun auf meine Haare. »Eine Hochsteckfrisur werden wir machen, das wird gut aussehen. Ach, was sage ich, das wird perfekt aussehen – perfekt«, meinte sie lachend, aber meine Gedanken waren noch immer bei dem, was sie vorher gesagt hatte.

»Was genau hältst du denn für dummes Geschwätz?«

Madeleine atmete tief aus, während sie mir die Haare bürstete. »Ich will dir keine Angst machen, mein Kind. Die Dorfleute reden viel, wenn der Tag lang ist – und der Tag ist lang, das kann ich dir sagen. Und manchmal haben die Leute hier auch einfach nicht so viel anderes zu tun.« Sie hielt kurz inne und zog ihre spitze Nase kraus. »Da erfindet man vielleicht schon mal die eine oder andere Geschichte.«

Neugierig drehte ich mich zu ihr um. »Und welche Geschichten haben sie erfunden?«

Die kleine Französin zögerte einen Moment. »Na gut, aber du hast es nicht von mir, verstanden?«

»Verstanden.«

Sie warf mir einen skeptischen Blick zu. »Selbst wenn du dich in der Nacht fürchtest, wenn du bibberst und zitterst, verrätst du deinem Onkel nicht, dass ich etwas gesagt habe.«

»Natürlich nicht.« Ich unterdrückte ein Grinsen, da ich ihre Ausdrucksweise total entzückend fand.

Sie blickte sich kurz um und senkte dann die Stimme. »Man sagt, dass es hier spukt.«

Irgendwie hatte ich mit einer größeren Offenbarung gerechnet und war fast ein wenig enttäuscht. »Das ist alles?«

»Ja, das ist alles«, sagte sie leicht empört. »Und jetzt dreh dich wieder um, damit ich dir die Haare machen kann.«

Ich gehorchte ihrer Anweisung, während meine Gedanken kurz zu der gesprungenen Scheibe im Wintergarten wanderten. Dabei musste ich auch an Lilly denken, die behauptet hatte, dass es in Blakes Gegenwart auf dem Schulhof so kalt geworden war, dass sie eine Gänsehaut bekommen hatte. Aber es war Blödsinn, das in irgendeinen Zusammenhang zu setzen, denn die Jungs konnten mit Sicherheit keine Geister heraufbeschwören, auch wenn sie damals ausgerechnet zu Halloween ausgesetzt worden waren.

»Warum genau soll es hier denn spuken?«, fragte ich nach. »Wegen dieser grünen Lady?«

Mit einer gekonnten Bewegung teilte Madeleine eine Haarpartie ab und begann, sie geschickt zu flechten. »Du hast auch schon von ihr gehört?«

»Preston hat etwas in dieser Richtung fallen lassen. Eine grün gekleidete blasse Frau soll auf Green Manor ihr Unwesen getrieben haben.« Dabei musste ich kurz an die Gestalt in dem grünen Umhang denken, die ich nach meiner Ankunft von meinem Zimmer aus gesehen hatte. Allerdings konnte das jeder gewesen sein und war noch lange kein Hinweis auf einen echten Geist.

»Ja, es heißt, es handelt sich bei der Frau um die Geliebte von Sir Winterly. Angeblich wurde sie lange Zeit nicht mehr gesehen. Erst als deine Tante …«, sie stockte für einen Moment, »als deine Tante starb, scheint sie wieder aufgetaucht zu sein.«

»Und wieso sollte die Dame ausgerechnet seit dem Tod von Tante Catherine wieder durch Green Manor spuken?« Ich setzte mich etwas gerader hin, da es auf dem Hocker langsam unbequem wurde.

»Weil das widerfahrene Unrecht sie zwingt, durch die Gemächer zu wandern«, erklärte Madeleine mit Grabesstimme, und mein Körper reagierte mit einer wirklich unangemessenen Gänsehaut. »Nur die Gerechtigkeit kann ihren Schmerz lindern und ihr die ewige Ruhe bringen.«

»Soll das heißen, dass Tante Catherine ebenfalls Unrecht widerfahren ist?«, fragte ich und legte automatisch die Stirn in Falten. Von meiner Mutter wusste ich nur, dass Tante Catherine plötzlich gestorben war, aber ich wusste nicht, was genau passiert war.

»Ich weiß es nicht, mein Kind. Wie gesagt, es ist nur dummes Geschwätz, doch manchmal hat auch das einen wahren Kern, man muss ihn nur finden. Aber deswegen sind wir nicht hier, wir wollen nicht über klappernde Tassen und zuschlagende Türen sprechen, wir beide haben einen Auftrag«, sagte sie und bohrte mir dabei beinahe eine Haarnadel in die Kopfhaut, als sie einen geflochtenen Zopf an meinem Hinterkopf fixierte. »Und den werden wir auch erfüllen.« Sie lachte und werkte danach noch etwa zwanzig Minuten an meiner Frisur herum, bis sie zum Schluss ein Glätteisen aus ihrem silbernen Schminkkoffer zog und es ansteckte. Damit verpasste sie ihrem Kunstwerk den letzten Schliff, und als Madeleine mich herumdrehte, schimmerten ihre Augen voller Stolz.

»Hinreißend«, schwärmte sie. »Einfach hinreißend.« In dem

Moment klopfte es. »Alors – wie bestellt. Englische Butler hatten schon immer das perfekte Timing.« Mit wenigen Schritten war sie bei der Tür und öffnete sie.

»Madame Trudeau«, sagte Wilfried und verbeugte sich etwas umständlich. »Das ist für die junge Miss Mansfield.«

»Ich weiß, ich weiß.« Madeleine lächelte geheimnisvoll und nahm eine runde Schachtel und einen Kleiderbügel entgegen, auf dem meine Abendgarderobe zu hängen schien, die noch in eine Schutzhülle eingepackt war.

»Wünschen Sie sonst noch etwas, Madame?«, fragte Wilfried höflich.

»Non, non – wir haben alles«, sagte Madeleine und schloss die Tür, bevor sie sich breit grinsend umdrehte.

»Wie eine Prinzessin, ma chérie«, stieß sie ehrfürchtig hervor, als ich kurz darauf in dem neuen Kleid vor dem Spiegel des Frisiertisches stand.

Ich war nie eines von den Mädchen gewesen, die stundenlang irgendwelche Kleider anprobierten und sich haufenweise Make-up-Videos auf YouTube anschauten. Aber ich musste zugeben, dass Madeleine viel von ihrem Handwerk verstand, denn ich erkannte mich fast nicht wieder. Das Mädchen, das ich im Spiegel sah, hätte wahrhaftig als Prinzessin durchgehen können.

Meine dunklen Haare waren zu einer losen Hochsteckfrisur hochgebunden, die elegant und verspielt zugleich wirkte. Mit Rouge hatte Madeleine meine Wangenknochen betont, sodass mein Gesicht etwas schmaler aussah, während meine Augen durch den grauen Lidschatten wie grüne Smaragde leuchteten, die perfekt zu dem dunkelgrünen Ballkleid passten.

Und das Ballkleid war ein Traum. Das fast schwarze, schulterfreie Oberteil, dessen Rückenschnürung für eine schmale Taille sorgte, war mit zart glitzernden Strasssteinen besetzt, die sich über den Brustbereich nach unten fortsetzten, wo sie in einen weit schwingenden Rock mündeten. Hauchzarter Tüll bedeckte den dunkelgrünen Stoff, der bis zum Boden reichte, und ich konnte der Versuchung nicht widerstehen, mich einmal um meine eigene Achse zu drehen.

Madeleine klatschte in die Hände. »Ein Kunstwerk, du bist ein Kunstwerk – und was für eines.« Die kleine Französin kam auf mich zu, fasste mich an den Händen und sah mir tief in die Augen. »Aber etwas fehlt noch.«

Ich sah sie fragend an. Nach den drei Stunden, die wir nun miteinander verbracht hatten, dachte ich nicht, dass überhaupt noch irgendetwas fehlen konnte. Innerlich betete ich, dass sie mir nicht auch noch ein Diadem aufsetzen würde – denn selbst wenn ich mich selbst kaum wiedererkannte, mussten wir es nicht komplett übertreiben. Ich war hier, um mich aufs Studium vorzubereiten, nicht um Mitglied des englischen Königshauses zu werden.

Erleichtert stellte ich jedoch fest, dass Madeleine ein Paar schwarzer Schuhe aus der runden Schachtel zog.

»Die sind doch viel zu hoch«, protestierte ich und schielte auf die zehn Zentimeter hohen Absätze, die Carla wahrscheinlich fantastisch gefunden hätte.

»Schuhe können nicht zu hoch sein, junge Dame«, berichtigte Madeleine mich, und ihre Miene wurde ganz ernst. »Außerdem würdest du ohne die Schuhe auf dein Kleid steigen und gleich die Treppe hinunterfallen – und das wollen wir doch nicht, n'est-ce pas?«

Madeleine hatte recht. Ich wollte nicht die Treppe runterfallen, aber mit den Schuhen war das so eine Sache: Ohne sie stolperte ich über mein Kleid, mit ihnen stolperte ich über meine eigenen Füße. Ich wusste nicht, was das größere Übel war – denn das Resultat war schlichtweg dasselbe: Ich würde vor den Augen aller die Treppe hinunterdonnern. Das war nicht unbedingt der Einstieg, den ich mir in Cornwall erhofft hatte, und für einen kurzen Moment wünschte ich, dass mein Onkel doch in dem kleinen Cottage meiner Erinnerung leben würde und Partys bis aufs Äußerste verabscheute.

Doch dem war nicht so, also ging ich vorsichtig den Korridor entlang und linste ins Erdgeschoss hinunter.

Von unten klang sanfte Klaviermusik an mein Ohr, und ich hörte, wie sich einige Leute unterhielten. Die Flügeltüren zum Wohnzimmer waren geöffnet und das Fest schien in vollem Gange zu sein. Kellner gingen mit Tabletts herum und reichten kleine Häppchen. Da die Gäste zwar nicht betrunken, aber abgelenkt wirkten, konnte ich nur hoffen, dass nur wenige – bestenfalls niemand – meinen Auftritt über die Treppe mitbekommen würde.

Mein Herz schlug etwas schneller, als ich den Treppenabgang erreichte und Preston erkannte. Er lehnte an dem Sofa im Wohnzimmer und war mit ein paar älteren Herren in ein Gespräch vertieft. Anscheinend ging es um Kunst oder Ahnengeschichte, denn sie betrachteten immer wieder die alten Ölgemälde im Wohnzimmer, während sie ihren Champagner schlürften.

Ein Schritt nach dem anderen, sagte ich mir vor, raffte meinen Rock und setzte meinen Fuß auf die erste Stufe, die nach unten führte. Dabei versuchte ich nicht daran zu denken, dass in Deutschland doppelt so viele Menschen bei Treppenstürzen wie bei Motorradunfällen ums Leben kamen – was bedeutete, dass selbst meine

Fahrt mit Blake sicherer gewesen war als dieser Moment. Kopfschüttelnd machte ich noch einen Schritt und atmete erleichtert aus, da es besser ging als erwartet. Auch wenn die Schuhe sehr hoch waren, konnte ich mein Gleichgewicht halten und versuchte mich so damenhaft wie möglich nach unten zu bewegen.

Mein ganzer Körper entspannte sich mit jeder Stufe, die ich bewältigte, meine Schultern fielen nach unten und eine kleine Welle der Euphorie erfasste mich. Ich schaffte es sogar, in die Runde zu lächeln, als ich plötzlich Prestons Blick auffing. Er trug einen schwarzen Smoking und hatte seine braunen Haare heute mit etwas Gel nach hinten gestylt. Ich sah, wie einer der älteren Herren etwas zu ihm sagte, worauf er jedoch kaum reagierte. Stattdessen wanderte sein Blick bewundernd über mich, und ich bekam Herzklopfen, als er mich anlächelte. Zögernd lächelte ich zurück und schritt dabei weiter die Treppe hinunter.

Im nächsten Moment passierte etwas, womit ich nicht gerechnet hatte: Auch die ergrauten Herren unterbrachen ihr Gespräch und wandten sich mir zu. Es war wie ein Lauffeuer, das sich durch die Räumlichkeiten von Green Manor bewegte. Von einer Sekunde auf die andere erstarb das Stimmengewirr, und ich erstarrte mitten in der Bewegung, als plötzlich Dutzende Augenpaare auf mich gerichtet waren.

Und dann sah ich ausgerechnet ihn.

Kapitel 10

Blake lehnte im Türrahmen zum Korridor und nippte an seinem Whiskyglas, während er interessiert die Veränderung im Raum beobachtete. Auch er trug einen Smoking, der seine breiten Schultern und die schmalen Hüften betonte. Trotz der eleganten Kleidung fielen ihm seine dunklen Haare verwegen in die Stirn und wirkten irgendwie viel zu cool für die Party.

Rasch konzentrierte ich mich wieder auf meine Schritte und senkte den Blick auf die Treppe. Als ich das nächste Mal hochsah, starrte Blake mich an, und mein Herz machte einen Satz. Seine tiefblauen Augen wanderten über mein Kleid und blieben schließlich an meinem Gesicht hängen. Er starrte mich so überwältigt an, dass ich für einen Moment glaubte, die Zeit würde stillstehen. Mir stockte der Atem und ich konnte nur noch mein Herz hören, das viel zu schnell in meiner Brust schlug. Die sanften Klänge der Musik rückten genauso in den Hintergrund wie die Blicke der fremden Menschen und die Reflexionen des Lichts in den kristallenen Gläsern. Alles, was übrig blieb, war der Ausdruck in Blakes unfassbar blauen Augen. Ein starkes Kribbeln erfasste meinen ganzen Körper und ich musste an unsere erste Begegnung zurückdenken. Als der Blitz in Portfall über den Himmel gezuckt war, hatte ich mich ähnlich gefühlt.

Mit einem heftigen Pochen in der Brust ging ich weiter, obwohl ich bei jedem Schritt Angst hatte, mich in meinem langen Kleid zu verfangen. Stehen zu bleiben war jedoch keine Option – und während ich meinen Weg fortsetzte und Stufe für Stufe hinabstieg, kostete es mich all meine Kraft, dabei leicht zu lächeln, als wäre es völlig normal, in einem Prinzessinnenkleid eine herrschaftliche Treppe nach unten zu schreiten und dabei von allen angestarrt zu werden.

Die stille Hoffnung, dass die Aufmerksamkeit der anderen nach ein paar Sekunden verebben würde, bestätigte sich leider nicht.

»June«, hörte ich die Stimme meines Onkels, der lächelnd auf mich zukam und meine Hände umfing. »Du siehst absolut bezaubernd aus.«

Ich erwiderte sein Lächeln. »Das ist nur dir zu verdanken«, sagte ich und registrierte erleichtert, dass die Gäste ihre Gespräche wieder aufnahmen, wobei ich es vermied, in Prestons oder Blakes Richtung zu sehen. Stattdessen betrachtete ich meinen Onkel, dem der schwarze Smoking sehr gut stand. Er bewegte sich darin, als würde er nie etwas anderes tragen.

»Wieso ist das nur mir zu verdanken? Für deine Schönheit kann ich nichts. Dafür sind schließlich deine Eltern verantwortlich.«

Ich strahlte ihn an. »Danke, Onkel Edgar – danke für alles. Für die Visagistin, das Kleid … und für die Schuhe.«

Ein jungenhaftes Lächeln umspielte seinen Mund. »Es freut mich, wenn dich meine Vorkehrungen glücklich gemacht haben. Und ich kann nur wiederholen: Du siehst absolut bezaubernd aus.« Er bot mir seinen Arm an. »Und deswegen möchte ich jetzt auch unbedingt mit dir angeben und dich ein paar Leuten vorstellen.«

Ich hängte mich bei meinem Onkel ein und folgte ihm in das

geräumige Wohnzimmer. Die Türen zum zweiten Trakt waren geöffnet worden und zarte Klänge klassischer Musik schwebten durch die Räume. Onkel Edgar wandte sich einem dicklichen Herrn mit Glatze und grauem Bart zu, der sich gerade an der Terrassentür mit einem anderen Mann über Politik zu unterhalten schien.

»Roger«, unterbrach er sie. »Darf ich dir einen Neuzugang an deiner Schule vorstellen? Das ist meine Nichte June Mansfield. June – das ist Sir Roger Clark, der Direktor der King's School.«

Der Direktor nickte mir zu. »Miss Mansfield, es freut mich, Sie kennenzulernen.«

»Ganz meinerseits«, sagte ich.

»Und dieser Herr ist Benedict Wellington«, machte mein Onkel weiter. »Ihm gehört der Golfclub in der Nähe von Darktrew. Du solltest jedoch niemals gegen ihn spielen – denn er schummelt.«

Mr Wellington seufzte und rückte sich seine eckige Brille zurecht. »Ihr Onkel lügt so schlecht, wie er Golf spielt«, erklärte er und zwinkerte mir zu. »Miss Mansfield, es ist mir ein Vergnügen, Sie kennenzulernen und endlich die Aufregung zu verstehen, die Ihren Onkel erfasst hat, sobald er erfahren hat, dass Sie Ihr Austauschjahr hier bei uns verbringen werden.«

»So aufgeregt war ich nun auch wieder nicht, Ben«, korrigierte Onkel Edgar ihn.

»Doch, doch. Man merkte es an seinem Abschlag. Ihr Onkel hat sogar noch schlechter Golf gespielt als sonst.« Er machte eine kurze Pause. »Und das ist kaum möglich.«

Die Männer begannen zu lachen und mein Onkel schmunzelte ebenfalls. »Schön, dich so gelöst zu sehen, Roger«, murmelte er in Richtung des Direktors.

»Sie müssen wissen, June, seit die Königskrone verschwunden

ist, hab ich ihn nicht mehr so fröhlich gesehen«, mischte sich Mr Wellington lachend ein.

Mein Onkel fiel in sein Lachen ein, nur der Direktor blieb merkwürdig ernst. »Immerhin war sie seit 111 Jahren das Wahrzeichen unserer Schule«, sagte er sichtlich geknickt. »Ich kann mir ein *Kings & Queens*-Fest ohne die Krone gar nicht vorstellen.«

Onkel Edgar legte ihm mitfühlend die Hand auf die Schulter. »Vielleicht taucht sie ja wieder auf.«

Der Direktor seufzte. »Lasst uns das Thema wechseln«, meinte er dann. »Miss Mansfield, Ihr Onkel meinte, dass Sie gerne in Oxford studieren möchten?«

Ich nickte. »Ja, das ist mein Traum.«

»Und wie kommen Sie gerade auf Oxford?«

»Mein Patenonkel hat mich schon früh mit dem Gedanken infiziert«, gab ich zu. »Er hat mir, schon als ich klein war, Geschichten von der Universität erzählt und mich motiviert, dort zu studieren.«

»Und was möchten Sie später mal werden?«

»Ich würde gern als Anwältin für Menschenrechte arbeiten.«

»Interessant – aber dann könnten Sie doch auch in Cambridge studieren«, entgegnete er und sah mich herausfordernd an. »Die dortige juristische Fakultät hat einen ausgezeichneten Ruf, außerdem hat die Universität mehr Nobelpreisträger hervorgebracht als irgendeine andere im Land. Die Mitglieder der königlichen Familie ziehen es ebenfalls vor, in Cambridge zu studieren.«

Mein Onkel räusperte sich. »Und weil du zufällig auch dort studiert hast, möchtest du die jungen Könige und Königinnen der King's School natürlich ebenfalls dorthin lotsen.«

Mr Clark nickte. »Du sagst es. Allerdings nur jene mit Potenzial.« Er sah mich wohlwollend an und ich lächelte zurück.

»So, jetzt muss ich euch meine Nichte wieder entreißen – ihr dürft schließlich nicht die Einzigen sein, die in den Genuss ihrer Gesellschaft kommt«, sagte mein Onkel und begann, mich weiteren Personen vorzustellen, die alle irgendwelche wichtigen Positionen zu bekleiden schienen.

Er führte mich von einem Raum in den nächsten, und ich konnte mir all die Namen kaum merken, die in kurzen Abständen auf mich einprasselten. Doch auch wenn es mir ein wenig unangenehm war, wie stolz mich mein Onkel der Partygesellschaft präsentierte, fand ich es trotzdem schön, so herzlich von ihm willkommen geheißen zu werden. Dabei wurde mir mehr und mehr bewusst, wie schade es war, dass ich als Kind nicht mehr Zeit mit meiner Verwandtschaft verbracht hatte. Denn so wie Onkel Edgar von Tante Catherine schwärmte und wie auch Madeleine von ihr gesprochen hatte, hätte ich sie selbst gern besser kennengelernt. In dem einen Sommer, den wir in Cornwall verbracht hatten, hatte ich sie leider nicht sehr oft gesehen, was möglicherweise daran lag, dass mein Vater und sie sich aus dem Weg gegangen waren.

»Sie haben ein wunderschönes graues Kleid, my dear«, bemerkte eine Frau in einem eleganten schwarzen Abendkleid, die mir mein Onkel als Mrs Walsh vorgestellt hatte, und betrachtete hingerissen den grünen Stoff.

»Danke schön, mein Onkel hat es besorgen lassen«, antwortete ich leicht irritiert und nippte an meinen Glas Orangensaft, bevor mir einfiel, dass laut Statistik eine von zweihundert Frauen farbenblind war.

»Und wie gefällt Ihnen Cornwall bislang?«, fragte Mrs Walsh freundlich. Sie hatte einen grauen Pagenschnitt und trug funkelnde Diamantohrringe.

»Gut. Also – soweit ich das nach zwei Tagen beurteilen kann. Ich habe noch nicht besonders viel gesehen. Aber morgen machen wir mit der Schule einen Ausflug zum Bodmin Moor, um einen Steinkreis zu besuchen.«

»Ah, Sie meinen sicher The Hurlers – ja, die sollten Sie auf alle Fälle besichtigen, die muss man gesehen haben. Die Stimmung im Moor ist auch wirklich beeindruckend. Es fröstelt mich jedes Mal, wenn ich dort bin.« Sie lächelte mich an und hob den Zeigefinger. »Aber seien Sie vorsichtig und zählen sie keinesfalls die Steinblöcke, denn sonst wird Ihnen großes Unglück widerfahren.«

»Das kann ich mir nicht vorstellen«, sagte ich, ohne die Dame in Verlegenheit bringen zu wollen. »Warum sollte mir großes Unglück widerfahren, nur weil ich Steine zähle?«

Mrs Walsh lachte. »Das ist eine gute Frage. Aber es gibt einfach Dinge, die kann man nicht mit Vernunft erklären, vor allem nicht hier in Cornwall.«

»Na, amüsierst du dich gut?«, hörte ich Preston fragen, als ich eine halbe Stunde später etwas abseits vom hell erleuchteten Festzelt über den nächtlichen Rasen spazierte. Der sanfte Wind wehte die Musik der Liveband an mein Ohr, die gerade einen Sinatra-Klassiker nach dem anderen spielte.

»Absolut. Und du?« Nachdem ich in der letzten Stunde rund dreißig Leuten vorgestellt worden war und versucht hatte, mir ihre Gesichter samt Namen einzuprägen, brauchte ich eine kurze Pause, und die sternenklare Nacht hatte mich wie magisch nach draußen gezogen.

»Jetzt schon.« Preston reichte mir ein Champagnerglas, bevor er sich neben mich stellte. »Aber auf das Gespräch mit Mr Clark hätte ich gut und gern verzichten können.« Er stieß sein Glas sanft klirrend gegen meines. »Cheers.«

»Cheers«, sagte ich und warf ihm einen kurzen Seitenblick zu. Er hatte wieder seinen teuren Duft aufgelegt und sah in dem Smoking einfach umwerfend aus. »Hat dich unser Schulleiter auch nach deinen Zukunftsplänen ausgefragt?«

Preston lächelte geheimnisvoll. »Ja, aber ich denke, dass ihm meine Antwort nicht gefallen hat.«

»Was hast du ihm denn gesagt?«

»Dass ich vorhabe, heute noch mit der hübschesten Frau auf diesem Fest zu tanzen«, sagte Preston, ohne zu zögern. Dabei wanderten seine Augen einmal von oben bis unten über meine Gestalt und ich sah nervös zu Boden. Menschen wie Carla würden solche Komplimente in sich aufsaugen wie ein Schwamm, aber mir war es gerade eher unangenehm.

Preston nippte an seinem Champagner. »Mein Vater ist sehr froh, dass du hier bist.«

Ich blickte über die Schulter nach links zu den gut gelaunten Gästen. »Ich bin auch froh, hier zu sein. Dein Vater tut so viel für mich.«

Preston folgte meinem Blick, und auf seinen Zügen lag ein ernsterer Ausdruck als sonst. »Dieses Fest macht ihn traurig und glücklich zugleich.«

»Wieso macht es ihn traurig?«, fragte ich vorsichtig.

Er antwortete nicht sofort und nahm noch einen Schluck von seinem Champagner. »Weil es ihr Geburtstag ist.«

»Der von Tante Catherine?«

Preston nickte nur, und eine eigenartige Stille senkte sich über uns. Ich spürte, dass er an seine Mutter dachte, und wollte seine

Gedanken nicht mit meinen Worten unterbrechen. Also standen wir eine Weile einfach nur da und blickten auf den weitläufigen Rasen, die Pferdekoppel und das Dunkel der Nacht, während hinter uns das Fest in vollem Gange war.

»Sie hat Rosen geliebt, deshalb auch die Eisskulptur. Aber er hat noch nie so viele Menschen eingeladen wie in diesem Jahr«, sagte Preston schließlich und sah mir direkt in die Augen. »Das liegt an dir, June.«

Ich wusste gar nicht, ob ich wollte, dass es an mir lag, und trank schnell noch etwas von meinem Champagner, der wahrscheinlich unglaublich teuer war und in der Nase kitzelte.

Preston grinste. »Du stehst nicht so auf Aufmerksamkeit, oder?«

Ich atmete tief durch. »Kommt darauf an, wofür. Ich glaube nicht, dass ich die ganze Aufmerksamkeit heute verdiene.«

Preston schüttelte den Kopf und die Lichter des Zeltes funkelten in seinen geheimnisvollen Augen. »Wenn du wüsstest, wie falsch du damit liegst.«

Die Art, wie er es sagte, ließ mein Herz schneller klopfen, und ich schaffte es nicht wegzusehen, als er einen Schritt näher kam, ohne den Blickkontakt zu unterbrechen.

»Bist du nun bereit?«, fragte er schließlich.

Die kühle Nachtluft strich sanft über meine Haut, und ich wusste nicht, was ich antworten sollte.

»Bereit wofür?«, hauchte ich.

Preston nahm mir sanft das Champagnerglas ab und nickte zum Festzelt hinüber. »Für unseren Tanz.«

Nervös verschränkte ich meine Finger ineinander. »Ich wusste gar nicht, dass wir tanzen.«

»Ich hab doch gesagt, dass ich mit der hübschesten Frau des Festes tanzen werde.«

Sein selbstsicheres Lächeln entlockte mir ein Schmunzeln. »Und dafür hast du mich auserkoren?«

Preston nickte. »Selbstverständlich. Natürlich ist da immer noch die alte Mrs Walsh, aber nachdem sie mir vorhin erklärt hat, dass sie jetzt doch noch mit dem Autofahren anfangen möchte, wird sie dir wahrscheinlich nicht mehr allzu lange Konkurrenz machen.«

»Wegen ihrer Farbenblindheit?«, schlussfolgerte ich.

»Du hast dich also mit ihr unterhalten?«

Ich nickte und erwähnte nicht, dass Farbenblinde natürlich auch Auto fahren konnten. »Sie war sehr freundlich.«

»Okay, gut, du hast mich überzeugt – dann tanze ich doch mit ihr, wenn du schon so viel Werbung für sie machst.« Er tat so, als würde er weggehen, drehte sich dann aber doch wieder zu mir um. »Das ist der Moment, in dem du mir nachlaufen musst, June. Hast du denn noch nie einen von diesen Kitschfilmen gesehen?«

Ich hob eine Augenbraue. »In den Kitschfilmen läuft der Typ der Frau nach und nicht umgekehrt.«

Prestons lächelte charmant. »Du hast recht, das fand ich schon immer total veraltet. Was hältst du von ein wenig Emanzipation? Gib dir einen Ruck, June.«

Seine strahlend blauen Augen fixierten mich abwartend, und nach einem Moment des Zögerns gab ich mir tatsächlich einen Ruck, weil mir Prestons unbeschwerte Art gut gefiel. Und auch wenn ich keine besonders talentierte Tänzerin war, sagte mir etwas, dass mich Preston sicher gut führen würde.

Deswegen hielt ich Preston auffordernd meine Hand hin und fragte: »Darf ich um den nächsten Tanz bitten?«

Preston führte mich grinsend zu dem weißen Festzelt, dessen strahlende Lichter die Nacht erhellten. Ein gutes Dutzend runder Tische mit weißen Stühlen stand rund um eine mit bunten Spots beleuchtete Tanzfläche, auf der sich schon einige Paare tummelten. In der Mitte der Tanzfläche entdeckte ich die Eisskulptur in Rosenform, die ich bereits am Nachmittag gesehen hatte. Direkt dahinter spielte die Band auf einer leicht erhöhten Bühne. Die fünf Musiker und ein Sänger trugen allesamt dunkelgrüne Smokings und stimmten eben die ersten Töne von Frank Sinatras »Can't take my eyes off of you« an. Preston zog mich lächelnd auf die Tanzfläche, und ich errötete leicht, als mir die Blicke der anderen Gäste bewusst wurden.

»Was für ein passender Song«, raunte Preston in mein Ohr und zog mich langsam an sich. Seine linke Hand glitt hinunter zu meiner Taille, und ich fühlte ein leichtes Kribbeln, wo er mich berührte. Dann begann er sich mit mir zu drehen, und schon nach den ersten Sekunden war klar, dass Preston tatsächlich der geborene Tänzer war. So wie er mich führte, konnte ich mich völlig fallen lassen, und ich genoss es, wie leicht es war, mit ihm zu tanzen.

»Das ist eigentlich nicht meine Art von Musik«, gestand er mir, als wir uns zwischen den anderen Paaren drehten. »Aber Mum stand auf diese alten Songs.«

»Und was ist deine Art von Musik?«, fragte ich, nachdem er mich einmal um meine eigene Achse gewirbelt hatte. Dabei erhaschte ich einen kurzen Blick auf Blake, der am Rande der Tanzfläche stand und mit versteinerter Miene zu uns hinüberstarrte.

Preston zog mich wieder an sich und seine blauen Augen funkelten verheißungsvoll. Ich schnappte erschrocken nach Luft, als er mich in seinen Armen plötzlich nach hinten sinken ließ. »Stimmt, du kennst meine Musik ja noch gar nicht. Aber das werden wir ändern.« So wie er es sagte, klang es nach einem Versprechen.

»*You're just too good to be true, can't take my eyes off of you*«, sang er leise mit.

Sein Gesicht war meinem sehr nah, und ich fühlte die Wärme seiner Hände, mit denen er mich hielt. Als sein Blick zu meinen Lippen hinunterglitt, hatte ich kurz das Gefühl, als würde unsere Umgebung in den Hintergrund treten. Doch im nächsten Moment zog er mich schon wieder schwungvoll zurück in eine aufrechte Position und lockerte grinsend seine Fliege. Dann warf er sie in die Ecke, sprang auf die Bühne und schnappte sich dort ein zweites Mikro.

»*I love you baby, and if it's quite all right, I need you baby to warm the lonely night – I love you baby, trust in me when I say …*«, sang er den Refrain mit.

Die anderen Gäste wandten sich ihm zu, und ich konnte nicht anders, als ihn anzustarren. Auch wenn das nicht seine Musik war, sang er diesen alten Song besser als der gebuchte Sänger und legte dazu eine Solo-Tanzeinlage hin, als ob er schon sein ganzes Leben auf der Bühne stand. Preston zog alle Blicke auf sich, doch er sah nur mich an und ließ mich die ganze Zeit nicht aus den Augen, bis das Lied zu Ende war. Dann verbeugte er sich und erntete tosenden Applaus. Grinsend zwinkerte Preston mir zu und ging zu dem Sänger, um ihm etwas ins Ohr zu flüstern. Der Mann nickte und gab seiner Band ein Zeichen. Ich sah, wie Preston den Platz am Schlagzeug einnahm und ein schnelles Intro spielte, bevor die Band einstieg.

Die Musik lockte noch mehr Paare auf die Tanzfläche. Ich stellte mich etwas abseits hin und schaute zu Preston. Onkel Edgar hatte erzählt, dass er mit seiner Band probte, aber ich hatte nicht ansatzweise geahnt, wie talentiert er war.

Als das Lied zu Ende war, gingen Preston und die Band nahtlos in einen zweiten Song über, und ich nutzte die Zeit, um die Leute um mich herum zu beobachten. Ich war noch nie auf einem Fest wie diesem gewesen – einer Privatparty, für die so viel Aufwand betrieben wurde. Eigenes Servicepersonal, eigene Band, ein riesiges Zelt – und sogar eine extra angefertigte Eisskulptur. Mein Blick blieb an der aufwendig geschnitzten Rose hängen, deren eisige Blütenblätter im Licht der Zeltbeleuchtung sanft glitzerten.

»Wünschst du dich gerade an einen anderen Ort?«, hörte ich plötzlich Blakes tiefe Stimme hinter mir.

»Nein. Wünschst *du* mich etwa an einen anderen Ort?«, fragte ich schneller, als ich denken konnte, und verfluchte mich sofort selbst dafür. Der Champagner war mir wohl in den Kopf gestiegen.

Blake sah mich irritiert an. »Manchmal«, sagte er dann und versetzte mir damit einen kurzen Stich. »Aber manchmal wünsche ich mich selbst auch an einen anderen Ort«, fügte er hinzu und stellte sich neben mich.

Sein verführerisch herber Duft stieg mir in die Nase, und ich atmete automatisch tiefer ein, obwohl mich seine Nähe lieber kaltgelassen hätte.

»Vor allem, wenn Preston das Mikro an sich reißt.«

»Dass Preston Talent hat, sieht doch ein Blinder«, hielt ich dagegen.

Blake grinste kurz. »Du hast wahrscheinlich schon zu viel Champagner getrunken.«

Ich strich über einen Strassstein meines dunkelgrünen Rocks, der sanft im Licht der Zeltbeleuchtung funkelte, und betrachtete sein scharf geschnittenes Profil.

»Bist du etwa neidisch auf Preston?«

Blake schnaubte nur verächtlich. Er hatte seine Fliege ebenfalls gelöst und trug den ersten Knopf seines Hemdes offen. Obwohl er wie Preston elegant gekleidet war, strahlte er selbst im Smoking etwas Gefährliches aus. Mit seinen dunklen Haaren, dem Dreitagebart und dem ernsten Gesichtsausdruck wirkte er irgendwie geheimnisvoll und unergründlich – wie etwas, von dem man besser die Finger lassen sollte.

Ich starrte ihn verständnislos an. »Als ich das letzte Mal hier war, hast du immer zu Preston gehalten.«

Blakes Miene verfinsterte sich, und er sah mich mit einem langen, festen Blick an. »Das war vor fast zehn Jahren.«

»Na, und?« Noch während ich sprach, spürte ich, wie beschwipst ich war. »Ihr benehmt euch, als würdet ihr euch hassen. Preston ist immerhin dein Bruder. Und im Gegensatz zu dir war er nur nett zu mir.«

»*Nett?* Du hast ja keine Ahnung.«

»Dann klär mich doch einfach auf«, fauchte ich und versuchte dabei so gleichgültig wie möglich zu klingen.

Blake rieb sich über die Augenbraue. »Halt dich einfach von ihm fern.«

Ich warf ihm einen ungläubigen Blick zu. »Und warum?«

»Weil ich es dir sage«, sagte er mit einer Bestimmtheit, die mich nur noch wütender machte.

»Ich soll also wieder einfach tun, was du mir sagst? Und was qualifiziert dich, mir solche Ratschläge zu geben?«

»Weil ich weiß, wovon ich rede. Halte dich am besten von *uns beiden* fern.« Seine Worte klangen nicht wie eine Aufforderung, sondern wie ein Befehl.

Ich glaubte, nicht richtig zu hören. Wie konnte er nur so mit mir sprechen? »Was denkst du eigentlich, wer du bist? Versuchst du mir etwa Angst zu machen? Ist das irgendein dummes Spiel für dich?« Ich hasste es, dass meine Stimme brach. »Nur weil sonst vielleicht alle tun, was du willst, gilt das noch lange nicht für mich«, setzte ich hinzu, drehte mich um und machte Anstalten zu gehen. Doch Blake hielt mich am Oberarm fest und seine Berührung sandte einen Hitzestrahl durch meinen ganzen Körper.

»June, du solltest wirklich besser auf mich hören.«

Seine Augen bohrten sich in meine, und ich spürte, wie mein Puls nach oben schnellte und meine Wut verflog. Sein Blick war wie eine Welle, der ich nichts entgegenzusetzen hatte und die mich einfach ins offene Meer rauszog. Einen Moment lang sahen wir uns beide nur tief in die Augen, und ich hoffte, dass er meinen hämmernden Herzschlag nicht hören konnte.

»Halte dich von uns fern.« Seine eisige Stimme ließ mir einen kalten Schauer über den Rücken laufen und meinen Verstand zurückkehren.

»Dann tue ich uns beiden einen Gefallen und beginne jetzt gleich damit«, presste ich hervor, befreite mich aus seinem Griff und stürmte aus dem Zelt.

Den restlichen Abend gingen Blake und ich uns aus dem Weg, und auch Preston schien wie vom Erdboden verschluckt zu sein. Immer wieder hielt ich nach ihm Ausschau, konnte ihn aber nirgendwo entdecken.

Stattdessen unterhielt ich mich mit dem hiesigen Arzt und einer Dame, der der Blumenladen in Darktrew gehörte. Die Leute waren alle sehr freundlich zu mir, doch trotz der netten Gespräche ging mir Blakes Warnung nicht aus dem Kopf. Wieso wollte er, dass ich mich von ihm und Preston fernhielt? Warum verhielt er sich so merkwürdig?

Als ich Stunden später in mein Zimmer kam, fühlte ich mich müde und aufgekratzt zugleich. Ich schlüpfte aus meinen hohen Schuhen und ging zum Fenster, um die frische Nachtluft hereinzulassen. Der harte Kern von Onkel Edgars Gästen hatte sich in den Salon zurückgezogen, und der Garten lag still und friedlich vor mir. Nur der Ruf eines Uhus hallte durchs Dunkel. Plötzlich nahm ich zwischen zwei Hecken eine Bewegung wahr. Interessiert beugte ich mich ein Stück vor und spürte, wie mein Puls in die Höhe schoss, als ich eine Gestalt in einem grünen Umhang sah. Sie hatte das Gesicht von mir abgewandt und glitt auf eine Steinmauer zu. Erneut war der lang gezogene Schrei eines Uhus zu hören und hinter mir im Haus polterte irgendetwas zu Boden. Erschrocken warf ich einen kurzen Blick über die Schulter. Doch als ich wieder in den Garten sah, war die Person in dem grünen Umhang verschwunden.

Kapitel 11

»Kannst du mir bitte den Zucker reichen?«, fragte Onkel Edgar, als ich am nächsten Morgen mit ihm am Frühstückstisch saß.

»Ich reichte ihm die silberne Zuckerdose und er schaufelte sich ein paar Löffel davon in seinen Tee. »Möchtest du auch einen?«

»Nein danke. Ich bin glücklich mit meinem Kaffee.«

Onkel Edgar schmunzelte. »Vielleicht wird sich das in diesem Jahr noch ändern. Es ist nicht nur ein Klischee, dass wir Briten gerne Tee trinken.«

Ich unterdrückte ein Gähnen und legte mir noch ein Stück des halb verbrannten Toasts auf den Teller. Irgendwie schien es zum guten Ton zu gehören, dass die Toastscheiben immer mit schwarzen Stellen aus der Küche kamen. »Ich habe gelesen, dass, bevor es Tee gab, immer Warmbier zum Frühstück getrunken wurde.«

»Und wir finden es schade, dass mit dieser Tradition gebrochen wurde«, sagte Preston, der gerade durch die Tür geschlendert kam. Sein Blick war auf mich gerichtet und ein leichtes Lächeln umspielte seinen Mund. »Guten Morgen, June.«

Ich lächelte zurück und dachte unwillkürlich an seine Nähe und Berührungen gestern Abend.

»Gut geschlafen?«, fragte er, und ich nickte nur, weil ich vor Onkel Edgar nicht von der Gestalt im grünen Umhang sprechen wollte, deren plötzliches Verschwinden mich lange wachgehalten hatte.

Preston setzte sich mir gegenüber an den Tisch, und erst jetzt bemerkte ich die Schramme auf seiner Wange.

»Was ist passiert?« Ich deutete auf die Verletzung unter seinem rechten Auge.

Preston schenkte sich eine Tasse Tee ein. »Ach das – du solltest mal den anderen sehen.« Seine Stimme klang, als würde sein Gegner jetzt noch blutend im Straßengraben liegen.

Onkel Edgar betrachtete seinen Sohn mit einem leichten Kopfschütteln. »Du solltest dich mit Prügeleien zurückhalten. Es ist dein letztes Schuljahr und du willst deine Kurse sicher nicht noch einmal wiederholen.«

Ich horchte auf, doch Preston nahm sich gelassen einen Toast und griff nach der Butter, die in einer silbernen Dose auf dem Tisch stand. »Ich bin doch die Zurückhaltung in Person.«

»Und mit wem hast du dich geprügelt?«, fragte ich. »Jemand, den ich kenne?«

Preston grinste. »Mit einem Arsch«, sagte er, und ich musste automatisch an Blake denken. »Wir hatten eine kleine Diskussion.« Er hob beide Augenbrauen, und es war offensichtlich, dass er das Thema nicht weiter vertiefen wollte.

Aber Onkel Edgar ließ ihn nicht so leicht von der Angel. »Und diese Diskussion wurde anscheinend mit den Fäusten beendet.«

Preston sah mich an und zwinkerte mir zu. »Keine Sorge, Mädchen schlage ich nicht.«

»Das will ich aber auch hoffen«, schnaubte mein Onkel, als gleichzeitig sein Telefon klingelte. Er zog es aus seiner dunklen Stoffhose und schielte aufs Display. »Da muss ich leider rangehen, ist geschäftlich«, entschuldigte er sich, bevor er aus dem Esszimmer verschwand.

Preston häufte ein paar Würstchen mit Bohnen auf seinen Teller und warf mir einen kurzen Blick zu. »Du siehst müde aus. Sag bloß, du hast die ganze Nacht von mir geträumt.«

Ich schüttelte den Kopf und strich etwas Marmelade auf meinen Toast. »Nicht von dir. Eher von der grünen Lady.«

Preston schmunzelte. »Mit der habe ich dir anscheinend einen Floh ins Ohr gesetzt.«

»Ich habe sie gestern gesehen. Ich bin mir ganz sicher.«

Er schnaubte belustigt. »June, das ist eine alte Story, die ich gerne erzähle, um die Mädels aufzureißen. Was bei dir leider noch nicht funktioniert hat.« Seine strahlend blauen Augen bohrten sich in meine, sodass mir für einen Moment der Atem stockte. Preston lächelte noch breiter – offenbar schien er sich seiner Wirkung vollkommen bewusst zu sein. »Oder funktioniert es doch?«

Ich fühlte, wie ein kühler Luftzug durch meine Haare strich, obwohl alle Fenster und Türen geschlossen waren, und bekam eine Gänsehaut. Preston starrte mich an und zog kurz die Stirn kraus, als ich nichts sagte. »Willst du mir nicht antworten?«

»Ich will herausfinden, was ich gestern gesehen habe. Ich habe mir die grüne Dame nicht eingebildet.«

Er lehnte sich irritiert zurück und schien von meiner Antwort überrascht zu sein. »Und was hat sie gemacht?«, fuhr er nach einer Pause fort. »Ist sie durch Wände gegangen?«

Ich schüttelte den Kopf. »Nein, ich habe sie auf dem Grundstück gesehen, doch nachdem ich mich kurz umgedreht hatte, war sie plötzlich verschwunden.«

»War das womöglich eine Nachwirkung des Champagners? Das

würde zumindest erklären, warum du dich gestern freiwillig mit Blake unterhalten hast.«

Bei dem Gedanken an Blake kam mir wieder seine idiotische Warnung in den Sinn, die ich schnell zur Seite schob. Daran wollte ich jetzt nicht auch noch denken.

In diesem Moment kam mein Onkel wieder ins Esszimmer zurück. Obwohl er versuchte, einen normalen Eindruck zu machen, hatte ich das Gefühl, dass er irgendwie besorgt wirkte.

»Das war aber ein kurzes Gespräch«, sagte Preston und sah seinen Vater eindringlich an.

»Ja, war doch nicht so wichtig«, murmelte er gedankenverloren, bevor er sich wieder setzte und nach seiner Brille griff, um die Zeitung zu studieren.

»Hast du den Aufruf von dem Journalisten gesehen?« Preston deutete auf einen Artikel unten auf der ersten Seite.

Onkel Edgar kniff die Augen zusammen und las den kurzen Absatz. »Ah, das ist aber interessant«, sagte er dann.

Ich biss von meinem Toast ab. »Worum geht es denn?«

»Anscheinend gibt es einen Autor, der über Cornwall schreiben möchte – über die versteckten Sehenswürdigkeiten unserer Heimat und über manche Geheimnisse, die noch nicht gelüftet wurden. Er ist aus London und hat einen Gastbeitrag in der *Cornish Daily* verfasst.« Mein Onkel schob mir die Zeitung hin. »Er bittet die Leser darum, ihm zu schreiben und ein paar Tipps zu geben. Offenbar liegen unsere Mythen und dunklen Geheimnisse gerade im Trend.«

Ich überflog den Artikel und nickte. »Cornwall ist anscheinend voll von diesen Geschichten.«

»Du könntest ihm ein paar alte Schriften von Sir Winterly zukommen lassen«, schlug Preston vor und grinste mich an. »Vielleicht findet er ja heraus, was mit dem Dorfpfarrer und seiner Geliebten wirklich passiert ist. Und um wen es sich bei der grünen Dame handelt.«

»Ihr habt Unterlagen zu Sir Winterly?«, fragte ich überrascht.

Onkel Edgar lächelte. »Wir haben unglaublich viele Bücher in unserer Bibliothek, darunter auch einige alte. Fühl dich frei, jederzeit darin zu stöbern, wenn du Lust hast. Deine Tante Catherine hat sich auch gerne mit ihren Vorfahren beschäftigt und mit Leidenschaft die Bibliothek durchforstet.«

Ich nickte sofort. »Wow. Danke für das Angebot. Das werde ich auf alle Fälle tun.«

»Aber nicht jetzt.« Preston schielte auf die Uhr. »Wenn du nicht schon am zweiten Schultag zu spät kommen willst, müssen wir los.«

»Na, lange Nacht gehabt?«, fragte Grayson, als ich beim Schulausflug gähnend hinter ihm im Bus saß. »Wenn es etwas mit Preston oder Blake zu tun hat, dann will ich jedes schmutzige Detail hören. Jedes. Du darfst nichts auslassen.«

Lilly schüttelte den Kopf. »Sie ist ihre Cousine, Grayson. Da läuft nichts.«

»Sie sind adoptiert«, sagte ich und blickte nach draußen. Der Bus bog gerade in eine Kurve und fuhr durch ein malerisches Dorf mit engen Gässchen, reetgedeckten Dächern und hübschen Gärten.

»Adoptiert?«, wiederholte Lilly neben mir und sah mich ungläubig an, während Graysons Augen zu leuchten begannen.

»Das wird ja immer interessanter. Ich fasse zusammen: Du wohnst mit den Jungs unter einem Dach, läufst ihnen jeden Tag über den Weg – vielleicht auch mal in der Dusche –, du bist nicht mit ihnen blutsverwandt und trotzdem nicht aus dem Häuschen?«

Er betrachtete mich skeptisch, und ich war froh, dass keiner der anderen Schüler etwas von unserem Gespräch mitbekam. Vielleicht hätte ich doch nicht erwähnen sollen, dass die Zwillinge adoptiert waren – aber es kam mir falsch vor, diese Tatsache vor Grayson und Lilly geheim zu halten, nachdem sie mich so nett aufgenommen hatten.

»Nein, ich bin nicht aus dem Häuschen«, sagte ich leise.

Grayson sah so aus, als würde er gleich Schnappatmung bekommen, weil ich den Deep-Blue-Twins nicht hinterherhechelte wie all die anderen Mädchen. »Selbst *du* musst doch sehen, wie heiß die Jungs sind«, sagte er vorwurfsvoll.

»Vielleicht gibt es in Deutschland noch viel heißere Jungs«, sagte Lilly leichthin und warf sich einen Kaugummi ein. »Und June ist einfach *Besseres* gewöhnt.« Sie zwinkerte mir kurz zu. »Sag schon June, wie heiß sind die Typen in Deutschland?«

»Das ist unterschiedlich.« Automatisch musste ich an Jasper denken, der zwar gut ausgesehen hatte, aber mit Blake und Preston nicht ansatzweise mithalten konnte.

»Nichts für ungut, aber ich kenne nur langweilige deutsche Männer«, warf Grayson ein.

Lilly schüttelte den Kopf. »Du kennst doch nur einen einzigen deutschen Mann, nämlich den Halbbruder deines Vaters.«

Grayson nickte. »Ja, und er ist stinklangweilig.«

Ich musste lachen. »Die Deutschen haben doch generell keinen besonders guten Ruf bei euch. Laut einer Studie denken 57 % der britischen Schüler, dass Deutschland das langweiligste Land in Europa ist. Was aber wirklich nicht stimmt.«

»*Ladies and Gentlemen*«, ertönte in diesem Moment die Stimme von Mr Chapman, der sich als mein Literaturlehrer vorgestellt hatte.

Er hatte einen kurzen roten Kinnbart, und Lilly bestand darauf, dass Robin Hood genau so ausgesehen haben musste. Auch wenn Robin Hood sicher kein braun-weiß kariertes Hemd zu einer khakifarbenen Tweedhose getragen hätte.

»Zur Freude aller besuchen wir heute das Bodmin Moor und bewegen uns auf den Spuren von Daphne de Maurier. Wie Sie wissen, stehen im Abschlussjahr einige Titel von ihr auf der Leseliste. Das Werk *Jamaica Inn* handelt von einem Gasthaus, das im Bodmin Moor liegt. Diese sagenumwobene Gegend werden wir uns näher ansehen – und wir beginnen mit dem Steinkreis The Hurlers, bei dem es sich in Wirklichkeit um versteinerte Frauen und Männer handeln soll.« Er machte eine kurze Pause und schielte nach draußen. »Noch circa zehn Minuten, dann sind wir da«, verkündete er und setzte sich wieder hin.

Ich wandte mich fragend an Lilly. »Welche versteinerten Frauen und Männer?«

»Der Legende nach haben Frauen und Männer an einem kirchlichen Feiertag Hurling gespielt und wurden dafür zur Strafe in hässliche Steine verwandelt«, erzählte sie und spielte mit einem silbernen Ring an ihrem Finger.

»Und was genau ist Hurling?«

»Ein ganz blöder Sport«, antwortete Grayson wie aus der Pistole geschossen.

Lilly grinste. »Es ist wie Quidditch, nur ohne Magie. Und Grayson mag es nur nicht, weil er völlig talentfrei ist.«

»Das ist eine Lüge. Ich weigere mich nur, bei einem so rohen Sport mitzumachen«, verteidigte er sich. »Schon das normale Hurling ist gemeingefährlich. Es ist eine Mischung aus Hockey, Baseball, Fußball und Rugby, und es geht darum, dass zwei Mannschaften versuchen, mit einem Schläger einen Ball in ein Tor zu bekommen.« Er schnaubte. »Und beim Cornish Hurling gibt es nur einen silbernen Ball, keine Regeln, und das Ganze findet nicht auf einem Feld, sondern in Darktrew statt.«

»Direkt im Dorf?« Langsam wunderte mich gar nichts mehr.

Lilly nickte. »Ja, die Ladenbesitzer nageln Bretter vor ihre Geschäfte, und alle Dorfbewohner sind draußen, um das Match zu verfolgen. Es ist DAS Highlight des Jahres für sie.«

»Und DAS ist ganz schön traurig«, kommentierte Grayson und verschränkte die Arme vor der Brust. »Erwachsene Männer, die einem silbernen Ball hinterherlaufen.«

»Wenn du es so furchtbar findest, warum bist du dann jedes Jahr als Zuschauer dabei?«, fragte Lilly provokant.

Grayson rümpfte die Nase und kniff die Augen zusammen. »Und wenn du den kleinen Schmuckladen in Darktrew so schrecklich findest, warum gehst du dann immer hin?«

Lilly stockte kurz, doch dann legte sich ein Lächeln auf ihre Lippen. »Habt ihr die Neue schon gesehen?«, fragte sie und richtete ihre Aufmerksamkeit nach vorne.

Ich runzelte die Stirn. »Ich dachte, ich bin die Neue.«

»Ja, natürlich bist du das. Aber ich meinte die andere Neue, die wir nicht mögen.«

»Und welche ist das?« Ich folgte ihrem Blick zu den vorderen Sitzreihen.

»Sie heißt Grace. Es ist die mit den blond gefärbten Haaren und dem arroganten Gesichtsausdruck«, wisperte Grayson und nickte in die Richtung eines Mädchens, das unweit von Mr Chapman Platz genommen hatte. Es trug eine weiße Perlenkette über der Bluse und unterhielt sich gerade leise mit einem anderen Mädchen.

»Und warum mögt ihr sie nicht?«

»Ach, Darling, wir können doch nur *eine* Neue mögen«, meinte Grayson und tippte mit den Fingern auf seine Sitzlehne. »Sei froh und dankbar, dass die Wahl auf dich gefallen ist.«

Ich zog eine Augenbraue hoch. »Natürlich bin ich mehr als erleichtert.«

Lilly nickte. »Kannst du auch sein. Außerdem hat die andere Neue Grayson blöd angemacht, als sie ineinandergerempelt sind. Das gibt Minuspunkte.«

»Um eins klarzustellen: *Sie* ist vor dem Schulbüro in *mich* hineingerannt«, sagte Grayson und schlug die Beine übereinander. »Und das wahrscheinlich mit voller Absicht.« Er machte eine dramatische Pause. »Sie hätte sich natürlich entschuldigen können, hat sie aber nicht. Der Ton macht die Musik, Mädels. Außerdem habe ich ein Gespür für Menschen, und mit der … stimmt etwas nicht.«

Lilly seufzte. »Graysons Charakter-Barometer ist ganz verlässlich, aber ab und zu irrt er sich auch.«

Grayson legte sich die Hand auf die Brust. »Bei wem? Sag mir *einen* Namen.«

»Peter, Caroline und Nancy«, zählte Lilly, ohne zu zögern, auf.

Grayson zog tief die Luft ein. »Okay, aber sonst?«

Lilly schüttelte den Kopf. »Du wolltest doch nur einen Namen.«

Als Reaktion verdrehte Grayson die Augen. »Und wer bitte schön ist Nancy? Die hast du doch nur erfunden.«

Lilly lehnte sich zurück. »Nancy ist die Besitzerin des Pubs, der du unterstellt hast, dass sie Satan anbetet.«

»Die sieht aber auch so aus. Außerdem ist der Pub jetzt viel lauter und voller als vor ihrer Zeit. Das kann ja nicht mit rechten Dingen zugehen.« In dem Augenblick kam der Bus zum Stehen und der Fahrer schaltete den Motor aus.

»Wir sind da«, hörte ich Mr Chapman über die Sitzreihen rufen. »Genießen Sie unseren Ausflug, *Ladies and Gentlemen*, und versuchen Sie, sich nicht verfluchen zu lassen.« Er lächelte. »Denn ein Jahr werde ich definitiv noch mit Ihnen verbringen, und das bevorzuge ich fluchfrei.«

Schon nach wenigen Schritten im Bodmin Moor hatte ich das Gefühl, in eine fremde Welt einzutauchen. Feine Nebelschwaden hingen über der hügeligen Hochmoorlandschaft, und das düstere Licht, das nur vereinzelt durch den grauen Dunst fiel, verlieh dem Ort eine geheimnisvolle Atmosphäre. Der Wind pfiff uns entgegen, und obwohl ich nicht an Sagen und alte Legenden glaubte, bekam ich eine leichte Gänsehaut, als wir Mr Chapman und den anderen Schülern über das feuchte Gras folgten.

»Meint ihr, ich werde auch wie Claire Randall aus *Outlander* ins Jahr 1743 zurückgeworfen, wenn ich einen der Steine berühre?«, fragte Lilly und grinste Grayson und mich spöttisch an.

»Möglich«, sagte Grayson. »Wobei mir klar ist, dass du nur so einem heißen schottischen Kämpfer begegnen willst. Aber egal, ich bin dabei. Wir können zusammen den Steinkreis antatschen und die Reise in die Vergangenheit antreten.«

Lilly nickte und betrachtete mich vergnügt. »Und June nehmen wir mit.«

Grayson zuckte mit den Schultern. »Von mir aus. Aber den heißen schottischen Kämpfer kriege ich ab.«

Lilly seufzte. »Das war ja klar.«

»Ich komme euch nicht ins Gehege«, sagte ich nur, da ich mit der

Vorstellung, in die Vergangenheit zu reisen, sowieso nicht besonders viel anfangen konnte. »Außerdem würden wir nicht in Schottland, sondern wieder in Cornwall landen.«

Mr Chapman erzählte gerade ein paar Meter vor uns einigen Schülern etwas über Hügelgräber, während sich der Nebel um uns zu lichten begann und das Wetter schlagartig besser wurde.

»Höre ich da etwa Zweifel in deiner Stimme?«, wollte Lilly wissen. Als ich nickte, musste sie breit grinsen. »Dann können wir es ja ruhig ausprobieren, oder?«

»Klar«, sagte ich, und Lilly wirkte zufrieden.

Wir schlenderten an ein paar Schafen vorbei, die friedlich auf dem Gelände grasten, und mein Blick schweifte über die weitläufige Moorlandschaft, die mich durch ihre unberührte Einsamkeit und mit den bizarren Felsformationen und geheimnisvollen Ruinen regelrecht verzauberte. Es dauerte nicht lange, bis wir The Hurlers erreichten. Der Nebel hatte sich in der Zwischenzeit ganz verzogen und der Himmel strahlte in einem kräftigen Blau. Bauschige Wolken türmten sich über unseren Köpfen, die so weich und fluffig aussahen wie das Fell der Schafe.

Die Steinkreise waren beeindruckend – sie wirkten wie ein Mahnmal aus einer anderen Zeit, und trotz der Warnung von Mrs Walsh begann ich, sie zu zählen. Das war jedoch gar nicht so leicht, da die grauen Steine quer über die Landschaft verteilt waren und auch die Kreise nicht mehr komplett zu sein schienen. Die meisten der rund zwei Meter hohen Felsblöcke standen aber noch aufrecht in der Wiese.

»Miss Mansfield, ich würde Ihnen nicht raten, die Steine zu zählen«, sagte Mr Chapman, der meinen wandernden Blick bemerkt haben musste. »Der Legende nach wird Ihnen Unglück widerfahren, wenn Sie es schaffen, die korrekte Anzahl der Steine herauszufinden.«

»Okay«, sagte ich nur, weil ich mit ihm keine Diskussion über den Wahrheitsgehalt von Legenden eingehen wollte.

»The Hurlers ist nicht nur *ein* Steinkreis«, begann Mr Chapman im nächsten Moment zu erzählen, und seine Stimme schwoll an, damit alle zuhören konnten. »Es handelt sich hier um insgesamt drei Steinkreise. Denken Sie darüber nach, was die Menschen in grauer Vorzeit dazu bewogen haben muss, diese Anlage zu errichten.« Er ging ein paar Schritte und betrachtete die riesigen Felsbrocken ehrfurchtsvoll.

»Hoffentlich umarmt er nicht gleich einen von ihnen«, flüsterte mir Lilly zu, und ich musste schmunzeln.

Mr Chapman blieb vor zwei besonders großen Steinen stehen. »Diese hier werden Pipers genannt, es handelt sich dabei angeblich um die Dudelsackspieler – sie spielten für die drei Kreise von Tänzern, die der Legende nach versteinert wurden.«

Er berührte den Stein und ich betrachtete Grayson und Lilly skeptisch. »Seht ihr, Mr Chapman ist nicht verschwunden, er ist noch immer hier.«

Ich erntete ein mitleidiges Lächeln von Lilly. »Es ist Mr Chapman, June. Der ist doch so langweilig wie das Hemd, das er trägt. Wenn sich der Stein jemanden aussucht, um ihn in die Vergangenheit zu schicken, dann sicher uns.«

Grayson knöpfte sich seinen Schulblazer auf. »Garantiert.«

»Das glaubt ihr doch nicht wirklich?«, meinte das blonde Mädchen lachend, auf das mich Grayson und Lilly im Bus aufmerksam gemacht hatten und das angeblich Grace hieß.

»Belauschst du gern fremde Gespräche?«, fragte Lilly kühl.

»Ihr redet so laut, dass man euch nicht überhören kann. Auch wenn man es wollte«, entgegnete Grace. »Und glaubt mir, ich hätte es gern überhört. Was für ein Schwachsinn.« Die blasse schwarzhaarige Schülerin neben ihr kicherte, und die beiden marschierten an uns vorbei, als wäre das Gespräch damit beendet.

»Ich glaube, du solltest deine Einstellung mit Mr Chapman genauer besprechen«, rief ihr Grayson hinterher und sah dann mich an. »Jetzt weißt du, warum wir die Neue nicht mögen.«

Ich nickte.

»Aber von der dummen Kuh lassen wir uns nicht abhalten, oder?«, sagte Lilly und hakte sich bei mir und Grayson ein, bevor sie uns zu einem der riesigen Steine zog. Er strahlte etwas Ehrfurcht gebietendes aus und seine Spitze glitzerte blau-grünlich in der Sonne. Die anderen Schüler verteilten sich ebenfalls über das Gelände und beachteten uns nicht weiter.

»Wir verschwinden jetzt in die Vergangenheit«, beschloss Lilly und grinste breit. »Auf drei, okay?«

Grayson nickte voller Freude, und auch ich stimmte zu, weil ich ihnen diesen Spaß nicht verderben wollte.

Lilly straffte die Schultern und begann zu zählen. »Eins, zwei … drei.«

Bei drei legten wir alle unsere flache Hand auf den kühlen grauen Stein. Seine Oberfläche fühlte sich rau an, und plötzlich wurde mir ganz flau im Magen, während gleichzeitig mein Herz zu rasen begann. Ich sah, wie Lilly etwas sagte, aber obwohl ihr Mund sich bewegte, drang kein einziger Ton zu mir durch. Blinzelnd starrte ich sie an, während alle Geräusche ringsum von einer dumpfen Stille verschluckt wurden. Es fühlte sich an, als ob die ganze Welt einfrieren würde, und ich hörte nichts mehr außer meinem eigenen dröhnenden Herzschlag. Im nächsten Moment lief die Zeit wie im Vorspulgang weiter und ich sah die Wolken in einem enormen Tempo über meinen Kopf hinwegziehen. Gleichzeitig fühlte ich, wie ein heißes Prickeln von meinem rasenden Herzen ausging, das durch meinen ganzen Körper schoss und sich den Weg in jede einzelne Zelle bahnte, bis es auch meine Augen erreichte. Einen Augenblick lang war es, als würde alles um mich herum von einem leuchtenden Glanz erfüllt werden, und dieser Augenblick zog sich in die Länge, bis es sich so anfühlte, als würde er für immer existieren. Und dann spürte ich, wie meine Knie nachgaben, wie sich alles zu drehen begann, immer schneller und schneller, und die funkelnd grüne Wiese mit dem blauen Himmel verschmolz, bis nur noch ein glitzerndes Grün zu sehen war, das sich kurz darauf in völliger Dunkelheit verlor.

»June? Alles okay?«, hörte ich Lillys Stimme wie von weit her. Ich blinzelte und öffnete langsam die Augen. Mein Kopf fühlte sich an, als wäre einer der Hurlers daraufgefallen.

»Sie lebt!«, rief Grayson, und ich bemerkte erst jetzt, dass ich im feuchten Gras lag. Um mich herum standen Lilly, Grayson und Mr Chapman, der ein besorgtes Gesicht machte.

Ich versuchte mich aufzusetzen und Mr Chapman ging sofort in die Knie.

»Nur nicht zu schnell«, wies er mich an und reichte mir eine Wasserflasche.

»Danke, es geht schon«, murmelte ich und schluckte.

Was war passiert?

»Lassen Sie sich ruhig Zeit.«

Ich nickte und fasste mir an den Hinterkopf.

»Yes, Darling, das gibt sicher eine gigantische Beule. Du bist auf den Boden geknallt«, sagte Grayson.

»Wir wollten dich auffangen, aber es ging so schnell«, fügte Lilly entschuldigend hinzu.

»Fühlen Sie sich noch schwindelig? Sollen wir jemanden anrufen?«, fragte Mr Chapman und betrachtete mich sorgenvoll.

Ich schüttelte den Kopf, was ich sofort bereute. Grayson hatte recht, das würde sicher eine große Beule geben.

»Wirklich, es geht schon.« Ich trank einen Schluck Wasser aus der Flasche, um Mr Chapman zu beruhigen. »Ich habe wahrscheinlich einfach zu wenig gefrühstückt.«

»Sind Sie sicher?«

»Ja, es ist alles okay.« Ich setzte ein Lächeln auf, das Mr Chapman erleichtert erwiderte.

»Gut, dann können Sie sich noch etwas ausruhen, bevor wir zu unserer nächsten Station aufbrechen.« Mit diesen Worten verschwand er.

»Wirklich alles okay?«, wollte Lilly wissen, die mich von oben bis unten musterte.

Mit ihrer Hilfe stand ich auf. »Ja, alles bestens. War wahrscheinlich nur der Kreislauf«, sagte ich, obwohl ich heute Morgen genug gegessen und getrunken hatte. Aber das behielt ich lieber für mich.

Grayson legte sich eine Hand aufs Herz. »Ich dachte kurz, dass du tot bist. Ich bin vor Sorge fast gestorben.«

»Blödsinn«, sagte Lilly und grinste breit. »Du hattest doch bloß Angst, dass sie allein in die Vergangenheit zu den heißen Schotten reist.«

Kapitel 12

In dieser Nacht schlief ich nicht gut. Unruhig wälzte ich mich in meinem Bett herum und durchlebte immer wieder den seltsamen Moment, als ich den Stein berührt hatte. Obwohl mir mein Verstand sagte, dass selbst in einem Land wie diesem, das voller Mythen und Legenden war, nichts Übernatürliches existierte, blieb ich mit einem seltsamen Gefühl zurück. Woran lag es, dass ich bei dem Steinkreis einfach umgekippt war? Konnte es wirklich eine Kreislaufschwäche gewesen sein, obwohl ich mich danach wieder ganz normal gefühlt hatte? Und was hatte es mit all den anderen seltsamen Begebenheiten auf sich? Angefangen von dem heruntergefallenen Topf und der plötzlich zerspringenden Glastür bis hin zu irgendwelchen Gestalten, die nachts durch den Garten liefen?

Da an Schlaf nicht zu denken war, schlug ich schließlich die Decke zurück und stand auf. Es war schon nach Mitternacht und eher kühl in meinem Zimmer, doch mein dünnes Schlafshirt klebte trotzdem verschwitzt an mir. Mit einem Gefühl, als hätte ich Fieber, machte ich ein paar Schritte zum Fenster und öffnete es weit. Im Gegensatz zu gestern Nacht lag heute dichter Nebel über Green Manor und der Mond tauchte die Szenerie in ein milchig weißes Licht.

Seufzend lehnte ich meine heiße Stirn gegen das kühle Fensterglas und schloss erschöpft die Augen. Vielleicht war ich bei dem Steinkreis umgekippt, weil ich einfach krank wurde. Das musste es sein, es war die einzig logische Erklärung.

Der Ruf eines Uhus hallte durch die Nacht und ich öffnete wieder die Augen. Im nächsten Moment schrak ich mit einem erstickten Laut zurück. Die Gestalt im grünen Umhang stand unten zwischen den Hecken und sah in Richtung des Hauses. Dann wandte sie sich um und ging langsam davon.

Mit klopfendem Herzen starrte ich hinunter in den Garten. Wer war diese Person? Mit Sicherheit war es kein Geist. Und da ich keine Lust auf weitere Ungereimtheiten in meinem Leben hatte, drehte ich mich um und lief zur Tür, um der Sache auf den Grund zu gehen.

Eine knappe Minute später erreichte ich keuchend die Terrasse. Der Mond sandte sein fahles Licht über die weitläufige Anlage, und ich brauchte einen Moment, um meinen Atem zu beruhigen. Dabei irrte mein Blick über die vielen Ziersträucher und Hecken, die in der Nacht so ganz anders aussahen als tagsüber.

Die Person in dem grünen Umhang war im ersten Moment nicht zu sehen, aber sie konnte sich ja nicht einfach in Luft aufgelöst haben. Schnell lief ich los und verfluchte mich selbst dafür, dass ich keine Schuhe angezogen hatte. Ich hatte es so eilig gehabt, in den Garten zu kommen, dass ich nicht mal eine Jacke übergeworfen hatte. Eine Gänsehaut bildete sich auf meinen Armen, und ich zitterte am ganzen Körper, als ich über das feuchtkalte Gras rannte. Der Ruf des Uhus ertönte wieder und ich duckte mich unwillkürlich hinter einer Hecke, als ich links von mir einen Schatten sah. Dann lugte ich vorsichtig an dem dichten Blattwerk vorbei und spürte, wie mein Herz einen Satz machte, als ich die Gestalt in dem grünen Umhang sah. Sie war nur etwa fünf Meter von mir entfernt und bewegte sich so still durch den Nebel, als ob sie wirklich nicht zu dieser Welt gehören würde. Die Kapuze ihres Umhangs verdeckte nach wie vor ihr Gesicht. Ich zog mich wieder hinter die Hecke zurück, presste meine Handflächen in das kalte, feuchte Gras und versuchte, die Angst zu ignorieren, die mir den Brustkorb zusammenschnürte. Die Gestalt war kein Geist, das war unmöglich. Geister existierten nicht.

»Hey!«, rief ich und richtete mich auf. »Wer sind Sie?«

Mein Ruf hallte unangenehm laut durch die Nacht und ich blickte mich mit aufgerissenen Augen im Garten um. Noch immer klebte mir das Shirt am Körper, und mein Herz klopfte so wild in meiner Brust, als ob es herausspringen wollte. Rasch machte ich ein paar Schritte um die Hecke herum und versuchte die Gestalt wiederzufinden, die plötzlich wie vom Erdboden verschluckt zu sein schien. Ich beschleunigte meine Schritte, bis ich einen Zipfel des grünen Umhangs hinter einem Rosenstrauch verschwinden sah.

So schnell mich meine Füße trugen, rannte ich zu dem Strauch und schlitterte um die Ecke. Dahinter lag eine Art natürlich gewachsener Korridor. Hohe Ziersträucher säumten den Weg links und rechts, der zu einer kleinen Gartenbank vor einer steinernen Mauer führte. Völlig irritiert drehte ich mich im Kreis. Ich hatte eindeutig gesehen, wie die Person hinter dem Rosenstrauch verschwunden war. Es gab keinen Zweifel, und sie konnte auch nicht wieder zurückgegangen sein – sonst hätte ich sie gesehen.

Ein kalter Schauer lief mir über den Rücken und ich näherte mich fröstelnd der schmiedeeisernen kleinen Bank vor der Mauer. Wohin war die Gestalt verschwunden?

Kurz überlegte ich, noch einmal zu rufen, aber die Worte blieben mir in der Kehle stecken.

»Was machst du hier?«, hörte ich in diesem Moment eine tiefe Stimme, und ich fuhr zitternd herum. Blake stand vor mir und starrte mich so verärgert an, dass ich automatisch einen Schritt zurückwich.

»Ich habe dich gefragt, was du hier machst«, wiederholte er wütend und machte eine Bewegung auf mich zu. Die dunklen Haare hingen ihm zerzaust in die Stirn, und seine Kieferpartie spannte sich an, als er meinen Aufzug betrachtete. Ich folgte seinem Blick und errötete, als mir bewusst wurde, dass ich in nur einem Schlafshirt vor ihm stand, das mir gerade so bis über den Hintern reichte. Und dass man durch den dünnen Stoff jede Kontur meines Körpers sehen konnte – inklusive der Tatsache, dass mir verdammt kalt war.

»Ich habe jemanden gesehen«, sagte ich schnell und verschränkte die Arme vor der Brust, um wenigstens das vor ihm zu verbergen.

Er zog eine Augenbraue hoch. »Hier im Garten?«

Sein skeptischer Tonfall machte mich wütend und ich nickte vehement. »Ja, hier im Garten. Eine grün gekleidete Gestalt.«

Blake atmete tief ein. »Ernsthaft, June?«

»Ich weiß, was ich gesehen habe«, erwiderte ich angespannt.

Er schüttelte den Kopf. »Du holst dir noch den Tod«, knurrte er und zog seine dunkle Lederjacke aus.

»Glaubst du mir etwa nicht?«, stieß ich hervor und versuchte, das Beben aus meiner Stimme herauszuhalten.

Ohne mir zu antworten, kam er auf mich zu und legte mir seine Jacke um die Schultern. Sie war noch ganz warm und roch nach seinem betörenden Duft, der mich an eine Mischung aus Ozean und Leder erinnerte.

»Komm jetzt rein«, sagte er und fasste mich am Arm. Trotz seiner ruppigen Art war seine Berührung erstaunlich sanft.

»Du glaubst mir nicht«, fuhr ich ihn an und machte mich wieder los. »Ich habe wirklich jemanden gesehen. Ich bilde mir das doch nicht ein, Blake!«

Er kniff die Augen zusammen. »Betty hat erzählt, dass du heute in der Schule umgekippt bist.«

Verärgert schüttelte ich den Kopf. »Das hat damit nichts zu tun.«

»Du sollst eine Beule haben.«

»Betty redet zu viel«, murrte ich und ärgerte mich, dass Mr Chapman nach dem Ausflug überhaupt hier angerufen hatte. Obwohl Green Manor voller Geheimnisse steckte, konnte ich nicht mal eine simple Beule für mich behalten.

»Es reicht.« Blake griff nach meiner Hand und zog mich so überraschend zu sich, dass ich nach vorne stolperte und mich gerade noch an seiner starken Brust abfangen konnte. Als er scharf die Luft einzog, flatterte eine Horde Schmetterlinge in meinem Bauch hoch und ich blickte atemlos in sein Gesicht. In der Dunkelheit war es nur als schemenhafter Umriss zu erkennen, doch dafür konnte ich seine straffen Muskeln unter meinen Fingerspitzen fühlen, während ich plötzlich von dem Wunsch überwältigt wurde, mich auf die Zehenspitzen zu stellen und ihn zu küssen. Mein Herzschlag pochte laut in meinen Ohren, und ich konnte nicht anders, als mir auszumalen, wie sich seine weichen Lippen auf meiner Haut anfühlen würden, als mir bewusst wurde, was ich hier tat. Erschrocken wich ich zurück, gab ihm hastig seine Jacke zurück und machte, dass ich von dort weg kam.

Am nächsten Morgen schaffte ich es kaum aus dem Bett. Nach meiner Begegnung mit Blake hatte ich noch etwa eine Stunde wach gelegen und über die mysteriöse Gestalt in dem grünen Umhang nachgedacht.

Wer schlich nachts auf Green Manor herum? Und wie hatte derjenige in der Sackgasse mit der Steinmauer einfach verschwinden können?

Müde schüttelte ich den Kopf und schlurfte ins Bad. Ich fühlte mich, als hätte man mich einmal durch Bettys Fleischwolf gedreht, und ein Blick in den Spiegel verriet mir, dass ich auch nur unwesentlich besser aussah.

Tiefe Schatten lagen unter meinen Augen, die trotz meiner Müdigkeit irgendwie seltsam zu strahlen schienen.

Stirnrunzelnd beugte ich mich näher zum Spiegel, um mir das genauer anzusehen. Leuchtete das Grün meiner Iris stärker als sonst?

»Jetzt wirst du schon verrückt«, murmelte ich mir selbst zu, bevor ich mir eine Ladung eiskaltes Wasser ins Gesicht schaufelte und mich für die Schule fertig machte.

»Good morning, Darling«, begrüßte mich Grayson, kaum dass ich das Klassenzimmer betreten hatte.

»Guten Morgen.« Ich gähnte verhalten.

Grayson kniff die Augen zusammen und sah mich kritisch an. »Alles in Ordnung bei dir? Du siehst schrecklich aus.«

»Vielen Dank auch«, antwortete ich schmunzelnd und ließ meinen Rucksack auf die Tischplatte fallen. Dabei versuchte ich nicht weiter darüber nachzudenken, wie die grüne Gestalt in der Nacht einfach hatte verschwinden können. Bevor ich zur Schule aufgebrochen war, hatte ich mir die Stelle im Garten noch einmal bei Tageslicht angesehen, aber keinen geheimen Durchgang in den Hecken neben der Steinmauer entdeckt.

Grayson schlug die Beine übereinander. »Bitte verzeih. Ich wollte natürlich sagen, du siehst fantastisch aus. Wie das blühende Leben.« Er hob die Stimme, und je lauter er sprach, desto deutlicher fiel mir sein Londoner Akzent auf. »Deine Augen leuchten heute wie zwei Smaragde, das tun sie wirklich.« Er unterbrach sich und musterte mich eindringlich. »Was ist los? Hab ich schon wieder etwas Falsches gesagt?«

»Nein, natürlich nicht.« Ich erinnerte mich, dass auch mir meine Augenfarbe heute Morgen irgendwie intensiver vorgekommen war, aber wahrscheinlich hatte ich mir das nur eingebildet. Kurz hatte ich überlegt, Carla anzurufen – doch was wollte ich ihr sagen? Dass ich jetzt völlig verrückt wurde? Nein, ich durfte einfach nicht zu viel über die Sache nachdenken.

»Ist Lilly noch nicht da?«, versuchte ich das Gespräch in eine andere Richtung zu lenken.

»Wie du siehst, ist sie es nicht«, sagte Grayson, dem mein Verhalten offenbar noch immer merkwürdig vorkam, denn er ließ mich nicht aus den Augen. »Ameise«, bemerkte er plötzlich, und ich richtete den Blick auf meine Tischplatte, auf der eine kleine schwarze Ameise geschäftig das Terrain erkundete.

Ich zuckte zusammen, als Graysons Englischbuch auf das Insekt niedersauste. »Man muss sie töten.«

»Völlig richtig«, japste Lilly von der Klassentür aus und kam in unsere Richtung gewankt. Ihr roter Pony klebte ihr verschwitzt auf der Stirn und ihr Brustkorb hob und senkte sich so schnell, als wäre sie den ganzen Weg zur Schule gerannt.

»Wieder mal den Bus verpasst, Darling?«, fragte Grayson mit einem Grinsen.

Lilly ließ ihre Tasche auf den Boden gleiten und nickte verschämt. »Ja, ich hab den Wecker überhört.« Sie streifte mich mit einem kurzen Blick. Unsere Augen trafen sich, und plötzlich war mir, als ob die Zeit langsamer laufen würde. Die Gespräche der anderen in der Klasse bekamen einen langen Hall, und die Stimmen wurden tiefer, bis es sich so anhörte wie ein Film in Zeitlupe. Irritiert runzelte ich die Stirn, aber ich war wie hypnotisiert von Lilly, die mich noch immer anstarrte, als ob sie nicht wegsehen könnte. Mir ging es genauso, und ich bekam nur am Rande mit, wie Grayson die tote Ameise von seinem Englischbuch herunterschnippte, die daraufhin geradezu absurd langsam durch die Luft katapultiert wurde. Der Flug des kleinen Tierchens schien sekundenlang anzudauern, und ich riss mich von dem Blickkontakt mit Lilly los und betrachtete fassungslos das tote Insekt. Währenddessen wurde das Stimmengewirr der anderen noch dumpfer, als ob meine Ohren mit Watte verstopft wären. Ungläubig drehte ich mich wieder zu Lilly um und schrak zurück, als sich ihre Augen unter meinem Blick langsam veränderten. Sie wurden immer glänzender, bis sie wie zwei funkelnde harte Diamanten aussahen. Der Anblick war so befremdlich, dass ich mir die Hand vor den Mund schlug, doch auch diese Bewegung dauerte so lange, dass es mir selbst wie eine Ewigkeit vorkam. Noch während meine Hand langsam durch die Luft fuhr, hörte ich ein leises Knacken, und im selben Moment durchzog ein feiner Riss Lillys Diamantaugen. Mein Puls schoss in die Höhe und das Blut rauschte in meinen Ohren, als der Riss immer größer wurde und den Blick auf tiefste Schwärze dahinter freigab, die mir das starke Gefühl vermittelte, dass Lilly log. Ich sah es in der Dunkelheit, spürte es mit jedem Atemzug und fühlte es in jedem Schlag meines Herzens. Mein ganzer Körper schrie *LÜGE!*, und am liebsten hätte ich auch geschrien.

Hektisch riss ich mich von dem Anblick los – und im nächsten Moment war alles wieder normal. Das Lachen und Geplauder in der Klasse war genauso laut wie vorher und Lilly sah mich mit ihren braunen Augen an. Wenn mein Herz nicht so heftig gepocht hätte, hätte ich vielleicht glauben können, dass ich mir die Situation eben nur eingebildet hatte – aber irgendetwas war da gewesen.

»Wieso schaust du mich so an?«, fragte Lilly nervös und machte damit auch Grayson auf mich aufmerksam.

Er musterte mich besorgt. »Du bist wirklich ganz weiß im Gesicht. Geht es dir nicht gut?«

»Mir ist nur ein wenig schwindelig«, flüsterte ich. »Ich glaube, ich sollte kurz frische Luft schnappen gehen.« Rasch griff ich nach meiner Tasche und verließ das Klassenzimmer.

Draußen lehnte ich mich gegen die Wand und versuchte zu verstehen, was passiert war. Noch immer hatte ich das Gefühl, dass sich der Boden unter meinen Füßen drehte, während das Blut in meinen Ohren rauschte. Was war da eben in der Klasse passiert? Zuerst die grüne Gestalt im Garten und nun das – begann ich etwa schon zu halluzinieren?

»Miss Mansfield, ist alles in Ordnung?«, hörte ich in dem Moment Mr Chapmans Stimme, der gerade auf dem Weg in die Klasse war.

Bei dem Gedanken, wieder zurück in den stickigen Raum zu müssen, wurde mir ganz anders, und ich schüttelte schnell den Kopf.

Mr Chapman sah mich einen Moment lang prüfend an, bevor er

mich sanft an den Schultern fasste. »Dann werde ich Sie ins Büro von Miss Kensington begleiten. Nicht, dass Sie mir nach unserem gestrigen Erlebnis auch noch hier auf dem Flur umkippen.«

Zwei Minuten später hatten wir die weiße Tür des Schulsekretariats erreicht und Mr Chapman klopfte kurz an, bevor er mich in das Büro schob. »Miss Kensington, ich habe hier eine Schülerin, die vielleicht nach Hause geschickt werden muss.« Er blickte auf die beiden jungen Männer im Sekretariat und stockte kurz. »Das ist ja ein Zufall – Ihr Cousin ist auch hier.«

Ich sah an Mr Chapman vorbei und entdeckte Preston neben einem Jungen in verwaschenen Jeans, den ich schon an meinem ersten Tag hier auf dem Schulhof gesehen hatte. Er hatte lange dunkelblonde Haare, die er zu einem nachlässigen Knoten gebunden hatte, und trommelte mit seinen Fingern gegen Miss Kensingtons glänzenden Schreibtisch, was die zierliche Dame mit einem tödlichen Blick quittierte.

»Danke, Mr Chapman«, sagte sie steif und warf mir einen prüfenden Blick zu. »Miss Mansfield, richtig? Fühlen Sie sich nicht gut?«

»Mir ist ein wenig schwindelig, nur der Kreislauf«, murmelte ich.

»Gut, dann setzen Sie sich auf den Stuhl dort an der Wand, ich kümmere mich gleich um Sie.«

Als der Lehrer gegangen war, wandte sich die Sekretärin Preston und dem anderen Jungen zu. »Mir wurde zugetragen, dass Sie gestern nicht an den Vorbereitungen für das *Kings & Queens*-Fest teilgenommen haben, für die Sie eingetragen waren.« Miss Kensington schob ihre Lesebrille auf der Nase zurück und blätterte mit spitzen Fingern durch eine Liste vor sich auf dem Tisch. »Ich muss Ihnen wohl nicht erklären, wie wichtig unserem Direktor dieses

Fest ist.« Kurz blickte sie zu der leeren Glasvitrine mit dem roten Samtkissen und ich erinnerte mich an die verschwundene Königskrone.

Preston hakte die Daumen in die Laschen seiner Hose, bevor er die Sekretärin charmant anlächelte. »Da muss ein Irrtum vorliegen. Lenny und ich haben gestern mit dem Rest der Band für das Fest geprobt.«

»Dafür waren Sie aber nicht offiziell eingetragen«, beharrte Miss Kensington. »Hier steht, dass Sie für die Bestellung der Rosen eingeteilt wurden. Was, denken Sie, wäre ein *Kings & Queens*-Fest ohne Rosen?«

»Was, denken Sie, wäre ein *Kings & Queens*-Fest ohne Band?«, gab Lenny trocken zurück.

Preston legte ihm kurz die Hand auf die Schulter und wandte sich dann an die Sekretärin. »Wie gesagt, das war ganz sicher nur ein Irrtum.«

»Diesen Satz hab ich schon zu oft aus Ihrem Mund gehört«, erwiderte Miss Kensington verärgert und marschierte zu einer schmalen Tür, die offenbar in ein weiteres Zimmer führte. »Warten Sie bitte hier, ich hole Miss Mansfield nur schnell ein Glas Wasser.«

Als sie weg war, wandte sich Preston entspannt mir zu. »Und was ist mit dir?«, fragte er. »Verfolgst du mich etwa?«

Ich hob eine Augenbraue. »Um zu sehen, wie du einen Anschiss kassierst?«

Er lachte leise. Sein Selbstvertrauen war so unerschütterlich, dass ich mich nur wundern konnte.

»June, das ist übrigens Lenny – mein Schlagzeuger. Lenny, June«, stellte Preston uns vor.

In dem Moment ging die Verbindungstür wieder auf und Miss Kensington kam zurück. Sie reichte mir ein Glas mit eiskaltem Wasser »Hier. Trinken Sie das.«

Ich murmelte ein Dankeschön, als unser glatzköpfiger Direktor plötzlich in den Raum schneite. Er schien noch einen Termin zu haben, denn er trug seinen Mantel über dem Arm und wirkte ein wenig gestresst.

»Miss Kensington, ich wollte Ihnen nur sagen, dass ich die nächsten drei Stunden unterwegs bin«, sagte er mit dröhnender Stimme, bevor sein Blick auf Preston, Lenny und mich fiel. »Was ist denn hier los?«

»Miss Mansfield hat Kreislaufprobleme und diese beiden Herren hier sind gestern nicht wie eingetragen zu den Vorbereitungen für das Fest erschienen.«

Der Direktor zog verärgert die Augenbrauen zusammen. »Und wieso nicht?«

Lenny wechselte einen kurzen Blick mit Preston, der einen Moment zögerte, bevor er tief durchatmete.

»Nur ein simples Missverständnis, Sir«, antwortete er dann und richtete seine unwahrscheinlich blauen Augen auf die Sekretärin. »Miss Kensington wird Ihnen bestätigen können, dass wir offenbar versehentlich doppelt eingeteilt waren.«

Einen Augenblick lang herrschte absolute Stille in dem kleinen Büro. Es fühlte sich an, als würde ein kalter Luftzug durch das Sekretariat wehen, und ich bekam eine Gänsehaut.

»Das ist leider korrekt«, sagte die Sekretärin plötzlich, ohne die Augen von Preston zu nehmen. »Bei den Listen für die Vorbereitungen ist scheinbar etwas durcheinandergekommen. Ich werde mich darum kümmern, dass so etwas nicht wieder passiert.«

Fassungslos starrte ich auf die zierliche Dame, und auch Lenny wirkte überrascht.

»Gut, dann scheint ja soweit alles geklärt zu sein«, sagte der Direktor und nickte in die Runde. »Guten Tag.«

Sobald Mr Clark den Raum verlassen hatte, kehrte Miss Kensington auf ihren Platz zurück und tat so, als ob nichts gewesen wäre. Preston und Lenny wurden von ihr wieder in den Unterricht geschickt, und auf dem Weg nach draußen zwinkerte Preston mir zu. Ich konnte noch immer nicht fassen, was ich gerade beobachtet hatte, aber ich versuchte, mir meine Verwirrung nicht anmerken zu lassen.

Was hatte Preston mit Miss Kensington gemacht? Für einen Moment hatte es beinahe so ausgesehen, als ob er sie hypnotisiert hätte, damit sie tat, was er von ihr wollte.

Nach allem, was ich heute schon erlebt hatte, fühlte es sich an, als würde ich verrückt werden. Doch als Miss Kensington mich fragte, wie es mir ging, versicherte ich ihr, dass ich mich schon viel besser fühlte, und ließ mich von ihr zurück in die Klasse schicken.

Den Rest des Vormittags konnte ich den eigenartigen Eindruck nicht abschütteln, dass irgendetwas nicht mit mir stimmte. Doch meine Vernunft sagte mir, dass ich wahrscheinlich einfach nur übermüdet war – und je länger ich darüber nachdachte, desto einleuchtender erschien mir diese Erklärung.

Als ich am Nachmittag mit Grayson und Lilly durch das hohe, schmiedeeiserne Tor der King's School in die warme Sonne trat, freute ich mich auf ein paar unbeschwerte Stunden mit den beiden, in denen sie mir die wirklich sehenswerten Sehenswürdigkeiten von Darktrew zeigen wollten.

»Wir beginnen unsere Tour am besten bei Barry's Bakery«, sagte Grayson und blickte auf seine teuer aussehende Uhr, die das helle Sonnenlicht reflektierte, »sonst sind wieder die besten Plätze weg.«

»Ach, Blödsinn«, widersprach Lilly fröhlich und hängte Grayson ihre dunkelbraune Ledertasche über die Schulter, bevor sie sich hinunterbeugte, um sich ihren Schuh zu binden. »Man beginnt eine Führung doch nicht mit dem Höhepunkt«, meinte sie dann, während Grayson unter dem Gewicht ihrer Tasche theatralisch stöhnte.

»Was hast du da drin?«, fragte er, nachdem sie ihre Tasche Augen rollend wieder an sich genommen hatte. »Steine?«

Sie grinste. »Ja, klar. Ich hab ein paar Felsbrocken aus dem Bodmin Moor mitgehen lassen.« Wir setzten uns in Bewegung und nahmen die Straße, die von der Hügelkuppe in mehreren Windungen hinunter nach Darktrew führte. Neben uns rollten einige dunkle Limousinen über den gepflasterten Weg nach unten, und ich hoffte instinktiv, nicht Blake zu begegnen, dem ich nach den Ereignissen der letzten Nacht erfolgreich aus dem Weg gegangen war. »Aber lassen wir doch June entscheiden«, fuhr Lilly fort. »Möchtest du mit dem Höhepunkt starten oder ihn dir bis zum Schluss aufheben?«

»Aufheben«, erwiderte ich spontan und sah Grayson bedauernd an. »Sorry, Grayson.«

Er schnippte sich ohne erkennbare Regung einen Fussel von seinem Jackett. »Kein Problem, Darling. Du hörst ja sonst auch nicht auf mich.«

Ich wusste nicht, worauf er anspielte, und blickte ihn nur fragend an.

Grayson sah mir tief in die Augen. »Damit meine ich, dass du dich schon längst an einen deiner heißen Nicht-Cousins rangeschmissen hättest, wenn du klaren Verstandes wärst. Ich schwöre dir, wenn ich diese zwei Prachtkerle direkt vor der Nase hätte, dann würde ich mir keine Chance entgehen lassen, mir einen der beiden zu schnappen.«

Lilly schlug ihm grinsend gegen die Schulter. »Ach, tu doch nicht so. In Wahrheit wärst du viel zu schüchtern.«

»Du und schüchtern?« Ich sah Grayson ungläubig an.

Er zuckte mit den Schultern und nestelte nervös an seiner Uhr herum. »Okay, vielleicht bin ich in Wirklichkeit tatsächlich ein wenig schüchtern«, gestand er, und auf einmal hatte ich wieder das seltsame Gefühl, dass irgendetwas mit der Zeit nicht stimmte. Die Geräusche ringsum bekamen wieder diesen dumpfen, lang gezogenen Klang, sodass es sich anfühlte, als ob Watte meine Ohren verstopfte. Jeder Schritt schien plötzlich eine ganze Ewigkeit zu dauern, und das leise Knirschen der Autoreifen und der Vogelgesang in den Bäumen bekamen diesen merkwürdigen Hall, der mir Angst machte.

Ich wollte etwas sagen, irgendwie darauf reagieren – doch stattdessen starrte ich wie hypnotisiert in Graysons hellgraue Augen, die immer starrer wurden, bis sie so aussahen, als wären sie zwei geschliffene Diamanten.

Oh nein. Es passierte schon wieder.

Mein Herz setzte einen Schlag aus, und ich versuchte, meinen Blick von seinen funkelnden Kristallaugen zu lösen, aber ich konnte nicht anders, als weiter hineinzustarren, bis sich ein krachender Riss in ihnen bildete, hinter dem ein helles Licht zu sehen war, das mir aus Graysons schmalem Gesicht entgegenstrahlte.

Ungläubig blickte ich in dieses helle Licht und hatte das Gefühl, als ob mir ein frischer Luftzug entgegenwehte, während das Leuchten hinter seinen Augen immer stärker wurde und mir bestätigte, dass er die Wahrheit sagte.

Im nächsten Augenblick lief die Zeit wieder normal weiter und auch Graysons Augen sahen wieder so aus wie immer.

Keuchend wich ich zurück.

»Alles in Ordnung?«, fragte Grayson misstrauisch. »Du kippst uns jetzt aber nicht wieder um, oder?«

»Nein, es geht mir gut.« Ich ging rasch weiter, um meine Verwirrung zu überspielen. Was auch immer diese merkwürdigen Momente zu bedeuten hatten – es musste eine logische Erklärung dafür geben.

»Sicher, June? Wir können das Sightseeing auch verschieben«, mischte sich Lilly ein und sah mich besorgt an.

»Nein, wirklich – alles okay«, beeilte ich mich zu versichern, da ich keine Lust hatte, das Thema mit den beiden zu vertiefen. Ich wollte es ja nicht mal mit mir selbst vertiefen. Kurz überlegte ich, ob ich jemals eine Statistik zum Thema Wahnvorstellungen gelesen hatte, aber mir fiel keine ein.

Lilly strahlte übers ganze Gesicht. »Gut, dann würde ich vorschlagen, wir starten jetzt mit einer kleinen Shoppingtour.«

Eine Viertelstunde später hatten wir den Ortskern von Darktrew erreicht und wanderten unter blühenden Balkonkästen durch kleine verwinkelte Gässchen. Zwischen den hohen Steinhäusern war es ein wenig kühler, und ich hielt mir die Jacke meiner Schuluniform zu, während ich Lilly und Grayson lauschte, die ununterbrochen redeten und lachten.

»Siehst du da vorne den kleinen Brunnen?« Lilly deutete auf einen winzigen Platz direkt vor uns, in dessen Mitte ein alter Steinbrunnen stand, der aussah, als ob er direkt einem Märchen entsprungen wäre. »Darin hat sich der alte Pearlman versucht zu ertränken, nachdem er dahintergekommen war, dass seine Frau ihn jahrelang mit dem Gärtner betrogen hatte.«

»Es war definitiv der Postbote«, korrigierte Grayson sie und schritt schwungvoll über das Kopfsteinpflaster auf den Brunnen zu. »Und er hat auch nicht versucht, *sich* zu ertränken, sondern seine Frau.«

»Die Geschichte hab ich anders gehört«, widersprach Lilly.

Ich strich mir über die Stirn. »Meint ihr, dass wirklich irgendjemand an diese alten Legenden glaubt?«

»Keine Ahnung. Aber meine Großmutter würde jetzt sagen, dass jede Geschichte ihren wahren Kern hat«, antwortete Lilly und zog mich an dem alten Steinbrunnen vorbei in eine belebtere Gasse mit einigen Geschäften.

Grayson schnaubte verächtlich. »Deine Großmutter glaubt auch an Geister und an Heilung durch Handauflegen.«

»Dafür glaube *ich* an Heilung durch Einkaufen«, sagte Lilly und strahlte mich an. »Willkommen in der Shoppingmeile von Darktrew.« Dabei zeigte sie auf die kleine Fußgängerzone vor uns.

Rechts und links der schmalen Gasse reihten sich graue Steinhäuser mit spitzen Dächern und unebenen Fassaden aneinander, die einem das Gefühl gaben, im Mittelalter gelandet zu sein.

»Cool.« Ich ließ meinen Blick von einem Jeansladen zu einem fröhlich wirkenden Surfshop schweifen, vor dessen Eingang zwei Touristen standen und sich einige grellbunte Surfbretter ansahen.

Gleich daneben gab es ein kleines Schmuckgeschäft, das im Moment jedoch geschlossen hatte, sowie einen Teeladen und schräg gegenüber ein Blumengeschäft mit dem liebevoll umrankten Schriftzug *Rosalie's Roses,* vor dessen offener Tür ganze Kisten voller Blumen standen und die warme Luft mit ihrem süßen Duft erfüllten.

»Gib's zu, jetzt bist du beeindruckt.« Grayson steckte die Hände in die Hosentaschen, bevor er auf einen Ständer mit Sonnenbrillen zuschlenderte, der zu einem Souvenirladen gehörte.

»Na klar ist sie das.« Lilly folgte ihm lachend zu dem Shop, der außer den üblichen Postkarten, Schlüsselanhängern und Magneten auch Dutzende Flaschen *Cornish Gold Cyder* im Angebot hatte. Dann setzte sie sich eine spiegelnde schwarze Sonnenbrille auf, die ihr fast wieder von der Nase rutschte.

»Exzellente Wahl«, sagte Grayson mit hochgezogenen Augenbrauen. »Nur leider viel zu groß. Genau wie dein Ring, Darling.« Dabei zeigte er auf ihren silbernen Ring, den sie am Mittelfinger trug. Er umschloss einen durchsichtigen Stein und war wunderschön, saß Lilly aber tatsächlich viel zu locker.

Lilly senkte den Blick auf ihren Ring und errötete. Sie nahm die Sonnenbrille ab und versteckte ihre Hände hinter dem Rücken. »Lasst uns weitergehen«, sagte sie und wandte sich schnell ab.

»Ich wollte dich nicht verärgern, Süße!«, rief Grayson.

»Hast du auch nicht!«, rief sie zurück, und wir beschleunigten unsere Schritte, um sie einzuholen.

»Oh, seht mal da, die machen hier Musik«, sagte Lilly und deutete auf eine Gruppe von Jungs vor einem Pub.

Einer von ihnen hatte abstehende Ohren und spielte eine schnelle Melodie auf seiner Flöte, während ein zweiter ihn mit dem Dudelsack begleitete und ein dritter trommelte. Die Musik hatte schon ein paar Menschen angelockt, und ich sah ebenfalls fasziniert zu, wie die Jungs abgingen.

Als das Lied zu Ende war, verbeugte sich die Gruppe und einige Münzen landeten in der karierten Schirmkappe am Boden.

»Hey, sieh mal, da hängt ja auch ein Plakat von Prestons Band«, sagte Lilly und deutete auf ein Poster im Fenster des Pubs, das einen Gig von *The Standing Rocks* ankündigte. »Da gehst du doch sicher hin, June, oder?«

Ich starrte auf das Poster und musste wieder an den seltsamen Moment im Büro von Miss Kensington heute zurückdenken.

»Ich weiß noch nicht«, murmelte ich nach einer kurzen Pause.

Grayson sah mich gespielt schockiert an. »Du *weißt* es noch nicht? Er ist nicht nur dein Cousin, sondern auch verdammt heiß. Außerdem soll seine Band echt gut sein. Wie kannst du überhaupt darüber nachdenken, *nicht* hinzugehen?«

»Vielleicht findet June ihre Cousins nicht so heiß wie du – oder vielleicht hat sie einfach keinen guten Musikgeschmack.« Lilly hakte sich schmunzelnd bei Grayson unter.

Grayson atmete tief ein. »Nun ja. Ich schätze, jeder Mensch hat einen Makel.«

»Ich habe sicher noch größere Makel als diesen«, sagte ich spöttisch.

»Noch größere Makel als einen schlechten Männergeschmack? Da bin ich aber gespannt.« Grayson steuerte auf einen freien Tisch des kleinen Cafés auf der gegenüberliegenden Straßenseite zu, wo er sich elegant auf einem weißen Korbstuhl niederließ und die Beine übereinanderschlug. »Ich höre.« Er betrachtete mich äußerst aufmerksam.

»Ich fürchte, da kommst du nicht mehr raus.« Lilly zog sich ebenfalls einen Stuhl zurück, in den sie sich plumpsen ließ. »Grayson hat sein Terrier-Gesicht aufgesetzt. Wenn er mal ein interessantes Thema gefunden hat, verbeißt er sich darin wie ein Jagdhund.«

Grayson reagierte nicht auf ihren Kommentar und hob nur kurz die Hand, als eine hübsche Kellnerin in unsere Richtung schaute. Sie nickte und deutete ihm, gleich zu kommen.

»Möglicherweise kann man meinen Männergeschmack tatsächlich als Makel bezeichnen«, gab ich zu und dachte dabei an Jasper, in dem ich mich gründlich getäuscht hatte.

»Klingt, als hättest du schlechte Erfahrungen gemacht.« Lilly blickte mich aus ihren braunen Augen mitfühlend an.

»Klingt nach der perfekten Geschichte für den Nachmittagstee«, fügte Grayson zufrieden hinzu, und ich musste lachen, als er erwartungsvoll die Fingerspitzen aneinanderlegte.

»Es ist eine eher kurze Geschichte. Sein Name war Jasper und wir waren anfangs sehr verliebt. Irgendwann war er dann weniger verliebt und schließlich hatte er gar keine Zeit mehr für mich, woraufhin wir uns getrennt haben. Ende der Geschichte.«

Grayson wirkte enttäuscht. »Das kann unmöglich alles gewesen sein.«

Ich fegte mit den Fingern einen kleinen Krümel beiseite. »Manche Geschichten enden nicht mit einem großen Knall.«

Grayson tätschelte meinen Unterarm. »Dafür hast du ja jetzt uns. In Zukunft werden all deine Geschichten mit einem ordentlichen Knall enden. Apropos Knall, habt ihr gehört, dass es beim diesjährigen *Kings & Queens*-Fest wieder einen Kanonenschuss geben soll?«

Lilly schüttelte den Kopf. »Ich mache mir mehr Gedanken über mein Kleid. Eigentlich hab ich keine Lust, das von letztem Jahr anzuziehen, aber Mum meinte, ich hätte darin so toll ausgesehen.« Sie verdrehte kurz die Augen. »Welches Kleid wirst du denn tragen, June?«

»Keine Ahnung. Kann man sich auch welche in der Stadt ausleihen?«

»Ich an deiner Stelle würde mal deinen Onkel darauf ansprechen«, warf Grayson ein. »Vielleicht möchte er dir ja eines kaufen.«

In diesem Moment kam die Kellnerin und reichte uns lächelnd die Speisekarten. »Wisst ihr schon, was ihr trinken wollt?«

»Ich hätte gerne einen Früchtetee«, antwortete Lilly. »Und June, du musst die French Pastries hier probieren. Sie bestehen praktisch nur aus Butter und Zucker und haben wahrscheinlich 10 000 Kalorien, aber das ist es wert.« Ihre Augen glänzten, als sie mir von dem französischen Gebäck vorschwärmte, und ich musste grinsen.

»Okay, dann nehme ich auch einen Tee – und so eine Kalorienbombe.«

Grayson schloss sich uns ebenfalls an und die Kellnerin nickte. »Gute Wahl«, sagte sie und sah mir dabei kurz in die Augen.

Mit einem Schlag wurde die Welt rings um mich unglaublich langsam, als würde sie einfrieren. In Zeitlupe wurde eine Serviette von einem Nachbartisch vom Wind in die Höhe getragen, während die hellblauen Augen der Kellnerin erstarrten, bis sie wie zwei funkelnde Diamanten mit geschliffenen Flächen aussahen.

Ich wollte mich schreiend abwenden, aber ich saß wie festgenagelt auf meinen Stuhl und musste in diese hart glänzenden Augen starren, die erst einen Riss bekamen und dann plötzlich in tausend Stücke zerbrachen. Die Kristallsplitter schwebten vor mir in der Luft, bevor sie unnatürlich langsam zu Boden sanken, und ich keuchte auf, als mich die Dunkelheit aus den Augenhöhlen der Kellnerin traf. Sie log, das fühlte ich mit jeder Faser meines Körpers.

Doch noch während ich sie anstarrte, hatte sie sich schon umgedreht und verschwand kurz darauf im Inneren des Cafés.

»June? Alles in Ordnung?«, fragte Lilly und legte mir die Hand auf den Arm. »Du bist ja auf einmal völlig blass.«

Mit heftig pochendem Herzen riss ich meinen Blick vom Eingang des Cafés los und sah Lilly an. Hinter dem Riss in ihren Augen hatte ich heute ebenfalls diese beklemmende Schwärze wahrgenommen – und genau wie bei Lilly hatte ich auch bei der Kellnerin die unumstößliche Gewissheit empfunden, dass sie gelogen hatte. Sie fand unsere Wahl nicht gut.

Aufgewühlt ließ ich mich in meinen Stuhl zurückfallen. Was ging hier vor? Hatte mir jemand etwas ins Essen gemischt, um Halluzinationen bei mir hervorzurufen?

»Darling, hat es dir die Sprache verschlagen?«, fragte Grayson. »Geht es dir nicht gut?«

Unbewusst wich ich seinem Blick aus und schüttelte den Kopf. »Nein, es geht schon.«

Ich strich mir nervös über den grau karierten Rock und atmete mehrmals tief durch. Egal, was hier vor sich ging, ich musste meine Fassung wiedererlangen. Es gab sicher eine rationale Erklärung für all das.

Lilly wechselte einen kurzen Blick mit Grayson. »Ich mache mir langsam wirklich Sorgen um dich«, sagte sie, und ich hatte das Gefühl, als ob ihre Augen dabei einen Tick heller wurden.

Verrückt, schrie eine Stimme in meinem Inneren. *Du verlierst gerade ganz eindeutig den Verstand, June!*

»Ich denke, ich sollte vielleicht besser nach Hause gehen«, hörte ich mich sagen und sah, wie Lilly ihre Hand von meinem Arm nahm. Dabei fiel mir erneut der etwas zu große Ring an ihrem Finger auf.

»Sollen wir deinen Onkel anrufen, damit er jemanden schickt, der dich abholt?«, fragte Grayson.

Rasch schüttelte ich den Kopf. »Nein, das ist nicht nötig, ich nehme den Bus.« Ich wollte einfach nur so schnell wie möglich nach Green Manor kommen, um mich dort auf mein Zimmer zurückzuziehen. Ich musste nachdenken. Irgendetwas Unerklärliches ging hier gerade vor sich, und ich musste herausfinden, was wirklich dahintersteckte.

»Okay«, sagte Lilly und legte besorgt den Kopf schief. »Aber du solltest wenigstens deinen Onkel anrufen und ihm Bescheid geben. Nicht, dass dir auf dem Weg was passiert.« Sie bückte sich zu ihrer Tasche hinunter und kramte darin nach ihrem Handy. Dabei fiel ihr eine Sonnenbrille heraus, die jener, die sie vorher bei dem Souvenirladen anprobiert hatte, täuschend ähnlich sah.

Ich runzelte die Stirn. »Ist das nicht die Sonnenbrille von eben, die dir zu groß war?«

Lilly lief rot an und steckte die Brille blitzschnell wieder ein. »Nein«, entgegnete sie schnell und sah zu mir hoch.

Ich wollte nur noch weg, als die ganze Welt ringsum schon wieder in den Zeitlupenmodus wechselte und sich ein dumpfes Taubheitsgefühl auf meine Ohren legte. Im nächsten Moment zersplitterten Lillys funkelnde Diamantaugen und die Dunkelheit dahinter nahm mir den Atem. Eine pechschwarze Finsternis senkte sich über mich, während eine Stimme in meinem Kopf *LÜGE!* brüllte.

Lilly log, das fühlte, spürte, wusste ich einfach.

Im nächsten Augenblick war es vorbei und ich taumelte rückwärts.

»Passen Sie doch auf!«, beschwerte sich eine ältere Frau, als ich herumfuhr und gegen ihren Tisch stieß.

»June!«, rief Grayson und stand auf.

»Sorry, ich muss los – ich hab meinen Schachkurs vergessen, aber wir sehen uns morgen in der Schule!«, log ich, bevor ich auf die Straße stolperte, wo ich mich blindlings nach rechts wandte.

Das hier war unmöglich. Ich konnte nicht *wirklich* erkennen, ob jemand die Wahrheit sagte oder log.

Adrenalin rauschte durch meine Adern, als ich die Straße entlangrannte und hastig um die nächste Ecke bog. Ein schwarzes Motorrad parkte in der Gasse, das dem von Blake täuschend ähnlich sah, und ich starrte für einen Moment auf die Maschine, als plötzlich ein dunkel gekleideter Typ auf die Straße trat und ich in vollem Lauf mit ihm zusammenprallte. Ich verlor das Gleichgewicht und wäre fast auf den Boden geknallt, doch der Typ griff fluchend nach meinem Arm und hielt mich fest.

Als ich seine Stimme hörte, sah ich wie vom Blitz getroffen nach oben, um dem Blick seiner unwahrscheinlich blauen Augen zu begegnen.

Kapitel 13

»Was machst du denn hier?«, brach es aus mir heraus.

Er schaute mich finster an. »Wonach sieht es denn aus? Ich halte dich fest, damit du nicht stürzt.«

»Ich wäre nicht gestürzt.«

Sein Gesichtsausdruck sprach Bände, und er ließ meine Arme los, woraufhin ich nach vorne stolperte und mich mit beiden Händen an seiner Brust abstützten musste.

»Das war keine Absicht«, keuchte ich und beeilte mich, meine Hände von seinem schwarzen T-Shirt zu nehmen und zu ignorieren, dass sich seine durchtrainierte Brust verdammt gut unter meinen Fingern angefühlt hatte.

Dann warf ich einen schnellen Blick über die Schulter, da ich mir nicht sicher war, ob Grayson mir vielleicht folgte.

Mir war klar, dass mein überstürzter Aufbruch für ihn und Lilly sehr irritierend gewesen sein musste – aber nach allem, was heute mit mir geschehen war, musste ich einfach weg. Noch immer hatte ich das Gefühl, die Finsternis zu spüren, wenn ich an die Dunkelheit hinter Lillys zerbrochenen Augen dachte. Unwillkürlich schnappte ich nach Luft und schlang die Arme schützend um meinen Körper.

»Was ist los?« Blake griff nach meinem Handgelenk. Dabei glitten seine Finger über meine Haut und ich zuckte zurück.

Schon diese kurze Berührung reichte aus, dass mein Herz schneller schlug. Ich redete mir ein, dass es nur eine Nachwirkung der unerklärlichen Ereignisse war, obwohl ich es in Wahrheit besser wusste. Zögernd blickte ich zu ihm hoch und hatte gleichzeitig Angst, hinter seinen zerbrechenden Augen ebenfalls diese verstörende Schwärze zu sehen, aber sie waren so blau wie immer.

»Ich … es ist nichts«, stammelte ich und machte hastig einen Schritt zurück.

»Vorsicht!« Blake streckte den Arm aus und riss mich wieder zu sich, während gleichzeitig auf der Straße hinter mir eine Fahrradbremse quietschte. Erschrocken fuhr ich herum und begegnete dem wütenden Blick eines glatzköpfigen Mannes im Sporttrikot, der mit seinem Rad eine Vollbremsung hingelegt hatte.

»Hast du denn keine Augen im Kopf?«, fauchte er mich an. »Du kannst doch nicht einfach zurückspringen, wenn es dir passt!«

»Mach dir mal nicht ins Hemd und fahr weiter«, blaffte Blake den Typ an und machte dabei einen Schritt näher zu mir, bis ich seine harte Brust an meinem Rücken fühlen konnte.

Der Radfahrer funkelte Blake einen Moment lang an, aber schließlich trat der Kerl wieder in die Pedale und rauschte mit verbissenem Gesichtsausdruck an uns vorbei.

Kaum war er weg, verschwand auch die Wärme in meinem Rücken, und Blake trat vor mich.

»Was ist eigentlich los mit dir? Versuchst du dich wieder umzubringen?«

»Wenn ich das vorhätte, würde ich mich eher von einer Klippe stürzten. Da hätte ich statistisch gesehen die größere Chance, dass es klappt«, konterte ich abfällig. Es war nicht besonders reif, das zu sagen, aber ich ärgerte mich einfach über Blake. Ich hatte ihn nicht darum gebeten, mich vor dem Fahrradfahrer zu beschützen oder mir irgendwelche kryptischen Warnungen ins Gesicht zu schleudern – ich hatte ihn seit meiner Ankunft in Cornwall um gar nichts gebeten. Warum konnte er nicht einfach normal zu mir sein?

»Setz den auf«, sagte Blake und drückte mir seinen Motorradhelm in die Hand. »Ich bring dich nach Hause.«

Mit offenem Mund starrte ich ihn an. »Ich schaffe es auch allein zurück.«

»Ja, in einem Leichensack.«

Störrisch schüttelte ich den Kopf. »Ich werde nicht mit dir kommen.« Ich wollte ihm den Helm zurückgeben, aber er reagierte nicht.

»Ich lasse dich in dem Zustand nicht allein fahren.«

»Was meinst du mit *in dem Zustand?*«

»Du zitterst, du bist durcheinander und wirkst völlig orientierungslos«, begann Blake aufzuzählen.

»Mir geht es gut.«

Er atmete tief aus und fuhr sich durch seine dunklen Haare. »Ich diskutiere nicht mit dir. Steig auf mein Bike, ich bring dich heim.«

»Was soll das, Blake?«, fragte ich und straffte die Schultern. »Auf der Party hast du selbst gesagt, ich sollte mich von dir fernhalten. Und jetzt willst du plötzlich, dass ich mit dir fahre?«

»Musst du immer diskutieren? Ich hab keine Lust, den ganzen Tag hier rumzustehen«, sagte er, ohne im Geringsten auf meine Frage einzugehen. »Wenn du nicht gleich aufsteigst, setze ich dich selbst auf das verdammte Motorrad.«

Nachdem Blake mich genötigt hatte, seinen Helm zu nehmen, fuhren wir noch mal rauf zur King's School und holten dort den Ersatzhelm aus seinem Spind.

Kurz darauf brausten wir durch die Landschaft, und ich versuchte wieder runterzukommen und meine wild umherfliegenden Gedanken zu ordnen. Blake brachte mich mit seiner Art auf die Palme – aber wenigstens war in seiner Gegenwart nicht wieder das passiert, wovor ich bei dem Treffen mit Lilly und Grayson davongelaufen war. Seine Augen hatten sich nicht verändert, und ich hatte auch nicht das Gefühl gehabt, dass die Welt einfror, wenn ich ihn zu lange anschaute. Zumindest nicht anders als sonst, wenn mich sein intensiver Blick traf.

Das ist total absurd, flüsterte eine Stimme in meinem Inneren. Was auch immer heute in Darktrew passiert war – es musste eine logische Erklärung dafür geben. Mir war bewusst, dass ich sie noch nicht kannte – aber ich hatte fest vor, sie zu finden.

»Wohin fahren wir?«, schrie ich gegen den Wind, als die Landschaft mir irgendwann nicht mehr bekannt vorkam.

»Das wirst du schon noch sehen«, gab Blake über die Schulter zurück.

»Kannst du mir nicht ein Mal einfach antworten?«

Seine Bauchmuskeln zogen sich leicht zusammen, als er tief ausatmete. Meine Hartnäckigkeit schien ihm wirklich auf die Nerven zu gehen. »Wir machen einen Abstecher zum alten McLachlan. Er hat etwas, das mir gehört.«

»Und was?«, brüllte ich zurück. »Ein Stück von deiner Seele?«

»So ähnlich«, sagte Blake nach einem Moment und gab Gas.

Das Brummen seiner Maschine erstickte unser Gespräch, und als er sich in die nächste Kurve legte, presste ich mich an ihn. Die grüne

Landschaft schoss an uns vorbei, und ich genoss es, dass der Wind all meine Gedanken mit sich fortriss, bis Blake wenig später auf einem hügeligen Grundstück am Rande eines großen Waldes hielt. Eine Schafherde graste auf den üppigen Wiesen rund um das heruntergekommene Cottage, das auch von einigen windschiefen Stallungen umgeben war. Hinter den Wirtschaftsgebäuden stieg das von schroffen Felsen durchsetzte Gelände ein paar Hundert Meter an. In einiger Entfernung wurde es von einem alten Holzzaun gegen die dahinter liegenden Hügel abgegrenzt. Die Ställe und das Steinhaus sahen aus, als ob sie schon mehrere Hundert Jahre alt wären, und wirkten ziemlich vernachlässigt.

»Wo sind wir?«, fragte ich, als wir abgestiegen waren.

»Am Gutshof von McLachlan.« Blake nahm meinen Helm entgegen. Dann hängte er ihn neben seinen über den Lenker seiner Maschine und nickte mit dem Kopf zu einem untersetzten Mann mit Kappe, der eben zwischen den wolligen Schafskörpern aufgetaucht war. Er war ganz in Braun- und Grüntönen gekleidet und hatte einen langen Hirtenstab in der Hand, den er gelegentlich einsetzte, um ein besonders stures Schaf ein wenig zur Seite zu scheuchen, während er sich seinen Weg durch die Herde bahnte. Seine Augen waren von jeder Menge Falten umgeben und sein Blick schweifte immer wieder sorgenvoll über die Landschaft.

»Und von ihm bekommst du jetzt das Stück deiner Seele zurück?«, fragte ich halblaut.

Blake zog die Augenbrauen zusammen. »Irgendetwas stimmt nicht«, murmelte er und setzte sich in Bewegung.

Da ich nicht neben dem Motorrad im Matsch herumstehen wollte, folgte ich ihm.

Der ältere Mann empfing Blake mit einem Nicken. »Ich weiß, du bist hier, um das Holz für dein Mädchen auszusuchen«, sagte er mit tiefer Stimme, »aber ich hab grad anderes im Kopf, Junge.«

»Was ist passiert?«, fragte Blake ohne Umschweife, und der alte McLachlan atmete tief aus.

»Mir ist mein verdammtes Pferd abgehauen«, knurrte er. »Ein paar Idioten haben beschlossen, am Lake Sullivan auf Entenjagd zu gehen, und als sie angefangen haben rumzuballern, ist der Hengst auf und davon. Das Mistvieh hält kein Zaun, es springt einfach drüber, so was hab ich noch nicht gesehen.«

Seine Worte erinnerten mich an meinen Hengst Quintus und ich senkte den Blick. An ihn zu denken, tat immer noch weh.

»Entschuldige, Mädchen, ich hab mich noch gar nicht vorgestellt.« McLachlan tippte sich an die Kappe. »Mein Name ist John.«

»June«, sagte ich und nickte ihm zu. »Tut mir leid mit Ihrem Pferd.«

John McLachlan schob seine Kappe ein Stück zurück und kratzte sich an der Stirn. »Ist echt 'ne schlimme Sache. Der Hengst ist noch jung und ich hab ihn erst seit zwei Wochen. Hab ihn für meine Schwiegertochter untergestellt, die kann sich im Moment nicht um ihn kümmern, weil sie sich ihren verdammten Fuß gebrochen hat und im Krankenhaus liegt.« Er schüttelte den Kopf. »Das dumme Vieh hat sie abgeworfen, aber sie liebt ihn abgöttisch. Wenn er vor ein Auto läuft, bin ich erledigt.«

»Bist du allein hier?« Blake ließ den Blick suchend über die hügelige Landschaft schweifen.

Der alte McLachlan gab einem aufdringlichen Schaf einen Schubs mit dem Hirtenstab und nickte. »Hab meinen Sohn angerufen, aber der Junge geht nicht ran. Wahrscheinlich ist er grad im Krankenhaus, da haben sie Handyverbot«, murrte er.

»Sollen wir Ihnen vielleicht beim Suchen helfen?«, fragte ich.

Der alte McLachlan sah von mir zu Blake und zögerte. »Hilfe könnte ich schon gebrauchen«, murmelte er dann. »Der Junge ist extrem schreckhaft. Wenn er wieder einen Knall hört, geht er wahrscheinlich durch. Und wenn er auf die Straße rennt …«

»Natürlich helfe ich dir.« Blake zog sein Handy aus der Gesäßtasche seiner Jeans. Dabei streifte er mich mit einem kurzen Blick. »Du bleibst hier und wartest auf Wilfried. Ich schick ihm eine Nachricht, dass er dich abholen soll.«

»Was? Nein!«, widersprach ich heftig. »Wenn das Pferd auf die Straße läuft, kann wer weiß was passieren. Ihr könnt es euch nicht leisten, auf ein zusätzliches Paar Augen zu verzichten.«

Blake tippte eine Nachricht in sein Handy und steckte es wieder ein. »Du bleibst trotzdem hier und wartest auf Wilfried.«

»Das Mädel sieht nicht so aus, als ob es sich von dir etwas sagen lässt«, bemerkte McLachlan gedehnt.

»Haben Sie eine Ahnung, in welche Richtung der Hengst gelaufen ist?«, wandte ich mich direkt an den Farmer und beschloss, Blakes Bevormundung einfach zu ignorieren.

»Richtung Wald«, sagte der Alte und deutete mit seinem langen Hirtenstock zu der dunklen Waldgrenze, die sich etwa zweihundert Meter von uns entfernt an den saftig grünen Hügel schmiegte. »Ich hab vorhin einen Teil von seinem sturen schwarzen Pferdearsch zwischen den Bäumen verschwinden sehen.«

»Wie ist sein Name?«, fragte ich weiter, während Blake mich so wütend anfunkelte, dass ich es beinahe körperlich spürte.

»Storm«, antwortete McLachlan und spuckte ein wenig Hustenschleim ins Gras. »Und der Name passt zu ihm, könnt ihr mir glauben.« Er machte eine kurze Pause. »Wenn ihr ihn seht, seid besser vorsichtig. Der Junge ist völlig unberechenbar.«

»Hast du ein Seil?«, fragte Blake.

McLachlan schüttelte den Kopf. »Das brauchst du nicht, er hatte noch das Halfter mit der Führleine um, als er ausgebüxt ist.«

»Alles klar«, sagte Blake.

»Danke, Kinder. Ich geh mal Richtung Straße und halte dort die Augen offen. Nicht, dass der Junge sich von den Autos zu Pferdefleisch verarbeiten lässt.« Mit diesen Worten stapfte der Alte an uns vorbei, wobei er den Hirtenstab bei jedem zweiten Schritt als Stützhilfe in das sattgrüne Gras setzte.

Auch Blake wandte sich ab und marschierte Richtung Waldgrenze, ohne auf mich zu warten.

Sein abweisendes Verhalten ließ die Wut in mir hochkochen, und ich lief ihm nach und packte ihn am Arm.

»Was ist eigentlich dein Problem?«, fuhr ich ihn an.

Er blickte auf die Stelle, wo ich ihn festhielt, und ich ließ ihn wieder los und trat einen Schritt zurück.

»Mein Problem ist, dass ein verschreckter Hengst ganz schön gefährlich werden kann. Das ist nichts für dich.«

»Das hast du einfach mal entschieden, ja?«, rief ich genervt. Ich hasste Ungerechtigkeiten, und seine Art mir gegenüber war einfach nur unmöglich.

Er schnaubte und warf mir einen finsteren Blick zu. »Du wirst dich nicht davon abhalten lassen, mir zu folgen, oder?«

Ich schüttelte den Kopf. »Nein. Also lass uns endlich dieses Pferd suchen.«

Blake starrte mich aus seinen unglaublich blauen Augen an. »Weißt du eigentlich, wie verdammt stur du bist?«

Ich nickte und schaute ihn herausfordernd an. »Natürlich. Also, wollen wir hier jetzt noch weiter wertvolle Zeit vertrödeln oder gehen wir los?« Meine Worte hallten über die Wiese, und ich sah, wie in Blakes Gesicht ein Muskel zuckte. Für einen Moment hatte ich das Gefühl, dass ihm meine forsche Art gefiel, doch im nächsten Moment war dieser Eindruck schon wieder verschwunden.

»Von mir aus, aber du hörst auf das, was ich sage. Sonst werden wir Storm nie finden.« Dann wandte er sich ab und machte sich auf den Weg zur Waldgrenze. Die Sonne stand schon tief und beleuchtete seine breiten Schultern, als er mit geschmeidigen Schritten losmarschierte.

Ich atmete hörbar aus – dass Blake in seinem letzten Satz das Wort »wir« benutzt hatte, konnte ich wahrscheinlich schon als Sieg verbuchen.

Während ich ihm durch das dichte und weiche Gras zu den Bäumen folgte, hoffte ich, dass wir Glück hatten und den jungen Hengst schnell finden würden. Nach Einbruch der Dunkelheit würde das Pferd noch schwieriger aufzuspüren sein, denn wir hatten keine vernünftige Taschenlampe dabei.

»Sieh auf den Boden, ob du Hufspuren entdeckst«, wies Blake mich an, kaum dass wir den Wald erreicht hatten. »Auch umgeknickte Pflanzen oder niedergetrampelte Pilze können ein Hinweis auf ihn sein.«

»Ich weiß. Es ist nicht das erste Mal, dass ich ein Pferd suche.«

Er bog einen dicken Farnwedel zur Seite und warf mir einen unergründlichen Blick zu. Rasch konzentrierte ich mich wieder auf die Umgebung, schloss zu ihm auf und versuchte, mir meine Unruhe nicht anmerken zu lassen.

»Überlass das Einfangen mir, wenn wir ihn finden.« Seine Stimme klang einen Tick freundlicher als sonst, und ich warf ihm einen kurzen Seitenblick zu, während wir durch den stillen Wald gingen. Der weiche Boden unter unseren Füßen verschluckte unsere Schritte und der Duft von Kiefernholz und Harz lag in der Luft.

»Ich kann durchaus auch mit Pferden umgehen.«

Entnervt atmete er aus. »Musst du eigentlich immer das letzte Wort haben?«

In diesem Moment hörten wir ein leises Wiehern und verharrten beide mitten in der Bewegung.

Ich suchte mit den Augen die Umgebung ab. Der Wald um uns herum war nicht sehr dicht, strahlte aber dennoch etwas Märchenhaftes aus. Auf den dicken Baumstämmen wuchsen Moos und Pilze und die schräg einfallenden Sonnenstrahlen tauchten alles in einen grünlichen Schein. Doch ich entdeckte keine Spur von Storm.

»Ich glaube, das Wiehern kam aus dieser Richtung.« Blake deutete mit dem Kinn zu einer sanften Erhebung, auf der sich die Bäume lichteten und hinter der ein leises Rauschen zu hören war.

Ich nickte und wir gingen schweigend weiter. Je näher wir der Lichtung kamen, desto lauter ertönte das Plätschern von Wasser, und ich hatte automatisch wieder die Bilder von dem schrecklichen Unfall am Rombach vor Augen.

»Was ist?«, fragte Blake, als ich unbewusst meine Schritte verlangsamte, als ob ich dadurch meine Erinnerungen aufhalten könnte.

Ich musste schlucken. »Nichts«, log ich und ging weiter.

Er schien mir nicht zu glauben, erwiderte aber nichts.

In diesem Moment ging irgendwo in der Nähe ein Gewehrschuss los, der die Vögel erschrocken aufflattern ließ. Gleichzeitig nahm ich aus dem Augenwinkel eine Bewegung wahr, und plötzlich ging alles unglaublich schnell. Ich hörte Hufgetrampel und dann stürmte auch schon ein riesiger schwarzer Schatten zwischen den Bäumen direkt auf uns zu. Als ich in Storms vor Angst geweitete Augen blickte, war es, als würde ich in die Vergangenheit zurückgeworfen werden. Wieder hörte ich Quintus' panisches Wiehern und sah den zersplitterten Knochen aus seinem schwarzen Fell ragen.

Storm raste ungebremst auf uns zu, und ich nahm am Rande meines Bewusstseins die hochspritzenden Erdklümpchen wahr, während das Donnern seiner Hufe immer lauter wurde und sich mit dem hektischen Klopfen meines Herzens vermischte. Im selben Augenblick spürte ich, wie ich von Blake zur Seite gerissen und gegen einen harten Baumstamm gedrückt wurde, bevor er sich schützend vor mich warf. Umhüllt von seinem süchtig machenden Duft sah ich nur noch seine breite Brust direkt vor meinem Gesicht, während hinter ihm Storm vorbeistürmte. Das alles geschah innerhalb weniger Sekundenbruchteile, und mir war klar, dass der Hengst Blake nur um Haaresbreite verfehlt hatte.

Ich spürte jeden einzelnen Zentimeter seines Körpers an meinem, als Blake keuchend den Kopf wandte und über die Schulter Storm nachblickte, dessen donnernder Galopp noch immer zu hören war. Dabei stützte er seine Arme rechts und links von meinem Kopf ab, sodass ich mich kaum bewegen konnte.

Obwohl die Gefahr längst vorüber war, drängte er mich noch immer gegen den Stamm, und ich fühlte seine straffen Muskeln viel zu intensiv durch den dünnen Stoff meiner Schuluniform. Seine Nähe ließ ein wildes Kribbeln in meinem Bauch entstehen, und ich wagte kaum den Kopf zu heben und in seine Augen zu blicken.

»Alles in Ordnung?«, fragte er rau und wirkte zum ersten Mal, seit ich ihn kannte, wirklich besorgt.

Ich nickte und fühlte, wie der Druck auf meinen Körper nachließ, als Blake sich zurückzog. Überall da, wo er mich berührt hatte, prickelte meine Haut noch immer, und ich atmete beherrscht aus, während sich ein Teil von mir wünschte, er würde mich weiter gegen den Stamm pressen. Als ich bemerkte, dass ich ihn anstarrte, blickte ich rasch zur Seite und hoffte, dass er meine Gedanken nicht erraten konnte.

Blake wandte sich wortlos ab, und ich schüttelte mir ein paar Kiefernnadeln aus den Haaren, während ringsum die ersten Vögel zaghaft wieder zu zwitschern begannen.

»Wir müssen der Spur folgen, solange sie noch frisch ist«, sagte Blake, den unsere Nähe offenbar vollkommen kalt gelassen hatte.

»Klar«, erwiderte ich nur und verfluchte mich selbst dafür, dass mein Herz noch immer schneller schlug, obwohl Blake ganz offensichtlich kein Interesse an mir hatte.

Schweigend setzten wir uns in Bewegung.

»Danke«, sagte ich irgendwann, da es mir einfach richtig erschien – und ich mir auch nicht sicher war, ob ich es allein geschafft hätte, Storm rechtzeitig auszuweichen.

»Pst«, machte Blake nur und deutete auf eine kleine Lichtung, auf der der Hengst zum Stehen gekommen war.

Seine Flanken zitterten von dem wilden Galopp und sein ganzer Leib dampfte von der Anstrengung.

Automatisch verlangsamten wir unsere Schritte, und Blake gab mir ein Zeichen, mich zurückzuhalten, während er ausscherte und in einem großen Bogen auf das verängstigte Tier zuging.

Als Storm Blake bemerkte, warf er den Kopf zurück und tänzelte mit geblähten Nüstern ein paar Schritte rückwärts.

»Ruhig«, sagte Blake mit sanfter Stimme und trat auf die Lichtung. Seine Körperhaltung war entspannt, und er strahlte absolutes Selbstvertrauen aus. Dabei ließ er den unberechenbaren Hengst nicht aus den Augen. Doch in dem Moment, als Blake einen Schritt auf Storm zu machte, schnaubte dieser nervös und trabte blindlings in den Wald hinein, direkt auf mich zu. Automatisch richtete ich meine komplette Aufmerksamkeit auf das Tier und blendete Blake aus, der bei Storms Richtungswechsel scharf die Luft einsog.

Der vertraute Geruch von Pferdeschweiß stieg mir in die Nase, als der Hengst vor mir auftauchte und bei meinem Anblick erschrocken scheute. Seine ganze Körpersprache erinnerte mich schmerzlich an Quintus, und ich begann unbewusst dieselbe leichte Melodie zu summen, mit der ich ihn immer beruhigt hatte.

Mit rollenden Augen kam Storm vor mir zum Stehen und warf wiehernd den Kopf zurück. Ohne mich davon beeindrucken zu lassen, summte ich weiter und streckte langsam die Hand nach ihm aus. Seine Ohrhaltung zeigte mir, dass er noch immer auf Flucht eingestellt war, aber seine Nervosität schien mit jedem Atemzug ein wenig abzunehmen. Nach einigen Sekunden machte ich vorsichtig einen Schritt auf ihn zu und beobachtete dabei genau seine Reaktion, bis er sich so weit entspannt hatte, dass ich sanft nach seiner Führungsleine greifen konnte. Er schnaubte leise und ein Zittern lief durch seinen Körper, als ich meine Finger schließlich auf seinen schweißnassen Hals legte und ihn streichelte.

»Es ist alles in Ordnung«, flüsterte ich beruhigend und registrierte erleichtert, dass er aufhörte, mit den Augen zu rollen. Stattdessen schnupperte er an meiner zweiten Hand und ich strich ihm sanft über die Nüstern.

»Du hast es geschafft«, hörte ich Blakes tiefe Stimme. Verwirrt sah ich zu ihm auf, denn ich hatte ihn völlig vergessen.

»Storm hat mitgeholfen.« Ich lächelte vor Erleichterung, dass weder dem Hengst noch uns etwas passiert war.

Blake erwiderte nichts darauf, doch als er mich wieder anschaute, entdeckte ich zum ersten Mal Wärme in seinen Augen. Im nächsten Moment wandte er sich jedoch schon ab und ging an mir vorbei durchs Unterholz.

Schweigend folgte ich ihm mit Storm am Strick, der sich völlig ruhig von mir führen ließ. Ab und zu streifte mich Blake mit einem undurchdringlichen Blick – und jedes Mal reagierte mein Körper wie in dem Moment, als er sich mit seinem ganzen Gewicht gegen mich gelehnt hatte. Noch immer fühlte ich dieses sehnsuchtsvolle Ziehen in meinem Magen und wünschte, ich könnte endlich aufhören, daran zu denken.

»Wovor bist du in Darktrew davongerannt?«, fragte mich Blake plötzlich.

»Vor nichts«, sagte ich schnell und wollte lieber nicht an die unerklärlichen Momente des heutigen Tages denken.

Er zog eine Augenbraue hoch. »Du bist eine miserable Lügnerin.«

Ich zuckte mit den Schultern. »Und wenn schon.«

Storm schnaubte leise neben mir, und ich musste lächeln, als ich den Pferdeatem über meinen Handrücken streichen fühlte.

»Wie lange dauert die Jagdsaison in England?«, fragte ich, um das Thema zu wechseln.

Blake fuhr sich durch seine dunklen Haare und betrachtete den schwarzen Hengst, der nun völlig friedlich neben uns durch den Wald trottete. »Die verdammte Saison geht praktisch das ganze Jahr. Wildziegen darf man immer jagen, und wenn die Saison für die Rehböcke endet, beginnt die für die Kitze.« Ich hörte die Abneigung in seiner Stimme und verstand ihn nur zu gut.

»Das heißt, du hast nie gejagt?«

Er schüttelte den Kopf. »Das ist nichts für mich. Vielleicht für Preston, aber nicht für mich.«

In diesem Moment klingelte mein Handy, und Storm zuckte nervös mit den Ohren, als er das ungewohnte Geräusch hörte. Schnell zog ich das Telefon aus meiner Jackentasche. Prestons Name war auf dem Display zu sehen, und Blakes Gesichtsausdruck verfinsterte sich augenblicklich, als er einen Blick darauf warf.

»Willst du nicht rangehen?«, fragte er kalt, als ich den Anruf nicht sofort annahm. Und noch während ich ihn perplex anstarrte, griff er wortlos nach Storms Führleine und marschierte einfach weiter.

Kapitel 14

»Und er hat dich wirklich einfach stehen gelassen?«, fragte Carla ungläubig, als ich am Abend in meinem Zimmer mit ihr skypte. Nachdem sie mich ohne Pause über Preston und Blake ausgefragt hatte, hatte ich schließlich von der Pferderettungsaktion erzählt. Die Halluzinationen in den Stunden davor hatte ich aber ausgelassen. Denn solange ich niemandem von meinen merkwürdigen Aussetzern erzählte, hatte ich das Gefühl, noch nicht komplett verrückt zu werden.

»Ja, hat er – der Butler hat mich dann abgeholt.« Ich stopfte mir noch ein zusätzliches Kissen hinter den Rücken und hasste es, immer wieder an Blake zu denken. Obwohl er mir befohlen hatte, mich von ihm fernzuhalten, hatte es sich leider viel zu gut angefühlt, als er mich an den Baumstamm gepresst hatte.

»Er ist also nicht nur ein Prinz, sondern auch noch ein Held.« Carla seufzte und schüttelte das kleine Nagellackfläschchen, mit dem sie sich die Fußnägel lackieren wollte.

Ich verengte die Augen. »Wer, der Butler?«

»Nein, Blake natürlich.«

»Er ist weder ein Prinz noch ein Held.«

»Also hör mal«, sagte Carla entrüstet. »Der Typ hat dich

vor einem wild gewordenen Pferd gerettet. Das ist total romantisch.«

Ich ließ mich tiefer in die Kissen sinken. »Das ist überhaupt nicht romantisch. Blake hat einfach nur reagiert.«

Carla tauchte den kleinen Pinsel ins graue Nagellackfläschchen. »Vielleicht ist Blake grundsätzlich jemand, der es mit Worten nicht so hat und dafür lieber Taten sprechen lässt.«

Ich lachte auf. »Dafür fallen ihm aber ziemlich beleidigende Sprüche ein. Er kommandiert mich herum, wie es ihm gerade passt.«

»Vielleicht ist das einfach sein Ding?«, überlegte Carla laut und trug weiter die Farbe auf. »Du weißt doch, wie man sagt: harte Schale, weicher Kern.«

Ich schüttelte instinktiv den Kopf. »Blake kann mich nicht ausstehen. Manchmal habe ich das Gefühl, ich bin für ihn wie ein lästiges Insekt. Genauso wie die Ameisen in unserer Klasse. Wahrscheinlich würde er auch am liebsten ein Buch nehmen und mich einfach erschlagen.«

Carla grinste. »Das hätte er doch heute haben können. Zwar ohne Ameise, dafür mit Pferd.«

»Sehr witzig.« Dabei konnte ich mir ein Lächeln jedoch nicht verkneifen. Egal wie verstörend der Tag auch gewesen war – durch das Gespräch mit Carla fühlte sich alles schon ein wenig leichter an. Und das, obwohl hier wirklich seltsame Dinge vor sich gingen.

Carla war inzwischen an ihrem rechten Fuß zugange. »Und was war mit Preston? Warum hat er dich angerufen?«

»Er hat gefragt, ob ich zu seinem Gig komme«, sagte ich und dachte an seine unerwartete Einladung am Telefon, die mich etwas nervös machte. In zweieinhalb Wochen würde seine Band in einem Pub in Darktrew spielen, und er wollte, dass ich dabei war.

»Da musst du unbedingt hin, unbedingt. Am liebsten würde ich selbst mitgehen.«

»Um Preston anzuschmachten?«

»Ist der Grund nicht egal? Hauptsache wir sehen uns wieder.«

Ich seufzte. »Das wäre klasse.«

»Ja, ich weiß. Du fehlst hier, June.« Sie blickte mich durch den Bildschirm aus ihren dunklen Augen eindringlich an.

Ich nickte seufzend. »Du fehlst hier auch.«

»Aber du darfst dein Ziel nicht aus den Augen verlieren. Und damit meine ich nicht Preston, sondern Oxford. Du wirst eine total berühmte Menschenrechtsanwältin, und ich bin dann die Freundin einer total berühmten Menschenrechtsanwältin. Das wollte ich schon immer werden.«

Ich musste grinsen.

»Jetzt lach nicht, ich habe das früher in alle Freundschaftsbücher reingeschrieben. *Dein Traumberuf?* Freundin einer total berühmten Menschenrechtsanwältin. Ist doch viel cooler, als Ärztin oder Polizistin zu werden.«

»Du spinnst doch«, sagte ich und musste trotzdem lachen.

Carla schraubte das Nagellackfläschchen zu. »Vielleicht. Zumindest ein wenig.«

»Und was tut sich bei euch so?«, wollte ich wissen.

Carla nahm ihre Füße von der Tischplatte, und für einen Moment hatte ich den Eindruck, als ob sie meinem Blick ausweichen wollte.

»Nicht viel. So wie immer«, sagte sie etwas steif und seufzte dann. »Alle sind schon ganz aufgeregt wegen der Abiturprüfungen, obwohl sie noch total lange hin sind.«

»So lange nun auch wieder nicht.«

»Es sind noch Monate, June.« Carla nahm den Laptop von ihrem Arbeitstisch und setzte sich aufs Bett. »Für eine Stubenfliege ist das ein ganzes Leben.«

Ich zupfte einen Fussel von meinem Pullover. »Weißt du etwas von Jasper?«, wechselte ich das Thema, obwohl ich mir eigentlich vorgenommen hatte, mich nicht nach ihm zu erkundigen.

Carla schüttelte schnell den Kopf. »Nein.«

Einerseits war ich erleichtert, nichts von Jasper zu erfahren, andererseits drängte etwas in mir, einen konkreten Anhaltspunkt zu bekommen, warum es mit uns nicht geklappt hatte. Was genau hatte ich falsch gemacht?

Insgesamt waren wir fast ein Jahr zusammen gewesen, und ich hatte gedacht, dass wir glücklich waren. Aber anscheinend war er es nicht – und als er von heute auf morgen mit mir Schluss gemacht hatte, schien ihm ein wahrer Stein vom Herzen gefallen zu sein. Als wäre ich die ganze Zeit eine unglaubliche Last für ihn gewesen.

»Hast du eigentlich noch Kontakt mit anderen?«, fragte Carla im nächsten Moment.

»Mit anderen Leuten? Generell?« Ich sah sie unbewegt an. »Bist du etwa eifersüchtig?«

»Blödsinn. Ich will nur wissen, ob du noch … Kontakt zu jemandem aus Frankfurt hast.«

»Mit wem sollte ich denn noch Kontakt haben?«

»Stimmt. Außer mit mir musst du mit niemandem reden«, sagte Carla selbstsicher und schielte dann auf die Uhr. »Shit, ich muss gleich los«, rief sie und sprang auf.

»Was hast du denn vor?«

»Meine Mutter hat mich verdonnert, mit ihr einkaufen zu gehen.«

»Und dafür lackierst du dir die Fußnägel?«

Carla nickte. »Warum nicht?« Dann begann sie, hektisch in ihrem Schlafzimmer herumzulaufen und nach Klamotten zu suchen. »Wir hören uns später, okay?«

Nachdem Carla aufgelegt hatte, nutzte ich die Zeit, um im Internet zu recherchieren. Ich gab *zerbrechende Augen* sowie *Lüge* und *Wahrheit* in den Browser ein, fand aber nur Artikel über das Erkennen von Lügen, irgendwelche Science-Fiction-Romane und eine religiöse Seite, auf der stand, dass eine Lüge glatt über die Zunge geht, aber hinterher im Herzen wie Feuer brennt.

Dann versuchte ich es auf den medizinischen Websites, googelte nach Halluzinationen, die mit zerbrechenden Augen und dem Stillstand der Zeit in Verbindung standen – fand aber nichts außer den Beiträgen von irgendwelchen Leuten, die sich über ihre Krankheiten austauschten.

Es war frustrierend. Das Internet war voll mit Informationen, aber keine einzige schien mir weiterhelfen zu können. Dabei wollte ich doch nur, dass es endlich aufhörte.

Nachdem ich den Laptop genervt zugeklappt hatte, fiel mir wieder die Bibliothek ein, von der Onkel Edgar erzählt hatte. Vielleicht fand ich dort einen Hinweis, was mit mir los war und was ich tun konnte, um dem Spuk ein Ende zu bereiten.

Aufgeregt ging ich nach unten und lief in der Eingangshalle Preston über den Weg, der gerade nach Hause gekommen war.

»Hey, du hast es ja eilig.« Er zog seine blaue Sportjacke aus, bevor er den grauen Schal abnahm. Der Stoff verströmte den Duft seines teuren Parfüms, und ich atmete automatisch tiefer ein.

»Ich wollte mich nur mal in der Bibliothek umsehen«, sagte ich so ruhig wie möglich und versuchte mir nichts von meinem Gefühlschaos anmerken zu lassen.

Er sah mich amüsiert an. »Und die Bücher – rufen sie schon nach dir? Bei dem Tempo, das du gerade drauf hattest, muss es ja wirklich dringend sein.«

»Nein, ich wollte sie mir nur mal ansehen«, sagte ich ausweichend. »Ich lese einfach gerne.«

»Und was liest du?«

»Alles Mögliche. Krimis zum Beispiel.« Ich kam mir wie auf Nadeln vor. Vielleicht lag die Antwort auf meine Fragen nur wenige Meter von uns entfernt.

»Dann könnten wir heute Abend doch einen zusammen schauen.« Preston deutete auf die Pizzaschachteln, die er auf einem kleinen Tischchen abgelegt hatte. »Ich hab uns Pizza mitgebracht.«

Ich zögerte kurz und überlegte, wie ich aus der Nummer rauskam.

Er grinste. »Keine Sorge, wir können auch so tun, als ob es kein Date wäre.«

Ich hob eine Augenbraue. »Wäre es denn ein Date?«

Preston zuckte mit den Schultern. »Kommt darauf an.«

»Worauf?«

»Ob wir nachher knutschend auf der Couch landen … ich denke aber nicht. Die eine Pizza ist mit Knoblauch.« Er beugte sich verschwörerisch zu mir. »Ich hoffe, dass wir damit die grüne Dame abschrecken können.«

Ich schlug ihm auf die Schulter. »Ich habe sie mir nicht eingebildet.«

»Nein, natürlich nicht«, sagte Preston gedehnt. »Also – was sagst du? Langweilige Bücher oder ein aufregender Pizzaabend mit mir? Bücher? Pizza?«

Ich schmunzelte. »Ich bin mir nicht sicher.«

Er fasste sich theatralisch an die Brust. »Du brichst mir das Herz. Mit Pizza hab ich eigentlich noch jede rumgekriegt.« Dann sah er mir tief in die Augen. »Ich leg auch noch Bettys Zimtkuchen drauf – wenn du mir schon widerstehen kannst, dem Kuchen mit Sicherheit nicht.«

Wenig später saßen Preston und ich auf der Couch vor dem Kamin. Er hatte im Handumdrehen ein Feuer gemacht und die leise knisternden Flammen verbreiteten eine wohlige Atmosphäre.

»Woher wusstest du, dass ich mitessen würde?«, fragte ich, nachdem ich die ersten Bissen gierig hinuntergeschluckt hatte. Nach der ganzen Aufregung hatte ich gar nicht bemerkt, wie hungrig ich eigentlich war.

»Wusste ich gar nicht, ich hab die zwei Pizzen eigentlich für mich geholt – wobei ich hoffe, dass ich jetzt zumindest eine davon abbekomme«, sagte er spöttisch.

»Ich lasse dir schon was übrig.« Ich schielte auf die Pizzakartons, die vor uns auf dem dunklen Couchtisch standen, und nahm mir noch ein weiteres Stück Margherita. Dann ließ ich meinen Blick durch das Wohnzimmer wandern, in dem mich Onkel Edgar am ersten Tag empfangen hatte. Mit seinen bodentiefen Fenstern, den dunkelgrünen Samtvorhängen und den alten Ölgemälden an der Wand wirkte der Raum nicht wie ein Ort, an dem gewöhnlich Fast Food direkt aus dem Karton gegessen wurde.

»Und das ist dein Trick? Zuerst lädst du die Mädels in dein großes Haus ein, gibst ihnen Pizza und kommst ihnen dann immer näher?«

Preston grinste. »Mist. Der ganze Plan ist dahin. Etwas Wein?«

Ich musste lachen. »Ist das Plan B? Wenn das Essen nicht funktioniert, füllst du sie einfach ab?«

Preston grinste. »Hat bisher großartig funktioniert. Ich hab mir von Dad sogar mal einen Barkeeper-Kurs zu Weihnachten gewünscht, um zu lernen, wie man Cocktails mixt.«

»Ehrlich?«

Er schlug entspannt die Beine übereinander. »Wieso sollte ich dich anlügen?«

Ich blickte ihm stirnrunzelnd in seine unfassbar schönen Augen, konnte aber nichts spüren. Irgendwie schien meine neue Fähigkeit bei ihm nicht zu funktionieren, und ich war mir nicht sicher, ob ich das gut oder schlecht finden sollte.

»Und, hat er dir den Kurs geschenkt?«, fragte ich nach und biss noch einmal von meiner Pizza ab.

»Hat er.« Preston betrachtete mich intensiv und strich mir mit den Fingern eine Haarsträhne aus dem Gesicht. »Mein Meisterstück war *Sex on the Beach.*«

Ich hielt für einen Moment mit dem Kauen inne und prustete los. »Echt jetzt? Das war wahrscheinlich der flachste Witz seit meiner Ankunft in Cornwall.«

Preston zog eine Augenbraue hoch. »Wenn du meinen *Sex on the Beach* mal probiert hättest, würdest du nicht mehr darüber lachen.«

»Oh Gott!«, rief ich lachend. »Hörst du auch noch mal auf damit?«

Er blickte mich amüsiert an und machte eine kleine Bewegung mit dem Kopf. »Ich glaube, du hast da etwas Käse kleben.«

»Wo?«

»Am Kinn. Warte«, er beugte sich näher zu mir. Plötzlich war die Luft von einem Knistern erfüllt und mir blieb das Lachen im Hals stecken. »Ich zeig es dir.« Seine Lippen kamen meinen immer näher, und mir fiel auf, dass er wunderschöne dichte Wimpern hatte, die einen Schatten auf seine Wangenknochen warfen. Der Duft seines Parfüms stieg mir in die Nase, und ich spürte, wie es in meinem Bauch zu kribbeln anfing, als plötzlich Prestons Telefon klingelte.

Er erstarrte mitten in der Bewegung und lachte leise. »Was für ein beschissenes Timing«, murmelte er und zog das Handy aus seiner Tasche. Nach einem kurzen Blick auf das Display wurde er jedoch ganz ernst und hob ab.

»Preston Beaufort.«

Ich rutschte ein Stück zurück und versuchte meine wild umherfliegenden Gedanken zu sortieren. Wenn uns das Telefon nicht unterbrochen hätte – hätte Preston dann tatsächlich versucht, mich zu küssen? Und, was vielleicht noch wichtiger war: Hätte ich es zugelassen?

»Ja, das habe ich«, sagte er in diesem Augenblick. »Haben Sie die Nummer von Mr Conerly?« Er schnappte sich einen Stift und kritzelte eine Handynummer auf den Pizzakarton. »Gut, danke. Auf Wiederhören.«

Er starrte noch kurz auf sein Handy, bevor er es wieder in seine Hosentasche steckte.

»Alles okay?«, wollte ich wissen.

»Alles bestens«, sagte er mit einem Lächeln, das ich ihm nicht ganz abkaufte. Dann betrachtete er den Abstand zwischen uns. »Obwohl mir nicht entgangen ist, dass du nun weiter weg sitzt als eben noch.« Er schmunzelte kurz und griff nach einer der beiden Colaflaschen, die auf dem edlen Couchtisch standen. »Du bist eine ganz schön harte Nuss, June Mansfield.«

»Ist das der Grund, warum du das Interesse an mir noch nicht verloren hast?«, fragte ich lächelnd, weil ich Aufreißertypen wie Preston leider nur zu gut kannte.

Er schaute mich ernst an. »Ich glaube nicht, dass du ein Mädchen bist, an dem man das Interesse verlieren kann.« Nach einer kurzen Pause fuhr er fort: »Das sollte mir eigentlich Angst machen.«

»Wie war es denn bei Riley?« Ich biss mir auf die Zunge, weil die Frage vielleicht doch zu direkt war.

Er verengte die Augen. »Wie kommst du denn jetzt darauf?«

»Jemand in der Schule hat mir gesagt, dass Blake und du … dass ihr beide in sie verliebt wart.«

Preston wandte den Blick ab und starrte in die tanzenden Flammen im Kamin. »Tja, sie war nicht nur Blakes Freundin«, sagte er genau in dem Moment, als es höflich an der Tür klopfte.

Wilfried betrat den Raum. »Kann ich noch etwas für Sie tun, Sir?«

Preston schüttelte den Kopf. »Nein, danke – wir haben alles. Betty kann auch gehen, falls sie überhaupt noch da ist. Dad ist ja bei seinem Abendessen in Newtown und ich habe June und mir Pizza besorgt.«

»Und der andere Mr Beaufort?«, wollte Wilfried wissen.

Preston zuckte mit den Schultern. »Keine Ahnung, wo der sich rumtreibt. Und es ist mir auch egal.« Er schien kurz zu überlegen, bevor er seine stechend blauen Augen auf den Butler richtete. »Haben Sie denn heute noch etwas Schönes vor, Wilfried?«

Der ältere Mann verschränkte die Hände hinter dem Rücken, und ich sah, wie ein Muskel in seiner Wange kurz zuckte. »Ja, ich werde heute einen alten Scotch trinken und mir einen Westernfilm ansehen.«

»Interessant«, meinte Preston schmunzelnd. »Und sonst?«

Ein eisiger Lufthauch zog durchs Zimmer, und ich spürte, wie ich eine Gänsehaut bekam.

»Sonst werde ich vielleicht noch meine Unterwäsche waschen, Sir«, fügte Wilfried plötzlich hinzu.

Ich glaubte, nicht richtig zu hören. Es passte überhaupt nicht zu ihm, solche Details seines Privatlebens preiszugeben.

Der Lufthauch war noch immer zu spüren, und ich rieb mir fröstelnd über die Arme, während die Flammen im Kamin wild zu flackern begannen.

Wilfried zog irritiert die Brauen zusammen.

»Das ist dann alles, Sie können gehen«, sagte Preston, und ich hatte das Gefühl, Erleichterung in Wilfrieds Gesicht zu erkennen, als er die Tür hinter sich schloss.

»Was war das denn?« Ich schlang die Arme um meinen Oberkörper.

»Was meinst du?«, fragte Preston, doch dann klingelte sein Handy wieder und er nahm ab. Ich hörte nicht, was der Anrufer sagte, aber von einer Sekunde auf die andere wurde Preston kreidebleich.

»Ja, wir kommen sofort.« Er legte auf und seine Bewegungen waren auf einmal ganz fahrig. Sein Telefon hielt er noch immer fest umklammert.

»Was ist denn los?«

»Dad«, sagte er leise, als könnte er es selbst nicht glauben. »Dad hatte einen Herzinfarkt.«

Auf der Fahrt zum Krankenhaus sprachen Preston und ich kaum ein Wort miteinander. Er hatte mir nur gesagt, dass Onkel Edgar bei dem Abendessen in Newtown anscheinend zusammengebrochen war und er selbst nicht mehr wusste. Jemand aus dem Krankenhaus hatte ihn kontaktiert.

»Ihrem Vater geht es den Umständen entsprechend gut«, sagte der kahlköpfige Arzt, als wir wenig später im Korridor des Krankenhauses standen.

Ich atmete erleichtert auf. Die Ungewissheit, wie es Onkel Edgar ging, war in der letzten Stunde das Schlimmste gewesen.

»Was genau ist passiert?« Preston sah völlig mitgenommen aus: Seine sonst so perfekt gestylten Haare hingen ihm in die Stirn und sein Hemd war zerknittert.

»Ihr Vater hat großes Glück gehabt. Ohne die Herzmassage des Kellners wäre es wahrscheinlich zu spät gewesen. Er hat wirklich einen Schutzengel gehabt.«

Preston schluckte. »Und wie geht es ihm jetzt?«

»Er ist stabil, aber wir müssen nun prüfen, inwieweit Herzgewebe bereits abgestorben ist.«

»Können wir zu ihm?«

»Gleich. Warten Sie noch einen Moment. Ich lasse Sie holen, wenn er so weit ist.« Dann verschwand der Arzt, und Preston ließ sich gegen die mintgrüne Wand sinken.

»Shit«, murmelte er. Der Schock stand ihm deutlich ins Gesicht geschrieben. Trotz seiner Bräune wirkte er bleich, und die Selbstsicherheit, die er sonst ausstrahlte, war verschwunden. Plötzlich erinnerte er mich wieder an den Jungen, mit dem ich damals im Sommer am Strand gespielt hatte.

»Wenn ich ihn auch noch verloren hätte …«, murmelte er, und ich griff instinktiv nach seiner Hand, die sich kühl anfühlte.

»Es geht ihm gut. Deinem Vater geht es gut.«

Preston drückte meine Finger. »Danke, June. Danke, dass du da bist.«

»Aber das ist doch selbstverständlich«. Ich spürte, wie Preston meine Hand nach einem kurzen Moment des Zögerns an seine Lippen führte und küsste.

In diesem Augenblick räusperte sich jemand hinter uns, und ich zuckte kurz zusammen, als ich Blake bemerkte.

»Wo ist er?« Seine Lippen waren zu einem dünnen, weißen Strich zusammengepresst und aus seinen Augen sprach eine unerbittliche Härte.

»Es geht ihm gut«, sagte ich, um ihn zu beruhigen. Auch er musste unter Schock stehen.

»Ich will wissen, wo er ist«, verlangte Blake eisig und betrachtete dabei unsere ineinander verschränkten Finger. Dann wanderte sein Blick zu Preston. »Sag es mir«, presste er hervor.

»Wir wissen es noch nicht«, antwortete ich und war froh, als in dem Moment eine Schwester aufkreuzte.

»Sind Sie die Angehörigen von Mr Beaufort?«, fragte die dickliche Dame in den quietschenden weißen Gesundheitssandalen.

Die Jungs nickten.

»Sie können Mr Beaufort jetzt sehen. Er liegt auf Zimmer 17. Es ist gleich den Gang hinunter.« Sie deutete auf eine Schwingtür hinter sich.

Die Schwester hatte noch nicht zu Ende gesprochen, da machte sich Blake bereits auf den Weg.

»Willst du mitkommen?«, fragte Preston an mich gewandt, doch ich schüttelte den Kopf.

»Nein, geh du mal.« Ich lächelte ihn ermutigend an.

Nachdem auch Preston durch die Schwingtür verschwunden war, setzte ich mich auf einen der weißen Hartplastikstühle im Gang. Dann atmete ich tief durch. Es roch unangenehm nach Desinfektionsmitteln, und das Quietschen der Gesundheitssandalen ging mir bis in die Knochen, aber das war alles nebensächlich. Dass Onkel Edgar den Herzinfarkt überlebt hatte, war das Einzige, was zählte. Preston und Blake mussten in den langen Minuten der Ungewissheit durch die Hölle gegangen sein, und ich spürte, dass sie nach dem Tod ihrer Mutter nicht noch einen weiteren Verlust verkraftet hätten.

Ich lehnte mich auf meinem Stuhl zurück und beobachtete das Krankenhauspersonal, das eifrig durch die Gänge lief. Dabei bemerkte ich eine junge Frau mit dunklen Locken, die an der gegenüberliegenden Wand lehnte und auf etwas zu warten schien. Sie zupfte immer wieder ungeduldig an ihrem blauen Kleid herum und setzte ein nervöses Lächeln auf, als die dickliche Krankenschwester von eben auf sie zuging.

»Miss Monroe, wir haben jetzt die Ergebnisse des Tests«, informierte die Schwester sie mit gedämpfter Stimme. »Und es ist alles in Ordnung.«

»Wirklich?«, hauchte die junge Frau und legte strahlend ihre Hand auf ihren Bauch. »Das heißt, ich muss mir keine Sorgen mehr machen?«

Die Krankenschwester zögerte einen Moment, bevor sie den Kopf schüttelte. »Nein, Sie müssen sich keine Sorgen machen.« Sie streifte mich mit einem kurzen Blick, der mich wie ein Stromschlag durchzuckte. Von einer Sekunde auf die andere traten alle Umgebungsgeräusche in den Hintergrund, und ich klammerte mich an den Lehnen meines Stuhls fest, als die Zeit schon wieder ins Stocken geriet. Mit trockenem Mund starrte ich in die hart glänzenden Augen der Krankenschwester. Mit einem hässlichen Krachen zersplitterten sie und die Kristallsplitter sanken langsam zu Boden, während mir dahinter nichts als Dunkelheit entgegenschlug.

»Du hättest nicht ins Krankenhaus kommen müssen, June«, sagte mein Onkel, als ich eintrat und die Tür hinter mir schloss.

Ihn in dem weißen Krankenbett zu sehen, ließ die Szene mit der Krankenschwester schlagartig in den Hintergrund rücken. »Natürlich musste ich kommen.« Ich zog mir einen gepolsterten Stuhl heran, um mich neben ihn ans Bett zu setzen. Preston hatte gesagt, dass Onkel Edgar mich sprechen wollte, und es hatte so geklungen, als ob er mir etwas Wichtiges mitzuteilen hatte.

Er lächelte. »Es ist sehr schön, dich bei uns zu haben, June. Ich hatte ganz vergessen, wie es ist, eine Frau im Haus zu haben. Green Manor braucht etwas Leben, das ist mir jetzt klar.« Er senkte seine Lider und strich sich über die Augenbrauen. Ich nahm seine andere Hand und drückte sie.

»Wenn man glaubt, dass man stirbt, macht man sich einige Gedanken, June«, fuhr er dann fort. »Es stimmt tatsächlich, was die Leute sagen – man sieht sein Leben noch einmal im Zeitraffer, sieht, worauf man stolz sein kann – und worauf nicht. Was habe ich gut gemacht, was würde ich im Nachhinein vielleicht anders entscheiden? Der Tod ist nicht schön, aber er gibt dem Leben etwas ganz Besonderes: Priorität.«

Ich schluckte. »Du machst mir ein wenig Angst.«

Mein Onkel lächelte mich gutmütig an. »Verzeih, das möchte ich nicht. Die Ärzte sind mit den Ergebnissen der Tests zufrieden. In wenigen Tagen werde ich wieder topfit sein, du wirst schon sehen.«

»Du weißt gar nicht, wie froh ich bin, das zu hören.«

Er seufzte. »Du bist nicht nur ein hübsches Mädchen, June, du hast auch das Herz am rechten Fleck – und du erinnerst mich immer wieder an deine Tante Catherine. Es ist sehr schade, dass du sie nicht besser kennengelernt hast.«

Ich nickte ernst. »Das finde ich auch.«

»Deine Tante hat die wunderbare Gabe besessen, im Moment zu leben. Und das ist es, was zählt: den Augenblick zu genießen. Wir wissen nie, wann es mit uns zu Ende geht. Das klingt sehr pathetisch, ich weiß, aber in meiner jetzigen Situation habe ich jedes Recht, das zu sagen.« Er machte eine kurze Pause. »Ich habe in meinem Leben vielleicht nicht immer die richtigen Entscheidungen getroffen, aber ich darf mich nicht beschweren. Bis auf Catherines viel zu frühen Tod ging es uns immer gut.«

Er streckte die Hand nach dem Wasserglas auf dem weißen Tischchen neben dem Bett aus, und ich stand schnell auf, um es ihm zu geben.

»Danke.« Er nahm ein paar Schlucke, nach denen er sich wieder matt in sein Kissen sinken ließ.

Besorgt blickte ich ihn an. »Du bist bestimmt noch erschöpft. Soll ich dich nun besser schlafen lassen?«

Er schüttelte den Kopf und gab mir das leere Glas zurück. »Nein, ich möchte vorher etwas mit dir besprechen, June.«

Ich setzte mich wieder hin und wartete.

»Keine Sorge, ich sinniere nicht weiter über den Tod«, scherzte er, wurde aber sofort wieder ernst. »Das Problem ist nicht, dass wir sterben, sondern dass wir uns für unsterblich halten. Und das sind wir nicht. Weiß Gott, das sind wir nicht«, wiederholte er und sah mich eindringlich an. »June, ich möchte, dass meine Jungs glücklich sind, denn sie sind für mich das Allerwichtigste. Und ich spüre, dass deine Anwesenheit sie glücklich macht. In den wenigen Tagen, die du jetzt auf Green Manor bist, hat sich bereits etwas verändert. Alles scheint mehr zu strahlen.«

»Da bin ich mir nicht so sicher.«

Ich dachte sofort an Blake, der die Situation garantiert anders als sein Vater wahrnahm.

»Doch, doch, ich habe es deutlich gespürt. Seit dieser schreckliche Unfall mit Riley passiert ist, lag die ganze Zeit eine eisige Spannung in der Luft, und vor allem Blake hat sich immer mehr zurückgezogen. Du bringst frischen Wind in die alten Gemäuer, und das ist gut so. Deswegen musst du mir etwas versprechen.«

Ich betrachtete meinen Onkel nachdenklich und er bemerkte mein Zögern. Ein amüsierter Zug legte sich um seine Lippen. »Du wirst deinem todkranken Onkel doch nichts abschlagen.«

»Ich dachte, du bist in ein paar Tagen wieder topfit.«

»Du machst es einem nicht leicht.«

»Okay«, sagte ich nach einem kurzen Moment, in dem er mich intensiv betrachtete.

Onkel Edgar grinste, und es war schön, ihn trotz der Umstände so fröhlich zu sehen. Dann richtete er sich etwas in seinem Bett auf. »Sehr schön, denn ich möchte, dass du mehr Zeit mit meinen Jungs verbringst. Lass dir von ihnen Cornwall zeigen, unternehmt schöne Ausflüge, geht einkaufen – ach, macht einfach das, was junge Leute so tun.«

»Mit beiden Jungs?« Es würde mich keine Überwindung kosten, mehr Zeit mit Preston zu verbringen – ganz im Gegenteil – aber ich glaubte nicht, dass Blake von Onkel Edgars Plan besonders angetan sein würde.

»Ja, mit beiden Jungs. Das wird euch sicher Spaß machen und Blake nach der Sache mit Riley wieder etwas Lebensmut zurückgeben. Der arme Kerl macht sich noch immer Vorwürfe.«

»Wegen des Unfalls?«

Mein Onkel nickte. »Anscheinend hatten sie vorher Streit und

Riley ist kopflos auf die Straße gerannt. Es hat damals in Strömen geregnet, und der Autofahrer, der um die Kurve gekommen ist, hat sie zu spät gesehen.«

Unwillkürlich schlug ich die Hand vor den Mund. Es war schon schlimm genug, dass Blakes Freundin gestorben war, aber dass er auch noch glaubte, für ihren Tod verantwortlich zu sein, machte es umso schwerer, darüber hinwegzukommen.

»Die Vergangenheit zu bezwingen ist leider ein Ding der Unmöglichkeit«, sagte mein Onkel gedankenverloren. »Sie kann einen quälen und verfolgen – doch ändern kann man sie nicht.«

Kapitel 15

Nach der Aufregung um Onkel Edgar ging ich am nächsten Tag wieder in die Schule, telefonierte mit meinen Eltern und erzählte Carla, was passiert war. Dabei erwähnte ich das Versprechen, dass ich Onkel Edgar gegeben hatte, und die Sache mit Riley, ließ aber noch immer aus, dass ich Halluzinationen hatte. Halluzinationen, bei denen ich anscheinend fühlen konnte, ob jemand log oder die Wahrheit sagte.

Als ich nach der Schule nach Hause kam, nahm ich meinen Plan von gestern wieder auf und steuerte angespannt auf die Bibliothek zu. Die Jungs waren im Krankenhaus bei ihrem Vater, und ich hoffte, in den alten Büchern irgendetwas zu entdecken, das mir weiterhelfen konnte. Vielleicht fand ich etwas über die Kraft der Steine im Bodmin Moor, die ja irgendetwas mit meinem Zustand zu tun haben mussten.

Der Raum empfing mich mit einer angenehmen Stille, und ich ließ meinen Blick ehrfürchtig über die meterhohen Regale aus Nussbaumholz schweifen, als ich die Tür hinter mir schloss. Mit den antiken Möbeln, der dunklen Holzvertäfelung und einer Wendeltreppe, die auf die umlaufende Galerie führte, passte die Bibliothek perfekt zu Green Manor, denn sie strahlte wie der Rest des

Hauses das Flair längst vergangener Zeiten aus. Bewundernd betrachtete ich die unzähligen Bücher mit den alt aussehenden Einbänden, die sich in den meterlangen Regalen aneinanderreihten.

Es war unmöglich zu schätzen, wie viele Bücher es waren, aber es mussten Tausende sein. Ohne großartig darüber nachzudenken, trat ich an eines der breiten Regale und zog einen Band heraus. Es war *Ein Sommernachtstraum* von William Shakespeare, und dem alten Ledereinband nach zu urteilen, musste es sich hier um eine Erstausgabe handeln. Ehrfürchtig blätterte ich kurz in dem Buch und stellte es dann wieder ins Regal zurück. Ich mochte mir gar nicht vorstellen, welche Schätze hier noch versteckt waren. Langsam ließ ich meinen Blick über die anderen Buchrücken schweifen. Es schien, als gäbe es in der Bibliothek zu jedem Thema irgendeine Abhandlung, und ich arbeitete mich Schritt für Schritt zu den älteren Abschriften vor.

Nachdem ich die Regale in den nächsten Stunden auf gut Glück durchforstet hatte, musste ich am Abend enttäuscht feststellen, dass ich noch kein Stück weitergekommen war. Ich hatte Werke von bedeutenden Schriftstellern gefunden sowie Bücher über Natur und Wissenschaft, aber nichts zu den Steinkreisen.

Einem Instinkt folgend ging ich nach oben auf die Galerie und suchte dort nach den Abschriften, die Preston vor ein paar Tagen am Frühstückstisch erwähnt hatte. Dabei stieß ich auf ein rot gebundenes Buch mit dem Titel *Dunkles Cornwall.* Das Buch sah alt aus, und mein Herz klopfte, als ich den Umschlag öffnete und durch die Seiten blätterte. Rasch fand ich einen Eintrag zum Bodmin Moor und begann zu lesen.

In Bodmin Moor werden Sagen und Legenden lebendig. Es ist ein mystischer Ort mit dunklen Geheimnissen. Tiefe Nebelschleier, die sich nur selten lichten, verhüllen seine jahrhundertealten Rätsel. Wo sich Schatten und Licht auf der Ebene treffen, wo sich die Vergangenheit mit der Gegenwart vereint, geben sie ein Stück von ihrem Zauber preis und bestimmen die Zukunft. Das Moor ist durchtränkt von alter Magie, die sich in jedem Wasserloch, in jedem Graben oder Stein wiederfindet.

Gespannt las ich weiter, doch dann folgte nur eine elendlange Beschreibung der Landschaft, aus der ich nichts herauslesen konnte. Vorsichtig blätterte ich um und fand ein paar Seiten weiter einen Beitrag zu The Hurlers. Meine Augen flogen über den Text, doch leider berichtete der Autor darin nur von den versteinerten Männern und Frauen, die unerlaubterweise Hurling gespielt hatten.

Resigniert stellte ich das Buch wieder zurück ins Regal und suchte weiter. Doch auch in den anderen Schriften über Cornwall fand ich nichts Neues über den Steinkreis – zumindest nichts, was in Verbindung mit meinen Hirngespinsten stand. Zu Sir Winterly hatte ich auch nichts entdeckt, und später am Abend fiel ich mit dem Gefühl ins Bett, langsam komplett verrückt zu werden.

Die nächsten Tage wich ich den Menschen in meiner Umgebung bewusst aus und vermied es, Fragen zu stellen und meinem Gesprächspartner dabei in die Augen zu sehen. Zu groß war meine Angst, dass die Halluzinationen zurückkehrten. Da die Sorge um Onkel Edgar auf ganz Green Manor deutlich zu spüren war, fiel mein ausweichendes Verhalten gegenüber den Hausangestellten jedoch nicht weiter auf. Auch Lilly und Grayson schienen meine merkwürdige Stimmung auf die angespannte Situation zu Hause zu schieben und bedrängten mich nicht.

Meine Nachmittage verbrachte ich in der Bibliothek, die viel zu riesig war. Ich würde eine Ewigkeit brauchen, bis ich alle Bücher durchgesehen hatte. Kurz hatte ich sogar überlegt, meinen Vater bei einem unserer Telefonate nach meinem Großvater zu fragen. Vielleicht hatte Dad recht gehabt und mein Großvater hatte an Schizophrenie gelitten – einer Art Schizophrenie, die er an mich weitervererbt hatte. Der Gedanke hatte sich aber so hässlich angefühlt, dass ich nicht den Mut gehabt hatte, das Thema anzusprechen.

Es hatte bereits etwas von Routine, als ich am Samstagvormittag einen Bücherstapel auf das Ledersofa hievte, das neben den bodentiefen Fenstern mit den dunkelgrünen Samtvorhängen stand. Erschöpft ließ ich mich auf die Couch fallen und blätterte durch die ledergebundenen Bücher, deren Seiten sich rau und alt anfühlten. Dann atmete ich tief durch, schnappte mir ein Buch mit dem eigenartigen Titel *Die Faszination der Frauen* von Doyle Harrington und versuchte mich wieder auf meine Aufgabe zu konzentrieren, als ich gleich auf der fünften Seite an einem Eintrag hängen blieb.

Deborah Winterly, geborene Lancaster, war eine wunderschöne Frau, die das männliche Geschlecht in ihren Bann zog. Aus ihrer Ehe ging Tochter Kate hervor, die wie ihre Mutter das Talent geerbt hatte, mit einem Augenaufschlag alle Männerherzen für sich zu gewinnen. Ein Blick schien auszureichen, um ihr zu verfallen, und missgünstige Dorffrauen munkelten, dass es sich um Hexenwerk handeln müsse. Selbst der Dorfpfarrer schwang seine Reden gegen Mutter und Tochter.

Erst als Deborah und Kate verstorben waren, legte sich die Aufregung, da Kate keine Erbin, sondern einen Erben hervorbrachte, der über dieselbe Verführungskunst wie seine Mutter zu verfügen schien. Allerdings erregte er als Mann damit wesentlich weniger Aufsehen, was wohl in der Natur der Menschen begründet liegt. Winston Winterly, von attraktiver Gestalt, genoss trotz seines Bundes mit Elizabeth Winterly die Gesellschaft zahlreicher Frauen. Selbst die missgünstigen Dorffrauen sollen in seinem Anwesen gesichtet worden sein.

Ich blätterte neugierig weiter, als ein Brief aus den Seiten rutschte. Mein Blick blieb an dem Empfänger hängen und sofort schoss mein Puls in die Höhe. Der Brief, der niemals abgesendet worden war, war an meinen Vater adressiert. Nervös öffnete ich das Kuvert und las die handgeschriebenen Zeilen.

Lieber Henry,

ich weiß nicht, ob ich diesen Brief jemals abschicken werde, denn zu tief scheint der Graben zu sein, der sich zwischen uns aufgetan hat. Dabei wünsche ich mir nichts sehnlicher, als dass du mir glaubst und meine Worte nicht als Spinnereien abtust – dass du mir endlich zuhörst! Ich weiß, dass ich dich als Kind mit meinen fantastischen Geschichten oft in Verlegenheit gebracht habe, aber das, was ich nun

zu sagen habe, ist keine Geschichte. Es ist ein Geschenk, und auch wenn es dir nicht passt, so musst du mir doch vertrauen, Henry.
Sprich endlich wieder mit mir – verschließe dich nicht vor mir, nicht vor Cornwall, nicht vor deiner Heimat.
Wir sind Bruder und Schwester und bleiben damit für immer verbunden.
Als Kinder waren wir unzertrennlich, und es tut mir im Herzen weh, dass wir es nicht schaffen, wieder zueinanderzufinden.

Deine Catherine

Ich überflog die Zeilen immer und immer wieder, sodass mir erst zu spät auffiel, dass sich die Tür zur Bibliothek öffnete. Als plötzlich Blake vor mir stand, zuckte ich zusammen.

»Was machst du hier?«, fragte er und betrachtete mich kühl.

»Ich lese«, sagte ich kurz angebunden und hoffte, dass er das leichte Zittern in meiner Stimme nicht bemerkte, während ich den Brief unauffällig in meiner Jeanstasche verschwinden ließ.

Er hob eine schwarze Augenbraue und blickte auf den Bücherstapel neben mir. »Und hast du sie bald alle durch?«

»Wieso willst du das wissen?«

Blake zuckte mit den Schultern. »Betty meinte, dass du dich die ganze Woche hier drin vergraben hast.« Er steckte eine Hand in die Hosentasche seiner schwarzen Jeans, zu der er ein ausgewaschenes graues T-Shirt trug. Sein Bartschatten war in den letzten Tagen etwas dunkler geworden, und ich fragte mich, wann er sich das letzte Mal rasiert hatte. Durch die Sorge um seinen Vater schien sein Gesicht schmaler geworden zu sein, was ihm einen noch härteren Ausdruck verlieh.

Einige Sekunden lang herrschte Stille. »Ich fahre mit dem Boot raus. Willst du mitkommen?«

Perplex starrte ich ihn an. Ich hatte mit vielem gerechnet, aber sicher nicht damit, dass Blake mich zu einem Bootsausflug einladen würde.

»Ich hatte eigentlich vor, Onkel Edgar heute im Krankenhaus zu besuchen.« Unwillkürlich musste ich an das Versprechen denken, das ich meinem Onkel gegeben hatte. Wahrscheinlich hatte er Blake etwas Ähnliches abgerungen.

»Dad wird nächste Woche entlassen.«

»Wirklich? Das wusste ich nicht. Wann denn?«

»Mittwoch«, sagte Blake knapp. »Und wenn du zum Ausflug mitkommen willst, sei in zehn Minuten draußen.« Mit diesen Worten drehte er sich um und verließ die Bibliothek.

Kurz haderte ich damit, ob ich die Einladung annehmen sollte, obwohl mein verräterisches Herz bei der Aussicht, eine Bootstour allein mit Blake zu unternehmen, deutlich schneller schlug. Vielleicht konnte ich von Blake auch mehr über seine Mutter erfahren? *Es ist ein Geschenk*, hallte es in meinem Kopf wider. *Dabei wünsche ich mir nichts sehnlicher, als dass du mir glaubst und meine Worte nicht als Spinnereien abtust …*

Hatte Tante Catherine vielleicht das Gleiche sehen können wie ich? War sie vielleicht auch krank gewesen, oder ging es hier um etwas anderes?

Der logisch denkende Teil von mir wusste, dass ich wahrscheinlich nicht viel aus Blake herausbekommen würde, dennoch stand ich fünf Minuten später auf der Kiesauffahrt vor dem Haus, wo Blake schon neben seiner glänzenden schwarzen Maschine auf mich wartete. Als er mich sah, warf er mir seinen zweiten Helm zu, den ich in der Luft fing.

»Ihr unternehmt einen Ausflug?«, hörte ich in dem Moment Prestons Stimme hinter mir. Er war gerade aus dem Haus getreten, und ich drehte mich zu ihm um, während ich den schwarzen Helm aufsetzte.

»Ja, Blake hat mich gefragt, ob wir eine Bootsfahrt machen wollen.« Ich sah sofort, wie Prestons Körper sich anspannte. Hatte Onkel Edgar ihn etwa nicht dazu verdonnert, mehr Zeit mit mir zu verbringen?

»Eine Bootsfahrt also«, wiederholte er gedehnt, als ob Blake damit gegen irgendeine ungeschriebene Regel verstoßen würde.

Blakes Züge verhärteten sich und er funkelte seinen Bruder an. »Was dagegen?«

»Aber nein. Viel Spaß, June – pass nur auf, dass du nicht untergehst«, sagte Preston, bevor er sich abwandte und davonschlenderte.

Bei dem Blick, den Blake ihm hinterhersandte, war ich mir nicht sicher, ob ich wirklich Spaß haben würde – aber jetzt war es zu spät, um einen Rückzieher zu machen. Blake schwang sein Bein schon über das Motorrad und ich ging ebenfalls hinüber und setzte mich hinter ihm auf den Sattel.

»Festhalten«, befahl Blake und wartete, bis ich meine Arme um seinen Bauch geschlungen hatte. Dann gab er Gas.

Die Fahrt hinunter zu den Klippen dauerte etwa zwanzig Minuten, und ein Teil von mir wollte, dass sie niemals endete. Es war ein unglaubliches Gefühl, mit Blake auf seiner Maschine über die gewundene Küstenstraße zu brettern und den Wind an meinen Kleidern zerren zu fühlen.

»Wir sind da«, sagte Blake schließlich, als wir an einer zerklüfteten Stelle neben der Straße hielten, von wo aus eine steinerne Treppe durch die Klippen hinunter bis ans Meer führte. Das kleine Fischerdorf, das ich schon bei meiner Ankunft in Cornwall gesehen hatte, schmiegte sich ein paar Kilometer entfernt an die Küste.

»Es ist wunderschön hier.« Ich atmete die salzige und frische Luft tief ein.

»Vor allem ist es einsam. Den Ort kennen nicht viele«, sagte Blake und hängte unsere Helme über den Lenker seiner Maschine, bevor er sich in Richtung der steinernen Stufen wandte.

»Wie oft kommst du her?«, fragte ich, während wir nacheinander die Stufen hinuntergingen.

Die schroffen Felsen rechts und links von der in den Stein gehauenen Treppe waren ein wenig feucht von der Gischt, und ich konnte die Wellen hören, die in regelmäßigen Abständen an den Strand gespült wurden.

»Immer, wenn ich Zeit für mich brauche«, sagte Blake überraschend ehrlich.

Ich ließ den Blick über den einsamen Strand aus feinem hellem Sand schweifen. »Eigentlich hatte ich gedacht, du fährst mit mir zu einem Hafen.«

»Nicht, nachdem du dich letztens in einem ertränken wolltest«, sagte Blake. Noch bevor ich etwas erwidern konnte, ging er nach links in Richtung eines unscheinbaren Höhleneingangs. »Außerdem sind meine Boote nicht am Hafen vertäut.«

Neugierig folgte ich ihm und erkannte, dass die Höhle, die von außen ziemlich unspektakulär ausgesehen hatte, innen um einiges größer war.

Mit routinierten Bewegungen entzündete Blake einige Öllampen im Inneren, und ich hielt den Atem an, als ich das wunderschöne Segelboot entdeckte. Es hatte einen gebogenen Rumpf und schien seine besten Jahre schon hinter sich zu haben, doch Blake hatte begonnen, das alte Holz durch frische Planken zu ersetzen, die neben dem Boot in der Höhle lagerten.

»Das meinte McLachlan mit *Holz für dein Mädchen*«, sagte ich und sah Blake von der Seite an. »Ich hätte nicht gedacht, dass du ein Boot restaurieren kannst.«

»Ich hab sogar eins gebaut.« Er zog eine Abdeckplane von einem kleineren Ruderboot gleich neben dem Eingang.

»Und damit willst du aufs Meer hinaus?«, fragte ich überrascht, während mir schon bei dem Gedanken daran, in diesem winzigen Ding auf den Wellen zu schaukeln, schlecht wurde.

»Damit wollen *wir* aufs Meer hinaus«, korrigierte er mich und packte das Boot an der Vorderseite. »Hilf mir mal.«

Gemeinsam zogen wir es aus der Höhle in den Sand und von dort die dreißig Meter weiter bis zum Meer.

»Ich weiß nicht«, murmelte ich, als ich die Nussschale betrachtete, die Blake gerade in die Wellen schob. »Bist du sicher, dass das Ding nicht untergeht, wenn wir beide drin sitzen?«

Er warf mir einen kurzen Blick über die Schulter zu und maß meinen Körper so intensiv, dass mir das Blut in die Wangen stieg. »Komm schon. Ich hätte dich nicht für einen Feigling gehalten.«

Die Aussage traf mich in meinem Stolz, also kletterte ich ohne weitere Diskussion ins Boot – und landete mit den Füßen mitten in einer Pfütze aus eiskaltem Meerwasser. Einmal mehr dachte ich, dass ein Hafen mit richtigem Ankerplatz für die Boote vielleicht keine schlechte Idee gewesen wäre, hielt aber den Mund.

Blake setzte sich auf den Querbalken vor mir und tauchte die beiden Ruder ins Wasser, bevor er kräftig durchzog.

Die Muskeln seiner Arme traten bei jeder Bewegung hervor, und ich versuchte, ihn nicht anzustarren, während er uns mit gekonnten Ruderschlägen von der Küste weg in tieferes Gewässer brachte.

»Ich wusste gar nicht, dass du so gern am Wasser bist«, sagte ich gedankenverloren. Der Wind blies mir durch die Haare und eine Möwe zog über uns am Himmel ihre Kreise. Ich beschattete mit der Hand meine Augen gegen die Sonne und verfolgte kurz ihren Flug, bevor ich mich wieder Blake zuwandte.

Er sah mich eindringlich an. »Das war ich schon immer. Weißt du das etwa nicht mehr?«

Ich schüttelte den Kopf und durchforstete gleichzeitig mein Gedächtnis nach Kindheitserinnerungen mit Blake und Preston – abgesehen vom Fangenspielen im Cottage und Muschelsammeln am Strand. »Das Unwetter!«, brach es plötzlich aus mir heraus, als die Erinnerung wiederkehrte. »Du bist allein mit dem Boot raus, um einen verletzten Vogel zu holen. Was war es noch mal?«

»Eine Möwe«, sagte Blake. »War eine verdammt blöde Idee.«

»Nein, es war verdammt mutig«, widersprach ich, als ich wieder an den Sturm dachte, der damals aufgezogen war. Die dichte Wolkendecke hatte ausgesehen, als ob jemand den Himmel dunkelgrau eingefärbt hätte – und ich erinnerte mich jetzt auch wieder an die Angst in Onkel Edgars Augen, als er realisiert hatte, dass Blake mit seinem kleinen Ruderboot rausgefahren war, um die verletzte Möwe zu bergen. Auch ich hatte mich damals vor dem Sturm gefürchtet, aber vor allem hatte ich Blake für seinen Mut bewundert.

»Keine Ahnung, wie ich das vergessen konnte.« Ich ließ meinen Blick über den Ozean schweifen. Von hier aus konnte man bis zum Horizont sehen, und ich fühlte mich auf einmal unheimlich frei. All das, was in den letzten Tagen passiert war, schien plötzlich in weite Ferne zu rücken und nicht mehr so groß und erdrückend zu sein wie noch vor wenigen Stunden.

»Die Menschen vergessen oft Dinge, die ihnen Angst machen«, holte mich Blakes tiefe Stimme aus meinen Gedanken.

Überrascht schaute ich ihn an, da ich nach der langen Pause mit keiner Antwort mehr gerechnet hatte.

»Ist wohl so eine Art Verdrängungsmechanismus«, fügte er hinzu und starrte aufs Wasser.

Ich musste bei seinen Worten automatisch an die seltsamen Vorkommnisse im Krankenhaus denken und wünschte, ich hätte sie einfach vergessen können. Die Krankenschwester hatte eindeutig gelogen, als die junge Frau gefragt hatte, ob sie sich keine Sorgen mehr um ihr Baby zu machen brauchte.

Wahrscheinlich hatte sie nur gelogen, um die junge Frau nicht zu beunruhigen – dass sie mit ihrer Lüge stattdessen mir einen Riesenschreck eingejagt hatte, konnte sie natürlich nicht wissen.

Ich atmete tief die salzige Luft ein und hielt mich am Rand des Bootes fest, als wir über eine etwas höhere Welle schaukelten. Bisher war ich ganz gut mit der Taktik gefahren, den Menschen einfach nicht mehr in die Augen zu schauen, wenn sie sprachen – wobei mir klar war, dass es so nicht ewig weitergehen konnte. Ich konnte nicht in Oxford studieren und jedem direkten Blickkontakt ausweichen. Während ich darüber nachdachte, wurde mir plötzlich bewusst, dass die einzigen Menschen, die ich problemlos ansehen konnte, Blake und Preston waren. Bei ihnen war nie etwas Ungewöhnliches passiert – bis auf das Kribbeln in meinem Bauch. Der Gedanke machte etwas mit mir, und ich linste verstohlen zu Blake hinüber, der mit kräftigen Ruderschlägen dem Wellengang trotzte und uns inzwischen einige Hundert Meter hinaus aufs offene Meer gebracht hatte. Obwohl die Sonne schien, wehte ein frischer Wind, und das Boot wurde immer wieder leicht in die Höhe gehoben, bevor es zurück ins Wasser klatschte und ein paar salzige Tropfen auf meine Haut spritzten.

»Wie oft fährst du denn raus?«, fragte ich Blake, als mir das Schweigen zwischen uns langsam unangenehm wurde.

Er zog die Ruder durch das Wasser und hob eine Augenbraue. »Hast du Angst, dass ich uns versenke?«

Ich blickte zurück zum Ufer. Der helle Sandstrand vor den Klippen war nur noch als schmaler Streifen in der Ferne zu erkennen, und ich war mir sicher, dass ich diese Strecke nie und nimmer schwimmend zurücklegen könnte – vor allem bei diesem Wellengang. »Sollte ich denn Angst haben?«

»Das Boot ist sicher«, sagte Blake überraschend sanft, als ob er spürte, dass ich tatsächlich anfing, mir Sorgen zu machen.

Ich drehte mich wieder zu ihm um und betrachtete aufmerksam sein Gesicht. Der Wind hatte ihm seine leicht gewellten Haare in die Stirn geblasen, was ihn weniger streng wirken ließ als sonst.

»Glaubst du mir nicht?«, fragte er und ich schüttelte rasch den Kopf.

»Nein, ich meine *doch*, natürlich. Immerhin lebst du noch«, sagte ich und klammerte mich gleichzeitig an der Bootskante fest, als wir wieder von einer Welle hochgetragen wurden. »Wie oft fährst du nochmal bei diesem Wellengang raus?«

»Kommt darauf an«, meinte er vage und ließ seine Augen über

den Himmel gleiten, auf dem sich einige dunkle Wolken gebildet hatten.

»Wow, so genau wollte ich es gar nicht wissen«, sagte ich, woraufhin sein rechter Mundwinkel kurz hochzuckte.

Sofort begann mein Herz schneller zu klopfen, und ich schaute wieder rasch aufs Meer, um ihm nicht zu zeigen, was ein simples schiefes Lächeln von ihm mit meinem Körper anstellte.

»Ich fahre mindestens einmal die Woche raus«, antwortete Blake nun doch und zog ein Ruder hoch, während er mit dem anderen ein paar kräftige Züge machte und unser Boot parallel zur Küste lenkte. »Hier wird man nicht so leicht gefunden.«

Die Art, wie er es sagte, brachte mich dazu, ihn nun doch wieder anzusehen. Ein dunkler Schatten lag über seinem Gesicht, und ich versuchte mich in seine Lage zu versetzen. Nach dem Tod von Riley war es ihm wahrscheinlich schwergefallen, sein altes Leben fortzuführen, und ich konnte mir gut vorstellen, dass ihm die Weite und Stille hier draußen gutgetan hatten.

»Ich weiß, was du meinst.« Ich strich mir eine Haarsträhne hinters Ohr. »So ähnlich ging es mir immer auf Quintus' Rücken.«

»Dein Pferd?«, fragte Blake, und ich nickte stumm, als ich wieder an den Unfall von damals zurückdachte.

»Also ist er der Grund, dass du so lang nicht mehr geritten bist.«

Ich atmete tief ein. »Ja, ist er.«

Eine Zeit lang war es still zwischen uns, und die einzigen Geräusche stammten vom Klatschen der Wellen gegen den Bug des Bootes.

»Ich habe ihn sterben sehen«, sagte ich dann. Ich hatte nicht geplant, Blake von Quintus zu erzählen, aber gerade jetzt, in diesem Moment, fühlte es sich einfach richtig an. Ich wusste nicht warum, vielleicht lag es an der Weite des offenen Meeres oder an seinem Schweigen, das mich nicht bedrängte. Eigentlich hatte ich über Tante Catherine sprechen wollen, aber das alles rückte gerade irgendwie in den Hintergrund.

Blake sah mich abwartend an und ich begann zu erzählen. »Ein Tierarzt musste ihn einschläfern, weil sein Bein zerschmettert war.«

»Was ist passiert?«, fragte er und ruderte dabei in einem stetigen, wenn auch langsameren Tempo als bisher weiter.

»Es war meine Schuld«, fasste ich den Unfall zusammen.

»Du bist schuld, dass er sich das Bein gebrochen hat?«, wiederholte Blake zweifelnd und steuerte auf eine Ansammlung größerer Felsen zu, die in einiger Entfernung aus dem Meer ragten.

Das aufgewühlte Wasser schäumte tosend um die grauen Felsbrocken, und ich hoffte, dass Blake uns bei dem Wellengang nicht zu nah an sie heranbringen würde.

»Vielleicht bin ich nicht direkt schuld, aber ich trage die Verantwortung dafür«, antwortete ich schließlich. »Ich hatte mich an dem Tag über meine Eltern geärgert und wollte nach dem Streit den Kopf freikriegen. Also bin ich mit dem Fahrrad zum Stall und hab Quintus gesattelt, ohne ihnen ein Wort zu sagen.«

Blake schwieg, und ich betrachtete die Felsformationen, auf die wir zusteuerten. Dahinter schien eine Art Bucht zu liegen, von der ich im Moment nur die hoch aufragenden steilen Klippen sehen konnte.

»Ich bin mit ihm durch den Wald geritten«, erzählte ich stockend weiter. »Es war kurz nach Silvester und die Blätter der Bäume waren von Raureif überzogen.« Die Erinnerung zog mich fort, zurück in den winterlichen Wald, der direkt an den Reiterhof angrenzte, und in dem ich schon so viele Ausritte unternommen hatte.

»Ich war mit den Gedanken so bei dem Streit mit meinen Eltern, dass ich nicht auf die Umgebung achtete. Erst, als ich auf eine Wiese kam, die ich nicht kannte, fiel mir auf, dass ich mich verirrt hatte.« Der Wind fuhr mir kalt ins Gesicht und ich hielt inne.

»Was ist dann passiert?«, fragte Blake und sah mich so aufrichtig mitfühlend an, dass ich das Gefühl hatte, ihm alles erzählen zu können. Es lag kein Urteil in seinen verwirrend schönen Augen – er hörte mir einfach nur zu.

»Ich bin in Panik geraten. Ich hatte weder ein Handy noch sonst etwas dabei und habe Angst bekommen, dass ich nicht mehr zurückfinde. Quintus hat meine Unsicherheit natürlich gespürt und wurde ebenfalls nervös.« Ich räusperte mich und versuchte das, was damals passiert war, halbwegs sachlich darzustellen. »Ich habe versucht, den Weg wiederzufinden, aber durch den Schnee sah alles irgendwie anders aus. Ich kam nicht zurück zum Hof, sondern in die Nähe einer Straße. Die Autos machten Quintus noch nervöser, als er ohnehin schon war, und als dann in der Nähe ein Silvesterknaller hochging, war er nicht mehr zu halten.« Eine besonders hohe Welle traf das Boot, und ich hielt mich an der Kante fest, während die Bilder jenes Nachmittags durch meinen Kopf schossen.

»Quintus warf mich ab und galoppierte panisch in den Wald. Ich brach mir bei dem Sturz das Handgelenk, doch ich hatte so eine Angst um ihn, dass ich es gar nicht spürte. Ich rief ununterbrochen nach ihm, aber er war einfach weg.«

Blake ließ die Ruder sinken und betrachtete mich intensiv, als ich mit meiner Geschichte fortfuhr. »Da ich kein Telefon dabeihatte, konnte ich keine Hilfe rufen – und Spaziergänger hatte ich auch keine gesehen.«

»Also hast du dich völlig allein auf die Suche nach ihm gemacht?«, fragte Blake mit sanfter Stimme.

Ich nickte. »Im Schnee konnte ich seinen Spuren relativ leicht folgen. Und nach einer halben Stunde fand ich ihn schließlich.« Wieder sah ich seine panisch rollenden Augen direkt vor mir und schluckte. »Er war in seiner Angst über einen Bach gesprungen und muss dabei gestürzt sein. Als ich ihn fand, war sein rechter Oberschenkelknochen vorne so zersplittert, dass der Knochen aus seinem Fell herausragte.« Ich machte eine kurze Pause. »Ich hab mich zu ihm gesetzt und seinen Kopf in meinem Schoß festgehalten«, flüsterte ich nur noch. »Irgendwann hat uns ein Mann gefunden, der mit seinem Hund spazieren war. Er hat die Feuerwehr gerufen und auch einen Tierarzt verständigt.« Ich atmete tief ein, weil ich das Gefühl hatte, dass mir der Sauerstoff ausging. »Der Tierarzt hat nur einen Blick auf ihn geworfen und meinte …« Ich brach ab und spürte, wie Blake sich vorbeugte und nach meiner Hand griff.

»Es tut mir leid, June.«

Ich nickte und starrte aufs Wasser. Der Himmel hatte sich in der kurzen Zeit, in der ich von Quintus' Unfall erzählt hatte, komplett zugezogen, und die Sonne war hinter einer dichten Wolkendecke verschwunden.

»Er ist in meinen Armen gestorben«, schloss ich meine Geschichte, als ich mich wieder einigermaßen unter Kontrolle hatte. »Der Tierarzt hat ihn noch vor Ort eingeschläfert. Je höher ein Bruch ist, desto schwieriger ist es, ihn zu operieren – aber das weißt du sicher.«

Blake nickte und zog seine Hand zurück. Der Wind strich kalt über meine Haut und ich sehnte mich nach seiner Berührung.

»Also war es meine Schuld«, sagte ich mit erstickter Stimme.

Blake schüttelte den Kopf. »Blödsinn. Es war ein Unfall. Du kannst nichts dafür.«

Ich sah ihn ungläubig an. »Natürlich kann ich was dafür. Wenn ich nicht mit ihm ausgeritten wäre …«

»Hör auf damit, June. Das bringt doch nichts.«

»Hör auf?«, wiederholte ich. »War das etwa für dich so einfach?« Die Worte waren schneller ausgesprochen, als ich es wollte, und ich bereute sie sofort.

Sofort änderte sich etwas in Blakes Haltung. »Was meinst du damit?«

»Nichts«, wich ich aus.

»Was meinst du damit?«, wiederholte er schärfer und fixierte mich. Es war klar, dass er nicht lockerlassen würde.

»Ich …«, setzte ich an und wusste, dass ich nicht mehr zurückkonnte. »Ich dachte nur wegen Riley und deren Unfall.«

Augenblicklich verhärteten sich Blakes Züge und er durchbohrte mich mit seinem Blick. »Woher weißt du von ihr?«

Jegliche Wärme war plötzlich aus seiner Stimme gewichen. Mein Herz begann zu trommeln, und ich verfluchte mich innerlich dafür, nicht die Klappe gehalten zu haben. »Onkel Edgar hat sie erwähnt«, antwortete ich und hoffte, dass die Tatsache, dass es sein Vater gewesen war, der mir von Riley erzählt hatte, irgendetwas ändern würde. Ich war schließlich nicht herumgelaufen und hatte die Leute nach Blakes Vergangenheit ausgefragt.

»Mein Vater redet anscheinend zu viel«, knurrte er und tauchte die Ruder tief ins Wasser.

Ein kalter Windstoß fuhr uns ins Gesicht.

»Onkel Edgar hat sich nur Sorgen gemacht«, verteidigte ich ihn automatisch. »Ich bin sicher, er hat …«

»Du kannst deine Vermutungen für dich behalten«, schnauzte Blake, und ich zuckte innerlich zusammen, als in derselben Sekunde aus der Ferne ein Donnerschlag zu hören war.

Doch Blake reagierte kaum. Sein kalter Blick klebte an mir. »Verdammt, das war ein Fehler.«

Die Wolkendecke hatte eine bedrohlich graue Färbung angenommen, und ich hielt mich mit beiden Händen am Boot fest, als es wild auf den Wellen zu schaukeln anfing.

»Was war ein Fehler? Bei einem Sturm in dieser Nussschale hinauszufahren?«, rief ich und sah mich hektisch um. Es war unglaublich, wie schnell das Wetter umgeschlagen war – fast so, als ob der Himmel auf unsere Stimmung reagiert hätte.

»Es war ein Fehler, mir von meinem Vater einreden zu lassen, dich mitzunehmen!«, brüllte Blake und packte die Ruder fester. Ich sah, wie sich seine Muskeln anspannten, als er gegen den Wind und die Wellen ankämpfte, die uns weiter hinaus aufs offene Meer zogen.

»Und ich hätte niemals mit dir mitkommen sollen!«, schrie ich über den stürmenden Wind hinweg.

»Schade, dass dir das erst jetzt einfällt«, keuchte Blake und ruderte noch verbissener.

Obwohl wir uns in einer lebensgefährlichen Situation befanden und andere Dinge gerade wirklich wichtiger waren, trafen mich seine Worte unheimlich.

»Wo willst du hin?«, brüllte ich, als mir auffiel, dass er nicht zurück zum Sandstrand, sondern direkt auf die steil aufragenden Klippen zuruderte. Die hohen Wände aus grauem Stein boten keinerlei Anlegemöglichkeit, und ich sah uns schon an den Felsen zerschellen wie die Wellen, die sich krachend daran brachen.

»Ich versuche uns zu retten!«, rief er zurück, genau in dem Augenblick, als das Boot von einer Welle in die Höhe gehoben wurde und mit einem gewaltigen Klatschen wieder hinunterfiel. Ich schrie auf und klammerte mich am nassen Holz fest, als ein Blitz vom Himmel zuckte und es kurz darauf wieder donnerte.

»Du musst mitpaddeln! Wir müssen die Höhlen erreichen, bevor es zu spät–«, brüllte Blake, doch noch bevor er den Satz beendet hatte, schlug eine Welle über unseren Köpfen zusammen.

Das eiskalte Wasser traf mich mit einer unglaublichen Wucht und schleuderte mich aus dem Boot. Ich schluckte Wasser und strampelte mit den Beinen, als die Welt um mich herum ihre Ordnung verlor und es kein oben und unten mehr gab, sondern nur noch schäumendes Wasser überall um mich herum. Hektisch versuchte ich, an die Oberfläche zu schwimmen, doch ich hatte völlig die Orientierung verloren. Meine Kleider sogen sich voll und zogen mich erbarmungslos in die Tiefe. Alles um mich herum war ein einziges Chaos aus eisiger, wogender Dunkelheit, die sich wie ein schwerer Mantel um mich legte und mich mit kalten Fingern daran hinderte, zurück ans rettende Licht zu gelangen.

Kapitel 16

In jeder Stunde eines Tages sterben auf der Welt mehr als vierzig Leute durch Ertrinken, und doch hätte ich nie gedacht, eines Tages Teil dieser Statistik zu werden.

Trotzdem kämpfte mein Körper weiter ums Überleben, und ich schwamm blindlings auf einen etwas helleren Fleck zu, den ich für die rettende Wasseroberfläche hielt. In diesem Moment tauchte neben mir ein dunkler Körper ins Wasser, und dann spürte ich schon starke Hände, die mich an der Taille packten und nach oben zerrten, bis ich mit dem Kopf durch die Wasseroberfläche brach und endlich wieder atmen konnte.

Keuchend rang ich nach Luft, während rings um uns das absolute Chaos tobte. Der Himmel hatte sich zu einer undurchdringlichen schwarzen Wolkendecke zusammengeballt und die Wellen um uns schlugen krachend gegen die steilen Klippen. Von unserem Boot sah ich nichts mehr, und dann kam auch schon eine neue Welle, die uns mit Schwung in Richtung der Felsen schleuderte.

»Kämpf nicht gegen die Wellen an!«, rief Blake und hielt meinen Kopf über Wasser, während er mich mit kräftigen Schwimmzügen mitschleppte. Blake schien genau zu wissen, was er tat. Sein linker Arm hielt mich noch immer fest, und er hatte offensichtlich auch nicht vor, mich loszulassen. Als die nächste Welle über uns hereinbrach, versuchte ich, in Blakes starken Armen ganz ruhig zu bleiben, um ihn nicht durch mein panisches Strampeln noch tiefer nach unten zu ziehen. Dann tauchten wir wieder auf und er schwamm weiter mit mir auf die Felsen zu.

»Lass mich los – dann sind wir schneller!«, rief ich gegen den brausenden Wind an. Blake zögerte einen Moment, bevor er seinen Griff lockerte. Dennoch ließ er mich nicht aus den Augen, als wir uns Seite an Seite in Richtung der steil aufragenden Klippen kämpften.

»Da ist eine Höhle!«, schrie Blake, der merkte, dass meine Kräfte in dem aufgewühlten Wasser schwanden. »Es ist nicht mehr weit, dann haben wir es geschafft!«

Seine Stimme gab mir den Auftrieb, den ich brauchte, und ich mobilisierte meine letzten Reserven, als ich den drei Meter breiten schwarzen Schlund in der Felswand knapp oberhalb des Meeresspiegels entdeckte, den er als Höhle bezeichnet hatte. Bei jeder neuen Welle wurde eine Ladung Meerwasser in das dunkle Loch geschwemmt, das unter normalen Umständen abschreckend auf mich gewirkt hätte – aber nun, in dieser Eiseskälte, war es unsere einzige Rettung.

Eine weitere Woge trug Blake und mich näher zu den schroffen Felsen. Ich versuchte, den Schwung zu nutzen und mich an den nassen Steinen rings um die Öffnung festzuhalten, doch meine Finger fanden keinen Halt und glitten einfach ab.

Im nächsten Moment spürte ich Blakes Arm unter meinen Achseln und fühlte, wie er mich an sich zog und damit verhinderte, dass ich abdriftete. Wie er es schaffte, uns beide an Ort und Stelle zu halten, war mir ein Rätsel. Meine Muskeln brannten von der Anstrengung, und die aufgewühlte See zerrte an meinen Gliedern, als ob sie noch nicht aufgegeben hätte, uns hinunter in ein feuchtes Grab zu ziehen.

»Wir warten die nächste große Welle ab, um uns von ihr in die Höhle tragen zu lassen«, keuchte Blake und klammerte sich mit einer Hand an einem spitz aufragenden Felsstück direkt unter dem Höhleneingang fest. »Versuch, dich nicht von einem der scharfkantigen Steine aufschlitzen zu lassen.«

Wenn ich nicht so mit Atmen beschäftigt gewesen wäre, hätte ich beinahe gelacht.

»Hier kommt sie«, rief Blake, als sich das Wasser ein wenig zurückzog und zu einer neuen Wasserwand auftürmte. Etwas entfernt entdeckte ich unser Boot, das wie eine Nussschale auf dem stürmischen Meer hin und her geschleudert wurde.

»Spann deine Muskeln an und hol tief Luft!«

Ich tat genau, was er mir sagte. Dann rauschte die Welle heran, und obwohl ich mir nicht sicher war, ob Gott überhaupt existierte, begann ich zu beten. Das Wasser preschte mit einer solchen Geschwindigkeit auf uns zu, dass ich schon vor mir sah, wie es uns an den Klippen zermalmen würde.

»Jetzt!«, schrie Blake und stieß sich mit mir von den Felsen ab, als die Welle ganz nah war. Das Wasser hob uns hoch und spülte uns gemeinsam in den Höhleneingang.

Etwas Spitzes schrammte über meine Haut und riss meinen Unterschenkel auf. Gleichzeitig spürte ich Blakes Arme fest um meinen Körper, und ich wusste, er würde mich nicht loslassen. Das Gefühl, nicht allein zu sein, half mir, die Nerven zu bewahren. Schließlich ließ der starke Sog nach und die Welle schwappte wieder zurück. Wir wurden vom Wasser wieder in Richtung Meer gezogen, doch

Blake begann sofort mit kräftigen Schwimmzügen dagegen zu arbeiten, damit wir nicht aus der Höhle herausgespült wurden.

Ich griff nach einem schmalen Vorsprung in der Höhlenwand und blickte mich keuchend um. Rund um uns herrschte Dunkelheit, und nur ein helles Loch etwa drei Meter entfernt zeigte mir, dass wir uns im Inneren eines Tunnels befanden, der etwa bis zur Hälfte mit Wasser gefüllt war. Allerdings war es zu tief, um stehen zu können.

»Kannst du schwimmen?«, fragte Blake und hielt sich mit einer Hand ebenfalls an einem hervorstehenden Stein fest, während seine andere noch immer um meine Taille lag.

Ich nickte, obwohl ich völlig erschöpft und am Ende meiner Kräfte war. Langsam gewöhnten sich meine Augen an die Dunkelheit, sodass ich meine Umgebung schemenhaft erkennen konnte.

Blake betrachtete mich noch einen Moment lang forschend, bevor er mich losließ und mit dem Kinn in die Dunkelheit vor uns deutete. »Dann los. Es ist nicht mehr weit.«

Ich hatte keine Ahnung, woher er wissen wollte, wie weit es noch war, aber ich hinterfragte es in diesem Moment auch nicht und schwamm einfach los. Meine Arme und Beine fühlten sich an, als hingen Gewichte daran, während ich mit müden Bewegungen tiefer in den Tunnel hineinschwamm. Mir war so kalt, dass ich meine Finger und Zehen nicht mehr spürte, aber immerhin lebte ich noch.

Nach etwa dreißig Schwimmzügen verbreiterte sich der Tunnel, sodass wir jetzt nebeneinander Platz hatten.

»Ab hier kann man stehen«, sagte Blake plötzlich, und ich tastete mit den Füßen nach dem Grund. Doch ich erreichte ihn einfach nicht.

»Okay, vielleicht kann auch nur *ich* hier stehen.« Er zog mich wieder in die Höhe, als ich mit der Nase beinahe unter Wasser rutschte. »Du bist kleiner, als ich dachte.«

Ich prustete und hielt mich an seinen breiten Schultern fest. Seine Hände lagen rechts und links auf meinen Hüften, und am liebsten hätte ich meinen Kopf an seine Brust gelehnt und mich den Rest des Weges von ihm tragen lassen.

»Du machst jetzt aber nicht schlapp, oder?«, fragte er, und ich schaffte es, den Kopf zu schütteln.

»Ich … bin … topfit«, flüsterte ich zähneklappernd und zitterte dabei so stark, dass Blake besorgt die Stirn runzelte.

»Schling deine Arme um meinen Hals.«

Automatisch schüttelte ich den Kopf, doch er griff einfach mit einem Arm unter meine Kniekehlen und hob mich mühelos hoch. »Ich sagte, du sollst deine Arme um meinen Hals schlingen«, wiederholte er und drückte mich an seinen Brustkorb.

Errötend folgte ich seiner Aufforderung und war zum ersten Mal froh über die Dunkelheit in der Höhle.

»Es sind nur noch ein paar Meter«, versprach Blake, der nun mit mir im Arm durch den Tunnel watete. Das Wasser reichte ihm noch etwa bis zur Brust, und über seine Schulter sah ich den immer kleiner werdenden Lichtkreis des Höhleneingangs, hinter dem das stürmische Meer toste.

»Bist du sicher?«, fragte ich, als mein Verstand langsam wieder einsetzte.

»Ich kenne die Höhle. Preston und ich …«, er unterbrach sich, und ich konnte selbst durch unsere klitschnasse Kleidung hindurch spüren, wie sich seine Muskeln verkrampften. »Wir haben hier früher als Kinder gespielt.«

»Ihr habt *hier* gespielt?«, fragte ich fassungslos und versuchte mir vorzustellen, wie zwei kleine Jungs mit einem selbst gebauten Floß zu der zerklüfteten Küste paddelten und dort einen auf Höhlenforscher machten.

»Es gibt auch einen Landzugang.«

Es war inzwischen so dunkel, dass ich nur noch die Konturen seines Gesichts sehen konnte, doch ich registrierte den amüsierten Tonfall seiner Stimme.

»Das heißt, wir kommen hier raus, ohne noch mal schwimmen zu müssen?«

Blake duckte sich unter einem tief hängenden Felsvorsprung hindurch und nickte gleichzeitig. »Grundsätzlich schon.« Dabei kam er meinem Gesicht so nah, dass meine Lippen kurz über seinen Hals streiften. Mein Herz begann zu rasen und ich versteifte mich in seinen Armen, obwohl es sich ganz und gar nicht schlecht angefühlt hatte, ihn dort zu berühren. Er erstarrte ebenfalls und richtete sich rasch wieder auf.

»Ab hier solltest du stehen können«, sagte er in dem Moment und ließ mich runter. Irgendwie hatte ich das Gefühl, dass es ihm nicht schnell genug gehen konnte, Abstand zwischen uns beide zu bringen.

Ich landete mit den Füßen auf unebenem Grund und machte rasch einen Schritt rückwärts. Noch immer tobten in meinem Körper jede Menge Gefühle, die ich nicht zulassen wollte – und das nur, weil ich mit den Lippen seine Haut berührt hatte.

»Wie groß ist die Höhle?«, fragte ich rasch, um die Situation zu überspielen.

»Es ist eigentlich ein Netzwerk aus mehreren Höhlen«, sagte Blake und ging weiter.

Ich folgte ihm und bemerkte erleichtert, dass der Tunnel weiter sanft anstieg, weshalb wir schon nach wenigen Schritten nur noch in hüfthohem Wasser wateten.

»Früher wurden diese Höhlen von Schmugglern genutzt.« Blake griff nach meiner Hand, bevor er sich um eine Biegung tastete, hinter der es stockfinster war.

»Von den Smugglers' Caves habe ich schon gehört«, sagte ich schlotternd und atmete erleichtert aus, als der Tunnel noch weiter anstieg und das Wasser nur noch knöchelhoch um unsere Füße schwappte. »Bei Hastings kann man sogar welche besichtigen, oder?«

»Ja, das sind die berühmtesten in Cornwall. Dad ist mal mit uns hingefahren, als wir noch klein waren. Danach haben Preston und ich uns in den Kopf gesetzt, unbedingt einen echten Schmugglerschatz in den Höhlen an der Küste zu finden.«

»Und, ist es euch gelungen?«, fragte ich, da mich das Gespräch mit Blake von der beißenden Kälte und dem Schock ablenkte, dem Tod nur knapp entgangen zu sein.

»Ja – und nein«, antwortete er und wurde etwas langsamer. »Wir haben zwar kein erbeutetes Gold gefunden, dafür aber eine Flaschenpost und ein altes Fass mit Rum, das die Schmuggler zurückgelassen haben müssen.«

Ein kühler Luftzug blies uns entgegen und Blake verstummte. Er blieb stehen, um sich zu orientieren.

»Hier geht's weiter«, sagte er nach einem Moment und wandte sich nach links.

Ich folgte ihm und bemerkte, dass sich der Tunnel hier in drei Abzweigungen gabelte. Eine davon war die, aus der die frische Luft kam, doch Blake nahm stattdessen den Korridor in der Mitte.

»Der andere Weg führt nicht hinaus?«

»Im Moment führt gar kein Weg raus«, sagte er über die Schulter hinweg und ging weiter, ohne meine Hand loszulassen. »Wir müssen warten, bis das Wasser wieder zurückgeht. Bei diesem Wetter wird das mindestens vier Stunden dauern.«

Zitternd folgte ich ihm durch den gewundenen Tunnel. Die Aussicht auf vier Stunden in dieser entsetzlichen Kälte war furchtbar, und ich fragte mich unwillkürlich, ob ich bis dahin nicht an Unterkühlung sterben würde.

»Ist es noch weit?« Ich war so erschöpft, dass ich mich einfach nur noch hinsetzen wollte.

»Wir sind schon da.«

Der Tunnel hatte sich zu einer kleinen Höhle verbreitert, die ebenfalls über eine Frischluftzufuhr verfügen musste, denn es roch nach Meer und etwas anderem, was ich nicht sofort zuordnen konnte.

»Was ist das für ein Geruch?«, murmelte ich und sank einfach auf den Boden, weil ich das Gefühl hatte, dass mich meine Beine keinen Meter weiter tragen konnten.

»Kalte Asche«, sagte Blake kurz angebunden. »Wir hatten hier auch eine Feuerstelle.«

Zähneklappernd schlang ich die Arme um meinen Körper und hoffte, dass noch genug Brennholz vorhanden war, um ein Feuer zu entzünden. Allein die Aussicht auf knisternde Flammen ließ mich leise seufzen.

Ich hörte Blake in der Dunkelheit rumoren, konnte aber außer seiner Silhouette kaum etwas erkennen.

»Damn!«, fluchte er.

»Was ist los?«

»Ich finde das verdammte Feuerzeug nicht«, knurrte er und tastete sich weiter durch die Dunkelheit.

Ich rutschte an den Höhlenrand, wo ich den Kopf erschöpft an die Wand lehnte. Dann schloss ich für einen Moment die Augen und wünschte, ich wäre in meinem weichen Bett mit den vielen Kissen und dicken Decken.

»Hey, nicht einschlafen«, hörte ich Blakes Stimme dicht an meinem Ohr. »Du musst wach bleiben.«

Er war vor mir in die Hocke gegangen, und ich spürte, wie auch durch seinen Körper ein Zittern lief, als er mir seine kalte Hand auf die Wange legte.

»Ich bin aber so müde«, murmelte ich und wollte einfach nur in Ruhe gelassen werden.

Er rüttelte mich an der Schulter. »Wenn du jetzt schläfst, wachst du vielleicht nicht mehr auf. Du musst die nassen Sachen ausziehen.«

»Was?« Bei seinen Worten wurde ich automatisch wieder wach.

»Hier ist es so dunkel, dass ich dich ohnehin nicht sehe.« Noch während er sprach, merkte ich, wie er nach meinen Sneakers griff und das Schuhband löste.

»Und was ist mit dir?« Meine Frage war mir selbst peinlich, aber es war mir einfach so herausgerutscht. Der Schock, die Kälte und die Müdigkeit führten offensichtlich dazu, dass ich mich nicht mehr richtig unter Kontrolle hatte.

»Ich werde alles tun, was nötig ist, um nicht zu erfrieren.« Er zog mir den zweiten Schuh aus.

»Ich schaff das auch allein«, sagte ich schnell, bevor er sich noch an meiner Jeans zu schaffen machte, und quälte mich hoch. Dann versuchte ich, den obersten Knopf zu öffnen, aber meine Finger zitterten so, dass ich ihn nicht aufbekam.

»Irgendwo müsste hier auch eine Decke rumliegen«, hörte ich aus dem Dunkel Blakes Stimme, der sich den Geräuschen nach zu urteilen gerade sein T-Shirt über den Kopf zog.

Ich ließ den Jeansknopf vorläufig Jeansknopf sein und versuchte es stattdessen mit meinem Pulli, der wie ein nasser Sack an mir klebte. Nach einigen Mühen hatte ich es geschafft, den dünnen Pullover auszuziehen, und breitete ihn neben mir auf dem Boden aus, bevor ich mich erneut an die Hose machte.

»Brauchst du Hilfe?«, erklang Blakes Stimme viel zu nah neben mir, als ich nach einer Minute sinnloser Fummelei entnervt aufstöhnte.

»Ich krieg den verdammten Knopf nicht auf«, gab ich zu und zog scharf die Luft ein, als seine kühlen Finger auf meine Haut trafen und dabei über meinen Bauchnabel strichen.

Blake tastete sich wortlos weiter nach unten, und obwohl ich wusste, dass er es nur tat, damit ich nicht erfror, begann mein ganzer Körper unter seiner Berührung wie wild zu prickeln. Seine Finger glitten langsam tiefer, und wenn ich es nicht besser gewusst hätte, hätte ich gesagt, dass er die Berührung absichtlich so hinauszögerte und mich damit halb um den Verstand brachte.

Aus Angst, mich zu verraten, biss ich mir auf die Unterlippe. Dann spürte ich, wie seine Hände den Knopf fanden und ihn mit einer einzigen Bewegung öffneten. Sofort machte ich einen Schritt zurück und zog den Reißverschluss hinunter. Mein Herz klopfte viel zu schnell, und ich war mir nicht mehr sicher, ob das Zittern meiner Hände allein auf die Kälte zurückzuführen war, als ich nach dem Bund meiner nasskalten Jeans griff. Es war gar nicht so leicht, sie auszuziehen, aber ich hätte mir lieber alle zehn Zehen abgefroren, als Blake zu bitten, mir zu helfen.

»Hier«, sagte er, als ich nur noch in Unterwäsche bibbernd in der dunklen Höhle stand. Dann fühlte ich, wie er mir eine raue Decke reichte, in die ich mich rasch einwickelte. Sie bestand aus einem kratzigen Material, aber ich war einfach dankbar, nicht mehr in den nassen Klamotten zu stecken.

»Besser?«, fragte Blake, und ich nickte im ersten Moment nur, obwohl er das in der Finsternis kaum sehen konnte.

»Ein bisschen.« Ich spürte, wie er nach meinen Schultern griff. »Setz dich«, sagte er bestimmt und führte mich zu einem dicken Seesack, der der Länge nach auf dem Boden lag.

»Was ist das?«, wollte ich wissen, obwohl mir noch immer so kalt war, dass ich kaum sprechen konnte.

»Das war früher unser Lager«, sagte Blake nach einem Moment der Stille.

Sobald das Gespräch auf seinen Bruder kam, wurde seine Stimme wieder deutlich kühler, und ich beschloss, nicht nachzuhaken. Schweigend setzte ich mich auf den Seesack. Blake ließ sich neben mir nieder und ich versuchte, nicht daran zu denken, dass er ebenfalls fast nackt war, als mir auffiel, wie stark er zitterte.

»Hast du denn keine Decke?«, fragte ich erschrocken.

Er rieb die Hände aneinander. »Nein, wir hatten nur eine. Aber keine Sorge, ich werde schon nicht sterben.« Allerdings klang es nicht so überzeugend, wie ich es mir gewünscht hätte.

»Das ist doch Wahnsinn.« Ich wickelte mich wieder aus der Decke aus, um ihm einen Teil davon um die Schultern zu legen. Da es so dunkel war, tastete ich mich beinahe blind über seine glatte Haut und hielt den Atem an, als meine Finger über seine definierte Schultermuskulatur strichen. Blake fühlte sich einfach viel zu gut an, und ich wäre mit meinen Händen am liebsten vorne über seine Brust nach unten geglitten und hätte noch mehr von seinem Körper erkundet. Hin- und hergerissen zwischen meinem Verlangen und meiner Vernunft, erstarrte ich mitten in der Bewegung und atmete hörbar aus. Da ich ihn nicht sehen konnte, waren meine anderen Sinne geschärft, und ich fühlte das leichte Erbeben seines Körpers.

»Entschuldigung«, flüsterte ich und wusste eigentlich selbst nicht so genau, wofür ich mich entschuldigte.

»Was tut dir denn leid?«, fragte Blake mit belegter Stimme und machte mich damit noch nervöser.

»… meine Finger sind sicher eiskalt«, sagte ich schnell und zog meine Hand zurück.

Mir blieb nur ein kleines Stück Decke, aber ich versuchte mir nicht anmerken zu lassen, dass ich fror. Stattdessen legte ich eine Hand in den Schoß und zog mit der zweiten den übrig gebliebenen Zipfel vor meine Brust.

»So wird dir mit Sicherheit nicht warm«, sagte Blake dunkel. »Wir müssen näher zusammenrücken.«

Die Aussicht, ihm noch näher zu kommen, ließ meinen Mund trocken werden, aber ich wusste, dass er recht hatte.

»Okay«, flüsterte ich deshalb und spürte, wie er seinen Arm um meine Schultern legte und mich etwas näher an sich zog. Mein Herz klopfte mir bis zum Hals, als ich seinen nackten Oberkörper so nah an meinem fühlte. Stocksteif blieb ich neben ihm sitzen und versuchte mich daran zu erinnern, wie man atmete, als ich seinen Duft wahrnahm. Meine ganze Haut prickelte, wo wir uns berührten und ich hasste es, dass seine Nähe mich so durcheinanderbrachte. Entnervt atmete ich aus und fühlte, wie sein ganzer Körper neben meinem bebte.

»Tu das nicht«, hörte ich ihn flüstern, und da war ein plötzliches Verlangen in seiner Stimme, das eine Welle der Erregung durch meinen Körper schickte.

»Was soll ich nicht tun?«, hauchte ich und war mir jedes Quadratzentimeters Haut bewusst, an dem wir uns berührten.

»Mich anzupusten. Genau hier«, erwiderte er und legte meine Hand auf seine Brust.

Als meine Fingerspitzen seine Haut berührten, zogen wir beide die Luft ein. Sein Herz klopfte kräftig unter meiner Hand, und ich wusste, dass ich meine Finger einfach hätte zurückziehen sollen, aber ich brachte es nicht über mich. Jede Faser meines Körpers sehnte sich danach, ihm nahe zu sein – und wenn ich seine Reaktion richtig interpretierte, ging es ihm nicht anders. Atemlos bewegte ich meine Finger einen Zentimeter nach links und hörte, wie er leise aufstöhnte. Im nächsten Moment fühlte ich seine Hand auf meinem Nacken, mit der er mich zu sich zog.

Ich keuchte, als sich unsere halb geöffneten Lippen trafen und Blake mich mit einer Leidenschaft küsste, dass mir schwindelig wurde. Ein ganzes Feuerwerk an Empfindungen explodierte in meinem Bauch, und ich schlang die Arme um seinen Hals, während mein Denken komplett aussetzte. Die Decke rutschte mir von den Schultern, aber ich bekam es kaum mit, als Blake mich noch näher an seinen durchtrainierten Körper zog, bis kein Zentimeter mehr zwischen uns war. Völlig überwältigt vergrub ich meine Finger in seinem Haar und erwiderte seinen Kuss mit demselben Hunger. All die Emotionen, die sich in der letzten Woche in Cornwall in mir aufgestaut hatten, entluden sich in diesem Moment, und ich erschauerte, als er mich rücklings auf den Seesack drückte und sich über mich beugte. In der Dunkelheit konnte ich sein Gesicht nicht richtig sehen, aber ich konnte hören, dass sein Atem genauso schnell ging wie meiner. Dann spürte ich seine Lippen auf meinem Hals und bäumte mich ihm entgegen, während seine Finger von meinem Schlüsselbein abwärts über meinen Körper glitten.

»Du bist wunderschön«, stieß er atemlos hervor, und ich zog ihn halb auf mich, als plötzlich etwas Hartes in meinen Rücken stach.

Ich tastete nach dem Ding, das sich schmerzhaft in meine Haut bohrte.

»Alles okay?«, fragte Blake heiser, und ich nickte, während ich den glatten kalten Gegenstand hervorzog.

»Ich schätze, ich habe dein Feuerzeug gefunden«, antwortete ich und hielt es unschlüssig in der Hand.

Blake nahm es mir ab, und einen Augenblick später leuchtete eine Flamme auf und erfüllte die Höhle mit warmem Licht.

Es war das erste Mal, seit wir die Tunnel betreten hatten, dass wir uns wieder richtig sehen konnten – und irgendwie zerstörte die Helligkeit den intimen Moment, den wir gerade noch geteilt hatten.

Ich sah, wie seine Augen kurz über meinen Körper glitten – und obwohl mich sein Blick erregte, war er mir gleichzeitig ein wenig peinlich. Unwillkürlich griff ich nach der Decke und merkte, wie Blake sich im selben Moment aufrichtete und mir Raum gab, während er sich mit der Hand durch seine dunklen Haare fuhr.

»Wir sollten ein Feuer machen«, sagte er knapp und bückte sich zu einer erloschenen Feuerstelle, auf der noch etwas Brennholz lag.

Ich nickte und beobachtete ihn dabei, wie er mit geübten Bewegungen etwas Stroh aus dem Seesack zog und damit das Feuer entfachte. Dann legte er das Feuerzeug auf eine Holzkiste, die neben unserem Seesack stand, und setzte sich wieder neben mich.

In all der Zeit sprachen wir kein Wort, und ich warf ihm einen verstohlenen Blick von der Seite zu. Das warme Licht der Flammen tanzte über sein Gesicht und verlieh ihm geheimnisvolle Schatten. Ich hätte die Stille gern durchbrochen, wusste aber nicht, was ich sagen sollte. Seit ich das Feuerzeug gefunden hatte, war die Stimmung zwischen uns total seltsam, und ich war mir nicht sicher, woran das lag.

Bereute Blake, dass wir uns geküsst hatten? Hielt er es für einen Fehler, so wie er vorhin den ganzen Ausflug als Fehler bezeichnet hatte?

»Du kannst die Decke haben«, sagte er in diesem Moment. »Mir ist auch so warm genug.«

Ich fühlte mich zurückgewiesen und wickelte mich stumm ein, ohne zu wissen, was ich denken sollte. Dabei spulte sich in meinem Kopf immer und immer wieder unser Kuss ab, der mich gleichzeitig erregt und verwirrt hatte.

»Erzähl mir etwas über diese Höhle«, sagte ich schließlich, um die angespannte Stille zu unterbrechen. »Wie habt ihr sie gefunden?«

Blake nahm einen langen Stock und stocherte damit ein wenig im Feuer herum, bevor er mich ansah.

»Durch Zufall«, meinte er dann. »Man stößt hier an der Küste praktisch überall auf Schmugglerhöhlen. Schließlich war Schmuggeln früher ein verdammt rentables Geschäft.«

Er machte eine kurze Pause, in der ich mich in der kleinen Höhle umsah. Abgesehen von dem strohgefüllten Seesack, auf dem wir saßen, entdeckte ich im Hintergrund noch ein paar Kisten, die ziemlich alt aussahen. Auf einer von ihnen stand eine Glasflasche mit einem zusammengerollten Stück Papier darin.

»Die Schiffe wurden von den Schmugglern oft mithilfe von Lampen von der Küste aus auf einen falschen Kurs gelockt, damit sie an den Klippen zerschellten. Unten warteten dann schon die Männer in Booten, sammelten das Diebesgut ein und kämpften, wenn nötig, gegen die Überlebenden. Es war eine blutige Zeit.«

»Das ist furchtbar«, murmelte ich.

Er zuckte mit den Schultern. »Ein Bauer machte damals vielleicht 40 Pence in einer Woche. Aber als Schmuggler konnte er 50 Pence in einer Nacht verdienen.«

Ich stand auf und griff nach der Flasche mit der zusammengerollten Botschaft. Das Glas war dunkelgrün und hatte einen dicken Sprung. Langsam setzte ich mich wieder und stellte mir vor, wie Blake und Preston als kleine Jungs diese Höhlen erforscht hatten.

»Ich bin froh, dass ich nicht damals gelebt habe«, sagte ich und versuchte mir auszumalen, was in dem Brief stand, der in der Flasche steckte. »Habt ihr je überlegt, die Botschaft zu lesen?«

Blake nickte, und ich fühlte, wie endlich etwas von der Anspannung von ihm abfiel. »Klar haben wir das. Aber das war gar nicht so leicht. Erst haben wir ewig gebraucht, um den Korken aus der Flasche zu ziehen – und dann haben wir die Botschaft einfach nicht rausbekommen. Preston wollte das Glas zerschlagen, aber die Flasche hat nur einen fetten Sprung bekommen.« Kopfschüttelnd starrte Blake auf die Flaschenpost in meiner Hand. »Er hat so weit ausgeholt, dass er dabei ausgerutscht ist und sich den Kopf angeschlagen hat. Als ich es probieren wollte, lief ein Zittern durch die Höhle wie bei einem Erdbeben.« Er sah mich direkt an. »Das war verdammt unheimlich und wir bekamen es mit der Angst zu tun.

Aus irgendeinem Grund schien die Botschaft nicht für unsere Augen bestimmt zu sein – so hat es sich zumindest angefühlt. Seitdem haben wir die Flasche in Ruhe gelassen.«

Ich starrte auf das gesprungene Glas und hätte wahnsinnig gern gewusst, was in dem Brief stand. »Habt ihr nie mehr überlegt, sie doch zu öffnen? Seid ihr gar nicht neugierig gewesen?«

Blake grinste kurz. »Natürlich waren wir neugierig. Und wir haben deswegen auch ein paarmal gestritten. Aber ich war immer der Ansicht, dass manche Dinge ein Geheimnis bleiben sollten.«

Seine Worte hallten noch eine Weile nach, und ich dachte nicht nur an meine eigene Veränderung, sondern an all die Geheimnisse, auf die ich hier in Cornwall bisher gestoßen war. Angefangen von der grün gekleideten Gestalt auf Green Manor bis hin zu den Gerüchten, die sich um Blake und Preston rankten. War es vielleicht möglich, dass doch mehr hinter den Geschichten steckte, als ich mir bisher hatte eingestehen wollen?

Nachdenklich zog ich meine Decke hoch und sah hinüber zu Blake. Er starrte mich an, und ich musste schlucken, als ich das dunkle Verlangen in seinen Augen sah. Sofort waren die Gefühle von vorhin wieder da, doch da wandte Blake schon wieder den Kopf ab und begann mit seinem Schürholz in der Glut herumzustochern.

»Wir sollten uns ein wenig ausruhen«, sagte er rau.

Da ich meiner eigenen Stimme nicht traute, nickte ich nur. Dann räusperte ich mich. »Willst du auch etwas von der Decke?«

Blake schüttelte müde den Kopf. »Du kannst sie behalten.«

Ich atmete tief ein. »Sie reicht doch für uns beide«, widersprach ich und stand langsam auf.

Sein Blick glitt über meine nackten Beine, und ich wusste, dass es ein Spiel mit dem Feuer war, mich neben ihn zu setzen. Andererseits konnte ich ihn doch nicht einfach frieren lassen.

So ruhig wie möglich ging ich zu ihm. Dann schlug ich die Hälfte der Decke um ihn und sah ihm direkt in die Augen.

»Ich wollte mich noch bei dir bedanken.«

Er hob seine dunkle Augenbraue. »Und wofür?«

»Dafür, dass du mir heute tatsächlich das Leben gerettet hast.« Meine Stimme klang nicht annähernd so selbstsicher, wie ich es mir gewünscht hätte – aber hier so nah neben ihm, mit der Hitze der knisternden Flammen auf unserer Haut und den geheimnisvollen Lichtreflexen an den Höhlenwänden, war das gar nicht so einfach.

»Gern geschehen«, sagte Blake mit einem Schulterzucken. »Dad wird mir trotzdem die Hölle heißmachen. Schließlich war ich es, der dich diesmal überhaupt erst in Gefahr gebracht hat.«

»Das war doch nicht deine Absicht, oder?« Ich blickte ihm dabei direkt in die Augen, um herauszufinden, ob ich eine eventuelle Lüge vielleicht doch erkennen könnte.

Blake schnaubte leise. »Denkst du wirklich, ich würde dich absichtlich in solche Gefahr bringen?« Seine blauen Augen bohrten sich in meine, und ich glaubte zu erkennen, dass meine Frage ihn verletzt hatte.

»Ich … nein, natürlich nicht«, antwortete ich und fand es verdammt irritierend, dass es sich plötzlich so anfühlte, als ob ich etwas falsch gemacht hätte.

»Das würde ich niemals tun, June«, sagte Blake und betonte dabei jedes einzelne Wort.

»Ich weiß«, erwiderte ich, obwohl seine Augen nicht zerbrachen und mir auch kein helles Licht dahinter entgegenstrahlte. Dennoch fühlte ich einfach, dass er die Wahrheit sagte.

Einen Moment lang starrten wir einander nur an, und ich war mir nicht sicher, ob er mich wieder küssen würde. Doch dann stand er abrupt auf und holte noch etwas Feuerholz aus einer der alten Kisten.

»Wir sollten uns ausruhen«, wiederholte er, ohne mich anzusehen. »Bis die Ebbe kommt, können wir ohnehin nichts anderes tun als warten.«

Kapitel 17

Ich fühlte mich viel zu aufgekratzt, um mich auszuruhen, aber da Blake anscheinend keine Lust mehr hatte, sich weiter zu unterhalten, beobachtete ich nur stumm, wie er Feuerholz nachlegte und unsere nassen Kleidungsstücke zum Trocknen neben den Flammen ausbreitete. Dann richtete er sich wieder auf, und ich versuchte, ihn nicht anzustarren, obwohl sein Körper aussah, als könnte er jederzeit als Unterwäschemodel für Calvin Klein arbeiten. Als er näher kam, wandte ich deshalb rasch den Blick ab und breitete die Decke auf dem Boden aus.

»Wie lange dauert es noch, bis wir hier rauskönnen?«, fragte ich in bemüht neutralem Tonfall.

»Etwa zwei bis drei Stunden. Schätze ich zumindest. Mein Handy funktioniert nach dem Tauchgang nicht mehr.«

Meines hatte ich gar nicht erst mitgenommen, daher nickte ich nur.

»Versuch, ein wenig zu schlafen. Wir nehmen nachher den mittleren Tunnel zurück ins Freie. Der Weg ist relativ einfach, hat aber ein paar anstrengende Steigungen. Es gibt auch noch andere Tunnel hinaus, aber diese Strecken sind viel länger.«

»Okay«, sagte ich nur und legte mich auf die Decke neben das

Feuer. Dabei hatte ich das Gefühl, seinen Blick wie eine Berührung auf meiner nackten Haut zu fühlen.

»Du kannst dich gern auch hinlegen«, erklärte ich und deutete auf den freien Platz neben mir. »Wenn du dich ausruhen möchtest«, fügte ich hinzu, da ich nicht wollte, dass es so klang, als ob ich ihn verführen wollte.

Unsere Blicke trafen sich, und obwohl ich mir einredete, dass es keinen Unterschied machte, ob ich hier in Unterwäsche vor ihm lag oder er mich am Strand im Bikini sehen würde, war die Luft von einer plötzlichen Spannung erfüllt, die mir den Mund trocken werden ließ.

Mein Herz klopfte schnell und wild, als ich mir vorstellte, dass er mich wieder auf dieselbe Art berührte wie zuvor – aber ich bemühte mich, nichts davon zu zeigen.

Blake räusperte sich und nickte kurz, bevor er sich hinter mich auf die Decke legte. Ich spürte seinen warmen Atem in meinem Nacken und fühlte seine Nähe so stark, als wäre er ein verdammter Magnet und ich sein Gegenpol. Mein ganzer Körper reagierte mit einer Gänsehaut, als Blake seine Hand auf meinen Oberarm legte.

»Ist dir kalt?«, murmelte er in mein Ohr, und ich nickte einfach, da ich ihm nicht erklären wollte, was seine Nähe bei mir auslöste.

Im nächsten Moment schlang er seinen muskulösen Arm um mich und rutschte etwas näher an mich heran, bis mein Rücken gegen seine Brust gedrückt wurde. Unwillkürlich hielt ich den Atem an, als es in meinem Bauch zu ziehen begann und ich mein Herz an den unmöglichsten Stellen pochen fühlte. Alles in mir sehnte sich danach, mich umzudrehen und ihn zu küssen – aber ich war mir nicht sicher, ob er das ebenfalls wollte. Also blieb ich einfach still liegen und hoffte, dass sich mein Herzschlag mit der Zeit beruhigen würde. Und tatsächlich half es, die Augen zu schließen und dem leisen Knacken des Feuerholzes zuzuhören, bis mich die Müdigkeit schließlich übermannte und ich einschlief.

Ich wurde von wütenden Stimmen geweckt, die leise miteinander stritten. Zuerst baute sich der Streit in meinem Traum auf, doch dann kam ich langsam in der Realität an und schlug blinzelnd die Augen auf.

Das Feuer war inzwischen fast vollständig heruntergebrannt, reichte aber noch aus, um Blake und Preston zu beleuchten, die sich voreinander aufgebaut hatten und sich gegenseitig Vorwürfe machten. Obwohl ich nur Fetzen ihrer Diskussion verstand, war mir klar, dass keiner der beiden bereit war einzulenken. Darauf bedacht, keinen Mucks von mir zu geben, spitzte ich die Ohren und versuchte zu verstehen, was sie sagten.

»Was bist du nur für ein Arschloch«, hörte ich Preston zischen. »Ist dir klar, dass ihr hättet draufgehen können? Ich hab sogar ein paar Jungs mobilisiert, dass sie mir helfen, dein verdammtes Boot zu suchen.«

»Keiner hat dich um Hilfe gebeten«, gab Blake angespannt zurück. »Ich hatte die Sache im Griff.«

»Du hattest die Sache *nicht* im Griff«, fauchte Preston und fuhr sich erregt durch seine braunen Haare.

»Woher willst du das wissen? Warst du etwa da?«, blaffte Blake ihn an.

»Nein, aber bei dem beschissenen Wetter hat niemand irgendetwas im Griff. Nicht einmal du. Also lüg mich nicht an.«

Blake schnaubte aggressiv. »Ich soll dich nicht anlügen? Das sagst gerade du?« Er starrte Preston hasserfüllt an. »Du liebst es doch, die Leute mit deiner Gabe zum Lügen zu bringen.«

Ich fühlte, wie mein Herz einen Schlag aussetze.

»Na und?«, erwiderte Preston bissig, und mir wurde augenblicklich eiskalt. »Glaub mir, die Menschen lügen lieber, als die Wahrheit zu sagen. Und dafür, dass du angeblich so auf die Wahrheit stehst, hältst du dich bei June damit ziemlich zurück.«

»Du weißt, was letztes Mal passiert ist«, knurrte Blake. »Ich werde sie nicht auch noch in Gefahr bringen.«

Preston machte einen Schritt auf Blake zu. »Und was sollte dann die Aktion mit dem Boot? Wäre sie nicht gerade beinahe draufgegangen?« Er schnaubte. »Du drehst die Wahrheit, wie es dir gefällt, statt ihr einmal ins Auge zu sehen.«

Ein abfälliger Ausdruck huschte über Blakes Gesicht. »Verschwinde doch einfach von hier.«

Preston nickte und machte eine Bewegung in meine Richtung. »Das werde ich. Aber nur mit ihr.«

Blake schüttelte den Kopf. »Du hältst dich gefälligst von ihr fern«, zischte er und verstellte seinem Bruder den Weg.

»Warum? Damit du deine kaputte Seele heilen kannst?«, fuhr ihn Preston an. »Diese Scheiße kaufe ich dir nicht ab.« Er machte eine Pause. »Außerdem ist sie *anders.*«

Ich schluckte trocken, als sich eine Stille über die beiden spannte, die nur durch Blakes tiefen Atemzug unterbrochen wurde. »Ich weiß«, sagte er schließlich etwas leiser.

Preston lachte hart auf. »Du weißt es? So viel also dazu, dass du dich mit deiner Gabe zurückhältst. Du hast es an ihr ausprobiert, oder?«

»Du doch auch«, herrschte ihn Blake an.

»Ja, aber der Unterschied ist, dass ich nicht vorgebe, es nicht zu tun.«

Es reichte mir, ich konnte mich einfach nicht mehr schlafend stellen.

»Worüber redet ihr?«, stieß ich hervor und richtete mich auf. »Wieso bin ich anders und was erzählt ihr da über irgendwelche Gaben?!«

Blake fuhr mit einem Fluch herum und selbst Preston wirkte für einen Moment überrumpelt.

Ich sah von einem zum anderen und stand auf. Dabei zog ich mir die Enden der Decke vor der Brust zusammen. »Ich will eine Antwort!«, schleuderte ich ihnen entgegen und hatte das Gefühl, dass mein Herz jeden Moment aus meiner Brust springen würde.

Blake und Preston wechselten einen kurzen Blick, und ich erkannte eine stille Übereinkunft in ihren blauen Augen, die mir einen Schauer über die Haut jagte.

»Gaben?«, fragte Preston. »Ich bitte dich. Die grüne Frau war schon abgedreht, aber Gaben? Was kommt als Nächstes? Aliens?«

»Hör auf, mich anzulügen!«, herrschte ich ihn an. »Sagt mir endlich, was los ist!«

Blake schüttelte kaum merklich den Kopf. »Das ist wahrscheinlich der Stress vom Bootsausflug. Wir bringen dich jetzt besser nach Hause.«

»Bullshit!«, donnerte ich und hätte den beiden am liebsten die grüne Glasflasche mit der Flaschenpost über den Kopf gezogen. »Das ist kein Stress und auch nicht meine Einbildung!«, schrie ich und fischte den Brief von Tante Catherine aus meiner Jeans, der völlig durchgeweicht war und schon in seine Einzelteile zerfiel.

»Eure Mutter konnte auch etwas, und ich habe es satt, dass ihr mich für dumm verkaufen wollt!«

Beide erstarrten und schielten auf den Brief, den man nun nicht mehr lesen konnte.

»Was war das?«, wollte Blake wissen.

»Das war ein Brief, den eure Mutter an meinen Vater verfasst hat. Und er hat ihren Spinnereien ebenso wenig geglaubt, wie ich es tun würde – wenn ich es nicht selbst erlebt hätte. Ich habe aus irgendeinem Grund eine Fähigkeit, und ihr habt auch eine, also behandelt mich nicht länger wie ein naives, kleines Kind, dem man nichts erzählen kann!«

Ich starrte die beiden an, und Preston war der Erste, der reagierte. »Ungefähr vor einem Jahr hat es angefangen«, begann er zu sprechen und rieb sich über den Nacken.

»Preston«, sagte Blake drohend und verengte die Augen.

»Was? Glaubst du ernsthaft, dass sie das alles einfach vergisst, wenn wir ihr nichts sagen? June wird so lange bohren, bis sie die Wahrheit kennt.« Er sah mich an. »Wir waren damals bei The Hurlers und haben einen der Steine berührt. Kurze Zeit später haben wir herausgefunden, dass Blake die Wahrheit von jemanden erzwingen kann, und ich die Fähigkeit habe, Leute zum Lügen zu bringen.« Er strich sich mit beiden Händen die Haare aus dem Gesicht. »Zuerst konnten wir es nicht glauben, aber es hat tatsächlich funktioniert.«

»Und immer, wenn ihr es tut, passiert etwas Eigenartiges?«, fragte ich, während sich alles in meinem Kopf drehte.

»Manchmal ist es nur ein Luftzug, manchmal fällt etwas zu Boden oder zerspringt«, erklärte Preston weiter. »Aber bisher hat es immer funktioniert. Bis du kamst.«

»Aber wieso …«, presste ich hervor. »Wieso ich? Ich habe den Steinkreis auch berührt, aber wir sind noch nicht einmal verwandt. Das ergibt doch keinen Sinn!« Ich machte eine Pause.

Preston kam einen Schritt auf mich zu. »Was kannst du denn?«

»Anscheinend habe ich die Fähigkeit, Lüge und Wahrheit zu erkennen – nur bei euch nicht«, sprach ich es das erste Mal aus und wollte meinen Worten selbst nicht trauen.

»Du darfst keiner Menschenseele davon erzählen«, stieß Blake hervor und kam bedrohlich näher. Im nächsten Moment schubste Preston seinen Bruder von mir weg, der wütend herumfuhr. »Hast du schon mal überlegt, was passiert, wenn das nach außen dringt?«, schnauzte er Preston an. »Das ist verdammt noch mal kein Spiel!«

»Denkst du, das ist mir nicht bewusst?«, rief ich erregt und zog mich wieder an. »Hältst du mich für so blöd?«

Blake sagte nichts darauf, sondern warf mir nur einen dermaßen finsteren Blick zu, dass mir eiskalt wurde. All das, was eben noch zwischen uns gewesen war – seine Küsse und Berührungen – schien wie weggeblasen zu sein.

»Komm, June. Lass uns abhauen.« Preston streckte die Hand nach mir aus.

»Lass sie in Ruhe«, blaffte Blake und machte einen aggressiven Schritt auf Preston zu, bis sich ihre Gesichter fast berührten.

»Sonst *was?* Willst du mich etwa totprügeln?«

»Ich hätte nicht übel Lust dazu«, schleuderte ihm Blake voller Hass entgegen.

Im nächsten Augenblick holte Preston zum Schlag aus. Seine Faust flog auf Blakes Gesicht zu, der sich blitzschnell duckte und Preston einen heftigen Schlag in die Magengrube versetzte. Preston krümmte sich, nutzte aber den Moment, um sich mit voller Wucht auf seinen Bruder zu stürzen. Plötzlich lagen die beiden auf dem harten Höhlenboden und prügelten mit voller Gewalt aufeinander ein.

»Hört auf!«, schrie ich und versuchte dazwischenzugehen, doch die beiden kämpften einfach weiter.

»Verdammt noch mal, hört auf!«, brüllte ich noch lauter und berührte Blakes Schulter, damit er zur Vernunft kam. In der Sekunde traf mich Prestons Ellenbogen hart auf die Nase und ich stöhnte auf. Ein stechender Schmerz durchfuhr mich und ich taumelte ein paar Schritte zurück, während die Jungs voneinander abließen.

»June … das wollte ich nicht«, rief Preston keuchend und kam auf mich zu. Seine Lippe war aufgeplatzt und auf der Stirn hatte ihn Blake ebenfalls erwischt. Auch Blake hatte eine offene Wunde auf der Wange, aus der Blut sickerte.

»Nicht«, erwiderte ich und wich zurück. Die engen Höhlenwände schienen immer näher zu kommen, und plötzlich hatte ich das Gefühl, nicht mehr atmen zu können. Das hier war alles einfach zu viel für mich.

Die Tränen schossen mir in die Augen, aber ich wollte mir nicht die Blöße geben, vor den Jungs zu heulen. Ich musste hier raus, ich musste weg von alldem.

»June!«, hörte ich Prestons Stimme hinter mir, doch ich reagierte nicht. Stattdessen wandte ich mich zum Höhlenausgang und rannte los.

Ich lief durch den Korridor, durch den Blake und ich ein paar Stunden zuvor gewatet waren, nahm bei der Abzweigung den mittleren Tunnel und blickte kein einziges Mal zurück.

Immer wieder gab es steile Abschnitte, die ich atemlos überwand. Hinter mir riefen Preston und Blake meinen Namen, aber ich dachte gar nicht daran, stehen zu bleiben. Ich wollte nur weg von hier, weg von ihnen, zurück in die richtige Welt – wenn es so etwas überhaupt noch gab.

Schließlich wurde die Luft frischer, ich hörte das Heulen des Windes und sah bläuliches Licht durch ein Loch am Ende des Korridors dringen. Mit hämmerndem Herzen rannte ich weiter und stolperte aus dem Tunnel hinaus auf eine grasbewachsene weite Ebene. Die Dämmerung hatte bereits eingesetzt und der Regen prasselte auf mich nieder, aber es war noch hell genug, um in einiger Entfernung eine Straße zu erkennen.

Die Nase tat mir noch immer weh und mein Atem ging schnell und stoßweise, als ich über die nasse Wiese zur Straße hetzte. Sie wirkte verlassen, aber ich konnte das verschwommene Leuchten einiger Lichter sehen, die zu einem Dorf zu gehören schienen. Dort musste es auch eine Bushaltestelle geben oder irgendeine andere Möglichkeit, um von hier weg zu kommen.

Während ich lief, fuhr mir der eiskalte Wind durch die nassen Kleider, und die dicken Regentropfen, die mir ins Gesicht peitschten, fühlten sich an wie Nadelstiche, die sich mit meinen Tränen vermischten. Alles, woran ich bislang geglaubt hatte, alles, was meinem Leben Halt gegeben hatte, brach plötzlich in sich zusammen. Mein Innerstes wehrte sich dagegen, es zu akzeptieren, mein Verstand schrie mir zu, dass das alles nur Hirngespinste gewesen waren, und doch wusste ich mit jeder Faser meines Seins, dass ich mich vor der Wahrheit nicht länger verstecken konnte.

Die Jungs und ich konnten etwas, das ich niemals für möglich gehalten hatte.

Es war verrückt, es war viel zu verrückt. Ich hatte nicht darum gebeten, anders zu sein, ich wollte nicht anders sein – ich wollte einfach wieder in mein normales Leben zurück.

Am Himmel zuckte ein Blitz, und zu allen Seiten sah es aus, als würde die Welt gleich untergehen. Der Wind fegte über die karge Landschaft, die nur aus unscharfen Wiesen und den Lichtern des Dorfes zu bestehen schien – und immer noch nahm der Sturm von Minute zu Minute weiter zu. Die Kleidung klebte mir tropfnass am Körper und alles um mich herum verschwamm. Ich bekam Seitenstechen, aber ich rannte weiter, als könnte ich vor dem, was nun meine Realität war, einfach davonlaufen.

Doch natürlich war auch das nur eine Wunschvorstellung.

»June!«, rief Blake knapp hinter mir. »Bleib stehen!«

Ich drehte mich nicht nach ihm um, drehte mich auch nicht nach Preston um, der nun ebenfalls nach mir schrie. Ich wollte nicht stehen bleiben. Stattdessen lief ich auf ein verwittertes Schild zu, hinauf auf die regennasse Straße, als ich plötzlich aus dem Augenwinkel einen hellen Lichtstreifen sah und Blake hinter mir brüllte, wie ich noch nie einen Menschen hatte brüllen hören.

Das nächste Geräusch, das ich wahrnahm, war das grauenhafte Quietschen von Autoreifen auf dem spiegelglatten Asphalt. Ein riesiger Truck donnerte auf mich zu, und ich erstarrte im Kegel seiner Scheinwerfer, als ich plötzlich spürte, wie mich jemand um die Taille packte und mit sich nach vorne riss.

Einen Moment lang segelten wir gemeinsam durch die Luft, bevor wir unsanft auf dem kalten, harten Boden aufkamen. Der Puls hämmerte mir in den Ohren, und ich fühlte das Gewicht von Blake, der sich keuchend herumrollte, bis ich halb auf ihm lag. Sein Brustkorb hob und senkte sich schnell, und er hielt mich so fest, als wollte er mich nie wieder loslassen. Atemlos starrte ich ihn an, und bei der unverkennbaren Angst in seinen Augen wurden meine Knie ganz weich.

Dann drehte ich mich um und blickte zu dem Truck, der einige Meter von uns entfernt zum Stehen gekommen war. Eine Autotür knallte und ein Mann mit einem dichten Vollbart eilte auf uns zu.

»For God's sake, ist Ihnen etwas passiert?«, stieß er geschockt hervor. »Ich habe Sie zu spät gesehen, durch den Regen konnte ich die Straße kaum erkennen. Und Sie sind mir einfach vor den Truck gesprungen.«

»Fahr weiter«, presste Blake hervor, ohne den Mann anzusehen.

»Seid ihr sicher?«, wollte der Trucker wissen. »Geht es euch wirklich gut?«

»Fahren Sie einfach«, mischte sich Preston ein, der keuchend neben dem verwitterten Straßenschild stehen geblieben war.

»Okay, aber es tut mir leid, ich habe wirklich nichts gesehen«, entschuldigte sich der Mann erneut, stapfte dann zurück zu seinem Lastwagen und fuhr langsam davon.

Der Regen prasselte erbarmungslos auf uns nieder, und ich versuchte noch immer zu verstehen, was eigentlich passiert war. Blakes Augen waren auf mich gerichtet, und trotz des Unwetters, das alle Farben verschluckte, leuchteten sie mich an wie ein tiefblauer Ozean.

»Du hättest sterben können« knurrte er, bevor er mich losließ und sich aufrappelte.

Preston streckte mir die Hand hin, um mir aufzuhelfen. Sein Blick war voller Sorge, als ich meine Finger um seine schloss und mich von ihm auf die Beine ziehen ließ.

»Was hast du dir nur dabei gedacht!«, legte Blake nach, als wir sicher am Straßenrand standen. Seine nassen Haare hingen ihm wild in die Stirn und seine Augen funkelten wütend.

»Lass sie in Ruhe«, herrschte Preston ihn an und stellte sich zwischen uns. »Es ist nicht ihre Schuld.«

Blake baute sich vor seinem Bruder auf. »Wessen Schuld ist es denn dann, *Preston?*«

Die beiden starrten sich einen Moment an, und ich sah, wie Preston zynisch die Lippen verzog. »Machst du mich dafür jetzt auch noch verantwortlich? Reicht es dir nicht, dass du mir Rileys Tod in die Schuhe schiebst? Dass du dich von allen zurückziehst und Dad weismachst, dass du unter ihrem Verlust so verdammt leidest? Tu nicht so, als hättest du sie so sehr geliebt.« Er schnaubte. »*Du* hast damals angefangen, einen Wettkampf daraus zu machen.«

»Du hättest Rileys Tod verhindern können«, schnappte Blake. »*Du* hättest es nicht so übertreiben müssen!«

Preston lachte tonlos auf. »Ich hätte es nicht so übertreiben müssen? Wer hat denn seine Gabe eingesetzt, damit Rileys Freundin ihr erzählt, dass ich mit ihr rumgemacht habe?« Seine Stimme wurde lauter. »Soweit ich mich erinnere, warst du das. *Du* hast mit der ganzen Scheiße doch erst angefangen!«

»Aber ich habe ihr keine Lügen aufgetischt!«, brüllte Blake, und seine Stimme hallte durch den stürmischen Regen über die Straße zurück. »Für dich war es nur ein Spiel, aber sie ist gestorben! Sie ist vor meinen Augen gestorben, Preston – und June hätte dasselbe passieren können!«

»Aber ihr ist nichts passiert«, brüllte sein Bruder zurück und kniff die Augen zusammen.

»Diesmal nicht«, entgegnete Blake aufgebracht. »Aber vielleicht passiert es das nächste Mal. Du bist zu dumm, um zu verstehen, wohin deine Manipulationen führen können. Was muss passieren, dass du es endlich einsiehst? Reicht es denn erst, wenn June auch noch vor die Hunde geht?«

Preston straffte den Rücken. »Du kommst immer noch nicht damit klar, dass Riley Gefühle für mich hatte, oder? Das versteht Dads Lieblingskind natürlich nicht, dass es außer ihm noch jemand anders gibt.« Er betrachtete Blake abfällig und machte eine kurze Pause. »Riley hätte sich für mich entschieden.«

»Bullshit«, blaffte Blake und seine Augen funkelten böse. »Du hast dich doch nur für sie interessiert, weil du mir eins reinwürgen wolltest. Genau wie jetzt bei June.« Er schnaubte. »Ich habe dir gesagt, dass du die Finger von ihr lassen sollst.«

»Ich erinnere mich, dass du mir sogar eine reingehauen hast, um deinen Standpunkt zu verdeutlichen«, zischte Preston wütend und ballte die Hand zu einer Faust. »Aber das werde ich mir nicht noch einmal gefallen lassen.« Er machte einen Schritt nach vorn, und einen Augenblick später gingen sie im Scheinwerferlicht eines herannahenden Autos schon wieder aufeinander los.

»Hört auf!«, schrie ich völlig verzweifelt. »Hört endlich auf damit!«

Keuchend ließen die Jungs voreinander ab und wandten sich der dunklen Limousine zu, deren Reifen beinahe auf dem Asphalt schwammen. Als ich Wilfried am Steuer entdeckte, atmete ich erleichtert aus und wollte nur noch, dass er mich von hier wegbrachte.

Während der Autofahrt sprach keiner von uns ein Wort. Wilfried fuhr uns nach Green Manor, und sofort nachdem ich das Haus betreten hatte, stürmte ich in mein Zimmer und knallte die Tür hinter mir zu, als könnte ich damit alles, was heute passiert war, einfach ausschließen.

Doch Rileys Tod, die Gabe der Jungs, meine Fähigkeit – das alles war in meinem Kopf und wirbelte darin durcheinander.

Ich sah Preston und Blake wieder vor mir, wie sie in der Höhle und auf der Straße standen und aufeinander losgingen. Ihnen ging es kein bisschen um mich, sondern nur um ihren verdammten Wettkampf.

Erschöpft schlüpfte ich aus meinen Klamotten und ging ins Bad, um mir die Wanne einzulassen. Dann legte ich mich ins heiße Wasser, das mich wohlig umfing, und schloss für einen Moment die Augen. Meine Gedanken wanderten automatisch zu Blake und zu dem, was in der Höhle passiert war. Ich sah ihn wieder vor mir, mit seinem Blick voller Verlangen, fühlte seine Hände auf mir und erinnerte mich an unsere fieberhafte Erregung. Doch waren seine Gefühle für mich echt gewesen? Oder ging es nur darum, mich vor Preston zu bekommen? Führten sie den Bruderkrieg, den sie mit Riley begonnen hatten, einfach nur mit mir fort?

Die Überlegung fühlte sich hässlich an und ich tauchte noch tiefer ins heiße Wasser ab.

Als ich eine Viertelstunde später aus der Wanne stieg, war meine Haut ganz rot, aber wenigstens war mir jetzt nicht mehr kalt. Vor dem Spiegel tastete ich über meine Nase, die zwar noch ein wenig wehtat, aber nicht gebrochen zu sein schien. Und auch die Wunde, die ich mir am Eingang der Schmugglerhöhle zugezogen hatte, war zum Glück kaum mehr als ein Kratzer.

Erschöpft putzte ich mir die Zähne, zog mir mein Schlafshirt über und legte mich ins Bett, wo ich trotz der Flut an Gedanken irgendwann einschlief.

Kapitel 18

Am nächsten Morgen war Sonntag, und obwohl ich eigentlich hätte ausschlafen können, wurde ich schon in der Morgendämmerung wach. Erschrocken fuhr ich in die Höhe und brauchte einen Augenblick, um zu kapieren, was in den letzten vierundzwanzig Stunden alles passiert war. Nach dem gestrigen Tag fühlte ich mich noch immer total erschlagen und strich gedankenverloren über die Jeans, die ich beim Bootsausflug getragen hatte. Sie war bereits trocken, aber von Tante Catherines Brief war nichts mehr übrig.

Ich schluckte und überlegte, ob ich meinen Vater anrufen sollte, um mehr über meine Fähigkeit zu erfahren, als mir das Buch aus der Bibliothek wieder einfiel. »Die Faszination der Frauen« von Doyle Harrington.

Durch das Auftauchen des Briefes war das Buch vollkommen in den Hintergrund gerückt, aber vielleicht waren darin noch andere hilfreiche Informationen zu finden. Immerhin hatte der Autor davon gesprochen, dass es bei den Winterlys nicht mit rechten Dingen zugegangen war. Schlagartig kam mir in den Sinn, was Onkel Edgar gesagt hatte, und mein Puls schoss in die Höhe. *Deine Tante Catherine hat sich auch gerne mit ihren Vorfahren beschäftigt.*

Wenn die Winterlys die Vorfahren von Tante Catherine waren,

dann waren sie auch meine. Und dann waren die Geschehnisse, von denen Doyle Harrington sprach, vielleicht mit unserer magischen Fähigkeit in Verbindung zu bringen.

Aufgeregt zog ich mich an und lief hinunter in die Bibliothek. Ich verstand zwar noch immer nicht, wie meine Gabe mit der der Jungs in Zusammenhang stehen konnte, aber ich war bereit, alles zu unternehmen, um es herauszufinden.

Vorsichtig schloss ich die Tür hinter mir und ging zu einem der dunklen Bücherreale, um nach dem Buch zu suchen. Nach einer Weile fand ich es und zog es nervös heraus.

Ich blätterte durch die Seiten, musste aber feststellen, dass Mr Doyle nichts Weiteres über die Winterlys geschrieben hatte, sondern nur von anderen Frauen berichtete, die er faszinierend fand.

Resigniert stellte ich das Buch zurück und lehnte mich an das glänzende Nussbaumregal, als ich ein leises Klicken hörte.

Irritiert zog ich die Augenbrauen zusammen. Woher war das Geräusch gekommen? Da entdeckte ich neben dem Fenster ein Bücherregal, das nicht mit den anderen abschloss, sondern etwas hervorstand. Es war nicht viel, doch es genügte, um das Holz mit meinen Fingern zu umschließen und mit aller Kraft hervorzuziehen.

Ich ächzte ein wenig, und mein Herz klopfte wie wild in meiner Brust, als es mir gelang, die geheime Tür zu öffnen. Dahinter erstreckte sich ein dunkler Korridor. Rasch zog ich mein Handy aus der Hosentasche, um die Taschenlampenfunktion einzuschalten und den Gang auszuleuchten.

Mein Puls dröhnte in meinen Ohren, als ich den finsteren Tunnel betrat, der weniger als einen Meter breit war. Ich hielt mein Handy fest umklammert und war froh, dass es mir genug Licht spendete, um vorwärtszukommen.

Der Korridor war länger, als ich gedacht hatte, und als ich an eine Gabelung kam, entschied ich mich für den rechten Weg. Mein ganzer Körper kribbelte vor Nervosität, und ich erstarrte, als ich ein Stück Stoff streifte, das an der Wand zu hängen schien.

Vorsichtig richtete ich den Lichtkegel meines Handys auf einen grünen Umhang, der an einem Haken befestigt war. Ich nahm das Kleidungsstück an mich und war mir sicher, dass es sich dabei um den Umhang handelte, den ich an der geheimnisvollen Gestalt im Garten gesehen hatte. Aber wie kam er hierher? Und wem gehörte er? Nachdenklich strich ich über den Stoff, der ganz leicht nach Prestons Parfüm roch, als ich plötzlich dumpfe Stimmen hörte.

Schnell hängte ich den Umhang zurück an seinen Haken und folgte den Geräuschen, bis ich bei einer Abzweigung auf eine weitere Tür stieß, die in der Mauer eingelassen war.

»Victor Conerly hat sich endlich zurückgemeldet«, hörte ich jemanden sagen und legte mein Ohr vorsichtig an das Holz, um besser lauschen zu können.

»Und?«, fragte eine männliche Stimme, die sowohl zu Preston als auch zu Blake gehören konnte.

»Er hat gesagt, dass er die Namen nicht rausrücken will«, sagte der andere, den ich nun eindeutig als Preston identifizierte. »Dabei hat er irgendetwas von journalistischer Ethik gefaselt.«

»Dann kümmere ich mich nächstes Wochenende um ihn«, knurrte Blake. »Ich statte ihm einen Besuch ab.«

»Und was, wenn es wieder nur eine Sackgasse ist?«, blaffte Preston. »Wenn nicht wir es waren, die angeblich bei dem Unfall gestorben sind, sondern irgendwelche anderen Zwillinge?«

»Dann suchen wir weiter, bis wir unsere wahre Identität kennen«, sagte Blake hart. »Irgendjemand muss etwas wissen.«

Für einen Augenblick wurde es ganz still, und ich wagte kaum zu atmen. *Victor Conerly.* Automatisch kamen mir die Anrufe beim Reitausflug mit Blake und beim Pizzaessen mit Preston wieder in den Sinn – die beiden waren auf der Suche nach ihren leiblichen Eltern, *darum* war es die ganze Zeit gegangen.

»Aber das war nicht der einzige Grund, warum wir sprechen müssen«, unterbrach Blake die Stille. »Wir können so nicht weitermachen. Nicht mit ihr.«

»Tu nicht so, als ob sie dir wirklich etwas bedeutet«, zischte Preston. »Du interessierst dich doch nur für dich selbst.« Er hielt kurz inne. »Warum hast du sie eigentlich auf dein Boot mitgenommen? Geht es um ihre Gabe?«

»Dad hat mich gebeten, mehr mit ihr zu unternehmen, das ist alles.«

Ich spürte, wie mein Magen nach unten sackte.

»Dad hat dich darum gebeten?«, wiederholte Preston. Es schien ihm nicht zu gefallen, dass sein Vater Blake beauftragt hatte und nicht ihn.

»Ja, sonst hätte ich mir das Drama wohl kaum angetan«, sagte Blake kalt.

Ich atmete zitternd ein und hatte das Gefühl, als würde mich eine Abrissbirne direkt ins Herz treffen. Unwillkürlich wich ich zurück und war kurz davor, in Tränen auszubrechen. Schon wieder hatte ich es geschafft, mich in jemandem komplett zu täuschen. Es war genau wie bei Jasper, und ich verfluchte mich selbst dafür, so leichtgläubig zu sein.

In dem Moment klingelte mein Handy. Hektisch griff ich danach und schaltete es aus, doch Blake und Preston schienen etwas gehört zu haben.

»Was war das?«, fragte Blake, und ich beeilte mich, so schnell wie möglich aus dem Geheimgang zu kommen, bevor mich die zwei noch erwischten.

Die nächsten Stunden lag ich in meinem Zimmer und hörte Musik. Es waren die neuen Songs der Band *NEBEN*, deren Sänger eine geniale Stimme hatte und der gerade von Leid und Enttäuschung sang – was ich im Augenblick nur zu gut nachvollziehen konnte. *Sonst hätte ich mir das Drama wohl kaum angetan*, hörte ich Blake immer und immer wieder in meinem Kopf sagen.

Plötzlich klopfte es an der Tür. »Herein«, murmelte ich und rappelte mich auf dem Bett auf, obwohl ich gerade überhaupt keine Lust hatte, irgendjemanden zu sehen.

Wilfried öffnete in seinem schwarzen Anzug die Tür. »Guten Tag, Miss Mansfield. Es tut mir leid, dass ich Sie stören muss, aber es befindet sich eine junge rothaarige Dame auf dem Anwesen, die darauf besteht, Sie persönlich zu sehen.« Sein Blick verdeutlichte, dass er dieses Verhalten äußerst unangebracht fand. Mir fiel nur ein Mädchen ein, auf das diese Beschreibung zutreffen konnte.

»Sagen Sie Lilly bitte, dass sie raufkommen kann«, erklärte ich matt.

Wilfried nickte. »Sehr gerne, Miss Mansfield.«

Ein paar Minuten später stand Lilly in meinem Zimmer. »Du lebst ja doch noch«, sagte sie beinahe vorwurfsvoll und setzte sich zu mir aufs Bett.

»Natürlich lebe ich«, antwortete ich ein wenig irritiert.

»Zum Glück. Allerdings musste ich es mit meinen eigenen Augen sehen, nachdem du heute auf keinen meiner Anrufe reagiert hast.« Sie blickte mich tadelnd an.

Erst jetzt fiel mir auf, dass ich Lillys Anruf im Geheimgang total vergessen hatte. Schnell schnappte ich mir mein Handy, das auf dem Nachtkästchen lag, und schaltete es wieder ein. Nacheinander erklangen die Signaltöne der Nachrichten, die mich über die verpassten Anrufe informierten. »Sorry, ich hab vergessen, mein Handy einzuschalten.«

»Schon gut. Ich wäre zwar fast vor Sorge gestorben, aber was soll's.«

»Wie bist du denn darauf gekommen, dass etwas nicht stimmen könnte?«, fragte ich und versuchte nicht daran zu denken, was gestern und heute alles passiert war.

Lilly stand auf und machte ein paar Schritte durch mein Zimmer. »Preston hat mich gestern angerufen und gefragt, ob ich eine Ahnung habe, wo du steckst – und Preston hat mich vorher noch *nie* angerufen, geschweige denn mit mir gesprochen.« Sie sah mich an und grinste breit. »Ich habe es Grayson noch nicht erzählt, aber der wird umfallen, wenn er davon erfährt.« Bei dem Gedanken an Graysons Reaktion musste ich selbst schmunzeln.

Sie schnaubte leise. »Jedenfalls wollte er mir nicht sagen, worum es ging – aber irgendwie hat es mich unruhig gemacht und ich hab deswegen fast ein bisschen schlecht geschlafen. Darum habe ich heute versucht, dich zu erreichen, und als das nicht geklappt hat, musste ich eben selbst herkommen.«

»Das ist sehr lieb von dir«, sagte ich, während Lilly mein Zimmer inspizierte und sich dabei einmal um sich selbst drehte.

»Wow. Wenn mein Zimmer einmal Zuflucht braucht, darf es sich dann in deinem verstecken? Hast du eigentlich eine Ahnung, dass du in einem verdammten Schloss wohnst?« Sie ließ sich auf den gepolsterten Hocker vor dem Frisiertisch fallen. »Und wusstest du, dass ihr einen waschechten Butler habt?«

Ich lächelte. »Er heißt Wilfried.«

»Wilfried nimmt seinen Job offenbar sehr ernst. Vielleicht etwas zu ernst«, scherzte Lilly. »Er wollte mich einfach nicht zu dir rauflassen.«

»Vielleicht hat er Angst, dass du was klaust.« Lillys Augen weiteten sich kurz. »War nur ein Spaß«, winkte ich schnell ab. »Wilfried ist wirklich nett.«

Lilly lächelte zaghaft und ließ ihre Schultern fallen. »Ich wusste echt nicht, dass die Beauforts so viel Kohle haben. Ich meine, an der King's School ist niemand so richtig arm – aber das hier ist ja wirklich gigantisch.« Sie seufzte und hob das Kinn. »Ich denke, ich brauche auch einen Butler. Glaubst du, dass ich Grayson für den Job begeistern könnte?«

Ich schüttelte grinsend den Kopf. »Ich denke nicht.«

»Schade.« Sie strich mit ihren Fingern über das lackierte Holz der Kommode. »Meine Brüder und ich haben gemeinsam so viel Platz wie du. Ach, was sage ich. Wir haben zusammen *weniger* Platz.«

»Wie viele seid ihr eigentlich?«, fragte ich und war froh, dass mich Lilly ein wenig ablenkte.

»Ich habe vier Brüder.«

»Oh, das ist eine Menge.«

»Das hab ich meinen Eltern auch schon gesagt. Aber sie meinten nur, ich kann froh sein, gleich von vier Jungs beschützt zu werden, von denen der älteste sogar Polizist geworden ist. Was er übrigens jeden Tag erwähnt.« Sie drehte sich energisch zu mir um und ihre braunen Augen bohrten sich neugierig in meine. »Aber nun sag schon. Wo warst du gestern? Und warum hat Preston nach dir gesucht?«

»Ich war mit Blake in seinem Boot draußen auf dem Meer und

der Sturm hat uns überrascht«, begann ich zu erzählen. »Das Boot ist gekentert und wir mussten zu den Klippen schwimmen. Zum Glück haben wir eine alte Schmugglerhöhle entdeckt und konnten dort warten, bis die Flut zurückging. Preston hat uns irgendwann gefunden und Wilfried Bescheid gegeben, der uns abgeholt hat.«

Lilly zog eine Augenbraue hoch. »Du warst mit Blake in einer Höhle? Ihr wart pitschnass und musstet warten, bis sich der Sturm verzogen hat?«

Ich nickte, und die Erinnerungen brachten kurz das Gefühl von Blakes warmem Körper an meinem zurück, aber gleichzeitig auch seine Worte aus dem Geheimgang, die alles kaputt gemacht hatten.

»Lass mich bitte dabei sein, wenn du es Grayson erzählst«, flehte Lilly und verschränkte die Finger ineinander.

Ich musste grinsen. »Klar, wenn es dich glücklich macht.«

Lilly zog die Stirn kraus. »Und was ist dort noch passiert? Du siehst nämlich gar nicht gut aus.« Sie stand auf, streifte ihre Sneakers ab und setzte sich zu mir aufs Bett. »Haben die Deep-Blue-Twins wieder irgendeinen Scheiß gebaut?«

Ich nickte, weil ich das dringende Gefühl hatte, jetzt eine Freundin zu brauchen. Eine Freundin, der ich alles erzählen konnte – zumindest bis auf den Teil mit den magischen Fähigkeiten.

»Die Typen sind solche Idioten«, verkündete Lilly, als ich ihr alles erzählt hatte. »Die haben echt nur sich selbst im Kopf.«

»Ich war einfach zu naiv«, sagte ich geknickt.

Lilly schüttelte den Kopf und zog ihre Beine im Schneidersitz zu sich heran. »Nein, June, du darfst dir keine Schuld geben. Die beiden sind beschissene Idioten, die ihren Kleinkrieg untereinander mit Mädels als Waffen austragen. Wer das Mädchen als Erster rumkriegt, hat gewonnen.«

Ihre Worte taten weh, auch wenn ich wusste, dass sie recht hatte.

Lilly schnaubte. »Hört sich an, als wäre es genau das, was auch mit Riley passiert ist. Da scheint ja einiges schiefgelaufen zu sein.«

»Sie geben sich gegenseitig die Schuld an ihrem Tod«, sagte ich nachdenklich. »Und vielleicht sind sie ja auch beide schuld daran.«

Lilly richtete sich auf dem Bett auf. »Würde mich nicht überraschen. Sie spielen einfach gern ihre Spielchen.«

»Aber ich verstehe noch nicht, was es mit dem Umhang in dem Geheimgang auf sich hat.«

Lilly zupfte an ihrem roten Shirt herum. »Der gehört wahrscheinlich auch ihnen. Preston und Blake lieben es doch, andere aufs Korn zu nehmen. Bestimmt schlüpfen die immer wieder in den Umhang, um die Gerüchteküche so richtig anzuheizen. Denen würde ich echt alles zutrauen.«

»Vielleicht«, sagte ich. Dabei blieb mein Blick an Lillys Hand hängen, an der ein roter Stein funkelte. »Du hast einen schönen Silberring. Ist das ein Granat?«

Lilly errötete leicht und zog ihre Finger zurück. »Keine Ahnung.«

»Wo hast du ihn denn gekauft?«, fragte ich weiter. Der Ring war wirklich hübsch, und da Carla bald Geburtstag hatte, war ich noch auf der Suche nach einem passenden Geschenk.

Lilly zögerte kurz. »In so einem kleinen Laden in Newtown«, sagte sie und sah mich direkt an. Dabei verlangsamte sich alles um uns herum, und ich bemerkte entsetzt, dass ein vorbeifliegender Vogel vor dem Fenster seine Flügel nur noch in Zeitlupe bewegte, sodass er kaum von der Stelle kam.

Ich schluckte und blickte Lilly an, deren braune Augen sich in zwei glitzernde Diamanten verwandelten. Als sie einen Moment später zerbarsten, sprang mir dahinter nichts als Finsternis entgegen. Die düstere Schwärze legte sich wie ein Schraubstock um meine Brust, während eine Stimme in meinem Kopf *LÜGE!* brüllte.

Ich schnappte nach Luft und rückte ein Stück auf dem Bett zurück.

»June, alles okay?«, fragte Lilly irritiert.

»Ja, alles okay.« Rasch sah ich aus dem Fenster. Der Vogel war weitergeflogen und von meiner Vision war nicht mehr zurückgeblieben als eine schlimme Erinnerung. »Ich glaube, das alles war einfach zu viel.«

Lilly wirkte besorgt. »Bist du dir sicher? Du bist ja auch schon bei dem Steinkreis zusammengeklappt. Hast du genug getrunken?«

»Wahrscheinlich nicht«, schob ich vor, während mein Kopf nach einer Erklärung für Lillys Verhalten suchte. Warum log sie mich an, was den Ring betraf? Automatisch musste ich daran denken, dass es nicht das erste Mal war, dass Lilly sich wegen eines Schmuckstückes seltsam benahm. Ob bei unserem Ausflug in Darktrew oder auch in der Schule – Lilly wechselte ihren Schmuck ziemlich häufig, mochte es aber überhaupt nicht, wenn man ihren Stücken besondere Aufmerksamkeit schenkte. Stirnrunzelnd blickte ich sie an, als sie das Thema wechselte und über das *Kings & Queens*-Fest zu sprechen begann.

Offenbar war ich hier nicht die Einzige mit Geheimnissen.

Kapitel 19

»June«, begrüßte mich mein Onkel, als er ein paar Tage später nach Green Manor zurückkehrte. Preston und Blake hatten ihn aus dem Krankenhaus abgeholt und traten hinter ihm in die Eingangshalle.

Onkel Edgar lächelte, aber sein Gesicht war schmaler geworden, und es war ihm anzusehen, dass er gesundheitlich noch immer nicht auf der Höhe war. »Es tut gut, dich zu sehen.«

»Ich bin auch froh, dass du wieder hier bist.« Spontan umarmte ich ihn. Dabei war es mir egal, dass Preston und Blake gleich danebenstanden, und es war mir auch egal, dass sie mich beide immer noch ignorierten. Seit ich ihr Gespräch vom Geheimgang aus belauscht hatte, hatte ich sie kaum gesehen – und wenn wir uns doch zufällig über den Weg liefen, hatten sie mich beide wie Luft behandelt. Unter normalen Umständen hätte mich das vielleicht gestört, doch nach dem, was ich gehört hatte, machte ich vorerst auch lieber einen großen Bogen um sie.

Sonst hätte ich mir das Drama wohl kaum angetan.

Meine Traurigkeit über Blakes verletzende Worte war mittlerweile einer ungestümen Wut gewichen. Wie hatte ich nur glauben können, dass seine Gefühle für mich echt waren?

»Du musst mich auch wieder loslassen – also irgendwann«,

scherzte mein Onkel, den ich immer noch an mich drückte, und ich rückte lächelnd ein Stück von ihm ab.

Montagnachmittag hatte ich ihn im Krankenhaus besucht und mich mit ihm über die Schule und meine Ziele unterhalten. Auch wenn die Gespräche mit ihm sehr schön waren, wurde ich das Gefühl nicht los, dass er mir irgendetwas verschwieg. Allerdings hatte sich meine Gabe, Lügen zu erkennen, bei meinem Onkel nicht gezeigt, sodass ich hier im Dunkeln tappte. Dafür hatte ich im Krankenhaus einen jungen Arzt beim Lügen erwischt – genau wie unseren alten Hausmeister, der vorgab, den Springbrunnen im Schulhof gereinigt zu haben, und unseren Lehrer Mr Chapman, der einen Tag gefehlt hatte und behauptete, krank gewesen zu sein, auch wenn das nicht der Wahrheit entsprach. Es war teilweise absurd, worüber die Leute logen, und ich hatte das Gefühl, viel über den Charakter der Menschen zu erfahren – doch nur wenig über meine Gabe. Trotzdem bestärkten mich diese Situationen darin, schnellstmöglich lernen zu wollen, wie ich meine Fähigkeit steuern konnte. Denn in Zukunft wollte ich sie gezielt einsetzen und mich nicht mehr von ihr treiben lassen. Da ich die Erkenntnis, dass Magie existierte, sowieso nicht mehr rückgängig machen konnte, hatte ich beschlossen, mich mit meiner Gabe zu arrangieren – und meinem Vater vorerst nichts davon zu erzählen, um ihn nicht zu beunruhigen. Nachdem er schon seine Differenzen mit Catherine gehabt hatte, konnte ich mir nicht vorstellen, dass er sich freuen würde, wenn ich ihm nun von meiner neuen Fähigkeit berichtete.

»Sir, es ist schön, Sie wieder bei uns zu haben.« Wilfried nickte meinem Onkel ergeben zu, bevor er sich Blake zuwandte. Dieser trug wieder die schwarze Lederjacke vom Tag meiner Ankunft und roch auch genau wie damals nach salzigem Wind und Frische, unterlegt mit dieser dunklen Note, die in mir den absurden Wunsch weckte, meine Nase gegen seinen Hals zu drücken. »Kann ich Ihnen etwas abnehmen, Sir?«

Blake nickte und drückte Wilfried die Tasche meines Onkels in die Hand. Dabei streifte mich kurz der Blick seiner blauen Augen, und obwohl ich ihm gegenüber nur Wut und Enttäuschung empfand, war es, als würde ein Blitz durch mich hindurchjagen.

Ich hasste es, dass ich noch immer so stark auf ihn reagierte, und hoffte, dass ich mit der Zeit lernen würde, ihn auf allen Ebenen abzulehnen.

»Danke, Wilfried«, sagte Blake und sah nun seinen Vater an. »Die Ärzte haben gesagt, du sollst dich noch schonen.«

»Ich werde das Gepäck nach oben bringen«, bemerkte Wilfried und verschwand über die herrschaftliche Treppe ins Obergeschoss.

Onkel Edgar seufzte. »Mir geht es gut, Blake.«

Preston zog seinen blauen Parker aus und legte ihn auf ein kleines Tischchen neben der Tür. »Es ist wirklich besser, wenn du dich wieder hinlegst. Wenn du noch einmal umkippst, bin ich mir nicht sicher, ob wir dich retten können.«

»Oder ob ihr mich retten *würdet?*«, fragte mein Onkel leicht amüsiert.

Preston grinste. »Stimmt. Da müsste ich mir vorher noch einmal dein Testament durchlesen.« Doch auch wenn Preston Scherze machte, war ihm anzusehen, dass er immer noch sehr besorgt um seinen Vater war.

Onkel Edgar gab Preston einen leichten Klaps auf die Schulter. »Noch so ein Spruch und ich enterbe dich.«

»Das will ich natürlich nicht.« Preston ging ein paar Schritte

Richtung Wohnzimmer und öffnete die Tür. »Aber vielleicht könntest du stattdessen Blake enterben?«

»Das hättest du wohl gerne«, murrte Blake.

»Jungs«, mahnte Onkel Edgar und folgte Preston ins Wohnzimmer, wo er sich mit einem tiefen Seufzer auf der Couch niederließ. »Die Ärzte haben doch gesagt, dass ich Ruhe benötige. Gebt mir eine Auszeit von euren Streitigkeiten.«

Mit verschränkten Armen lehnte sich Blake gegen den Türrahmen und sah dabei so sexy aus, dass ich meinen Blick mit Gewalt von ihm losreißen musste. »Am ruhigsten hättest du es in deinem Bett«, sagte er ernst. »Nicht auf der Couch.«

Mein Onkel schüttelte den Kopf. »Ich habe die letzten sieben Tage im Bett gelegen – ich denke, es reicht jetzt damit.«

Preston sagte nichts und ging zum Servierwagen, um aus einer kristallenen Karaffe ein Glas Wasser einzuschenken. Er reichte es seinem Vater.

Onkel Edgar nahm einen Schluck und stellte das Glas auf dem dunklen Couchtisch ab. »Ich habe mir die letzten Tage Gedanken gemacht, was mir guttun würde – und da bin ich zu dem Entschluss gekommen, dass ich schon lange nicht mehr in dem kleinen Cottage am Meer war.« Er lehnte sich auf der Couch zurück und verschränkte die Arme hinter dem Kopf.

Automatisch kamen meine Erinnerungen an den Sommer zurück, den ich als Kind dort verbracht hatte, und ich sah das kleine Häuschen mit den blauen Fensterrahmen und dem weißen Verputz wieder deutlich vor mir.

»Du willst *jetzt* dorthin fahren?«, fragte Blake überrascht. Er schien von der Idee nicht besonders begeistert zu sein. »Allein?«

Sein Vater schüttelte den Kopf. »Nein, nicht jetzt«, sagte er, und seine Augen begannen zu leuchten, als er mich ansah. »Und auch nicht allein.«

Ich schluckte und war mir nicht sicher, auf was er hinauswollte.

»Es ist ein wunderbarer Ort, den ich viel zu lange vernachlässigt habe. Außerdem meinten die Ärzte, dass ich viel an die frische Luft soll, und was spricht gegen ein paar Spaziergänge am Strand?« Er lächelte mich an und betrachtete dann seine Jungs. »Lasst uns das kommende Wochenende dort verbringen – und zwar alle gemeinsam.«

Bei seinem Vorschlag fiel nicht nur mir alles aus dem Gesicht. Blake und Preston sahen ebenfalls völlig geschockt aus. Keiner von uns war besonders angetan von der Aussicht, ein ganzes Wochenende miteinander zu verbringen.

»Aber ich habe schon andere Pläne für das Wochenende, und auch eine Bandprobe«, warf Preston ein, so als könnte er das Schlimmste damit verhindern.

»Ich hatte auch nicht geplant, einen Herzinfarkt zu bekommen«, entgegnete mein Onkel unbeeindruckt. »Aber wie heißt es so schön? Willst du Gott zum Lachen bringen, dann erzähl ihm von deinen Plänen.«

»Muss das denn wirklich sein? Wir können uns auch zu Hause gegenseitig auf den Geist gehen«, meinte Blake übellaunig.

»Das Cottage wird uns guttun, uns allen«, sagte mein Onkel und stand auf, ohne auf den Widerstand seiner Söhne einzugehen. Er streckte den Rücken durch und blickte uns nacheinander an. »Nur wir vier, das wird herrlich!«

Im Nachhinein war ich mir nicht sicher, ob ich Onkel Edgars Vorschlag nicht doch hätte ablehnen können – aber nun war es zu spät.

Er hatte mich mit seiner Idee einfach überrumpelt, und es war mir falsch vorgekommen, ihm nach seiner Heimkehr einen Wunsch abzuschlagen.

Und jetzt, als Preston seinen Mini über die schmale Straße zu dem Cottage lenkte, brachten alle Grübeleien nichts mehr. Schon aus der Ferne konnte ich das kleine Haus sehen, das auf einem Hügel thronte. Ringsum gab es nur grüne Wiesen, die Klippen und das Meer. Das Cottage war bis auf ein weiteres Häuschen in einiger Entfernung das einzige Gebäude weit und breit und eigentlich der perfekte Rückzugsort – die Aussicht war einfach herrlich und hätte ein perfektes Postkartenmotiv hergegeben.

Trotzdem hatte ich ein flaues Gefühl im Magen, als ich aus dem Wagen stieg. Es war eine Sache, mit Preston und Blake auf einem Anwesen zu wohnen, in dessen Korridoren man sich verlaufen konnte, aber hier, in dem kleinen Häuschen, würde es weit schwieriger werden, einander aus dem Weg zu gehen.

Ich warf die Beifahrertür zu, die mit einem satten Geräusch ins Schloss fiel, und sah mich um. Blake hatte darauf bestanden, mit seinem Motorrad zu fahren, war aber bisher noch nicht angekommen. Kurz hoffte ich, dass er vielleicht doch nicht aufkreuzen und ich nur von einem Beaufort ignoriert werden würde – wobei mir gleichzeitig klar war, dass er sich nicht gegen den Wunsch seines Vaters stellen würde.

»Es ist noch genau wie früher«, schwärmte Onkel Edgar und machte ein paar Schritte über den gepflasterten Weg zur Haustür, dessen Rahmen im selben leuchtenden Blau gestrichen war wie das Holz der Fenster. Die weiße Fassade war in tadellosem Zustand, und auch das mit Reet gedeckte Dach wirkte, als würde sich jemand regelmäßig darum kümmern. Ich erinnerte mich an Onkel Edgars

Bemerkung, dass Blake ab und zu noch hierher fuhr, und fragte mich, ob er es war, der das Cottage so gut in Schuss hielt.

Rund um das Haus standen eine Menge verwitterter Steintöpfe mit Kräutern und Blumen. Ich entdeckte Lavendel, Rosmarin und Salbei – und ein paar Pflanzen, die ich nicht zuordnen konnte. Eine leichte Brise fuhr mir durch die Haare und ich atmete tief durch. Alles hier wirkte so friedlich und idyllisch. Als Kind war ich einfach nur begeistert gewesen, dass es von hier aus nur ein paar Schritte bis ans Meer waren, wo man Muscheln sammeln konnte – aber jetzt verstand ich den einzigartigen Zauber dieses Ortes. Die Wellen klatschten rhythmisch an den Strand, und in einiger Entfernung entdeckte ich eine Landzunge, die sich in das türkisblaue Wasser erstreckte und an deren Spitze ein Leuchtturm stand.

Preston holte die Taschen aus dem Auto, während mein Onkel die Eingangstür aufschloss. Dabei zitterte seine Hand kaum merklich und seine Augen glitzerten. Er musste viele Erinnerungen an Tante Catherine mit diesem Ort verbinden. Doch er schien nicht nur traurig zu sein, denn er lächelte gedankenverloren, als er die Tür öffnete und wir nacheinander das Cottage betraten.

Die Einrichtung hatte sich kaum verändert. Vor dem alten Kaminofen auf der rechten Seite stand eine hell gestreifte Couch und daneben ein wuchtiger Esstisch, von dem aus man durch die große Fensterfront auf das blaue Meer blicken konnte. Von dem Wohnbereich zweigte eine offene Küche ab, deren Schränke und Boards in einem abgetönten Weiß gehalten waren. An den beigefarbenen Wänden hingen einige Kohlezeichnungen von Rosen, und ich erinnerte mich, dass es die Lieblingsblumen von Tante Catherine gewesen waren. Der dunkle Dielenboden knarzte leicht, und mir fiel wieder ein, wie wir als Kinder auf dem Boden Brettspiele gespielt hatten, bei denen die Jungs nie verlieren konnten. Manche Dinge änderten sich offenbar nie.

»Im oberen Bereich gibt es vier Schlafzimmer«, sagte mein Onkel und stützte sich mit der Hand am weiß gestrichenen Treppengeländer ab. »Sie sind nicht besonders groß, aber gemütlich. Ich habe Betty darum gebeten, alles für uns herrichten zu lassen.«

Preston brachte gerade den Rest des Gepäcks hinein und stellte es vor der Treppe ab.

»Es ist wunderschön hier«, sagte ich und lächelte Onkel Edgar an. »Alles okay?«, fragte ich dann besorgt, als ich merkte, dass er plötzlich etwas blass wirkte.

»Ja, alles okay«, versicherte er und setzte ein sanftes Lächeln auf. »Ich werde mich nun aber doch ein wenig ausruhen, ich bin schließlich nicht mehr der Jüngste.«

»Mach das«, sagte Preston. »Ich bringe deine Tasche hinauf.«

»Brauchst du sonst noch etwas?«, fragte ich und hatte schon wieder das Gefühl, dass er etwas vor mir verheimlichte. Ging es ihm vielleicht doch schlechter, als er uns weiszumachen versuchte?

»Es wäre schön, wenn ihr die Vorräte einräumen würdet. Betty hat uns so viel Essen eingepackt, dass wir hier ein ganzes Jahr überleben könnten, und sie würde ganz schön sauer werden, wenn wir etwas davon zurückbringen. Wir werden das Wochenende über also viel essen müssen.«

Ich grinste, denn ich konnte mir gut vorstellen, dass es kein Vergnügen war, wenn Betty sauer wurde. »Kein Problem, das mache ich gerne.«

Mein Onkel nickte dankbar. »Preston soll dir helfen.«

»Das kann ich schon allein«, wiegelte ich schnell ab, um Preston gar nicht erst in die Verlegenheit zu bringen, ablehnen zu müssen.

»Ach was, er hilft dir doch gerne, nicht wahr?«, sagte Onkel Edgar und stieg mühevoll die Treppe hoch.

»Natürlich«, sagte Preston, aber ich kaufte es ihm keine Sekunde ab.

Mein Onkel drehte sich noch einmal um. »Und Preston, zeig June danach doch bitte den Rest des Hauses und das Gästezimmer.«

Stumm räumten Preston und ich die Lebensmittel in die Schränke und den silbernen Kühlschrank. Die Küche war nicht besonders groß, und ich versuchte, jegliche Berührung mit ihm zu vermeiden und ihn möglichst nicht einmal anzusehen.

Betty hatte es wirklich gut mit uns gemeint und uns Unmengen an Essen vorbereitet. Ich hatte keine Ahnung, wie wir das alles an nur einem Wochenende verputzen sollten – allein die Lebensmittel für das Frühstück reichten für eine ganze Kompanie.

Ich war gerade dabei, ein paar Konserven in einem Unterschrank zu verstauen, als Preston sich nach einem wegrollenden Apfel bückte und ihm das Handy aus der Jeans rutschte. Mein Blick fiel kurz auf das Telefon, und gerade in dem Moment ging eine WhatsApp von Blake ein.

Wir haben endlich einen Namen. Musgrave, las ich und wandte schnell den Blick ab, als Preston nach seinem Telefon griff und es wieder aufhob.

Stumm verstauten wir den Rest der Vorräte. Dabei dachte ich an Blake, der heute offenbar zu diesem Victor Conerly aufgebrochen war, um die Namen seiner leiblichen Eltern zu erfahren – und anscheinend Erfolg gehabt hatte.

»Komm mit«, sagte Preston kühl, als wir alles in den Regalen und im Kühlschrank untergebracht hatten. Es war das erste Mal, dass er nach Blakes und meinem Schiffbruch wieder mit mir sprach.

»Geht das auch freundlicher?«

Preston musste kurz lächeln und seine blauen Augen blitzten mich an. »Komm *bitte* mit.«

»Schon besser«, sagte ich und folgte ihm die Treppe hinauf zu einer kleinen Kammer.

»Das hier ist das Gästezimmer.« Preston lehnte sich gegen den Türrahmen.

Ich wandte meinen Blick ab und sah mich stattdessen in dem Zimmer um, das gerade genug Platz für einen schmalen Schrank und ein Messingbett bot, auf dem sich unzählige Kissen stapelten. Ich konnte mich erinnern, dass ich damals mit meinen Eltern auch hier geschlafen hatte. Es war eng gewesen, aber irgendwie auch sehr kuschelig. An den hellblauen Wänden hingen ähnliche Zeichnungen wie unten, und ich mochte den Raum und sein gemütliches Flair auf Anhieb.

Preston steckte die Hände in die Hosentaschen seiner dunkelblauen Jeans. »Das Bad ist gleich um die Ecke. Es ist übrigens das einzige im Haus.«

»Ich kann mich noch erinnern.«

»Sehr gut«, sagte er nüchtern. »Dann muss ich dir den Rest ja nicht zeigen.« Mit diesen Worten verschwand er, und ich war froh, als ich die Tür hinter mir schließen konnte.

Sofort ließ ich mich aufs Bett fallen und hatte nicht den Hauch einer Ahnung, wie ich die nächsten Tage auf engstem Raum mit Preston und Blake überleben sollte.

Das Bett war unglaublich weich, und ich machte es mir gerade in den rot gestreiften Kissen gemütlich, als mein Blick auf meine Reisetasche fiel. Auch wenn er mich sonst mied, hatte Preston meine Sachen offenbar nach oben gebracht. Jetzt, da der Wettkampf zwischen ihm und Blake vorerst auf Eis gelegt war, hielt er sich anscheinend an die Vereinbarung, mich in Ruhe zu lassen.

Nachdenklich öffnete ich meine Tasche und begann, meine Kleidung einzusortieren. Dabei schrieb ich Carla eine WhatsApp. Ihr hatte ich bis jetzt auch nur von unserem Schiffbruch und dem Streit mit den Zwillingen, aber nichts von meiner magischen Gabe erzählt.

Sind jetzt da, ließ ich sie wissen.

Wie schlimm ist es?, kam es nach einer Minute zurück.

Schlimmer, tippte ich ins Handy. Ich weiß nicht, wie ich das Wochenende überstehen soll.

Lass dich nicht unterkriegen, sonst haben die zwei gewonnen. Ich setze mein ganzes Geld auf dich! Und das meiner Eltern. Und das, was ich als Freundin einer berühmten Menschenrechtsanwältin bekommen werde!

Ich grinste. Dafür bekommst du kein Geld, antwortete ich, und dann schrieben wir noch eine Weile hin und her, bis sie zu einer Verabredung mit einer Freundin aufbrechen musste, die ich nicht kannte.

Danach legte ich mein Handy aufs Bett und verstaute die letzten Sachen im schmalen Schrank. Als ich fertig war, streckte ich mich für einen Moment auf der bequemen Matratze aus. Dabei blickte ich durch das kleine Fenster aufs Meer und fühlte, wie mir vor Müdigkeit die Augen zufielen.

Als ich wieder aufwachte, war die Sonne bereits untergegangen. Erschrocken warf ich einen schnellen Blick aufs Telefon. Ich hatte fast drei Stunden geschlafen, was dafür sprach, wie anstrengend die letzten Tage gewesen waren. Gähnend setzte ich mich auf. In etwas mehr als einer Stunde würde es Abendessen geben, und ich beschloss, mir vorher noch eine heiße Dusche zu gönnen.

Um mich in dem engen Bad nicht umziehen zu müssen, schlüpfte ich schon im Zimmer aus meinen Klamotten und wickelte mir ein riesiges Badetuch um den Körper. Dann öffnete ich meine Tür und linste auf den Gang hinaus. Der Korridor lag verlassen vor mir, und ich nutzte die Gunst der Stunde, um Richtung Badezimmer zu huschen. Gerade, als ich die Tür erreicht hatte, schwang sie auf und eine Wolke heißen Dampfs hüllte mich ein. Nur einen Sekundenbruchteil später knallte ich mit Blake zusammen und schrie vor Schreck auf. Er kam offenbar gerade vom Duschen und hatte nur ein Handtuch um die Hüften geschlungen, weshalb meine Hände direkt auf seiner glatten Brust landeten. Seine Haut war ganz warm und duftete nach Duschgel, aber die ganze Situation war mir so peinlich, dass ich nur wegwollte. Hektisch stieß ich mich von seinen festen Muskeln ab und stolperte einen Schritt zurück. Dabei verlor ich nicht nur das Gleichgewicht, sondern spürte auch noch, wie mein Badetuch herunterrutschte. Panisch wollte ich mich an irgendetwas festhalten und raffte gleichzeitig mein Handtuch vor der Brust zusammen, als Blake nach vorn hechtete, um mich aufzufangen. Sein eigenes Handtuch verabschiedete sich dabei ebenfalls, und ich versuchte, nicht auf die Stelle zu starren, während er mich festhielt und sich dabei halb über mich beugte. Meine Hände lagen direkt auf seiner warmen Brust und ich konnte seinen kräftigen Herzschlag unter meinen Fingerspitzen fühlen. Zitternd atmete ich ein und blickte zu ihm hoch. Seine blauen Augen bohrten sich in meine, und ich sah in ihnen so viel Gefühl, dass es mir die Sprache verschlug. Für einen Moment hatte ich den Eindruck, dass er etwas sagen wollte, während tausend Empfindungen gleichzeitig durch meinen Körper rasten. Ich spürte die angespannten Muskeln unter seiner Haut, roch seinen betörenden Duft nach Ozean und Frische und konnte meinen Blick nicht von seinen weichen Lippen lösen. Jede Sekunde in dieser Position brachte mich förmlich um den Verstand, und ich wünschte mir nichts sehnlicher, als dass er sich einen Zentimeter weiter nach vorn beugen und mich einfach küssen würde. Ohne es zu wollen, glitten meine Hände von seiner Brust abwärts über seine Bauchmuskeln, und ich spürte, wie sein ganzer Körper unter meiner Berührung erzitterte.

»June«, flüsterte er. In seinen Augen brannte ein tiefblaues Feuer, als sich seine Lippen quälend langsam näherten.

Ich schloss die Augen und war mir nur allzu deutlich bewusst, dass wir beide fast nackt waren, als ich plötzlich Prestons kalte Stimme hörte.

»So hältst du dich also an unsere Abmachung.«

Erschrocken riss ich die Augen auf und merkte, wie sich Blakes Körper anspannte, als er sich aufrichtete und mich dabei mit sich nach oben zog. Noch immer lagen meine Fingerspitzen auf seiner nackten Haut, und meine Beine fühlten sich wie Pudding an, als er mich losließ.

»Sie wäre fast hingefallen«, sagte Blake, und die Kälte in seiner Stimme wirkte wie eine Eisdusche auf mich.

Preston lächelte zynisch. »Klar. Und dabei wärst du beinahe in sie hineingerutscht.«

Obwohl ich bei seinen Worten am liebsten vor Scham im Boden versunken wäre, hob ich das Kinn und funkelte ihn wütend an. »Du kannst deine Kommentare für dich behalten.« Dann wandte ich den Kopf und sah Blake an. »Und du lass mich jetzt bitte vorbei.«

Blake sagte nichts und machte demonstrativ einen Schritt zur Seite. Ich zwang mich, ruhig zu atmen, und hielt mein Badetuch mit beiden Händen fest, als ich an ihm vorbeiging. Blakes Nähe wirkte wie ein elektrisches Spannungsfeld auf meinen Körper, und ich hatte das Gefühl, dass die Luft um uns herum beinahe vibrierte.

Kaum hatte ich das rettende Bad erreicht, schloss ich die Tür hinter mir und drehte den Schlüssel herum. Dann ließ ich mich keuchend gegen das noch feuchte Holz sinken und presste die Handballen auf meine Augen.

Verdammt. Was war nur los mit mir? Und warum musste uns Preston ausgerechnet dabei ertappen, wie wir uns beinahe wieder geküsst hätten? Ich stöhnte frustriert und hielt bei dem Geräusch erschrocken den Atem an. Mit klopfendem Herzen lauschte ich an der Tür, doch von draußen war kein Laut zu hören.

Völlig durcheinander streifte ich das Badetuch ab und versuchte nicht daran zu denken, dass Blake vor wenigen Minuten selbst in der gläsernen Dusche des hübschen weißen Badezimmers gestanden hatte. Einer Dusche, die groß genug war, dass man sogar zu zweit darunter stehen konnte …

»Das reicht jetzt, June«, flüsterte ich mir selbst zu, als ich das Wasser aufdrehte. Und es stimmte. Es reichte wirklich. In meinem ganzen Leben war ich noch nie so triebgesteuert gewesen – ich erkannte mich selbst kaum wieder. Kurz kam mir der Gedanke, ob dieses enorme Verlangen, Blake nahe zu sein, etwas mit meiner Gabe und den Veränderungen in mir zu tun hatte, bevor ich alle Überlegungen zu ihm mit Gewalt aus meinem Kopf scheuchte und mich einfach nur dem Gefühl des heißen Wassers auf meiner Haut hingab.

Nach der Dusche verzog ich mich in mein Zimmer und verriegelte die Tür. Dann setzte ich mich aufs Bett, um meine wild umherfliegenden Gedanken zu ordnen. In der kurzen Zeit, die ich in Cornwall war, war bereits so viel passiert, dass mein Verstand einfach nicht mehr nachkam. Vor allem meine Gefühle für Blake brachten mich völlig durcheinander. Obwohl er sich die meiste Zeit wie ein Kotzbrocken aufführte, hatte es doch Momente gegeben, in denen ich den Eindruck gehabt hatte, den wahren Blake hinter all seinen Mauern zu erkennen. Und dieser Mensch hatte mein Herz auf eine Art berührt, die ich mir selbst nicht eingestehen wollte.

»June?«, hörte ich die Stimme meines Onkels plötzlich durch das Holz dringen. »Ist alles in Ordnung?«

»Ja, alles bestens«, rief ich schnell zurück.

»Wir wollen gleich zu Abend essen, kommst du runter?«

»Natürlich. Ich bin in zwei Minuten da«, presste ich hervor und wünschte, ich könnte diesem Essen irgendwie entgehen. Aber es wäre verdammt unhöflich gewesen, mich nur auf meinem Zimmer zu verkriechen – und ich wollte meinen Onkel auch nicht anlügen und ihm irgendwelche Beschwerden wie Kopfschmerzen oder dergleichen vorgaukeln.

»Wunderbar. Dann bis gleich.« Ich hörte, wie sich seine Schritte entfernten.

Seufzend stand ich auf und zog ein figurbetontes weißes Kleid aus dem Schrank. Es war schmal geschnitten und hatte einen schwarzen Gürtel, der zu meiner Stimmung passte. Rasch schlüpfte ich hinein, bürstete mir kurz durch die Locken und trug etwas

Make-up auf. Dann öffnete ich die Tür, atmete tief durch und ging hinunter zum Abendessen.

Onkel Edgar, Preston und Blake saßen schon an dem dunklen Esstisch vor der Fensterfront, als ich unten ankam. Ein verführerisch duftender Eintopf und ein Teller mit dampfenden Steaks standen in der Mitte des Tisches und in dem Kamin neben der hellen Couch flackerte ein behagliches Feuer.

»June, du siehst bezaubernd aus«, sagte Onkel Edgar bei meinem Eintreten und erhob sich von seinem Stuhl.

»Bitte bleib doch sitzen«, sagte ich rasch und bemerkte die versteinerten Mienen von Preston und Blake, die sich einen Moment lang stumm anfunkelten, bevor Preston mit einer ruckartigen Bewegung aufstand und sein Stuhl lautstark über den Boden schrammte.

Danach herrschte kurz Stille, und ich trat schnell an den Tisch, um mich hinzusetzen. »Das Essen riecht herrlich«, sagte ich in Richtung meines Onkels, der ebenfalls wieder Platz nahm.

Er lächelte schwach. »Ja, Betty hat gleich mehrere unserer Lieblingsgerichte vorbereitet und sich dabei selbst übertroffen. Möchtest du Wasser? Oder lieber etwas anderes?«

»Wasser reicht völlig, danke«, sagte ich gedämpft und strich mir meinen Rock glatt.

»Erinnert ihr euch noch, wie ihr vor dem Kamin immer Verstecken gespielt habt?«, fragte Onkel Edgar und schöpfte mir etwas von dem dampfenden Eintopf auf den weißen Porzellanteller, dessen Rand mit zarten blauen Blümchen verziert war. »Ihr habt euch die Augen zugehalten und bis zwanzig gezählt. Wobei manche von euch schneller gezählt haben als andere.« Er zwinkerte Preston zu.

Dieser lächelte kühl zurück. »Dafür hat Blake manchmal gar nicht gezählt und die Regeln komplett ignoriert.«

Ich war mir ziemlich sicher, dass Preston damit auf die Szene vor dem Bad anspielte. Schließlich hatten er und Blake die Übereinkunft getroffen, mich beide in Ruhe zu lassen.

»Komm darüber hinweg«, sagte Blake und stach seine Gabel genervt in eines der Steaks auf dem Servierteller.

Preston rammte seine Gabel in das zweite Steak, und mein Onkel warf seinen Söhnen einen befremdeten Blick zu. »Diese Kuh ist schon tot, das ist euch bewusst, oder?« Onkel Edgar schüttelte kurz den Kopf, bevor er sich mir zuwandte. »June, Preston hat mir erzählt, dass er dich zu seinem Auftritt nächstes Wochenende eingeladen hat. Du gehst doch sicher hin, oder? Die Jungs spielen einfach fantastisch.«

Ich tauchte zögernd meinen Löffel in Bettys Eintopf und überlegte verzweifelt, wie ich aus der Nummer wieder herauskam, ohne gegen unsere Abmachung zu verstoßen, mehr Zeit mit den Jungs zu verbringen. Zu Prestons Auftritt zu gehen, war bei der angespannten Atmosphäre so ziemlich das Letzte, worauf ich Lust hatte. Da mir aber kein Grund einfiel, hier und heute abzusagen, nickte ich schließlich.

»Und was sind deine Pläne für nächsten Samstag, Blake?«, fuhr Onkel Edgar nach einem Bissen Brot fort.

Blake sah nicht einmal auf. »Ich treffe mich mit William.«

»Ah, ist er wieder mal im Land?«

Blake nickte knapp und Onkel Edgar beugte sich in meine Richtung. »William war Blakes bester Freund in der Grundschule. Leider ist er mit seinen Eltern vor drei Jahren nach Amerika ausgewandert.«

Blake starrte in sein Essen. Es schien ihm nicht zu gefallen, dass sein Vater mir etwas aus seinem Leben erzählte. »Mir ist aufgefallen, dass der Zaun am Ende des Grundstücks morsch ist und erneuert werden muss«, wechselte er das Thema. »Haben wir noch Holzlatten im Schuppen?«

Onkel Edgar runzelte die Stirn. »Du willst den Zaun reparieren? Aber das kann doch der Verwalter erledigen. Zeig June morgen lieber etwas von der schönen Gegend.«

»Das ist nicht nötig«, warf ich rasch ein, da ich mit Blake nicht schon wieder allein sein wollte. »Ich kann auch einfach zum Leuchtturm spazieren. Er ist mir heute bei unserer Ankunft aufgefallen.«

»Der Leuchtturm ist ein schönes Ausflugsziel, aber du solltest nicht allein gehen«, widersprach Onkel Edgar.

»Du hast recht. *Ich* werde June zum Leuchtturm begleiten«, sagte Preston und warf Blake einen herausfordernden Blick zu.

Dieser nahm gerade einen Schluck Wein und betrachtete seinen Bruder kalt. »Ich dachte, du musst morgen für deinen Gig üben.«

Preston schnitt ein Stück von seinem Steak ab. »Nicht nötig, ich bin schon gut genug.«

»Selbstüberschätzung war schon immer dein Ding.«

Onkel Edgar räusperte sich. »Jungs, reißt euch zusammen«, sagte er und atmete tief ein. »Wie läuft es in der Schule?«

»Gut«, antwortete Preston nach ein paar Sekunden, während Blake überhaupt nicht reagierte. »Und wie läuft es bei der Arbeit?«

»Auch gut«, antwortete mein Onkel nach einer kurzen Pause. Kaum hatte er die Worte ausgesprochen, begann die Zeit langsamer zu laufen und eine beklemmende Stille senkte sich über den Esstisch. Aus den Augenwinkeln sah ich, wie Prestons Hand in Zeitlupe nach seinem Weinglas griff und sich Blake ebenso langsam ein Stück von seinem Steak abschnitt. Onkel Edgars Augen wurden plötzlich ganz starr und kalt, bis sie zwei glitzernden Diamanten glichen. Ich wartete darauf, dass die Kristallaugen zersplitterten, doch stattdessen passierte etwas anderes. Die funkelnde Kristallfläche breitete sich wie eine Eisschicht immer weiter aus und ging Stück für Stück auf sein Gesicht über, das daraufhin genauso kalt und starr wurde, bis es aussah, als würde Onkel Edgars Kopf zu einer überdimensionalen Kristallfigur gehören, deren geschliffene Flächen in kräftigen Farben funkelten. Wie erstarrt beobachtete ich die Veränderungen, als plötzlich Onkel Edgars Augen auseinanderbrachen und mir pechschwarze Finsternis dahinter entgegenblickte. Dann zerfiel auch der Rest seines Kopfes, und in einem der Splitter erkannte ich meinen Onkel, der anscheinend mit einem Geschäftspartner diskutierte.

»*Es sind schwierige Zeiten, wir erhalten zu wenige Aufträge*«, hörte ich eine Stimme wispern, so leise wie ein Windhauch.

Erschrocken zuckte ich zurück, als die Zeit wieder normal ablief. Dabei betrachtete ich meinen Onkel atemlos und versuchte zu verstehen, was soeben passiert war. Zum ersten Mal hatte ich eine Stimme die Wahrheit zu einer ausgesprochenen Lüge flüstern hören.

»June, alles okay?«, wollte mein Onkel wissen, und ich nickte rasch. Dabei entging mir nicht, dass mir sowohl Preston als auch Blake interessierte Blicke zuwarfen.

»Was genau machst du eigentlich beruflich, Onkel Edgar?«, fragte ich und trank einen Schluck von meinem Glas.

»Ich handele mit verschiedenen Gütern, hauptsächlich aber mit Holz. Meiner Familie gehören schon seit Generation einige Hektar

Land, die wir bewirtschaften. Aber lasst uns bei Tisch nicht über Geschäfte sprechen.« Lächelnd legte er seine Hand auf meine.

Es wunderte mich nicht, dass er das Thema wechseln wollte, und ich konnte mir gut vorstellen, dass die angespannte Auftragslage der Grund gewesen war, warum ich bei unseren Gesprächen im Krankenhaus schon das Gefühl gehabt hatte, dass er mir etwas verschwieg.

»Lass uns lieber über das anstehende *Kings & Queens*-Fest in eurer Schule sprechen. June, mach dir bitte keine Sorgen um dein Kleid – ich habe Madeleine schon Bescheid gegeben, dass wir ihre Dienste wieder in Anspruch nehmen werden.«

»Das ist sehr lieb von dir, Onkel Edgar«, sagte ich abwesend und bemerkte, wie Blake und Preston mich noch immer nachdenklich fixierten.

Mein Onkel winkte ab. »Das ist doch selbstverständlich. Bist du schon aufgeregt? Verzeih mir, was für eine dumme Frage. Ein Mädchen wie du muss deswegen natürlich nicht aufgeregt sein.«

Ich schaute wohl ziemlich verwirrt drein, denn er sprach sofort weiter.

»Ich meine die Rosen.« Onkel Edgar warf seinen Söhnen einen kurzen Blick zu. »Habt ihr es June noch nicht erzählt? Jedes Mädchen bekommt bei dem Fest eine Rose von seinem Verehrer, das ist eine alte Tradition der King's School.« Er lächelte mich versonnen an. »Aber wenn ich dich so ansehe, June, bin ich mir sicher, dass du mehr als eine Rose erhalten wirst.«

Kapitel 20

Der Himmel strahlte in einem satten Blau, als ich am nächsten Tag aus dem Cottage trat. Ich umrundete das Häuschen langsam, und immer mehr Erinnerungen an den Sommer von damals kamen zurück. Auf der rückseitigen Terrasse stand noch immer eine gemütliche Sitzgruppe aus hellen Korbmöbeln mit weißer Polsterung, auf denen gestreifte Zierkissen lagen. Ich machte ein paar Schritte in Richtung Klippe und genoss die grandiose Aussicht. Am Himmel kreischte eine Möwe und die Sonne glitzerte goldfarben auf den Schaumkronen der Wellen.

Preston hatte vorgeschlagen, sich direkt unten am Strand zu treffen, und obwohl ich lieber etwas Zeit für mich allein gehabt hätte, machte ich mich auf den Weg, um Onkel Edgar nicht zu enttäuschen.

Gedankenverloren folgte ich dem schmalen Pfad zum Rand der Klippen und lief von dort aus hinunter zum Strand. Dabei dachte ich an das, was gestern beim Abendessen passiert war. Die wispernde Stimme hatte mir die Wahrheit hinter Onkel Edgars Lüge mitgeteilt, und ich fragte mich, was als Nächstes geschehen würde. Würde ich es irgendwann selbst steuern können, die Wahrheit hinter den Lügen zu erfahren?

In etwas Entfernung erkannte ich Preston, der mit dem Rücken zu mir am Strand stand. Er trug ein hochgekrempeltes weißes Hemd zu einer hellgrauen Jeans und blickte mit den Händen in den Hosentaschen hinaus aufs Meer. Ich blieb ein paar Meter hinter ihm stehen und betrachtete ihn einen Moment lang still. Im Nachhinein tat es mir irgendwie leid, dass er den Beinahe-Kuss zwischen Blake und mir mitbekommen hatte. Obwohl die Stimmung zwischen den Brüdern schon bei meiner Ankunft nicht besonders gut gewesen war, hatte ich das Gefühl, dass es sich seither noch verschlimmert hatte. Ich wusste nicht, was genau Preston für mich empfand, aber es war unübersehbar, dass er eifersüchtig auf Blake war.

Obwohl ich keinen Mucks von mir gegeben hatte, drehte sich Preston in diesem Augenblick zu mir um und ein kurzes Lächeln huschte über sein Gesicht.

»Bereit?«, fragte er mich, und ich nickte rasch.

Zusammen schlugen wir den Weg zum Leuchtturm ein, wobei Preston ein paar Schritte voranlief. Es war eigenartig, wieder Zeit mit ihm allein zu verbringen, und ich dachte an den Abend vor Onkel Edgars Herzinfarkt zurück, als wir beim Pizzaessen miteinander herumgealbert hatten.

Vom Meer wehte eine steife Brise Richtung Land und ich atmete die salzige Luft tief ein. Cornwall war wunderschön in seiner ungezähmten Wildheit, und beim Anblick der aufspritzenden Gischt, die sich an den schroffen Felsen vor der Küste brach, wurde ich innerlich langsam etwas ruhiger.

Beinahe unbemerkt passte Preston seine Geschwindigkeit an meine an, bis wir nebeneinander über den Strand gingen, nur vom Geschrei der Möwen begleitet, und es sich beinahe normal anfühlte.

»Was hast du gestern gesehen?«, wollte Preston nach ein paar Minuten wissen, die wir schweigend über den Sand spaziert waren.

Ich sah ihn irritiert an.

»Beim Abendessen, als ich Dad gefragt habe, wie es bei der Arbeit läuft – da hat er gelogen, richtig?«

Ich nickte und schob mir die Hände in die Hosentaschen. »Seine Geschäfte scheinen nicht gut zu laufen.«

Preston zog tief die Luft ein und sein Blick wanderte Richtung Meer. »Er versucht es vor uns zu verheimlichen.«

»Du wusstest es?«

»Ich habe es angenommen. Er möchte alle Schwierigkeiten von uns fernhalten, das hat er schon immer gemacht. Vor allem nach dem Tod meiner Mutter.« Preston bückte sich, um eine Muschel aufzuheben. Er strich mit den Fingern über die silbrig schimmernde Oberfläche und seine Gedanken schienen abzudriften. »Irgendwie seltsam, wieder hier zu sein. Meine Mum hat das Cottage und das Meer geliebt.« Prestons braune Haare wurden vom Wind zerzaust, und in seinen tiefblauen Augen sah ich eine Traurigkeit, die ich noch nie zuvor wahrgenommen hatte.

»Wie war sie so? Ich kann mich kaum noch an sie erinnern.«

»Das ist sehr schade, denn du hättest sie sicher gemocht. Alle mochten sie, sie war freundlich, lebenslustig und manchmal auch einfach nur verrückt.« Ein Lächeln huschte über sein Gesicht. »Sie hat es geliebt, mit uns Verstecken zu spielen, und ist dafür sogar unters Bett gekrochen oder hat Wilfried eine falsche Fährte legen lassen. Und sie hat uns die großartigsten Geschichten erzählt – zu allem und jedem konnte sie eine erfinden.«

Preston hatte seine Mutter offensichtlich sehr geliebt, und in dem Moment erinnerte ich mich wieder an diesen Augenblick im Krankenhaus, als er nach meiner Hand gegriffen und sie geküsst hatte. Nach seinem Streit mit Blake hatte ich das Gefühl gehabt, dass es zwischen den Jungs immer nur um ihren Wettkampf und nie um mich gegangen war. Doch nun war ich mir nicht mehr sicher, ob ich Preston damit nicht vielleicht Unrecht getan hatte.

»Manchmal machten wir ein Lagerfeuer am Strand und meine Mum erfand für uns die abenteuerlichsten Geschichten. Riley und ich konnten ihr stundenlang zuhören.« Preston drehte die Muschel zwischen seinen Fingern.

»Du kanntest Riley schon so lange?«

Unbewusst beschleunigte Preston seine Schritte, und ich konnte sehen, dass ihm die Sache mit Riley naheging. »Ja, wir waren noch Kinder, als wir uns kennengelernt haben.«

»Und wie war sie so?« Ich wusste, dass ich mich auf schwieriges Terrain begab, und ein Teil von mir wünschte sich, dass ich meine Gabe auch bei Preston einsetzen könnte, um die ganze Wahrheit zu erfahren.

Preston lächelte. »Sie war eines dieser Mädchen, mit dem man Pferde stehlen kann. Regeln waren für Riley nur dazu da, um gebrochen zu werden, und sie hatte immer irgendwelche bescheuerten Ideen, mit denen sie auch meist durchkam. Eine Zeit lang haben wir wirklich alles zusammen gemacht.« Er fuhr sich durch die Haare und atmete tief durch. »Nach Mums Tod war sie es, die uns dazu brachte, wieder rauszugehen. Wir waren oft stundenlang mit den Boards am Meer und haben nach dieser einen perfekten Welle gesucht – wobei Riley keine hoch genug sein konnte.« Er grinste kurz. »Sie hatte vor nichts Angst. Rileys Mutter hat das in den Wahnsinn getrieben.«

»Und Blake war auch dabei?«, fragte ich und spürte, wie mir der Wind meine langen Haare ins Gesicht wehte.

Preston nickte.

»Aber es war mehr als Freundschaft?«

»Tja, wir wurden älter«, sagte Preston mit einem Schulterzucken. »Irgendwann begann ich in Riley mehr zu sehen als nur eine Freundin, aber auch Blake hatte ein Auge auf sie geworfen. Und wenn Blake ein Spielzeug haben möchte, dann bekommt er es grundsätzlich auch.« Seine Stimme bekam einen bitteren Klang.

»War sie denn nur ein Spielzeug für ihn?«

»Das musst du ihn fragen. Auf alle Fälle hat Riley sich die Sache mit ihm sicher anders vorgestellt.«

»Was meinst du damit?«

»Riley war kein Mädchen, dem man Vorschriften machen konnte. Sie hat sich nicht einsperren lassen, und je mehr Blake sie eingeengt hat, desto öfter ist sie ausgegangen und hat sich anderweitig umgesehen. Als Blake mitbekommen hat, dass Riley lieber Zeit mit mir verbracht hat, ist er ausgerastet.« Preston sah mich ernst an. »Es war das einzige Mal, dass ich Angst in Rileys Augen gesehen habe.«

Ein kalter Wind fuhr über den Strand und ich fröstelte unwillkürlich, nicht nur wegen der kühlen Brise, sondern auch wegen Prestons Erzählung. Konnte das wahr sein? Hatte Riley sich vor Blake gefürchtet? War sie am Ende deshalb vor das Auto gelaufen?

»Ich weiß, dass du mir wahrscheinlich nicht glaubst«, sagte Preston. »Blake stellt sich selbst gern als den edlen Ritter dar, aber das ist er nicht. Lass dich bloß nicht von ihm in die Irre führen, June.«

Ich wollte gerade etwas antworten, als ich aus dem Augenwinkel eine attraktive Frau um die fünfzig bemerkte, die in einer hellen Stoffhose auf uns zukam.

»Entschuldigen Sie, haben Sie vielleicht meinen Hund gesehen?«, rief sie uns entgegen.

Preston wandte seine Aufmerksamkeit der blonden Frau zu. Sie war sportlich gekleidet und hatte eine Hundeleine in der Hand. »Nein, tut mir leid.«

»Nun, kein Wunder, wahrscheinlich haben Sie nur Augen für Ihre hübsche Begleitung.« Sie lächelte mich kurz an, bevor sie ihre hellblauen Augen mit der Hand überschattete und Ausschau nach ihrem Hund hielt.

»Stimmt, jetzt wo sie es sagen. Ich kann meinen Blick kaum von ihr lassen.« Preston fixierte mich so intensiv, dass es in meinem Bauch sanft zu kribbeln begann.

»Every Jack will find his Jill«, antwortete die Frau lachend, »aber so ein hübscher Topf und so ein hübscher Deckel sind selten. Sie sind ein wirklich zauberhaftes Paar.« Sie zwinkerte uns zu und zögerte kurz. »Kennen Sie eigentlich den Besitzer des Grundstücks dort drüben?«, fragte sie dann betont beiläufig. Dabei glitt ihr Blick kurz zu Onkel Edgars Cottage hinter uns.

Preston runzelte die Stirn, als er sich umdrehte. »Ja, das ist das Haus meines Vaters. Wieso?«

»Ach, ich wollte ihm nur mal Guten Tag sagen«, erwiderte die Frau schnell und errötete leicht. »Ich bin Kate, eure neue Nachbarin.«

»Freut mich, Sie kennenzulernen«, sagte ich und sah mich um. »Wie sieht Ihr Hund denn aus?«

Sie seufzte. »Er hat sandfarbenes Fell und ist ein schrecklicher

Ausreißer. Vorhin hat er eine Möwe gesehen und ist auf und davon.«

»Uns kam er nicht entgegen. Vielleicht ist er Richtung Leuchtturm gelaufen?«

»Möglich.« Kate blickte sich noch einmal um.

»Ist er das nicht, da in den Wellen?«, fragte Preston plötzlich und deutete nach vorn.

Kate kniff die Augen zusammen. »Ja, Sie haben recht, das ist Jerry«, sagte sie erleichtert und steckte zwei Finger in den Mund. Dann stieß sie einen lauten Pfiff aus, und ich musste grinsen, als Jerry – ein zotteliger und patschnasser Golden Retriever – den Kopf hob und auf seine Besitzerin zurannte.

»Jerry, wenn du noch mal verschwindest, lasse ich dich kastrieren«, schimpfte Kate, aber ich hörte an ihrer Stimme, dass sie es nicht ernst meinte.

Jerry blieb hechelnd neben uns stehen und schüttelte sich erst mal ausgiebig, bevor er zu mir kam und an meiner Hand schnupperte. Seine feuchtkalte Nase stupste gegen meine Haut, und ich musste lachen, weil es so kitzelte.

»Er sucht sich immer die hübschesten Mädchen aus«, bemerkte Kate schmunzelnd, als ich ihn sanft hinter den nassen Schlappohren kraulte.

»Er hat definitiv einen guten Geschmack.« Preston lächelte und sah mir direkt in die Augen. In seinem Blick lag so viel Zuneigung, dass ich mich irritiert wieder dem Hund zuwandte, der sich in diesem Moment in den Sand warf und auf den Rücken drehte, damit ich ihm den Bauch streicheln konnte. Lächelnd ging ich in die Hocke und kraulte ihn zwischen den Vorderpfoten.

»Oh Gott, er scheint dir ja völlig verfallen zu sein«, meinte Kate lachend, bevor sie Jerry an die Leine nahm und sich von uns verabschiedete.

»Ich fürchte, da ist er nicht der Einzige«, sagte Preston, als sie außer Hörweite war.

Ich runzelte die Stirn und sah ihn fragend an.

Er antwortete nicht sofort, sondern griff stattdessen nach meiner Hand. Seine Berührung kam so unerwartet, dass ich kurz zurückzuckte, doch Preston zog mich einen Schritt zu sich. »Jerry ist nicht der Einzige, der dir verfallen ist«, murmelte er mit einem Blick auf meine Lippen.

Durch seine plötzliche Nähe schnellte mein Herzschlag in die Höhe, und ich überlegte krampfhaft, was ich darauf sagen sollte, als er ohne ein weiteres Wort seinen Kopf zu mir herunterbeugte. Seine warmen Lippen trafen auf meine, und ich hielt erschrocken den Atem an, als er seine Hand in meinen Nacken legte und mich sanft an sich zog. Völlig überrumpelt ließ ich es geschehen. Prestons Kuss war aufregend und sexy zugleich – und obwohl es mir gefiel, war ich trotzdem irgendwie erleichtert, als er mich wieder losließ.

»Es schadet nie, einen Vergleich zu haben.« Er grinste selbstzufrieden, bevor er einen Blick über meine Schulter warf.

Ich wandte mich ebenfalls um. Mein Herz machte einen Satz, als ich Blake zwischen den Klippen bemerkte, der eindeutig zu uns herübersah.

»Hast du das mit Absicht gemacht?«, zischte ich Preston an und wich einen Schritt zurück.

Ein seltsamer Ausdruck lag in seinen Augen. »Was hat er nur an sich, dass ihr euch zu ihm hingezogen fühlt, selbst wenn er euch wie Dreck behandelt?«, murmelte er. Dann drehte er sich um und ließ mich stehen.

Mit klopfendem Herzen blickte ich ihm nach, während er mit schnellen Schritten über den Strand marschierte, und war hin- und hergerissen zwischen meinen Gefühlen. Auf der einen Seite war ich wütend, weil Preston diesen Kuss inszeniert hatte – doch auf der anderen war mir bewusst, dass er nicht ganz unrecht hatte. Blake hatte mich immer wieder zurückgestoßen, und dennoch schien ich nicht von ihm loszukommen. Verärgert über mich selbst und meine Schwäche, machte ich auf dem Absatz kehrt und stapfte zurück zum Cottage.

Die Brandung des Meeres und die Schreie der Möwen vermischten sich mit meinem keuchenden Atem, und in diesem Moment wünschte ich mir, ich hätte meine Gabe mit all den damit verbundenen Problemen einfach zurückgeben können. Ich hatte keine Lust auf dieses ganze Drama, es passte einfach nicht in mein Leben. Allein die Tatsache, dass Magie existierte, stellte mein Weltbild komplett auf den Kopf – und ich fragte mich kurz, ob es nicht besser gewesen wäre, einfach in Frankfurt zu bleiben und meinen Traum von Cornwall und Oxford zu begraben.

In dem Moment schälte sich eine dunkel gekleidete Gestalt zwischen den Felsen hervor und ich zuckte zusammen. Blake machte einen Schritt auf mich zu, und ich zwang mich stehen zu bleiben, obwohl ich es hasste, dass mein Körper auf seine Nähe und seinen unverwechselbaren Duft nach Wind und Wasser sofort reagierte.

»Du hast mich fast zu Tode erschreckt!«, fauchte ich und wollte an ihm vorbeigehen, doch er hielt mich am Arm fest.

»Was sollte das eben?« Seine Augen funkelten zornig.

Ich schüttelte seinen Griff ab und hielt seinem Blick stand. »Ich habe keine Ahnung, wovon du sprichst.«

»Warum hast du Preston geküsst?«, knurrte Blake, und in seiner Stimme lag eine solche Wut, dass ich unwillkürlich zurückwich.

»*Er* hat mich geküsst«, korrigierte ich ihn eisig. »Und ich wüsste nicht, was dich das angeht.«

Er schnaubte. »Das geht mich sehr wohl etwas an.«

»Wieso?«, fragte ich abfällig. »Wegen eurer kleinen Abmachung vor dem Geheimgang?« Die Worte waren schneller heraus, als ich denken konnte, und Blake wirkte für einen Moment überrascht, bevor er seine Stimme gefährlich senkte.

»Du solltest keine Gespräche belauschen, die dich nichts angehen«, sagte er kalt.

»Du hast mir gar nichts zu sagen. Lass mich einfach in Ruhe.«

»Glaub mir, June, seit du hier bist, ist nichts mehr *einfach.*«

»Entschuldige bitte, dass ich dein Leben so sehr auf den Kopf stelle. Ich werde in Zukunft versuchen, dir aus dem Weg zu gehen, um es nicht noch schwerer für dich zu machen.« Ich wollte weitergehen, aber er ließ mich nicht vorbei.

»So hab ich das nicht gemeint.«

»Wie hast du es denn dann gemeint, Blake?«

Er schaute mich an und schien innerlich mit sich zu ringen.

Als er nicht antwortete, schüttelte ich den Kopf. »Das war's? Mehr kommt nicht?«

Er atmete tief durch. »Halt dich einfach von Preston fern, okay?«

Einen Augenblick lang starrte ich ihn an, bevor ich laut auflachte. »Ist das dein Ernst?« Blake atmete hörbar ein, doch ich ließ ihm keine Zeit, zu Wort zu kommen. »Ich bin nicht dein gottverdammtes Spielzeug, also hör auf, mir irgendwelche Vorschriften machen zu wollen!«

Blakes Kiefermuskeln spannten sich an. »Ich habe dich lediglich gebeten …«

»Du hast mich nicht gebeten. Du hast es wieder einmal *angeordnet*«, unterbrach ich ihn wütend. Ich musste daran denken, was Preston mir eben über Riley erzählt hatte. Anscheinend hatte Blake tatsächlich ein Problem damit, anderen ihren Freiraum zu lassen. Doch ich hatte die Nase voll von ihm und seinen Spielchen. Mal küsste er mich, dann stieß er mich wieder weg. Es war ein ständiges Hin und Her, schlimmer als das, was ich mit Jasper erlebt hatte. Schlimmer als alles, was ich je mit einem anderen Jungen erlebt hatte. Ich drängte mich an ihm vorbei, doch er stellte sich mir wieder in den Weg.

»Wir sind hier noch nicht fertig.«

»Doch, das sind wir. Wieso sollte es immer nur nach deinen Regeln laufen? Preston hatte anscheinend recht.«

Blakes Gesicht verfinsterte sich und seine Stimme wurde gefährlich leise. »Womit hatte Preston recht?«

»Du bist ein Kontrollfreak«, gab ich wütend zurück. »Aber ich bin nicht Riley. Ich lasse mich nicht …«

Blake machte einen schnellen Schritt auf mich zu. »Halt sie da gefälligst raus!«, sagte er, und in seinen Augen lag so ein wildes Funkeln, dass ich es für einen Moment mit der Angst zu tun bekam.

»Oder was?«, flüsterte ich. »Tust du mir sonst weh?«

Erschrocken sah er mich an. »Ich würde dir nie wehtun.«

»Ach, nein?«, meinte ich und dachte an den verletzenden Satz, den ich im Geheimgang belauscht hatte. »Tut mir leid, aber das hast du schon.« Blake starrte mich irritiert an und ich schob ihn von mir weg. »Wie war das noch mal? Wenn Onkel Edgar dich nicht auf mich angesetzt hätte, hättest du dir das Drama nicht angetan, richtig?«

Blake schluckte. »Was hast du noch gehört?«

Ich verschränkte die Arme vor der Brust und sah ihn herausfordernd an. »Ich weiß, dass ihr auf der Suche nach euren leiblichen Eltern seid – und ich habe gesehen, dass du einen Namen herausgefunden hast. Zufrieden?«

Blake wurde bleich, und mir stockte der Atem, weil ich mit so einer heftigen Reaktion nicht gerechnet hatte.

»Du musst damit aufhören, deine Nase in unsere Angelegenheiten zu stecken«, presste er hervor. »Dieser Name geht dich nichts an. Das ist unsere Sache, und du hast keine Ahnung, worauf du dich da einlässt, June. Du verstehst nicht, worum es hier geht.«

»Warum sagst du es mir dann nicht einfach?«

Frustriert fuhr sich Blake durch seine dunklen Haare. »Verdammt, weil ich dich nicht noch mehr in Gefahr bringen will! Kapier doch endlich, dass du uns aus dem Weg gehen musst! Dass du *mir* aus dem Weg gehen musst!«

Mein Atem ging heftig, und Blakes Nähe brachte mich derart aus der Fassung, dass ich alles um uns herum vergaß. Der Wind frischte auf und wehte mir meine Haare ins Gesicht, und die Worte fanden ihren Weg schneller aus meinem Mund, als ich es wollte. »Und was ist, wenn ich das nicht so einfach kann?!«

»Dann wirst du irgendwann auch sterben!«, brüllte Blake. »Alle Frauen, die mir irgendetwas bedeuten, sterben, June! Und du sollst verdammt noch mal nicht die nächste sein!« Er kam ein Stück näher, und für einen Augenblick hatte ich das Gefühl, dass er mich küssen würde. Wir starrten einander an, und die salzige Luft um uns herum war so aufgeladen, dass ich am ganzen Körper eine

Gänsehaut bekam. Schließlich errang Blake seine Fassung wieder und schüttelte den Kopf. »Vielleicht wäre es das Beste, wenn du einfach zurückgehst. Fahr nach Hause, June.«

Seine Worte schnürten mir die Kehle zu, und ich brauchte einen Moment, bis ich antworten konnte. »Das ist noch immer *meine* Entscheidung«, presste ich hervor, bevor ich mich abwandte und davonstapfte.

Kapitel 21

Den Rest des Wochenendes ging ich Preston und Blake aus dem Weg. Nach dem Streit am Strand war ich so aufgewühlt gewesen, dass ich danach noch einen langen Spaziergang allein unternommen hatte, um wieder ein wenig runterzukommen. Dabei waren Blakes Worte immer und immer wieder durch meine Gedanken gegeistert.

Alle Frauen, die mir irgendetwas bedeuten, sterben, June!

Damit hatte er zwar zugegeben, dass ich ihm etwas bedeutete – aber er hatte auch verlangt, dass ich zurück nach Deutschland fahren sollte.

Am Montag war ich froh, wieder in die Schule gehen zu können und der bedrückenden Nähe von Preston und Blake zu entkommen. Selbst meiner Mutter war am Telefon aufgefallen, dass mit mir irgendetwas nicht in Ordnung zu sein schien, aber ich hatte ihr nicht erzählt, was wirklich los war – auch wenn es mir nicht leichtfiel, sie anzulügen. Irgendwie wuchs mein Widerwille, nicht die Wahrheit zu sagen, seit meine Gabe sich weiterentwickelt hatte.

Nach dem Unterricht machte ich mich auf den Weg zu Miss Kensington, um mich für eine freiwillige Aufgabe beim baldigen *Kings & Queens*-Fest einzutragen. Da sich auf Wunsch der Schulleitung alle einbringen mussten, wollte ich mich nicht als Einzige drücken, obwohl mich im Moment wirklich jede Menge andere Dinge beschäftigten.

Ich klopfte an die weiße Tür und steckte meinen Kopf in das kleine Schulbüro. Miss Kensington saß wie üblich hinter ihrem glänzenden Schreibtisch und starrte auf ein Foto in ihrer Hand. Sie war anscheinend so in ihre Gedanken vertieft, dass sie mich gar nicht richtig wahrnahm. Erst als ich direkt vor ihr stand, schnellte ihr Kopf plötzlich hoch, und mir blieben meine Worte in der Kehle stecken, als ich sah, dass sie geweint hatte. Irritiert linste ich auf das Foto in dem Bilderrahmen, das sie rasch in einer Schublade verschwinden ließ. Es zeigte ein hübsches blondes Mädchen in einem kurzen Sommerkleid neben einem Pferd, das ich sofort wiedererkannte.

»Ist das Riley?«, fragte ich überrascht.

Die Sekretärin stockte kurz und atmete dann beherrscht durch. »Das geht Sie nichts an. Was wollen Sie, Miss Mansfield?«

»Ich möchte mich für eine Aufgabe bei der Festvorbereitung melden«, antwortete ich automatisch, obwohl ich gedanklich noch immer bei meiner Entdeckung war.

Miss Kensington nickte knapp und holte einen dünnen Stoß weißer Blätter aus einer Schublade. »Hier ist die Liste – Sie können schauen, welche Aufgaben noch nicht verteilt sind.« Sie schob die Zettel über die glänzende Tischplatte in meine Richtung.

Abgelenkt griff ich danach und nickte, während mir Prestons Worte über Riley und Blake durch den Kopf gingen. Seit dem Tag am Strand hatte mich die Frage nicht losgelassen, ob Riley tatsächlich Angst vor Blake gehabt hatte – und deshalb vielleicht vor das Auto gelaufen war.

Während ich nebenbei die Liste durchging, überlegte ich, warum gerade Miss Kensington ein Foto von Riley besaß.

»Waren Sie mit Riley verwandt?«

Die Sekretärin wurde bleich. »Ja, sie war meine Nichte«, antwortete sie steif und funkelte mich an. »Interessiert Sie sonst noch etwas, Miss Mansfield? Eventuell meine Kleidergröße oder wie ich meinen Tee trinke?«

Ich spürte, wie mir das Blut in die Wangen stieg. »Es tut mir leid«, flüsterte ich. »Ich wollte Ihnen nicht zu nahetreten. Ich habe nur …« Da ich nicht wusste, was ich sagen sollte, brach ich ab.

»Sie haben nur von dem bedauernswerten toten Mädchen erfahren und sind ein wenig neugierig geworden«, schnappte die Sekretärin.

Überrumpelt schüttelte ich den Kopf. »So war es nicht. Ich habe nur … Ich habe nur gehört, dass Riley und Blake Beaufort ein Paar waren«, presste ich hervor, da mir nichts anderes einfiel.

Das Gesicht der Sekretärin wurde kalt. »Davon weiß ich nichts.«

Ihre Antwort kam mir eigenartig vor, und ich spürte, wie mich eine diffuse Unruhe ergriff. Mein Blick saugte sich an dem von Miss Kensington fest, während ihre Worte in meinem Kopf widerhallten. *Davon weiß ich nichts. Davon weiß ich nichts. Davon weiß ich nichts.*

Mein Wunsch, die Wahrheit über Blake und Riley zu erfahren, war wie ein Funken, der sich in mir entzündete. Ich hatte das Gefühl, als könnte ich diese Wärme am Leben erhalten, als könnte ich sie Kraft meiner Gedanken steuern. Mein ganzer Fokus galt dem Funken, und ich versuchte, ihn nicht verglühen zu lassen, während ich Miss Kensington nicht aus den Augen ließ. Dabei schien sich die Welt zu verlangsamen, und ich hatte plötzlich den Eindruck, auf meine Gabe zugreifen zu können. Zuerst nahm ich ein Prickeln wahr, das von meinem Herzen ausging, dann schoss eine ungeheure Energie blitzartig daraus hervor und bahnte sich den Weg durch meinen Körper, bis sie meine Augen erreichte. Ich spürte die Kraft meiner Fähigkeit und konnte eine Verbindung zu Miss Kensington herstellen, indem ich meinen Blick intensivierte.

Binnen eines Herzschlages verwandelten sich Miss Kensingtons Augen in hart funkelnde Diamanten. Wie bei Onkel Edgar zersprangen sie jedoch nicht sofort, sondern breiteten ihre Kristallflächen weiter aus, bis der Kopf der Sekretärin aussah, als würde er zu einer überdimensionalen Kristallfigur gehören. Das Licht wurde von den glänzenden Flächen reflektiert, und ich befeuerte innerlich meinen Wunsch, die Wahrheit zu erfahren, bis Miss Kensingtons Augen auseinanderbrachen und mir pechschwarze Finsternis dahinter entgegenblickte. Dann zerfiel auch der Rest ihres Kopfes und Rileys Gesicht tauchte in den Splittern auf.

»*Sie hat ihn geliebt*«, hörte ich das Flüstern einer leisen Stimme.

In dieser Sekunde schwang die Tür zum Sekretariat auf, und ich zuckte zusammen, als Mr Chapman das Büro betrat. Im ersten Moment wurde ich panisch, da Miss Kensingtons zerbrochenes Antlitz noch immer vor mir auf dem Boden lag, aber schon im nächsten Augenblick war die Vision vorüber und die Zeit lief normal weiter.

»Haben Sie sich endlich entschieden?«, wollte Miss Kensington unfreundlich wissen, und ich kritzelte schnell meinen Namen in irgendeine Spalte. Dabei konnte ich noch gar nicht glauben, dass ich meine Gabe soeben bewusst eingesetzt hatte.

Mr Chapman schielte über meine Schulter auf die Liste und lächelte zufrieden. »Sie wollen also Tischkärtchen schreiben, sehr schön, Miss Mansfield. Die Gruppe trifft sich, soweit ich weiß, gleich drüben im Festsaal.« Er reichte der Sekretärin ein Blatt Papier. »Hier, Miss Kensington, wie besprochen die aktualisierten Angebote der Rosenhändler.«

»Sehr gut«, sagte Miss Kensington und blickte mich abfällig an. »Kann ich sonst noch irgendetwas für Sie tun, Miss Mansfield?«

»Nein, natürlich nicht«, sagte ich und machte mich auf den Weg nach draußen, während die Gedanken nur so durch meinen Kopf schwirrten.

Den Rest der Woche konzentrierte ich mich darauf, meine Gabe immer wieder einzusetzen, und lernte, dass ich sie tatsächlich mit meinen Gedanken steuern konnte. Je mehr ich mir dabei wünschte, die Wahrheit zu erfahren, desto leichter klappte es. Es gab mir ein gutes Gefühl, meine Fähigkeit in den Griff zu bekommen, und es schien, als würde sie sich durch den bewussten Gebrauch auch schneller entwickeln. Die schimmernden Kristallflächen dehnten sich nun bereits über den kompletten Körper meines Gegenübers aus. Ab und zu hörte ich auch das Flüstern und hatte so herausgefunden, dass Mr Chapman seinen Fehltag nicht krank im Bett, sondern beim Training fürs Cornish Hurling verbracht hatte, und dass unser Hausmädchen Mary manchmal zu spät kam, weil sie sich nicht von ihrem neuen Freund trennen konnte. Über die Umstände von Rileys Tod hatte ich nichts weiter erfahren, dafür jedoch Fortschritte mit dem Namen Musgrave erzielt. Trotz Blakes Warnung am Strand – oder vielleicht auch gerade deswegen – hatte mich die Neugier nicht mehr losgelassen, und ich hatte weitere Nachforschungen angestellt. Dabei war ich auf drei Musgraves in der Umgebung gestoßen. Einer lebte auf einem Anwesen etwa fünf Stunden von hier, der zweite arbeitete als Bankkaufmann in Newtown und der dritte schien wegen irgendwelcher Drogendelikte im Gefängnis zu sitzen.

»Du musst nicht immer mit mir zu Abend essen«, stellte mein Onkel klar, als wir am Ende der Woche abends bei Tisch saßen. »Die Jungs sind auch ständig unterwegs, und du bist doch noch jung, geh ruhig mal aus und genieß das Leben.«

»Ein andermal vielleicht«, sagte ich und nahm einen Schluck aus meinem kristallenen Wasserglas. Nach meinem Gefühlschaos der letzten Zeit war ich ganz froh darüber, den Freitagabend einfach nur gemütlich zu Hause zu verbringen und nicht noch irgendwo in der Stadt den Zwillingen über den Weg zu laufen.

Onkel Edgar warf mir einen besorgten Blick zu. »Ist alles in Ordnung mit dir, June?«, fragte er, als Mary das Esszimmer betrat und uns das Essen servierte. Offenbar gab es heute Roastbeef mit Yorkshire Pudding und gegrillten Tomaten.

»Soll ich das dritte Gedeck noch liegen lassen, Mr Beaufort?«, wollte Mary wissen.

Mein Onkel sah auf die Uhr. »Ja, wir bekommen noch Besuch. Unser Gast müsste jeden Moment eintreffen.«

Ich runzelte die Stirn. »Du erwartest noch jemanden?«

»Ja, eine Freundin«, gab er sich mysteriös und genoss mein interessiertes Gesicht in vollen Zügen. »*Deine* Freundin, um genau zu sein.«

»Meine Freundin?«, wiederholte ich, als es auch schon an der Tür klopfte. »Du hast Lilly eingeladen?«

Wilfried trat gewohnt diskret ein. »Soll ich die junge Dame hereinführen?«

Mein Onkel nickte, und ich glaubte, nicht richtig zu sehen, als

Wilfried ein Mädchen in einem braunen Trenchcoat in den Raum bat. Ein Mädchen mit kurzen schwarzen Haaren und einer frechen Stupsnase, das mich breit angrinste.

»Carla!«, rief ich überglücklich und sprang auf. Sekunden später lagen wir uns in den Armen.

»Was machst du hier?«, stammelte ich völlig überrumpelt.

Carla zwinkerte mir zu. »Dein Onkel hat mich eingeladen, das Wochenende bei euch zu verbringen. Und das Angebot konnte ich natürlich nicht ausschlagen.«

Onkel Edgar rieb sich verlegen über die Nase. »Ich dachte mir, dass dir etwas Gesellschaft guttun würde. Damit du dich nicht nur in deinen Büchern verkriechst.«

»Das war eine hervorragende Idee, Mr Beaufort«, sagte Carla und reichte meinem Onkel die Hand. »Es freut mich übrigens sehr, dass ich Sie kennenlernen und in ihrem Schloss wohnen darf.«

»Carla«, sagte ich nur kopfschüttelnd.

»Das ist also die direkte deutsche Art«, schmunzelte mein Onkel und bedeutete Carla, Platz zu nehmen. »Und nun lasst uns gemeinsam zu Abend essen«, fügte er mit einem verschmitzten Lächeln hinzu. »Und zwar auf die britische Art.«

»Das sieht ja in echt noch größer aus als über Skype«, staunte Carla und inspizierte jede Ecke meines Zimmers. Dann kniff sie die Augen zusammen und betrachtete mich. »Hast du dich hier drinnen schon mal verlaufen?«

Ich hob eine Augenbraue. »In meinem Zimmer?«

Carla nickte. »Du bist schon zu lange hier, es fällt dir gar nicht mehr auf, oder?« Sie marschierte geradewegs ins Bad und stieß einen spitzen Schrei aus.

Ich hetzte ihr nach. »Was ist los?«

Carla hatte die Hand theatralisch auf ihre Brust gelegt und stützte sich mit der anderen an den Wandfliesen ab. »Hast du diese Wanne gesehen?«

»Ja, ich habe auch schon darin gebadet«, sagte ich und genoss Carlas kleine Show, weil sie mir ein heimeliges Gefühl gab.

Carla sank seufzend auf den Rand der Badewanne. »Das ist eine Prinzessinnen-Wanne. Jetzt ist es offiziell. Du bist eine Prinzessin. Darf ich dich überhaupt noch duzen?«

Ich ging kopfschüttelnd aus dem Bad und setzte mich auf mein Bett.

»Und muss ich dich jetzt mit Mylady ansprechen?«, wollte sie wissen, als sie mir in den anderen Raum folgte.

»Klar«, sagte ich nur und konnte mir das breite Grinsen nicht verkneifen. »Ich freue mich so, dass du hier bist.«

Carla ließ sich zu mir aufs Bett fallen. »Ja, ich mich auch«, sagte sie und zupfte verlegen an ihrem hellgrünen Pullover. »Und ich werde auch nie wieder von hier verschwinden, falls es dich interessiert.«

»Das wäre schön«, seufzte ich und dachte mal wieder an all das, was seit meiner Ankunft in Cornwall passiert war. »Aber vielleicht fändest du es nach einiger Zeit gar nicht mehr so cool.«

Carla warf mir einen ungläubigen Blick zu. »Das glaubst du doch selbst nicht. Außerdem habe ich eben einen unglaublich heißen Typ gesehen. Dieses Schloss bietet einem ja wirklich alles.«

Ich warf ihr einen fragenden Blick zu.

»Als mich der Wagen hier abgesetzt hat.« Carla stand auf, legte ihren Rollkoffer auf den Boden und ließ nacheinander die Schnallen aufklappen. »Der Typ ist auf sein Motorrad gestiegen … und ich sage nur: Wow! Was für ein Kerl.«

»Das war Blake.«

»*Das* war Blake? Der, mit dem du …?«

Ich nickte verdrossen, und auch wenn unser Kuss in der Höhle erst zwei Wochen her war, fühlte es sich nach einem anderen Leben an.

»Okay, ich sehe – ich komme gerade zur rechten Zeit.« Sie öffnete ihren Koffer und zog eine große Tüte daraus hervor. Dann stand sie wieder auf und leerte den Inhalt der Tüte über meinem Bett aus. Unzählige Schokoriegel, Gummibärchen und Kekspackungen purzelten heraus und brachten mich zum Lachen.

»Was ist das denn?«

Ihre dunklen Augen funkelten. »Das sind lauter deutsche Süßigkeiten, die es laut Internet in England nicht gibt – und wenn du mir gleich dein Herz ausschüttest, werden wir sie vernichten. Und zwar alle.«

Die Zeit mit Carla verging wie im Flug, und wir quatschten die ganze Nacht durch, bis wir irgendwann beide erschöpft in meinem Bett einschliefen und erst kurz vor Mittag wieder aufwachten.

Nach einem späten Frühstück zeigte ich ihr das Anwesen und danach Darktrew, wo wir gemeinsam shoppen gingen. In einem Schmuckgeschäft kaufte Carla sich ein hübsches Armband mit roten Steinen, und ich fand in einem kleinen Laden ein Top und eine graue Tasche, die ich einfach nur deshalb nahm, weil Carla sie mir lange genug einredete.

»Du hast mir doch erklärt, dass Frauen durchschnittlich 111 Handtaschen in ihrem Leben kaufen«, sagte sie, als wir wenig später mit einer Tüte Fish and Chips in der Hand durch die engen Gassen von

Darktrew spazierten. »Um da mitzuhalten, musst du schließlich irgendwann auch mal anfangen.«

Ich schmunzelte. »Du verwendest meine eigene Statistik gegen mich.«

Sie grinste frech zurück und spickte in das Schaufenster eines kleinen Antiquitätenladens. »Als beste Freundin einer bekannten Menschenrechtsanwältin muss ich dir doch später allerhand Sachen verkaufen, um mich selbst zu finanzieren.«

Ich musste lachen. Carlas Anwesenheit brachte eine Unbekümmertheit in mein Leben zurück, die ich die letzten Wochen stark vermisst hatte. Es tat so unglaublich gut, sie hier zu haben, und ich wollte nicht daran denken, dass sie morgen schon wieder abreisen musste. »Was du nicht alles für Geld tust«, sagte ich gespielt empört und schob mir eine Pommes in den Mund.

Sie zuckte wie selbstverständlich mit den Schultern, während sie sich von mir ein Stück gebackenen Fisch mopste. »Ich gehe sogar so weit, dich heute Abend zu diesem Gig zu begleiten.«

Sofort bekam ich ein flaues Gefühl im Magen – die Einladung zu Prestons Auftritt hatte ich völlig vergessen. »Stimmt, da müssen wir ja auch noch hin.«

»Was heißt hier *müssen?*«, fragte Carla kauend und rieb sich die Hände. »Da will ich unbedingt hin. Schließlich muss ich ja noch den zweiten Zwilling in echt sehen – und dafür sorgen, dass du dich auch von ihm nicht aus Cornwall vertreiben lässt.«

Am Abend war Wilfried so nett, uns direkt vor dem Pub abzusetzen. Ich wäre einfach mit dem Bus nach Darktrew gefahren, aber Carla war sofort auf Onkel Edgars Angebot eingestiegen, uns von dem Butler chauffieren zu lassen.

»Das ist so unglaublich cool«, sagte sie und sah den Rücklichtern des schwarzen Rolls-Royce hinterher. »Und so stilecht.«

»Komm, lass es uns schnell hinter uns bringen.« Ich zog sie zu der grünen Tür des Lokals, aus dem Stimmengewirr und Musik nach draußen drangen.

Carla blieb vor der Tür stehen. »Mach dir keine Sorgen, June. Was soll denn schon passieren? Wir machen uns einen netten Abend, und wenn Preston schlecht singt, pfeifen wir ihn einfach aus. Ich habe zur Sicherheit auch noch ein paar Tomaten eingepackt.« Sie deutete auf ihre schwarze Umhängetasche.

»Wage es ja nicht.« Ich hob drohend den Finger, weil ich keine Spontanaktion gebrauchen konnte.

»War doch nur ein Scherz, beruhige dich.« Sie öffnete beschwingt die Tür. Dabei zwinkerte sie mir zu, während sie einen großen Schritt über die Schwelle machte.

Carla hatte sich heute Abend für ihr neues Armband, ein blaues Kleid und Smokey Eyes entschieden, während ich mein neues Top mit einer engen schwarzen Jeans kombiniert hatte. Meine Haare hatte ich zu einem hohen Zopf gebunden und nur etwas Lipgloss aufgetragen, weil ich Preston nicht das Gefühl geben wollte, mich extra für ihn herausgeputzt zu haben.

Zögernd folgte ich Carla in den Pub. Stickige Luft schlug uns entgegen, aber die Band hatte noch nicht zu spielen begonnen. Stattdessen quatschten die Leute wild durcheinander, lachten und hatten sichtlich ihren Spaß. Ich ließ meinen Blick durch das volle Lokal schweifen und hielt Ausschau nach Lilly und Grayson. Die Einrichtung des Pubs war in dunklem Holz gehalten, überall standen kleine Tischchen und an den Steinmauern hingen unzählige gerahmte Bilder von Band-Auftritten. Gleich links neben der Tür war die Bar, hinter der eine Frau mit tätowierten Armen, Nasenpiercing und knallroten Haaren arbeitete. Ich grinste in mich hinein, denn bei ihr musste es sich definitiv um Nancy handeln, von der Grayson und Lilly gesprochen hatten. Doch Nancy betete momentan nicht Satan an, sondern zapfte einfach nur Bier.

An der gegenüberliegenden Seite des Raumes erspähte ich einen freien Bereich, der an den Kamin angrenzte. Dort waren schon einige Musikinstrumente aufgebaut worden, und ich erkannte ein Schlagzeug, ein Keyboard, eine E-Gitarre und einen Mikrofonständer.

»Hey, June!«, hörte ich in dem Moment Lilly durch den Raum rufen, die sich mit Grayson in eine gemütliche Ecke verkrümelt hatte.

»Hallo, ihr zwei«, rief ich und drängelte mich mit meinem Besuch zu ihnen hinüber. »Das ist Carla.«

Grayson, der keinen besonders erfreuten Eindruck machte, musterte Carla von oben bis unten. »Hallo, andere Freundin«, sagte er nur, aber Lilly lächelte Carla über den Tisch hinweg an.

»Hi, ich bin Lilly, und das neben mir ist mein missmutiger Freund Grayson, der sich das erste Mal seit Langem in dieses Pub traut und seine gute Laune nun mit jedem teilt, der ihm über den Weg läuft.«

»Hallo, Lilly und hallo, missmutiger Freund«, sagte Carla grinsend und zog sich einen Stuhl heran. Auch ich setzte mich und war froh, dass Carla super Englisch sprach und ich nicht den Dolmetscher spielen musste.

»Ist es so schlimm?«, fragte ich Lilly, die als Antwort mit den Augen rollte.

»Zu stickig. Zu laut. Zu viele Leute.«

»Zu viel Gejammer?« Carla hob eine Augenbraue.

»Ich bin mir nicht sicher, ob ich dich mag, Sweetheart«, sagte Grayson und warf Carla einen vielsagenden Blick zu.

»Du musst mich auch nicht mögen. Aber warum bist du überhaupt hier, wenn es doch so schrecklich ist?«

Grayson seufzte. »Dich hat es schließlich auch aus Deutschland hierher verschlagen, nicht wahr?«

»Aber mir gefällt es bisher auch«, sagte Carla. »Abgesehen davon, dass ich noch nichts zu trinken bekommen habe.«

»Da musst du zu Nancy rübergehen.« Lilly deutete in Richtung Bar, die Carla sofort fröhlich ansteuerte.

»Sie ist nett«, sagte Lilly, als Carla sich anstellte. »Und du siehst glücklich aus.«

»Es ist einfach schön, jemanden von zu Hause hier zu haben.«

Grayson schnaubte. »Sie ist aber ganz schön vorlaut.« Dann wandte er sich vorwurfsvoll an Lilly. »Und was ist mit dir? Wieso teilst du gleich alles mit einer Wildfremden? Du hättest ruhig bis zum ersten Bier warten können, bis du meine Gemütslage mit ihr besprichst. Oder erzähle ich jedem, dass du ständig pinkeln musst, wenn du nervös bist?«

Ich lachte. Grayson so in Rage zu erleben, war wirklich amüsant.

Lilly nippte gelassen an ihrem Bier. »Du bist heute aber echt schlecht drauf. Es wird wirklich Zeit, dass Preston auftaucht – damit sich deine Stimmung hebt.«

»Jetzt wird mir so einiges klar«, neckte ich ihn und brachte Lilly damit zum Schmunzeln.

Grayson verengte die Augen. »Sehr witzig, June. Ich denke ernsthaft darüber nach, euch alle hier zu entfreunden und mich das nächste Mal meinen Eltern bei einem ihrer Theaterstücke anzuschließen, statt mit euch rumzuhängen.«

Lilly grinste breit. »Das würdest du niemals tun.«

»Sei dir da mal nicht so sicher«, hielt Grayson dagegen und nestelte nervös an seiner Papierserviette herum, als ein paar Typen aus einem der hinteren Räume auf die Musikinstrumente zusteuerten. Unter ihnen erkannte ich auch Preston, der mit seinem grauen T-Shirt, der verwaschenen Jeans und den zurückgegelten Haaren wie ein Rockstar aussah. Seine blauen Augen scannten den Raum, und als sie an mir hängen blieben, setzte mein Herz für einen Augenblick aus. Es war, als würden das Stimmengewirr, all die Leute und sämtliche Geräusche ringsum in den Hintergrund treten, als ich seinen durchdringenden Blick erwiderte. Unwillkürlich musste ich an unseren Kuss am Strand zurückdenken, und obwohl ich es nicht wollte, kribbelte mein ganzer Körper, als er mich kurz angrinste und sich dann zu Lenny und seinem zweiten Bandkollegen umdrehte.

»Es geht los«, gab Grayson aufgeregt zu Protokoll. Seine miese Stimmung war auf einmal wie weggeblasen.

Carla kam mit zwei Gläsern mit einer goldbraunen Flüssigkeit auf mich zu und stellte sie vor uns auf den Tisch.

Ich zog die Augenbrauen hoch. »Was ist das?«

»Keine Ahnung«, sagte Carla und grinste auf eine Art, die mich unruhig werden ließ. »Aber die Barkeeperin hat es mir empfohlen.«

»Ich weiß nicht, ob das gut ist …«, sagte ich unsicher.

»Auf keinen Fall«, bestätigte Grayson, dessen Augen auf die Bühne gerichtet waren.

»Hey, Leute«, kam in dem Moment Prestons Stimme über die

Lautsprecher und es wurde schlagartig still in dem Lokal. »Wir sind *The Standing Rocks*«, verkündete er, und die ersten Gäste begannen schon zu jubeln. »Wir werden also nicht so schnell von hier wegrollen – genießt die Show.«

Kapitel 22

»Die sind wirklich gut«, flüsterte mir Carla zu, als die Band mit dem zweiten Song für eine Bombenstimmung sorgte. »Und Preston ist echt heiß.«

Ich atmete tief ein und erwiderte nichts. Ich wollte nicht ständig hören, wie sexy die Beaufort-Zwillinge waren, die auf meinen Gefühlen wie auf einer bescheuerten Gitarre spielten.

Prestons Stimme erfüllte den Raum und war so einnehmend, dass die Gespräche der Leute vollständig verklungen waren. Aufmerksam lauschten alle den selbst komponierten Songs, einer Mischung aus Indie Rock und Folk. Lenny und der Gitarrist gaben alles, doch sobald Preston das Mikro an sich zog und die leiseren Töne anstimmte, schienen ihm alle Frauen in dem Pub zu Füßen zu liegen. Genau wie Grayson.

»Dieser Typ …«, seufzte er, als die Band eine kurze Pause machte. »Es ist schon ungerecht. Er sieht nicht nur umwerfend aus, sondern hat auch noch diese Stimme. Wenn die Verteilung von Talent und Schönheit in seiner Gesamtheit irgendwie ausgewogen abgelaufen ist, dann muss wegen Preston irgendwo ein untalentierter, hässlicher Zwerg herumlaufen.«

Lilly lachte und auch ich musste schmunzeln.

»Ach, ich sehe da schon einige.« Carla schlürfte von ihrem Getränk, das schon fast leer war.

»Wen meinst du denn?«, wollte Lilly wissen.

Carla zuckte mit den Schultern. »Ich weiß nicht, vielleicht die Typen da vorne an dem ersten Tisch?« Sie deutete mit dem Kinn in Richtung einer Gruppe von Jungs, die ein Bier nach dem anderen in sich hineinschütteten und lautstark miteinander diskutierten.

»Das sind Jungs aus der Schule«, sagte Lilly. »Und die sind eigentlich ganz nett, solange sie nicht zu viel getrunken haben.«

»Wahrscheinlich sind sie eher ganz nett, wenn man selbst zu viel getrunken hat.« Carla strich sich grinsend über ihr neues Armband, dessen rote Steine im gedämpften Licht des Pubs sanft glitzerten.

Lillys Blick blieb kurz an dem Schmuckstück hängen, bevor sie den Kopf schüttelte. »Ich hab noch nicht so viel getrunken und finde sie trotzdem okay«, sagte sie etwas eingeschnappt. »Samuel zum Beispiel war mit mir eine Zeit lang in der Theatergruppe.«

»Wenn du es sagst. Ist mir auch vollkommen egal, wie die so drauf sind.« Carla stürzte den letzten Schluck aus ihrem Glas hinunter. »Aber was mir nicht egal ist: Unsere Gläser sind schon fast wieder leer, und das Zeug, das mir die Barkeeperin empfohlen hat, ist wirklich lecker. Also werde ich uns noch eine Runde holen, okay?«

»Gerne. Aber ich komme mit«, meinte Grayson und schob den Tisch etwas vor, um aus seiner Sitzecke aufzustehen. »Schließlich möchte ich nicht, dass mir Nancy was ins Getränk mischt.«

Der Rest des Abends wurde immer entspannter, was wahrscheinlich tatsächlich an Nancys Drinks lag.

»*A penny for your thoughts*«, sagte Grayson, nachdem die Band ihre letzte Zugabe gespielt hatte und an die Bar verschwunden war. Grayson schien inzwischen schon etwas angetrunken zu sein, denn sein Londoner Akzent wurde immer breiter.

»Ach, ich hab an gar nichts gedacht«, log ich und merkte, dass ich auch zu viel getrunken hatte und mich zurückhalten musste, um nicht allzu oft in Prestons Richtung zu schauen.

»Das glaube ich dir nicht, Sweetheart. Du bist doch eine von denen, die immer denken, auch wenn sie es gar nicht wollen.«

»Oh, oh«, machte Lilly, die gerade vom Klo zurückkam. »Grayson macht wieder sein Terrier-Gesicht, was will er wissen?«

Grayson fuhr sich mit den Händen über sein schmales Gesicht. »Ich mache überhaupt kein Terrier-Gesicht. Und wenn ich schon wie ein Hund aussehe, dann wohl eher wie ein Afghane.« Er wandte sich mir zu. »Also – bei welchem Thema waren wir?«

»Du wolltest meine Gedanken wissen.« Ich merkte, wie sich alles um mich herum schon ein wenig drehte. »Wo ist eigentlich Carla? Wollte sie nicht noch etwas zu trinken holen?«, fragte ich dann, weil ich sie an der Bar nicht entdecken konnte. Mein Blick wanderte automatisch auch durch den Rest des Lokals. Überall saßen die Leute, tranken und lachten – aber von Carla fehlte jede Spur.

»Ich glaub, ich hab vorhin gesehen, wie sie auf die Straße raus ist. Aber meine Aussagen sind momentan nicht mehr besonders zuverlässig, ich wäre eben fast in der Schlange vor dem Klo eingeschlafen.« Lilly pustete sich eine Strähne aus dem Gesicht. »Der vor dem Männerklo, falls es euch interessiert.«

Grayson begann zu lachen.

Ich stand auf. »Ich seh mal nach Carla.« Wahrscheinlich wollte sie nur frische Luft schnappen, weil es ihr im Pub zu stickig geworden war. Leicht schwankend machte ich mich auf den Weg durch das

Lokal und konnte auch schon ihre Stimme hören, als ich die Tür nach draußen öffnete.

»Ihr wart echt super«, sagte sie gerade. »Habt ihr dieses Jahr noch mehr Gigs?«

»Wieso? Willst du uns als Groupie hinterherreisen?«, erwiderte Preston amüsiert.

Ich verharrte mitten in der Bewegung und nahm nur dumpf wahr, wie die Tür hinter mir ins Schloss fiel, da meine Aufmerksamkeit Preston und Carla galt. Preston lehnte lässig an der Hauswand des Pubs und grinste Carla an, die kurz die Augen verdrehte. Dabei lächelte sie jedoch genauso breit wie er. Flirteten die beiden etwa miteinander?

»Hey, June – schau, wen ich hier gefunden habe«, sagte Carla ungeniert. Es nieselte leicht und ich fühlte die Regentropfen auf meiner Haut.

Preston wandte sich mir zu, und sein Blick schien sich direkt in mich hineinzubohren. Schlagartig musste ich wieder an unseren Kuss am Strand denken und atmete tief ein. Dachte er gerade dasselbe?

»Sein Auftritt war doch der Hammer, oder?«, fuhr Carla fort.

Ich spürte die Nachtluft, die kühl über meine Wangen strich, während gleichzeitig eine innere Hitze durch mich hindurchschoss. »Sein Aufritt war okay«, antwortete ich ruhig, da mich Carlas Anhimmelei etwas nervte.

Preston zog eine Augenbraue hoch und lächelte mich sexy an. »Okay? Mach dir nichts vor, June. Unser Auftritt war mehr als okay.«

»Vielleicht«, antwortete ich nach einem Moment des Zögerns.

In diesem Augenblick ging die Tür auf und Lenny steckte den

Kopf raus. »Hey, Preston, drinnen wollen dich ein paar Ladys sprechen«, sagte er mit einem anzüglichen Unterton und strich sich gleichzeitig seine langen Haare zurück.

»Ich hab dich vorhin spielen hören. Du bist ziemlich gut«, sagte Carla und betrachtete Lenny interessiert.

Preston stieß sich grinsend von der Wand ab. »Deswegen ist er ja auch in meiner Band.«

»Wie lange kennt ihr euch schon?«, fragte Carla mit einem hollywoodreifen Augenaufschlag. Sie war jetzt im vollen Flirtmodus.

Lenny betrachtete Carla mit neuem Interesse. »Ein paar Jahre. Zuerst hat jeder für sich Musik gemacht, aber zusammen sind wir einfach besser.«

Sie nickte, als würde sie das sofort glauben. »Macht ihr sonst noch was zusammen?« Sie grinste. »Ein paar Dummheiten? Oder was anderes?«

»Nein, wie kommst du denn darauf?«, erwiderte Lenny und sah zur Seite. Dabei hatte ich plötzlich das Gefühl, dass er log, obwohl ich ohne Augenkontakt meine Gabe nicht nutzen konnte.

»Komm jetzt«, wandte sich Lenny dann an Preston und verschwand mit ihm ins Innere des Pubs.

Sobald die beiden weg waren, atmete ich tief durch. Einen Moment später wanderte mein Blick zu Carla, und ich merkte, dass sich alles vor meinen Augen drehte. Nancys Getränke hatten es echt in sich.

»Dieser Schlagzeuger war ziemlich schnuckelig«, sagte Carla mit einem Grinsen, das mich wütend machte.

»Was ist eigentlich los mit dir?«, fauchte ich sie an.

»Wie bitte?«

Ich machte einen Schritt auf sie zu. »Ich hab dir doch erzählt, was die letzten Wochen abgegangen ist. Und du hast nichts Besseres vor, als hier draußen mit Preston zu flirten?«

Carla verdrehte die Augen. »Ich habe nicht mit ihm geflirtet. Wir haben uns nur unterhalten. Und ich finde ihn eigentlich ganz nett.«

»Natürlich war er nett!«, sagte ich wütend und überlegte kurz, ob ich Carla in mein Geheimnis einweihen sollte. Vielleicht verstand sie mich einfach nur deshalb nicht, weil sie nicht die ganze Geschichte kannte? Ein Teil von mir wollte ihr alles erzählen, aber ein anderer wusste, dass die Sache viel zu verrückt klang.

»Vielleicht bist du nur so angespannt wegen dem ganzen Stress, der gerade über dich hereinbricht, June«, sagte Carla. Ich glaubte, nicht richtig zu hören. »Natürlich ist das alles viel, eine neue Schule, weg von zu Hause … aber es ist doch eigentlich echt super hier.«

Ich schnaubte. »Seit ich angekommen bin, habe ich das Gefühl, dass du mich am liebsten für immer in Cornwall sehen würdest. Dass du mir einreden willst, unbedingt hierzubleiben.«

Carlas Augen weiteten sich und sie schüttelte den Kopf. »Was für ein Quatsch. Natürlich möchte ich dir nichts einreden.« Dabei sah sie mich direkt an, und ich spürte den Drang, meine Fähigkeit einzusetzen. Beinahe automatisch intensivierte ich meinen Blick, bis die Welt um mich herum an Geschwindigkeit verlor. Aus den Augenwinkeln nahm ich wahr, wie der Regen in Zeitlupe nach unten fiel und die Tropfen im Schein der Straßenlaterne Richtung Asphalt schwebten. Auch die Geräusche der Umgebung verlangsamten sich, das Stimmengewirr aus dem Pub klang lang gezogen und verzerrt, bis es komplett verstummte und sich eine tiefe Stille über die Nacht senkte.

Ich starrte noch immer in Carlas Augen, und obwohl ich schon wusste, was mich erwartete, schluckte ich doch, als es geschah. Das harte Diamantglas ihrer Augen breitete sich wie funkelndes Eis über ihr Gesicht und ihren Hals aus und wanderte über den Oberkörper weiter, bis es Beine und Füße erreicht hatte. Carlas gesamter Körper sah nun aus wie eine leuchtende Kristallpuppe, die das Licht der Straßenlaterne reflektierte. Im nächsten Moment zerbarst sie mit einem Krachen und gab den Blick in eine erdrückende Schwärze frei.

Ich hatte das Gefühl, in der Dunkelheit zu ertrinken, und schnappte nach Luft, als die Diamantsplitter langsam auf mich zuschwebten und um mich herum im Kreis tanzten, während ich plötzlich Carlas Stimme Jaspers Namen flüstern hörte.

Ich wich ein Stück zurück. »Du lügst«, keuchte ich, als die Welt wieder in normalem Tempo weiterlief.

Carla runzelte die Stirn, doch plötzlich wirkte sie unsicher. »Warum sollte ich dich anlügen? June, hör dir doch einmal selbst zu. Warum sollte ich dir einreden, in Cornwall zu bleiben? Immerhin bist du meine beste Freundin …«

»Es hat mit Jasper zu tun, oder?«, flüsterte ich.

Carlas Gesicht wurde augenblicklich aschfahl und ich wandte verzweifelt den Blick ab. Am liebsten hätte ich mich geirrt, aber ihre Reaktion war eindeutig.

»Sag es mir«, forderte ich sie erstickt auf.

»Was soll ich dir denn sagen?«, hauchte sie kraftlos.

»Warum du wirklich wolltest, dass ich nach Cornwall gehe. Warum du auch jetzt darauf drängst, dass ich hierbleibe.« Tränen stiegen mir in die Augen und vermischten sich mit dem Regen, der leise vom Himmel fiel. »Du bist meine beste Freundin, Carla!«, hörte ich mich plötzlich schreien. »Also belüg mich nicht!«

Sie schrak zurück und fuhr sich mit der Hand durch ihre kurzen nassen Haare, bevor sie die Lippen zusammenpresste. »Ich wollte nicht, dass es passiert«, sagte sie nach einem Moment der Stille. »Das musst du mir glauben.«

Mein Herz pochte schnell und laut in meinen Ohren. »Ich glaube dir überhaupt nichts mehr, solange du mir nicht erzählst, wovon du überhaupt sprichst!«

Ihr Kinn begann zu zittern und sie zuckte hilflos mit den Schultern. »Wir haben uns verliebt«, sagte sie dann, als wäre es nichts Schlimmes, als würde sie nicht gerade von meinem Ex-Freund reden, der meine erste große Liebe gewesen war und der mich nach einem Jahr Beziehung einfach von einem Tag auf den anderen ohne ein Wort der Erklärung verlassen hatte. Der mir keinen Grund genannt hatte, obwohl es einen Grund gegeben hatte. Sie. Meine beste Freundin.

»Ich kann nicht glauben, dass ihr mir das angetan habt«, flüsterte ich und wich zurück. Noch nie hatte ich mich so verletzt und hintergangen gefühlt. »Ich habe euch vertraut. Ich habe *dir* vertraut!«

Sie schniefte leise und fuhr sich mit dem Handrücken über die Augen. »Ich wollte nicht, dass es passiert«, wiederholte sie flehend. »Ich wusste einfach nicht, wie ich es dir sagen sollte.«

»Und das ist deine Entschuldigung?«, fuhr ich sie an. »Du wusstest nicht, wie du es mir sagen solltest?« Heiße Wut kochte in mir hoch. »Erst klaust du mir meinen Freund, und dann hast du nicht mal den Anstand, es mir zu erzählen? Wie lange geht das schon zwischen euch? Hast du es genossen, mich so zu verarschen?!« Meine Stimme kippte und wurde immer schriller. »Habt ihr gemeinsam darüber gelacht, wie blöd ich bin, dass ich nichts davon merke?«

»Wir haben es nicht genossen! Ganz und gar nicht!«, schrie sie zurück. »Ich wollte doch auch nicht, dass es geschieht, aber irgendwann ist es passiert, und ich wollte dich nicht verlieren!«

»Dann hättest du einfach nichts mit ihm anfangen dürfen!«, brüllte ich und rang nach Atem. Aus dem Pub kam gerade ein Pärchen, das mich seltsam anstarrte, aber es war mir egal. »Ist Jasper die Freundin, die ich nicht kenne? Und bist du gar nicht mit deiner Mutter shoppen gewesen, sondern hast dich mit ihm getroffen?«, tobte ich weiter und sah, wie Carla vor mir zurückwich.

»Ich hatte keine Ahnung, was ich machen sollte«, flüsterte sie. »Ich wollte es doch auch nicht – wir wollten das doch beide nicht …«

»Hör auf, von ihm und dir als *wir* zu sprechen! Du hättest es stoppen können.«

»Das wollte ich!«, schrie sie verzweifelt. »Aber ich kann es nicht! Er bedeutet mir einfach zu viel, June!«

»Und unsere Freundschaft bedeutet dir einfach nichts!«, schrie ich zurück und spürte plötzlich, wie sich zwei starke Arme um meine Taille legten. »Lassen Sie mich los!«, brüllte ich und versuchte die fremde Berührung abzuschütteln, während mich ein Geruch nach Ozean und Leder einhüllte.

»Das tue ich, wenn du aufhörst, hier die ganze Stadt zusammenzuschreien«, sagte Blake in mein Ohr, und ich erstarrte für einen Moment.

»Was machst du hier?«, zischte ich und versuchte mich wieder aus seinem Griff zu winden.

»Eigentlich wollte ich mich gerade mit William treffen. Aber auf dem Weg zu ihm hab ich dich rumschreien gehört.«

»Und wieso bist du nicht einfach weitergegangen?«, fauchte ich. »Findest du nächtliches Rumschreien jetzt auch schon zu gefährlich, oder was?«

»Willst du hier weiter ausrasten und jedem Idioten in der Nähe signalisieren, dass du betrunken bist?«, fragte er kalt.

Ich schüttelte den Kopf. »Du kannst es nicht lassen, oder? Ständig musst du den edlen Ritter spielen, selbst wenn das Burgfräulein sehr gut auf sich selbst aufpassen kann und keine Hilfe braucht.«

»Okay, das reicht. Ich bring dich jetzt nach Hause«, sagte Blake ruhig.

»Nach Hause?«, lachte ich bitter. »Willst du mich etwa mit deinem Motorrad nach Deutschland fahren?«

Blake erwiderte nichts darauf. Stattdessen hob er mich einfach hoch und trug mich weg.

»Lass mich sofort los!«, kreischte ich und fing Carlas Blick auf, die zwischen Blake und mir hin- und hersah.

»Lass sie los«, verlangte auch sie und machte einen Schritt auf uns zu. »Du kannst sie doch nicht einfach so mitnehmen!«

»Misch dich nicht ein!«, zischte ich Carla an, weil ich nicht wollte, dass sie mir half. »Du bist nicht mehr meine Freundin!«

»Ich schicke Wilfried, um dich abzuholen«, sagte Blake zu Carla und flüsterte mir dann ins Ohr. »Und du kommst jetzt mit.«

Ich versuchte ihn zu treten und strampelte dabei wie wild mit den Beinen. »Lass mich in Ruhe!«

»Das kann ich leider nicht«, sagte er und warf mich über seine Schulter, um mit mir zum Motorrad zu gehen. »Du lässt mir keine Wahl.«

»Ich werde nicht mit dir fahren!«

»Und wie du das wirst«, knurrte Blake und setzte mich auf sein Motorrad. Er hielt mich noch immer fest, als plötzlich sein Handy klingelte. Mit einer Hand zog er es aus seiner Jackentasche. »Ja, bin schon unterwegs«, erklärte er nach einer Pause. »Nur ein kleiner

Zwischenfall, mit dem ich nicht gerechnet hatte.« Sein Blick glitt langsam über mich, und für einen Moment war es mir peinlich, dass ich dieser Zwischenfall war.

»Ich muss noch mal nach Green Manor, dann komm ich zu dir.« Mit diesen Worten beendete Blake das Gespräch. »Und du hörst endlich auf mit dem Aufstand und kommst mit«, sagte er. »Sonst fahre ich dich tatsächlich noch nach Deutschland, verstanden?«

Kapitel 23

»Kann ich sonst noch etwas für Sie tun?«, fragte Wilfried höflich, als er Carlas Rollkoffer am nächsten Tag vor dem Flughafen von Newquay aus dem Wagen hievte.

Carla schüttelte nur bedrückt den Kopf.

»Auf Wiedersehen, Miss Rosenstein«, verabschiedete sich der Butler und wandte sich dann an mich. »Lassen Sie sich ruhig Zeit, ich warte im Wagen, Miss Mansfield.«

Ich ging mit Carla durch die Eingangstür des kleinen Flughafens, von dem aus ihr Flug über London zurück nach Frankfurt ging. Nach dem gestrigen Streit hatten wir nicht mehr miteinander gesprochen und ich hatte auch jeden weiteren Versuch von ihr entschieden abgeblockt. Zu groß war die Enttäuschung, dass sie mich hintergangen hatte. Deswegen war ich nun doch froh, dass sie heute Vormittag schon wieder abreiste. Meinem Onkel und Wilfried mussten die plötzlichen Spannungen zwischen uns aufgefallen sein, aber sie waren zu höflich gewesen, um es anzusprechen.

»Du musst mich nicht zum Schalter bringen, das schaffe ich schon«, sagte Carla leise, als wir in der grauen Abflughalle mit den bunten Schildern und den leuchtend blauen Absperrbändern standen. Eine kleine Schlange hatte sich bereits vor Carlas Check-in-

Schalter gebildet. »Ich will nicht so von dir wegfliegen, June«, fügte sie nach einem Moment hinzu. »Ich verstehe, dass du wütend auf mich bist, und du hast auch allen Grund dazu. Ich fühle mich schrecklich wegen allem, was geschehen ist.«

Ein Teil von mir wollte nachgeben, ein Teil von mir wollte ihr einfach verzeihen, aber ich konnte es nicht.

»Flieg nach Hause, Carla«, sagte ich müde. »Ich fühle mich einfach nur unglaublich dumm, dass ich dir vertraut habe.«

Carla biss sich auf die Unterlippe und sah mich an. »Das kann ich verstehen, wirklich, aber glaub mir, ich wollte dich nicht verletzen, ich konnte einfach nicht anders.«

Ihre dunklen Augen begannen zu leuchten, und auch wenn ich meine Gabe nicht einsetzen wollte, weil ich nicht noch mehr verletzende Wahrheiten ertragen konnte, kam sie einfach durch. Ich fühlte, wie sich die Zeit verlangsamte, wie sich alles um mich entschleunigte und nur noch in Zeitlupe ablief. Carlas dunkle Augen verwandelten sich in zwei glitzernde Kristallflächen, die sich rasend schnell über ihren ganzen Körper ausbreiteten, bis ihre Gestalt mit einem lauten Krachen zersplitterte. Mit hämmerndem Herzen sah ich in das strahlend helle Licht hinter den Splittern und wusste, dass Carla diesmal die Wahrheit sagte. Die Diamantsplitter tanzten um mich herum, und ich zuckte zusammen, als ich in jedem von ihnen Jaspers Gesicht erkannte. Er trug seine blonden Haare kürzer als beim letzten Mal, als wir uns gesehen hatten, aber seine sanften braunen Augen waren dieselben geblieben.

»Ich liebe dich so sehr«, hörte ich Carlas Stimme flüstern und schloss die Augen, als mich ihre Gefühle für Jasper überwältigten. Sie liebte ihn tatsächlich – und zwar aus tiefstem Herzen.

Verwirrt öffnete ich die Augen und sah, dass Carla wieder in

Fleisch und Blut vor mir stand, während die Welt ihren gewohnten Lauf nahm.

»June, du bist meine beste Freundin«, stammelte sie mit tränenerstickter Stimme, und ich atmete tief ein.

»Schon gut«, murmelte ich nach einem Moment des Zögerns. »Ich glaube dir, dass du es nicht mit Absicht gemacht hast.«

»Wirklich?« Sie schluckte und schien mich umarmen zu wollen, zögerte aber. »Ich … ich ruf dich an, wenn ich wieder zu Hause bin, okay?«

Ich blickte zur Seite und nickte dann. »Aber gib mir noch etwas Zeit, okay?«

»Na klar. So viel du brauchst.« Ihre dunklen Augen schimmerten, als sie mich nun doch kurz in die Arme schloss. »Danke, dass du es verstehst.«

So weit wäre ich zwar nicht gegangen, aber ich widersprach ihr nicht.

»Ach, und ich hab mein neues Armband heute Morgen nicht gefunden. Wenn du es irgendwo siehst – schickst du es mir dann nach?«

»Klar«, sagte ich und war irgendwie erleichtert, als Carla ihren Koffer nahm und sich zum Check-in-Schalter wandte, um wieder zurück nach Deutschland zu fliegen.

Nach der Rückkehr vom Flughafen fühlte ich mich erschöpft. Trotz der Aussprache mit Carla blieb da eine dumpfe Enttäuschung, die wahrscheinlich erst mit ein bisschen Abstand verschwinden würde. Außerdem hatte ich bohrende Kopfschmerzen von Nancys Getränken und musste auch immer wieder an Blake denken, der mich gestern einfach über seine Schulter geworfen und mit dem Motorrad nach Hause gebracht hatte. Auf der ganzen Heimfahrt hatten wir kein Wort gesprochen, und ich wusste noch immer nicht so recht, ob ich sauer oder dankbar sein sollte, weil er sich um mich gekümmert hatte, als ich betrunken war.

Als Wilfried seine schwarze Limousine durch das schmiedeeiserne Tor von Green Manor lenkte und das alte Herrenhaus stolz vor mir aufragte, beschloss ich, das alles für den Moment beiseitezuschieben. Es brachte nichts, ewig über Carla und Blake nachzudenken, und ich versuchte, mich mit etwas anderem abzulenken.

Wie zum Beispiel mit der Frage, was Betty heute gekocht hatte, denn ich hatte einen mörderischen Hunger.

»Danke fürs Fahren, Wilfried«, sagte ich zu dem Butler, nachdem er die Limousine vor dem Eingang des Herrenhauses zum Stehen gebracht hatte.

»Es war mir wie immer ein Vergnügen«, erwiderte Wilfried, und ich fühlte, wie meine Gabe sich regte, als er mir dabei über den Rückspiegel in die Augen sah. Doch bevor sich die Zeit ernsthaft verlangsamen konnte, wandte ich rasch den Kopf ab und stieg aus dem Wagen. Inzwischen hatte ich herausgefunden, dass ich es durchaus steuern konnte, ob ich meine Fähigkeit einsetzte oder nicht – es hing nur damit zusammen, wie sehr ich es wollte. Nachdem ich die Autotür zugeschlagen hatte, nickte ich Wilfried lächelnd zu und machte mich auf den Weg in die Küche.

Schon im Korridor roch es verführerisch nach Fisch, und ich klopfte mit den Fingerknöcheln sanft gegen den Türrahmen der Küche, um Betty auf mich aufmerksam zu machen.

Sie war gerade dabei, eine Art Kuchen aus dem Ofen zu holen, aus dem ringsum acht Fischköpfe ragten. Ungläubig starrte ich auf das Gericht, von dem offenbar der leckere Geruch ausging.

»June«, begrüßte mich Betty mit einem breiten Lächeln und stellte den dampfenden Fischkuchen auf einer Steinplatte ab. »Was kann ich für dich tun?«

»Ich hatte Hunger.« Ich betrachtete noch immer zweifelnd das Fischgericht, das eindeutig besser roch, als es aussah.

»Und sag bloß, jetzt hast du keinen mehr«, schimpfte Betty, die meine Skepsis offenbar bemerkt hatte. »Das hier ist ein Stargazy Pie und du solltest ihn kosten, bevor du so das Gesicht verziehst.«

»Stargazy Pie, also *Sterngucker-Pastete*«, übersetzte ich und ging in die Küche, um mir das Gericht genauer anzusehen. »Und den Namen hat der Pie von den Fischen, die in den Himmel sehen?«

Betty wischte sich ihre Hände an der blütenweißen Schürze ab. »Du bist ein kluges Mädchen. Es sind übrigens Sardinen. Dein Onkel Edgar liebt diese Pastete. Man muss sich nur an den Anblick gewöhnen.«

»Hast du auch ein Butterbrot für mich?«, fragte ich und erntete ein entrüstetes Schnauben von Betty.

»Butterbrot«, wiederholte sie gekränkt. »Ich verlange, dass du die Pastete zumindest kostest, bevor du sie verschmähst.« Bettys Augen funkelten, und ich konnte an ihrem Blick erkennen, dass sie es absolut ernst meinte.

»Okay«, lenkte ich ein. »Ist sie denn schon fertig? Also … bleiben die Köpfe da drin?«

»Ich kann dir ein Stück ohne Kopf geben. Würdest du mir vielleicht noch ein wenig Petersilie aus dem Garten zur Dekoration holen? Schließlich isst das Auge ja mit.«

Darauf sagte ich vorsichtshalber nichts und verzog mich schmunzelnd durch die Hintertür in den Garten.

Heute war ein nebeliger Tag, der all die Geschichten über Winston Winterly und seine herumgeisternde Geliebte auf Green Manor etwas glaubhafter machte. Aufmerksam ließ ich meine Augen über den Boden schweifen und ging an der gewundenen Kräuterschnecke aus Stein vorbei, um die Petersilie zu suchen. Der Kies knirschte leise unter meinen Schuhsohlen, und die Luft roch so frisch und rein, als ob es bald wieder regnen würde. In einem Kräuterbeet neben einer schulterhohen Hecke entdeckte ich die Petersilie und bückte mich, um ein paar Stängel davon abzurupfen, als ich plötzlich eine tiefe Stimme hörte. Mein Magen machte einen Satz, und ich erstarrte mitten in der Bewegung, bevor ich den Kopf hob und hinter der Hecke Blake entdeckte, der gerade mit dem alten Gärtner Joseph des Weges kam.

Die beiden waren so in ihr Gespräch vertieft, dass sie mich nicht bemerkten, und ich duckte mich automatisch tiefer zwischen den Pflanzen, da ich keine Lust auf eine Begegnung hatte. Seit gestern Abend hatte ich Blake nicht mehr gesehen, und ich hatte nicht vor, das so schnell zu ändern.

»Dann sind Sie ja ganz schön viel rumgekommen, Joseph«, sagte Blake und blieb mit dem Gärtner genau neben der Hecke stehen, auf deren anderer Seite ich in der Erde kniete und noch immer den Bund Petersilie in der Hand hielt.

»Aye, das kann man wohl sagen«, antwortete der alte Mann und hustete kurz. »Ich hab in den schönsten Gärten gearbeitet, selbst in Prideaux Place war ich eine Zeit lang. Sie wissen schon, wo sie diese Rosamunde-Pilcher-Filme gedreht haben.«

»Beeindruckend«, meinte Blake, und die Art, wie er es sagte, machte mich stutzig.

Eigentlich glaubte ich nicht, dass Blake sich tatsächlich für einen Filmschauplatz interessierte, aber es war ganz offensichtlich, dass er wollte, dass Joseph weitersprach. Vorsichtig richtete ich mich auf den Knien ein wenig auf und versuchte, über die Hecke zu linsen, ohne dabei selbst gesehen zu werden.

»Sagten Sie nicht auch, Sie hätten mal für einen echten Lord gearbeitet?«, fuhr Blake beiläufig fort und ließ seinen Blick dabei unauffällig schweifen, wie um zu prüfen, ob er und Joseph noch allein waren.

Der alte Mann stützte sich auf seinem Rechen auf. »Oh ja, das hab ich tatsächlich. Muss aber schon dreißig Jahre her sein. Je älter man wird, desto schneller vergeht die Zeit – es ist eine Schande.«

»Wie hieß der Lord?«, fragte Blake direkt und fixierte Joseph dabei auf eine Art, die mir eine Gänsehaut über die Arme sandte.

Der alte Gärtner kratzte sich auf seinem kahlen Kopf und zog nachdenklich die buschigen Augenbrauen zusammen. »Lord Musgrave war es«, antwortete er dann. Augenblicklich schoss mein Puls in die Höhe. »Ein spezieller Mann. Hatte sehr konkrete Vorstellungen, wie sein Garten auszusehen hatte, aye. Und wehe, es war mal ein bisschen anders oder ein Blatt stand aus der geschnittenen Hecke hervor …« Joseph schüttelte den Kopf. »Dann war mit dem Lord nicht gut Kirschen essen.«

»Was können Sie mir sonst noch über ihn sagen?« Blake konzentrierte sich so stark auf Joseph, dass ich von meinem Versteck aus sein angespanntes Profil betrachten konnte. Offenbar setzte er schon wieder seine Gabe ein.

Meine Gedanken überschlugen sich: Dieser Lord Musgrave war mit großer Wahrscheinlichkeit derselbe Musgrave, den auch ich ausfindig gemacht hatte, und der ein paar Autostunden von hier ein weitläufiges Anwesen besaß. Aber warum hatte Blake mich am Strand gewarnt, dass es gefährlich war, in seiner und Prestons Vergangenheit herumzustochern? Hing es irgendwie mit ihren Gaben zusammen?

Joseph atmete geräuschvoll aus und schüttelte leicht den Kopf. »Ist so lange her, Mr Beaufort«, murmelte er abwehrend. »Ich kann mich an die Zeit dort kaum noch erinnern.«

»Denken Sie einfach in Ruhe nach«, sagte Blake und seine blauen Augen leuchteten für einen Moment auf.

Instinktiv hielt ich den Atem an. Die Luft schien plötzlich von einer knisternden Spannung erfüllt zu sein, und ich sah, wie die Blätter an der Hecke leicht vibrierten, während Joseph in Blakes Augen starrte und sich ein seltsamer Ausdruck der Willenlosigkeit in seinem Gesicht zeigte.

»Ich weiß noch, dass er niemandem vertraut hat«, murmelte Joseph wie ferngesteuert. »Nicht einmal seinem engsten Diener. Der Lord war ein Mann, der alles kontrollieren wollte, jeden Bereich seines Lebens. Selbst seine Schwester wollte er kontrollieren. Ach, sie war so ein hübsches Ding …«

Als der Gärtner das sagte, flackerte etwas in Blakes Augen auf, und er presste den Kiefer so stark zusammen, dass ein Muskel in seiner Wange zuckte. »Seine Schwester?«, wiederholte er. »Was wissen Sie über seine Schwester?«

Plötzlich überkam mich ein Frösteln, und die Blätter in den Bäumen und in der Hecke raschelten so laut, als ob ein Windstoß hindurchfahren würde. Allerdings war es heute völlig windstill.

»Sie war sehr schön. Und sie hatte strahlend blaue Augen, genau wie Sie, Mr Beaufort. Aber an viel mehr … an viel mehr kann ich mich wirklich nicht erinnern«, versicherte Joseph, der Blake noch immer aus seinen wässrig trüben Augen anstarrte.

»In Ordnung«, sagte Blake knapp und unterbrach den Blickkontakt. Von einer Sekunde auf die andere verschwand das Knistern in der Luft und auch die Blätter hörten auf, sich zu bewegen.

Atemlos verlagerte ich mein Gewicht so lautlos wie möglich auf das andere Bein, da mein Fuß im Begriff war einzuschlafen. Dabei knackste mein Knöchel leise und Blakes Kopf fuhr herum. Seine Augen bohrten sich unbarmherzig in meine, und ich hatte das Gefühl, als ob ich von ihnen aufgespießt werden würde.

»Danke für das Gespräch«, sagte er zu Joseph, der mich noch nicht entdeckt hatte.

»Immer sehr gerne, junger Mr Beaufort.« Der alte Gärtner nickte kurz und schnappte seinen Rechen, bevor er sich gebückt auf den Weg machte.

Blake wartete, bis sich der Alte schlurfend entfernt hatte, dann war er mit zwei Schritten bei mir und zog mich hinter der Hecke in die Höhe. Sein Griff war fest, ohne mir wehzutun, aber in seinen Augen loderte der Zorn.

»Was soll das?«, knurrte er mich an, und mir verschlug es im ersten Moment vor Schreck die Sprache. »Spionierst du mir etwa schon wieder hinterher? Ich dachte, ich hätte mich am Strand klar ausgedrückt!«

»Was? Nein, ich habe nur Petersilie gepflückt«, stammelte ich und versuchte meinen Arm loszumachen, was Blake einfach nicht zuließ.

»Und dazu hast du dich ganz zufällig hinter der Hecke versteckt?«, sagte er und funkelte mich an.

Seine plötzliche Nähe war so verwirrend, dass mir auf die Schnelle keine schlagfertige Antwort einfiel, weshalb ich zum Gegenangriff überging.

»Du bist doch nur wütend, weil ich dich dabei beobachtet habe, wie du deine Gabe eingesetzt hast«, zischte ich und versuchte erneut, mich loszureißen.

Blake atmete tief ein, und ich spürte, wie ein Schauer durch meinen verräterischen Körper jagte, als seine Brust meine dabei kurz streifte. Sein unwiderstehlicher Duft nach Wind und Wasser umfing mich bei jedem Atemzug, und er stand so nah vor mir, dass ich seine Wärme in dem feuchtkalten Nebel ringsum spüren konnte.

»Du weißt nicht, worum es hier geht«, stieß er gepresst hervor. »Kannst du mir nicht ein einziges Mal vertrauen?«

»Dir vertrauen? Du redest doch nie mit mir«, sagte ich wütend.

Blake schüttelte den Kopf. »Weil du es nicht verstehen würdest.«

Ich lachte bitter auf. »Wieso bist du dir da so sicher?«

»Ich weiß es einfach.« In seinen blauen Augen tobten so viele unterschiedliche Gefühle, dass ich sie nicht mehr voneinander trennen konnte. »Glaub mir, June, Musgrave ist gefährlich für dich.« Mit einem Ruck zog er mich näher zu sich heran, bis seine Lippen so nah an meinem Ohr waren, dass ich seinen Atem auf meiner Haut spüren konnte. »Vertrau mir wenigstens in dieser einen Sache. Sonst wirst du es noch bereuen.« Mit diesen Worten ließ er mich abrupt los und ich stolperte einen Schritt zurück. Die gepflückte Petersilie fiel auf den Boden und ich schlang die Arme um meine Brust.

»Dann solltest du deine supergeheimen Gespräche vielleicht nicht mehr im Garten führen, wo dir jederzeit ein anderer Mensch über den Weg laufen kann«, gab ich wütend zurück.

Blake betrachtete mich einen Moment lang schweigend und wandte sich dann einfach ab. Ich sah ihm zu, wie er mit langen Schritten den Weg entlangstapfte und sich dabei frustriert durch seine Haare fuhr. Erst als seine dunkel gekleidete Gestalt vom Nebel verschluckt worden war, bückte ich mich, um die Petersilie wieder aufzusammeln. Meine Finger zitterten, und ich hasste es, dass ich bei Blake jegliche Kontrolle über meine Reaktionen verlor. Es konnte nicht sein, dass er eine solche Macht über mich besaß.

Wütend über mich selbst und wütend auf ihn machte ich mich auf den Weg zurück in die Küche. Sobald ich das Haus erreicht hatte, lehnte ich mich mit dem Rücken gegen die raue kalte Mauer und versuchte mich zu beruhigen.

»June? Hier bist du, ich hab mir schon Sorgen gemacht«, sagte Betty in diesem Moment und trat durch die Hintertür hinaus in den Garten. »Du hast dich doch nicht im Nebel verlaufen?«

Rasch schüttelte ich den Kopf. »Ich hab nur ein bisschen länger gebraucht, um die Petersilie zu finden.« Ich setzte ein bemühtes Lächeln auf.

Betty betrachtete mich aufmerksam. »Was ist los mit dir, Mädchen? Du siehst ja aus, als hättest du einen Geist gesehen. Sag bloß, dir ist die Geliebte von Winston Winterly zwischen dem Thymian und dem Rosmarin erschienen.«

Trotz meiner Anspannung musste ich lachen. »Nein, keine Geister. Nur …« Ich rang einen Moment nach den richtigen Worten. »Nur eine Begegnung mit einem echten Menschen, mit der ich nicht gerechnet habe.«

Betty sah mich eindringlich an, merkte aber anscheinend, dass ich das Thema nicht vertiefen wollte, und legte ihren Arm um meine Schultern. »Dann komm rein«, meinte sie mütterlich. »Der Stargazy Pie wird sonst noch ganz kalt. Ich hab dir schon ein schönes großes Stück vorbereitet – wie versprochen eines ohne Augen.«

Der Stargazy Pie schmeckte besser, als er aussah, aber ich war mir dennoch sicher, dass er sich nie zu einem meiner Lieblingsgerichte hocharbeiten würde.

Gerade als ich meinen Teller unter Bettys Blick leer gefuttert und einen Nachschlag abgelehnt hatte, klingelte mein Handy.

»Danke, Betty«, sagte ich und zeigte auf mein Telefon, als ich durch die Hintertür nach draußen verschwand. »Da muss ich leider rangehen.«

Der Nebel hatte sich mittlerweile etwas gelichtet, und ich war froh, Blake nirgends zu sehen.

»Zum Glück rufst du an«, begrüßte ich Lilly.

»Wieso? Muss ich dir helfen, eine Leiche zu verscharren?«

»Was? Wie kommst du denn darauf?« Ich setzte mich stirnrunzelnd auf die kleine morsche Holzbank neben dem duftenden Kräutergarten.

»Na, nachdem du und Carla gestern getrennt nach Hause gefahren seid, dachte ich, es gibt Mord und Totschlag.«

Ich schlug die Beine übereinander. »Das hast du noch mitbekommen?«

»Na klar. Grayson hat euch eine ganze Stunde lang analysiert, nachdem die Band gegangen war. Von wegen Freundschaften auf Distanz und so – ich sage dir, von mir bekommt er nie wieder einen Drink.« Sie machte eine kurze Pause. »Deswegen habe ich ihm auch erzählt, dass er mit der Sache mit Nancy recht hat. Dass sie wirklich den Teufel anbetet …«

»Hast du nicht …«, meinte ich lachend, auch wenn ich wusste, dass es Lilly zuzutrauen wäre.

»Es ist besser, wenn er so schnell nicht mehr in den Pub geht. Am Schluss hat er noch begonnen, sich die Probleme der Leute neben uns anzuhören, und als ich kurz auf dem Klo war, hat er sich mit den Jungs vom Nachbartisch verbrüdert und mit ihnen irgendwelche Songs geträllert. Das muss ich echt nicht noch einmal haben«, schnaubte sie.

»Er hat wirklich gesungen?«

»Ja, er hat sich mit ihnen zum Mikro gestellt und noch das ganze Lokal unterhalten.« Sie machte eine kurze Pause. »Okay, es war auch irgendwie witzig.«

»Schade, dass ich das verpasst habe.« Ich dachte daran, dass ich um die Zeit schon im Bett gewesen war, wo ich mich über Jasper und Carla geärgert hatte.

»Warum seid ihr denn so schnell abgehauen?«, fragte Lilly.

»Es ging um Jasper. Ich hab euch doch erzählt, dass es auf einmal grundlos aus war«, sagte ich und drückte mein Handy etwas fester ans Ohr. »Nun ja, ganz so grundlos war es anscheinend doch nicht.«

Eine kurze Pause entstand. »Ist nicht wahr, oder?«

»Doch.«

»Das muss ich genau wissen«, sagte Lilly. »Wann kannst du in der Stadt sein?«

Ich traf mich mit Lilly in einem kleinen Café in Darktrew. Es war ein süßes Lokal mit bunt gepolsterten Möbeln und genau der richtige Ort, um sein Seelenleid zu klagen.

»Und wie geht es dir jetzt?«, wollte Lilly wissen, nachdem ich ihr die ganze Geschichte erzählt hatte.

Ich seufzte. »Es geht so. Natürlich verletzt es mich noch immer, dass Carla das alles hinter meinem Rücken getan hat – auf der anderen Seite scheint sie wirklich in ihn verliebt zu sein.«

Lilly nippte an ihrer riesigen blauen Tasse, die bis zum Rand mit Kaffee gefüllt war. »Und du warst es nicht?«

Ich zuckte mit den Schultern. »Ich weiß nicht so recht. Also, ich war schon verliebt – aber vielleicht nicht genug.« Ich stockte kurz, weil ich automatisch an Blake denken musste. An unseren Kuss in der Schmugglerhöhle, der viel intensivere Emotionen bei mir hervorgerufen hatte, als es bei Jasper jemals der Fall gewesen war. »Manchmal habe ich das Gefühl, es gibt Augenblicke im Leben, die einfach alles verändern.«

Lilly betrachtete mich grinsend. »Du denkst doch gerade an Blake.«

»Vielleicht.« Ich schnappte mir ein Kissen, um etwas zu haben, an dem ich mich festhalten konnte.

Lilly seufzte. »Das klingt aber nach einem ziemlich sicheren Vielleicht«, meinte sie und spielte mit dem glänzenden Ring an ihrem Finger.

Ich ließ mich auf der Couch nach hinten fallen. »Shit. Das habe ich ganz vergessen.«

Lilly sah mich fragend an.

»Das Armband von Carla.« Ich musste es nachher noch suchen gehen. In meinem Zimmer war es mir nicht aufgefallen, und ich hoffte, dass es irgendwer im Pub gefunden hatte, da es wirklich nicht billig gewesen war. Auch wenn unsere Freundschaft vielleicht nie wieder so eng werden würde wie früher, sollte Carla ihr Andenken an Cornwall trotzdem wiederbekommen.

Nervös nestelte Lilly an ihrer Jeans herum, und ihre Bewegungen wurden fahrig. »Hat sie es verloren?«

»Anscheinend«, sagte ich und stutzte, da Lillys Stimme irgendwie angespannt klang. Sofort kamen mir die Situationen in den

Kopf, bei denen Lilly grundlos gelogen hatte, und ich zog die Stirn kraus, als alles irgendwie einen verdrehten Sinn ergab. »Lilly«, setzte ich an, da ich nicht noch einmal von einer Freundin belogen werden wollte. »Hast *du* das Armband?«

Sie sah mich erschrocken an. »Wie kommst du denn darauf?«

Ich kniff die Augen zusammen. »Du könntest es gefunden haben.«

Lilly atmete tief ein. »Habe ich aber nicht.«

»Du könntest es an Carlas Arm gefunden haben«, machte ich mit meiner Anspielung weiter, auch wenn ich mich damit auf dünnes Eis begab.

Lillys Kopf wurde ganz rot. »Wie … wie meinst du das?«

Ich war froh, dass wir in einer kleinen, kuscheligen Ecke saßen, in der uns niemand hörte. »Du hast mich jetzt schon mehrere Male angelogen, und ich habe wirklich keinen Bock mehr, angelogen zu werden.«

»Warum sollte ich das tun?« Lillys Stimme klang schrill und sie sah sich unsicher in dem Lokal um. »Und warum bist du dir da so sicher?«

Ich holte tief Luft und wusste, dass alles dagegen sprach, jemanden von meiner Gabe zu erzählen, und dass ich wahrscheinlich einfach die Klappe halten sollte, weil Lilly mich ohnehin nur für verrückt erklären würde – aber ich wusste auch, dass ich nicht von ihr erwarten konnte, mir gegenüber ehrlich zu sein, wenn ich es nicht war.

»Weil ich es sehen kann.«

Lilly schnaubte nur.

»Du musst mir jetzt zuhören, auch wenn es total verrückt klingt. Aber seit wir bei dem Steinkreis waren, ist irgendetwas mit mir passiert, und wenn ich jemandem in die Augen sehe, weiß ich, ob er lügt oder die Wahrheit sagt.«

Sie betrachtete mich einen Moment lang bewegungslos, bevor sie sich auf ihrem Sitz zurücklehnte. »Du verarschst mich doch.«

Ich schüttelte den Kopf. »Nein, tu ich nicht.«

»Okay, ich habe mit vier Jahren meinem großen Bruder eine Schlange in sein Bett gelegt, weil ich es lustig fand«, sagte Lilly und sah mich herausfordernd an. »Wahr oder falsch?«

Ich schaute ihr in die braunen Augen und intensivierte meinen Blick, bis die Zeit um uns stillstand und das Klappern der Kaffeetassen verklang. Eine bedrückende Stille umfing mich, und es schnürte mir den Brustkorb zu, als Lilly zu einer lebensgroßen Kristallpuppe erstarrte, die einen Riss bekam und mit einem lauten Krachen zersprang. Eine hässliche Dunkelheit strahlte mir dahinter entgegen, und die Splitter begannen wieder rund um mich zu tanzen, während ich Lillys Stimme das Wort »Spinne« flüstern hörte und eine Flut von Emotionen auf mich einstürmte.

Im nächsten Moment lief die Zeit wieder normal ab und Lilly sah mich noch immer abwartend an.

»Es ist eine Lüge«, sagte ich.

Lilly strich sich eine rote Haarsträhne aus dem Gesicht und schüttelte den Kopf. »Das beweist noch gar nichts.«

»Es war eine Spinne, vor der du schreckliche Angst hattest.«

Lilly sah mich erschrocken an. »Das kannst du nicht wissen.«

Ich nahm einen Schluck von meinem Kaffee.

»Das kannst du nicht wissen«, wiederholte sie.

»Ich weiß, es ist schwer zu verstehen, und ich verstehe es selbst auch noch nicht, aber es ist nun mal so.«

Lilly starrte mich noch immer ungläubig an, und ich hob die

Augenbrauen. »Wusstest du eigentlich, dass man im Laufe seines Lebens durchschnittlich zehn Spinnen verschluckt?«, fragte ich, um die Stimmung etwas aufzulockern.

»Falscher Zeitpunkt für Statistiken«, schnappte Lilly und kniff die Augen zusammen. »Okay«, sagte sie dann und straffte die Schultern. »Ich bin bereit, es dir zu glauben – aber du musst es mir noch ein paarmal beweisen.«

Danach tischte mir Lilly unterschiedliche Wahrheiten und Lügen über ihre Brüder auf, bei denen ich meine Gabe unter Beweis stellen musste. Es war anstrengend, aber nach etwa einer Stunde hatte ich Lilly überzeugt.

»Das ist der helle Wahnsinn«, sagte sie. »Ich meine, dass es so etwas überhaupt gibt. Ich glaube, ich werde noch den ganzen Tag brauchen, um das zu verarbeiten.«

»Tut mir leid. Ich weiß, dass das ein bisschen viel war.«

»Stimmt, aber zumindest werde ich mich für immer daran erinnern. Wie hast du vorhin gesagt? Es gibt Augenblicke, die alles verändern. Für immer. Das war so ein Augenblick.«

Ich nickte. »Ich bin übrigens nicht die Einzige mit einer magischen Gabe«, sagte ich dann und erzählte von Blake und Preston und ihrer Fähigkeit, Lüge und Wahrheit zu erzwingen.

»Jetzt ergibt einiges zumindest Sinn. Die Sache mit Abigails Freundin und Blake zum Beispiel.« Lilly grinste verhalten. »Hey, du hast das Rätsel um die Deep-Blue-Twins gelöst. Du hast ihre Gabe gelüftet – und dabei deine eigene entdeckt.«

»Das war aber nie mein Plan. Eigentlich wollte ich mich auf die Schule konzentrieren, um mich auf Oxford vorzubereiten.« Ich atmete tief durch, während ich Lilly betrachtete. Sie nahm die Sache echt tapfer auf. »Es tut gut, mein Geheimnis endlich teilen zu können«, sagte ich, weil es sich anfühlte, als wäre eine große Last von mir gefallen.

Sie sah mir direkt in die Augen. »Das kann ich verstehen. Und deswegen muss ich dir auch etwas geben.« Sie beugte sich zu ihrer Tasche und zog dann ein kleines in Stoff eingewickeltes Päckchen hervor.

Ich öffnete es und entdeckte Carlas Armband.

»Es tut mir leid, June«, sagte Lilly gepresst. »Normalerweise passiert mir das nicht bei Freunden, und auch wenn wir Carla gerade nicht besonders mögen, hätte es einfach nicht geschehen dürfen. Du hattest recht – und jetzt, wo ich weiß, dass ich sowieso nichts mehr vor dir geheim halten kann …«

»Heißt das, dass du gerne klaust?«, fragte ich nach.

Lilly schüttelte den Kopf. »Nein, nicht wirklich. Also doch. Es ist, als würde in dem Moment einfach eine Sicherung bei mir durchbrennen. Ich sehe etwas, das glitzert oder funkelt, und habe das Gefühl, dass ich es unbedingt haben muss. Und zwar sofort.«

»Und wie lange geht das schon so?«, wollte ich wissen.

»Keine Ahnung. Anscheinend habe ich schon als Fünfjährige das ein oder andere gemopst – nur haben sich meine Eltern nichts dabei gedacht. Inzwischen bin ich aber bei jemandem in Behandlung, der macht Hypnose und so ein Zeug – und das bringt wirklich was, denn ich habe mich schon deutlich besser unter Kontrolle. Aber ab und zu geht es einfach mit mir durch und dann …« Lilly vergrub das Gesicht in ihren Händen. »Ich bringe die Sachen auch immer wieder zurück, weil es mir im Nachhinein so unglaublich peinlich ist. Deswegen komme ich auch manchmal zu spät zur Schule. Bitte sag Grayson nichts davon.«

»Er weiß es nicht?«, fragte ich und empfand Mitleid mit Lilly, die unter ihrer Kleptomanie offenbar wirklich litt.

Sie schüttelte den Kopf. »Nein«, seufzte sie dann. »Und das ist auch besser so – sonst sehe ich sein Therapeuten-Gesicht jeden Tag.«

Kapitel 24

Die nächste halbe Stunde schütteten Lilly und ich uns gegenseitig das Herz aus. Da es nun keine Geheimnisse mehr zwischen uns gab, konnte ich in allen Aspekten absolut ehrlich sein, auch was den magischen betraf, den ich selbst kaum verstand.

»Wie ich das sehe«, sagte Lilly, nachdem wir beide unseren Kaffee schon längst ausgetrunken und noch einen Apfelkuchen bestellt hatten, »brauchst du mehr Informationen über den Hintergrund eurer Fähigkeiten.«

»Mehr Informationen?«, fragte ich skeptisch. »Ich glaube kaum, dass Blake und Preston vorhaben, mir noch etwas über ihre Gaben zu erzählen. Sie gehen mir mittlerweile komplett aus dem Weg.«

Lilly biss herzhaft von ihrem Kuchen ab, wobei sie sich den Rock vollkrümelte. »Ich spreche doch gar nicht von Blake und Preston. Ich spreche davon, dass du dich selbst auf Spurensuche begibst. Dieses Land steckt voller Mythen und Legenden – da wird es doch auch Informationen zu diesen magischen Fähigkeiten geben, die ihr entwickelt habt.«

»Du hast vielleicht recht«, sagte ich, obwohl meine bisherige Spurensuche im Sand verlaufen war.

Lilly fegte die Kuchenkrümel mit einer schwungvollen Bewegung auf den Boden. »Natürlich habe ich recht. Meine Oma sagt immer, dass jede Geschichte ein Stück Wahrheit enthält. Und wir müssen uns der Sache nun eben andersrum nähern – wir kennen schon die Wahrheit, also deine Gabe, und müssen jetzt die Geschichte dazu finden.«

Ich zog beide Augenbrauen hoch, als ich mich an Graysons Worte erinnerte. »Ist deine Oma auch diejenige, die an Geister und Heilung durch Handauflegen glaubt?«

Lilly grinste. »Höre ich da etwa einen skeptischen Unterton heraus, Miss Ich-kann-andere-Menschen-zerbrechen-sehen?«

»Schon gut«, schmunzelte ich. »Du hast ja recht.«

»Natürlich hab ich recht. Und jetzt lass uns zahlen und endlich loslegen.«

Bis wir das kleine Lokal verließen, vergingen nicht einmal fünf Minuten – doch in dieser Zeit entwickelte Lilly einen detaillierten Plan, der ihre braunen Augen zum Leuchten brachte.

»Also«, sagte sie. »Jetzt ist es kurz nach zwei, was bedeutet, wir haben noch etwa fünf Stunden, bis die Sonne untergeht. Und die sollten wir nutzen, findest du nicht auch?«

»Ähm … ja, unbedingt«, stimmte ich ihr zu und genoss es, mit Lilly eine Freundin an meiner Seite zu haben, die offenbar Nägel mit Köpfen machte.

»Gut, dann schlage ich vor, wir kümmern uns zuerst um unsere Fahrt nach Bodmin Moor. Beim Steinkreis hat alles angefangen, also werden wir dort auch am ehesten einen Hinweis auf deine creepy Gabe finden.« Lilly zog ihr Handy aus der Tasche. »Ich werde mal meinen älteren Bruder fragen, ob er uns sein Auto leiht.«

»Meine Gabe ist nicht creepy«, widersprach ich aus einem Reflex heraus und begegnete Lillys Blick, die sofort eine Augenbraue hochzog.

»Ich bitte dich, June. Zerspringende Menschen, herumschwebende Glassplitter und eine erdrückende Schwärze, wenn jemand lügt? Wie würdest du das denn bezeichnen?«

»Okay«, lenkte ich ein und errötete leicht, als ein älterer Mann vorbeiging und uns einen seltsamen Blick zuwarf, da er den letzten Satz von Lilly offenbar gehört hatte.

»Mein Bruder gibt uns das Auto«, triumphierte sie in dem Moment und hielt ihr Handy in die Höhe. »Hast du ein Glück, dass ich im Sommer meinen Führerschein gemacht habe.« Dann steckte sie ihr Handy wieder ein und sah mich unternehmungslustig an. »Also, Miss Mansfield«, meinte sie und grinste breit. »Ich würde sagen, wir haben eine Verabredung mit einem ganz besonderen Stein.«

Während der Autofahrt wurde ich aus irgendeinem Grund immer nervöser, aber Lilly lenkte mich mit ihrem unermüdlichen Geplapper ab, wofür ich ihr sehr dankbar war. Wir sprachen hauptsächlich über unverfängliche Themen wie die Streiche ihrer Brüder oder Graysons zunehmende Feindschaft mit der Neuen, die Lilly ebenfalls überhaupt nicht leiden konnte.

»… und dann starrt diese blöde Kuh Grayson an, als wäre er nichts als Dreck unter ihren Fingernägeln, und spielt mit ihrer Perlenkette rum, als ob die was Besonderes wäre.« Lilly schnaubte. »Ich sage dir, diese Grace hält sich für was Besseres. Dabei haben Graysons Eltern mit Sicherheit mehr Kohle als ihre, darauf würde ich wetten.«

»Ist es denn nicht egal, wie viel Geld ihre Familie hat?«, fragte ich und ließ meinen Blick kurz über die Landschaft draußen schweifen.

Der Nebel hing auch hier tief zwischen den Hügeln und wurde nur von gelegentlichen Sonnenstrahlen durchbrochen.

»Mir schon«, stimmte Lilly zu, »aber ich glaube, dass es *ihr* nicht egal ist. Aber genug jetzt davon«, seufzte sie und lächelte mich an. »Wir sind gleich da.«

Obwohl ich mir einzureden versuchte, dass ich von dem sonntäglichen Ausflug nicht zu viel erwarten durfte und wir hier wahrscheinlich keinen Schritt weiterkommen würden, war ich doch ziemlich aufgeregt, als wir aus dem Auto ausstiegen und den kurzen Fußmarsch über die nasse Wiese bis zu den Steinkreisen zurücklegten.

»Nervös?«, fragte Lilly, die meine Angespanntheit offenbar bemerkt hatte.

Ich lächelte etwas gequält. »Irgendwie schon. Ich weiß auch nicht warum, es ist total blöd, was soll denn großartig passieren?«

»Du meinst, so wie beim letzten Mal, als wir hier waren?«, sagte Lilly und sah mir tief in die Augen. »Da ist ja auch nichts Großartiges passiert, richtig?«

»Hör auf«, sagte ich und stupste sie mit der Schulter leicht an.

Ein frischer Wind wehte uns von der flachen Ebene entgegen, in der die Monolithen standen. Ich suchte mit den Augen nach dem Stein, den wir damals berührt hatten, und der mir das Gefühl gegeben hatte, als würde der Himmel auf mich niederstürzen.

»Lass uns einfach mal hingehen«, sagte Lilly und hakte sich bei mir ein.

Ich war unendlich froh, Lilly an meiner Seite zu haben, die mir aufmunternd zunickte.

»Glaubst du eigentlich, dass es Zufall war, dass gerade du diese

Gabe bekommen hast?«, fragte sie dann, als wir über das platt getretene Gras in Richtung der Steine gingen. Außer uns waren noch zwei Familien mit Kindern und einige Touristen hier, die eifrig Fotos machten und sich trotz des trüben Wetters die gute Stimmung nicht verderben ließen.

»Nein.« Ich atmete tief in den Bauch, um das flaue Gefühl in meinem Magen loszuwerden. »Es scheint irgendwie mit meiner Familie zusammenzuhängen. Allerdings verstehe ich es nicht ganz, da ich mit Preston und Blake ja nicht richtig verwandt bin – wir wohnen eigentlich nur alle in demselben Haus.«

»Vielleicht ist an den Gruselgeschichten über Green Manor ja doch etwas dran«, sagte Lilly nachdenklich und zuckte mit den Schultern. »Vielleicht liegt es auch einfach an eurem Wasser – und jeder, der davon trinkt oder darin badet, öffnet Körper und Geist für eine magische Fähigkeit?«

Ich sah sie ungläubig an. »Denkst du das wirklich?«

Lilly schüttelte den Kopf. »Nein. Aber es wäre cool. Dann würden Grayson und ich ebenfalls unter einem Vorwand bei euch einziehen und zum Steinkreis fahren.« Sie grinste. »Wer weiß, vielleicht könnten wir so doch noch in die Vergangenheit zu den heißen Schotten reisen.«

»Das würde Grayson mit Sicherheit gefallen.« Ich blieb mit Lilly vor dem gewaltigen Monolithen stehen, den wir gemeinsam berührt hatten. »Hier ist es«, sagte ich ehrfürchtig und betrachtete den großen grauen Fels mit der grünblau schimmernden Spitze. »Und jetzt?«

»Berühr ihn doch einfach noch mal«, schlug Lilly vor. »Vielleicht hast du ja eine Eingebung oder siehst irgendwelche Bilder.«

Ich zögerte. Denn auch wenn die anderen Leute außer Hörweite waren und nichts von unserem Versuch mitbekamen, hatte ich doch Respekt davor, was passieren könnte.

»Ich stelle mich hinter dich, um dich aufzufangen, wenn du wieder umkippst«, machte mir Lilly Mut, und ich musste trotz meiner Nervosität lächeln.

»Okay, ich verlass mich auf dich.« Dann hörte ich einfach auf zu reden und zu denken und schloss für einen Moment die Augen, bevor ich die Hand ausstreckte und sie auf den rauen Stein legte.

Meine Finger trafen auf die kalte Oberfläche, und ich versuchte mich daran zu erinnern, wie es das letzte Mal gewesen war, um wieder in diesen Augenblick einzutauchen und mich der Energie des Monolithen hinzugeben – doch es geschah nichts.

»Und?«, fragte Lilly hinter mir, die einen Schritt zurückgemacht hatte und ihre Pflicht, mich aufzufangen, offenbar sehr ernst nahm.

»Nichts«, erwiderte ich mit einer Mischung aus Enttäuschung und Erleichterung. »Es fühlt sich nur an wie … ein Stein.«

Der Wind fuhr mir ins Gesicht und ich zog die frische Luft tief in meine Lunge, während Lilly sich neben mich stellte. Dann berührte sie ebenfalls zaghaft den Felsen, der auch bei ihr keine Reaktion hervorzurufen schien. »Wie war es denn beim letzten Mal?«

»Zuerst wurde alles still«, sagte ich langsam und versuchte mich an den Moment zurückzuerinnern, der so besonders und beängstigend zugleich gewesen war. »Und dann lief die Zeit auf einmal viel schneller ab und ich sah die Wolken in einem ungeheuren Tempo über den Himmel ziehen.« Unwillkürlich legte ich den Kopf in den Nacken und blickte in den bedeckten Himmel hinauf. »Und dann …«, murmelte ich und fühlte eine Gänsehaut über meine Arme kriechen, »dann war da so ein heißes Prickeln, das durch meinen Körper raste und bis in meine Augen drang. Die ganze Welt erstrahlte für einen Augenblick in einem ganz besonderen Glanz.« Kopfschüttelnd brach ich ab. »Sorry, ich kann es nicht besser erklären.«

Lilly griff nach meiner Hand und drückte sie. »Das klingt doch irgendwie schön«, sagte sie und sah mich an.

Ich nickte und wusste nicht so recht, was ich empfinden sollte. »Es war mir zu dem Zeitpunkt nicht bewusst, aber dieser eine Moment hat alles verändert«, sagte ich und machte einen Schritt von dem Stein zurück, der eindrucksvoll vor mir aufragte. »Er hat mein ganzes Leben durcheinandergewürfelt, und ich hab mir so oft gewünscht, dass ich alles einfach rückgängig machen könnte.« Ich schluckte und schlang die Arme um meinen Körper. »Ich hätte nicht gedacht, dass es so schnell gehen kann – und dass ein einziger Augenblick deine ganze Existenz für immer verändern kann. Aber offenbar ist es so.«

Lilly sah mich von der Seite an. »Würdest du es denn jetzt auch noch rückgängig machen? Also wenn du könntest?«

Ich zögerte und schüttelte schließlich den Kopf. »Vor Kurzem hätte ich noch Ja gesagt. Aber inzwischen nicht mehr. Ich habe das seltsame Gefühl, dass meine Gabe irgendwie zu mir gehört, und dass es kein Zufall war, dass ich sie bekommen habe.«

»Grayson würde jetzt sagen, es gibt generell keine Zufälle.«

Ich lächelte schief. »Grayson glaubt an Schicksal?«

Lilly lachte. »Grayson ist der geborene Romantiker. Natürlich glaubt er an Schicksal. Und an heiße Schotten. Aber ich«, sie sah mich an und ich entdeckte wieder das altbekannte Feuer in ihren Augen, »ich glaube, dass wir noch nicht aufgeben sollten, mehr über deine Gabe herauszufinden.«

Die nächsten zwanzig Minuten verbrachten wir damit, den Stein und seine nähere Umgebung nach irgendwelchen Runen oder besonderen Zeichen abzusuchen, fanden aber nichts außer einem vergessenen Schnuller und einigen weggeworfenen Zigarettenkippen.

»Okay«, meinte Lilly, nachdem wir den Bereich rund um den Monolithen einmal komplett durchkämmt hatten. »Das war ein Rückschlag, aber ich gebe noch nicht auf. Wenn es hier keine Hinweise gibt, müssen wir jemanden finden, der mehr über die Steine weiß.«

»Und wen hast du da im Sinn?«, fragte ich zweifelnd, da ich mir inzwischen nicht mehr so sicher war, ob dieser Ausflug überhaupt irgendetwas brachte.

»Nicht wen, *was*«, korrigierte mich Lilly. »Ich denke da nämlich ans Jamaica Inn.«

Die stickigfeuchte Luft, die uns aus dem Gasthaus entgegenschlug, roch nach Bier und nasser Kleidung. Auch in unseren Klamotten war der feuchtkalte Nebel hängen geblieben, und ich hätte gern eins der Fenster geöffnet, aber dafür war das Jamaica Inn nicht ausgelegt. Alles hier erinnerte an ein Museum und machte einen leicht verstaubten und dennoch gemütlichen Eindruck. Ein roter Teppichboden führte vom Eingang der *Smugglers Bar* ins Innere und zu einer blinkenden Jukebox neben einem steinernen Kamin, der aussah, als ob er schon mehrere Hundert Jahre alt war.

»Es fühlt sich anders an, wenn man nicht mit der ganzen Klasse hier ist.« Lilly steuerte die große Bar aus dunklem, poliertem Holz zu unserer Linken an, hinter der eine blonde Frau mit einem Pagenkopf die Gäste bediente. »Ich frage mich, was Mr Chapman sagen würde, wenn er wüsste, wie wir unsere Freizeit verbringen.«

»Er wäre wahrscheinlich total aus dem Häuschen.« Ich lächelte die Barkeeperin an, die freundlich zurücklächelte.

»Wir sollten überlegen, ob wir es ihm irgendwie stecken können, um damit unsere Noten zu verbessern«, sagte Lilly und setzte sich auf einen der dunkelroten Barhocker. »Ich hätte gern eine Cola«, bestellte sie dann bei der jungen Frau.

»Dasselbe für mich«, schloss ich mich an und ließ meinen Blick über die Gäste schweifen. Viele von ihnen waren Touristen, aber ich entdeckte auch ein paar Einheimische, die mit ihren Gesprächen zur gelösten und lockeren Atmosphäre beitrugen.

»Zwei Cola«, sagte die blonde Barkeeperin kurz darauf und stellte uns unsere Getränke auf den Tresen.

»Sagen Sie, wissen Sie etwas über alte Legenden zum Steinkreis?«, fragte Lilly und nippte an ihrer Cola. »Wir machen zusammen ein Referat für die Schule und würden gern mehr darüber erfahren, als in den üblichen Touristenführern oder im Internet steht.«

Die Kellnerin runzelte die Stirn und schüttelte dann den Kopf. »Geschichten über den Steinkreis gibt es jede Menge, aber ich kenne mich damit nicht aus. Normalerweise würde ich euch raten, Earl zu fragen, aber der hat heute frei.« Sie zuckte entschuldigend mit den Schultern, und ich kniff die Augen zusammen, als ich meine Gabe bei ihr einsetzte. Inzwischen klappte es schon ein bisschen schneller, und mir war innerhalb weniger Sekunden klar, dass sie die Wahrheit sagte. Ich warf Lilly einen Blick zu und schüttelte leicht den Kopf.

»Okay, schade«, sagte sie und schlug die Beine übereinander.

»Ihr interessiert euch für alte Geschichten?«, sprach uns plötzlich ein Mann mittleren Alters von dem Barhocker neben uns an. Er hatte dunkelblondes, leicht gewelltes Haar und eine angenehme Stimme. Ein dezenter Duft nach Rasierwasser ging von ihm aus und er wirkte sehr gepflegt.

»Vielleicht«, erwiderte Lilly skeptisch. »Sind Sie denn ein Geschichtenerzähler?«

Der Mann lächelte und sympathische Fältchen erschienen rund um seine hellbraunen Augen. »Wie man es nimmt. In erster Linie bin ich ein Geschichtensucher. Sobald ich gute Geschichten gefunden habe, schreibe ich sie auf und gebe sie so weiter.«

»Und welche Geschichten haben sie bisher schon gefunden?«, fragte ich und sah ihm direkt in die Augen.

»Einige«, erwiderte er ausweichend. »Woher kommt ihr denn?«, wechselte er plötzlich das Thema.

»Aus dem Auto. Und woher kommen Sie?«, fragte Lilly zurück und nahm einen Schluck von ihrer Cola.

»Ich komme gerade aus Darktrew, wo ich mit meiner bezaubernden Tochter wohne«, sagte er und blickte sich über die Schulter nach ihr um. »Ah, da kommt sie ja.«

Lilly und ich folgten seinem Blick, und mir klappte der Mund auf, als ich Grace sah. Ihre blonden Haare waren zu einem schicken französischen Zopf geflochten und sie lächelte ihren Vater herzlich an. Erst als sie Lilly bemerkte, verrutschte ihr Lächeln ein wenig, und auch Lilly entgleisten für einen Moment die Gesichtszüge.

»Das ist Ihre Tochter?«, brachte sie schließlich hervor, bevor Grace uns erreicht hatte.

Der Mann hob eine Augenbraue. »Ja, kennt ihr euch etwa?«

»Wir gehen in dieselbe Klasse«, sagte ich schnell, da ich nicht wusste, wie diplomatisch Lilly auf die Frage reagieren würde.

»Das ist ja ein Zufall«, sagte der Mann freundlich. »Obwohl ich hier in Cornwall schon einigen Leuten begegnet bin, die der Meinung sind, dass Zufälle in Wahrheit gar nicht existieren.«

»Interessant«, sagte Lilly und wurde merklich kühler, als Grace uns erreichte.

»Hallo«, begrüßte diese uns ebenfalls ein wenig reserviert. »Lilly und … June, richtig? Was macht ihr denn hier?«

»Lustig, dasselbe wollten wir dich gerade fragen«, sagte Lilly und lächelte in Richtung von Grace' Vater, der mich auf eine Art musterte, als ob er mich von irgendwoher kennen würde.

»Dad wollte, dass ich ihn zu seinem Rechercheausflug begleite.« Grace legte ihrem Vater die Hand auf die Schulter. »Und mir hilft es sicherlich bei Mr Chapman, wenn ich mich auch privat für die Legenden Cornwalls interessiere.«

»Rechercheausflug?«, wiederholte ich. »Was machen Sie denn beruflich?«

»Ich bin Journalist«, antwortete Grace' Vater und nahm einen Schluck von seinem Bier. »Aktuell schreibe ich über alte Geschichten aus Cornwall. Hier im Jamaica Inn zum Beispiel«, er deutete auf ein fleckiges Messingschild auf dem Boden, »wurde der Schmuggler Joss Merlyn ermordet, der Legende nach ein schrecklicher Mann.«

»Dann hat er es wahrscheinlich verdient«, bemerkte Grace und spielte mit der Perle an ihrem Ohr. »Kommt dieser Joss Merlyn auch in dein Buch?«

»Ich habe mich noch nicht entschieden«, antwortete ihr Vater.

»Ich glaube, ich habe schon von Ihnen gehört«, sagte ich, als mir das Gespräch mit meinem Onkel am Frühstückstisch wieder einfiel. »Sind Sie nicht der Autor, der in der *Cornish Daily* die Leser aufgerufen hat, ihm ein paar Tipps zu geben? Sie wollten doch über die versteckten Sehenswürdigkeiten Cornwalls schreiben.«

»Genau das möchte ich«, erwiderte Grace' Vater mit seiner angenehmen Stimme und lächelte. Dabei blickte er mir direkt in die Augen, und ich spürte, wie sich meine Gabe plötzlich einschaltete. Innerhalb weniger Sekunden zerbrach seine Kristallgestalt in tausend Splitter, und die Dunkelheit, die mir dahinter entgegenströmte, zeigte mir zweifelsfrei, dass er log, wobei ich diesmal jedoch keine Stimme hörte. Nachdenklich betrachtete ich Grace' Vater und fragte mich, was er zu verbergen hatte, obwohl mir bewusst war, dass so gut wie jeder Mensch Geheimnisse mit sich herumtrug.

»Bist du nicht die, die mit den Beauforts zusammenwohnt?«, mischte sich Grace auf einmal ein und betrachtete mich mit einem Anflug von Interesse.

»Ja, ich wohne derzeit bei meinem Onkel auf Green Manor«, sagte ich und sah, wie die hellbraunen Augen des Journalisten neugierig aufblitzten.

»Green Manor. Von dem Anwesen habe ich schon gehört und auch mal etwas darüber geschrieben. Da gibt es doch die Story von der umhergeisternden Frau, nicht wahr?« Ich nickte und er rieb sich über das Kinn. »Erst gestern war ich in Spencer Abbey, einem alten Herrenhaus in der Nähe von Portfall. Der Besitzer hat mir einen Geheimgang gezeigt, der zu einer Geheimkammer voller uralter Aufzeichnungen führt. Diese alten Gemäuer sind wirklich erstaunlich. Was man dort alles findet!«

Lilly wechselte einen schnellen Blick mit mir und stürzte dann ihre Cola hinunter. »Also, wir müssen dann mal los, wenn wir noch vor Einbruch der Dunkelheit zu Hause sein wollen.« Sie kramte in ihrer Jeans nach etwas Geld, das sie auf den Tresen legte. »War nett,

Sie kennenzulernen.« Damit nickte sie Grace' Vater kurz zu und fasste mich am Arm.

»Bis morgen in der Schule«, sagte ich zu Grace und bezahlte ebenso rasch.

»Der Geheimgang«, wisperte Lilly, als wir draußen vor dem Gasthaus standen. »Vielleicht führt der bei euch auch zu einer Geheimkammer.«

Ich nickte und spürte ein aufgeregtes Kribbeln in meinem Bauch. »Vielleicht«, sagte ich und dachte daran, dass die letzten Tage so chaotisch verlaufen waren, dass ich den Geheimgang total vergessen hatte.

»Dann müssen wir ihn erkunden«, sagte Lilly, und ihre Augen begannen freudig zu glänzen. »Und zwar sofort.«

Kapitel 25

Leise schritten wir durch den mit Teppich ausgelegten Korridor, in dem schon einige Lampen brannten. Green Manor wirkte wie ausgestorben, was wahrscheinlich daran lag, dass Onkel Edgar sich heute Nachmittag mit einem alten Studienfreund traf. Wo Blake und Preston waren, wusste ich nicht – aber sie schienen ebenfalls nicht hier zu sein. Und auch die Bediensteten verbrachten ihren Sonntag normalerweise bei ihren Familien – bis auf Wilfried, der im Haus wohnte.

Angespannt betraten wir die weitläufige Bibliothek. Selbst Lilly wirkte nervös.

»Wow, wirklich beeindruckend!«, hauchte sie und ließ ihren Blick über die glänzenden Nussbaumregale schweifen.

Die langen dunkelgrünen Samtvorhänge an den gegenüberliegenden Fenstern waren zugezogen und sperrten das nasskalte Wetter aus. Eine Stehlampe neben dem Ledersofa und den zwei Ohrensesseln tauchte den Raum in warmes Licht und verbreitete eine heimelige Atmosphäre.

»Da ist es.« Ich atmete einmal tief ein und marschierte geradewegs zu dem Bücherregal, das mir beim letzten Mal den Geheimgang geöffnet hatte. Ich umschloss das hervorstehende Holz mit den Fingern und zog daran. Es machte Klick und das Regal gab den Zugang zum Geheimgang frei.

Lilly trat von einem Bein auf das andere. »Das ist wie in einem Krimi. Mann, ist das aufregend.« Sie verzog das Gesicht. »So aufregend, dass ich vorher noch aufs Klo muss.«

Ich lachte. »Du bist mir ja eine Detektivin.«

»Ist es dir lieber, wenn ich in den Gang pinkle? Wohl kaum«, scherzte sie und machte sich schnell auf den Weg zur Toilette.

Nervös lief ich zwischen den glänzenden Nussbaumregalen auf und ab und hoffte, dass Lilly schnell zurückkommen würde.

Plötzlich waren von draußen Geräusche zu hören, und ich drehte mich erwartungsvoll um, doch dann erkannte ich Blakes Stimme.

»Wo bist du?«, knurrte er, während seine Schritte immer näher kamen. »Er hat gesagt, dass er jeden Moment hier ist, und du weißt, dass er nur mit uns beiden sprechen will.«

Mir wurde heiß und kalt, als ich mir vorstellte, wie er mich dabei ertappte, in den Geheimgang einzubrechen. Schnell huschte ich hinter das Ledersofa und kauerte mich dort auf den Boden.

»Gut, aber beeil dich. Ich hab keine Lust, ihn zu vertrösten, während wir auf dich warten«, murrte Blake und kam zur Tür herein.

Reflexartig duckte ich mich noch tiefer hinter die Couch, wo ich nun in der Falle saß. Hinter mir waren nur die samtgrünen Vorhänge der Fensterfront, und auch wenn ich versucht hätte, geduckt aus dem Raum zu krabbeln, hätte Blake mich definitiv entdeckt. Er marschierte geradewegs zu der kleinen Sitzgruppe, hinter der ich mich versteckte. Ich lugte vorsichtig um die Ecke des Sofas und sah, wie er entnervt sein Handy in die hintere Jeanstasche steckte und sich dann mit beiden Händen durch die dunklen Haare fuhr. Sein Gesicht wirkte noch angespannter als sonst, und in seinen blauen

Augen erkannte ich eine Mischung aus Sorge und Entschlossenheit, die mich auf seltsame Art berührte.

Traf er sich jetzt etwa mit Lord Musgrave, um mehr über seine Familie herauszufinden?

Kaum hatte ich das gedacht, ging Blake unruhig zum Fenster und zog den Vorhang beiseite, um hinauszusehen. Mein Puls schoss in die Höhe. Wenn er sich jetzt umdrehte, würde er mich sofort entdecken. Ich fühlte das Pochen meines Herzens im Hals und rutschte Millimeter für Millimeter auf dem Teppichboden zurück, als Blake sich vom Fenster abwandte und beim Anblick des geöffneten Geheimganges erstarrte. Sein durchtrainierter Körper spannte sich an und er kniff die Augen zusammen.

Dann fuhr sein Kopf herum, und mein Herz setze für einen Augenblick aus, als sich seine blauen Augen direkt in meine bohrten.

»Was tust du hier?«, presste er hervor und schien im ersten Moment ebenso erschrocken zu sein wie ich.

»Mir ist mein Handy runtergefallen«, log ich und richtete mich so selbstbewusst wie möglich wieder auf. Dabei versuchte ich die Hitze in meinen Wangen genauso zu ignorieren wie das völlig unangebrachte Flattern in meiner Magengegend.

Mit zwei schnellen Schritten überwand Blake den Abstand zwischen uns. »Ich habe dich davor gewarnt, deine Nase in Dinge zu stecken, die dich nichts angehen«, knurrte er und funkelte mich so wütend an, dass ich es kurz mit der Angst zu tun bekam.

»Und ich habe dir gesagt, dass mir mein Handy runtergefallen ist«, gab ich sofort zurück.

»Lügnerin«, sagte er und sah sich rasch um. Dann zog er mich hinter dem Sofa hervor und bugsierte mich in Richtung Tür. »Du musst hier verschwinden.«

»Hör auf, an mir zu zerren«, fauchte ich und versuchte mich aus seinem eisernen Griff zu winden.

Plötzlich waren leise Stimmen vom Korridor zu hören und Blake fluchte unterdrückt. Ohne mich loszulassen, sah er sich im Raum um.

»Kannst du mir erklären, was hier eigentlich vorgeht?«, fragte ich und zog an meinem Arm, den er wie mit einem Schraubstock umklammert hielt.

»Sei still, June«, flüsterte er und zog mich in Richtung der dunkelgrünen Samtvorhänge. »Du musst dich verstecken.«

»Wieso denn?«, fragte ich widerspenstig.

Fluchend warf er einen Blick über die Schulter, bevor er mir direkt in die Augen sah. »Kannst du nicht einmal einfach auf mich hören?«

Seinen wunderschönen blauen Augen blitzen ärgerlich auf, aber da waren auch Enttäuschung und ein dunkles Feuer, das ich nicht so recht zuordnen konnte.

»Kannst du vergessen«, fauchte ich, als er plötzlich mit einer Hand in meinen Nacken griff und mich zu sich zog. Bevor ich realisierte, was geschah, legte er seine Lippen auf meine, und von einer Sekunde auf die andere war meine ganze Wut verpufft. Meine Knie wurden weich, als Blake mich mit einer Leidenschaft küsste, die jeden weiteren Gedanken mit sich riss. Keuchend schlang ich meine Arme um seinen Nacken und spürte seine Hände auf meinen Hüften, bevor er seinen muskulösen Körper gegen meinen presste und mich mit wenigen Schritten zum Fenster drängte, wo er mich gegen die kalten Scheiben drückte. Seine Hände umfingen mein Gesicht, und ich spürte, wie sein Kuss sanfter wurde, bevor er sich plötzlich zurückzog und mir tief in die Augen schaute. Seine Iris leuchteten wie zwei tiefblaue Seen und er atmete genauso schwer wie ich. Dann legte er mir sanft den Finger auf die Lippen und zog den schweren Samtvorhang mit einer einzigen Bewegung vor mir zu.

Ich hörte, wie er die Tür zum Geheimgang schloss und sich dann rasch ein paar Schritte davon entfernte. Mein Herz pochte noch immer wie wild, und ich versuchte verzweifelt, einen klaren Gedanken zu fassen. Offenbar wollte Blake um jeden Preis verhindern, dass sein Besuch mich hier sah.

In diesem Moment fiel mir siedend heiß Lilly ein, und ich atmete zitternd aus, als zwei Männer die Bibliothek betraten. Eine der Stimmen gehörte zu Preston, und die andere kannte ich nicht, aber sie klang etwas älter.

»Du musst Blake sein«, hörte ich den Besucher sagen und entdeckte einen winzigen Spalt im Vorhang, durch den ich in die Bibliothek linsen konnte. Im ersten Moment erkannte ich nur die breiten Schultern von Blake und den etwas schlankeren Körperbau von Preston, doch dann bewegte sich Preston zur Seite und ich sah einen groß gewachsenen älteren Mann mit grau melierten Schläfen, der dieselbe entschlossene Kieferpartie hatte wie die Zwillinge. Er trug einen teuer aussehenden grauen Maßanzug und streckte Blake selbstsicher die Hand entgegen, bevor er sie kräftig schüttelte. Seine tiefblauen Augen bohrten sich förmlich in Blake, und mir wurde eiskalt, als ich das düstere Funkeln darin bemerkte.

»Lord Musgrave«, sagte Blake und erwiderte den Händedruck. Seine Haltung verriet nichts davon, dass er mich eben noch leidenschaftlich geküsst und hinter den Vorhang gedrängt hatte, sondern strahlte absolute Ruhe und Selbstsicherheit aus.

»So treffen wir uns endlich.« Lord Musgrave blickte sich in der geschmackvoll eingerichteten Bibliothek um.

Unbewusst wich ich einen winzigen Schritt zurück und drückte meinen Körper noch fester gegen das kalte Fensterglas in meinem Rücken.

»Ich muss gestehen, es hat mich sehr überrascht, als ich gehört habe, wo ihr beide wohnt«, fuhr Lord Musgrave mit tiefer Stimme fort. »Deshalb wollte ich mir auch selbst ein Bild machen.«

Blake schlenderte scheinbar entspannt zu der Sitzgruppe aus braunem Leder, wo er dem Lord mit einer knappen Handbewegung das Sofa anbot.

»Danke, ich stehe lieber«, antwortete Lord Musgrave und ging zu einem der Bücherregale, um die Werke darin zu betrachten.

Blake spannte sich kaum merkbar an, und mir war klar, dass er versucht hatte, den Blick des Lords in Richtung Tür und weg vom Fenster zu lenken.

»*Green Manor* …«, sagte Musgrave mit einem leichten Lächeln auf den Lippen. »Allein der Name ist ziemlich aussagekräftig, findet ihr nicht auch?« Er machte eine kurze Pause, verschränkte die Hände hinter dem Rücken und fixierte nacheinander Preston und Blake. »Euch ist nicht bewusst, wo ihr da eigentlich gelandet seid, habe ich recht?«

Preston antwortete nicht sofort, und ich sah an Blakes angespannter Miene, dass auch er nicht mit dieser Einleitung gerechnet hatte.

»Dies ist das Haus unserer Mutter«, erwiderte Preston schließlich. »Unserer Adoptivmutter.«

»Richtig, eurer Adoptivmutter«, wiederholte der Lord ohne erkennbare Emotion. »Sie ist tot, wie ich hörte.«

»Das ist sie«, bestätigte Blake tonlos.

Die Spannung im Raum wurde beinahe greifbar.

»Gut«, meinte der Lord, und ich sah, wie die Brüder einen irritierten Blick tauschten.

In dem Moment wurde die Tür zur Bibliothek aufgerissen und Lilly stolperte herein. »Verdammt, dieses Haus ist so riesig, dass …«, setzte sie an und erstarrte dann mitten im Satz, als sie Preston, Blake und den fremden Besucher sah. Ihre hellen Wangen färbten sich einen Tick dunkler und sie öffnete den Mund. »Entschuldigung, ich habe mich wohl in der Tür geirrt«, stammelte sie und trat augenblicklich den Rückzug an.

Ich atmete erleichtert aus und war dankbar, dass Lilly so schnell geschaltet hatte.

»Wer war das?«, fragte Lord Musgrave hörbar verstimmt. »Ich hatte doch deutlich gemacht, dass ich nur herkommen werde, wenn keine Frauen anwesend sind.«

»Das war nur die Freundin der Küchenhilfe«, sagte Blake sofort und stellte sich etwas breitbeiniger hin. »Wollen Sie noch ausführen, warum der Tod unserer Mutter eine gute Sache ist?«

Preston warf seinem Bruder einen warnenden Blick zu, der sich gerade auf verdammt dünnes Eis begab.

Doch Lord Musgrave lächelte nur. Es war ein kaltes Lächeln, das seine blauen Augen nicht erreichte, und ich hielt unwillkürlich den Atem an, als sein Blick auch kurz in Richtung des Vorhanges glitt, hinter dem ich mich versteckt hielt.

»Sagen wir einfach, es ist besser so«, erklärte er unbeeindruckt und sah sich weiter im Raum um. »Lebt sonst noch irgendeine Frau auf diesem Anwesen? Vielleicht eine Verwandte eurer Adoptivmutter? Eine Frau mit grünen Augen?«

Bei der Frage machte mein Herz einen Satz und auch Preston schien davon überrumpelt zu sein.

»Wieso ist das wichtig?«

»Also gibt es eine«, schloss der Lord und seine Stimme wurde gefährlich leise. Meine Hände wurden feucht, denn er sprach ganz offensichtlich von mir, und ich verstand jetzt, warum mich Blake hinter dem Vorhang versteckt hatte.

»Sie haben Prestons Frage nicht beantwortet«, warf Blake ein.

»Genauso wenig, wie ihr meine beantwortet habt«, entgegnete der Lord.

Einen Moment lang sagte keiner der drei ein Wort.

»Nun, ich muss euch auf jeden Fall vor dieser Grünäugigen warnen«, brach Lord Musgrave das Schweigen und richtete seinen Blick auf das Bücherregal, hinter dem sich der Geheimgang befand, den Blake kurz zuvor geschlossen hatte.

Preston runzelte irritiert die Stirn. »Wieso? Was meinen Sie damit?«

Der Lord ging ein paar Schritte durch den Raum. »Meine Schwester, eure leibliche Mutter, war eine Blaue. Von ihr habt ihr eure blauen Augen geerbt, und sie würde sich im Grab umdrehen, wenn sie wüsste, dass ihr bei einer grünen Familie gelandet seid.«

Bei seinen Worten bekam ich eine Gänsehaut am ganzen Körper. Obwohl ich nicht wirklich verstand, wovon er sprach, schienen unsere Gaben mit unseren Augenfarben zusammenzuhängen. Dann war Tante Catherine also auch eine Grüne gewesen, so wie ich? Hatte sie deshalb auch dieselbe Fähigkeit gehabt, Wahrheit von Lüge unterscheiden zu können?

In der Bibliothek war es schlagartig still geworden.

»Jetzt seht mich nicht so an, ihr habt eure Gabe doch bereits entdeckt«, fuhr der Lord missbilligend fort und richtete seinen eisigen Blick zuerst auf Preston und dann auf Blake. »Ansonsten hättet ihr mich wohl kaum ausfindig machen können. Victor Conerly hätte euch niemals meinen Namen verraten.«

Blake verschränkte die Arme vor der Brust. »Was wollen Sie uns sagen?«

Musgrave lächelte kühl und straffte die Schultern. »Eure Gabe ist ein Geschenk – *unsere* Gabe ist ein Geschenk. Aber jedes Geschenk hat nun mal seine Vor- und Nachteile.« Seine Stimme wurde härter. »Und einer der Nachteile besteht darin, dass wir keiner Grünen zu nahekommen dürfen, weil wir sonst Unglück über uns selbst und andere bringen.«

Blake schüttelte den Kopf. »Glauben Sie das wirklich?«, fragte er hart. »Schließlich haben wir unser ganzes Leben im Haus einer Grünen verbracht und uns ist noch kein Unglück widerfahren.«

»Ach, nein?«, fragte Lord Musgrave, und ich hielt den Atem an, als ich an Riley dachte. »Nun, wie dem auch sei. Ihr könnt selbst entscheiden, ob ihr das Risiko eingehen wollt, euch dem Fluch auszusetzen.«

»Dem Fluch?«, wiederholte Preston mit einem humorlosen Lachen. »Jetzt wird es aber wirklich wild.«

Der Lord schmunzelte leicht und zupfte die Ärmel seines weißen Hemdes unter dem grauen Sakko zurecht. »Ich habe ähnlich reagiert, als ich jung war«, sagte er gelassen. »Aber der Tod meiner Schwester – eurer Mutter – hat mich eines Besseren belehrt.«

»Was soll das für ein Fluch sein?«, fragte Blake, und ich lehnte mich automatisch ein Stück nach vorn, weil ich kein Wort verpassen wollte.

»Der Fluch ist genauso alt wie unsere Gabe selbst«, erwiderte Lord Musgrave ruhig. »Er sorgt dafür, dass zwischen den Grünen und den Blauen eine besondere Anziehung herrscht«, fuhr er fort.

»Doch wenn ihr dieser Anziehung nicht widerstehen könnt, zerstört er alles, was euch je etwas bedeutet hat.« Er machte eine Pause, in der nur das Ticken der großen Standuhr zu hören war.

Ich biss mir auf die Lippen, um mich mit keinem Ton zu verraten. War das etwa der Grund? Fühlte ich mich zu Blake deshalb so unfassbar hingezogen, weil er ein Blauer und ich eine Grüne war?

»Ich kann euch nur raten, euch von der Grünen fernzuhalten, sonst werdet ihr die Konsequenzen am eigenen Leib spüren«, sagte Lord Musgrave und hob vielsagend die Augenbrauen. »Und glaubt mir, die sind tödlich.«

Kapitel 26

»Miss Mansfield, sind Sie fertig?«, fragte Wilfried am nächsten Morgen durch meine Zimmertür.

»Einen kleinen Moment noch, mon ami!«, rief Madeleine, die soeben damit beschäftigt war, meinem Outfit den letzten Schliff zu verpassen. »Die Queen ist gleich so weit!«

Mit diesen Worten tupfte sie mir noch etwas Rouge auf die Wangenknochen und schloss ihr Kunstwerk mit einem roten Farbtupfer auf meinen Lippen ab.

»Du bist wunderschön, ma chérie«, flüsterte die Stylistin ergriffen und drehte mich an den Schultern, sodass ich in den Spiegel sehen konnte.

Ohne große Erwartungen wandte ich mich meinem Spiegelbild zu.

Seit Lord Musgrave gestern in unserer Bibliothek gewesen war, war es mir nicht mehr gelungen, mich auch nur für eine Sekunde zu entspannen. Seine Worte verursachten mir jetzt noch eine Gänsehaut, vor allem, wenn ich daran dachte, mit welcher Bestimmtheit er sie ausgesprochen hatte.

Der Fluch ist genauso alt wie unsere Gabe selbst. Er sorgt dafür, dass zwischen den Grünen und den Blauen eine besondere Anziehung herrscht. Doch wenn ihr dieser Anziehung nicht widerstehen könnt, zerstört er alles, was euch je etwas bedeutet hat.

Madeleines Spiegelbild strahlte mich an. »Und? Was sagst du?«, wollte sie wissen.

Ich zwang mich dazu, meine Aufmerksamkeit wieder ins Hier und Jetzt zu lenken, und betrachtete zum ersten Mal bewusst mein Kleid. Es war ein Traum aus grünem Chiffon, veredelt mit roten Einfassungen und goldfarbener Spitze, die im Licht leicht schimmerte. Das aufwendig bestickte Mieder war mit unzähligen Goldfäden durchwirkt und erinnerte an die alten Kleider am französischen Hof zu Zeiten Marie Antoinettes. Der breite Reifrock war so ausladend, dass ich das Gefühl hatte, damit ständig Gegenstände zu Boden zu fegen, aber Madeleine hatte mir versichert, dass ich mich so anmutig wie ein junger Schwan in dem wunderschönen Kleid bewegte.

»Du siehst wirklich aus wie eine Königin«, seufzte sie nun und rückte das funkelnde Diadem in meinen dunklen Haaren zurecht, die sie zu einer aufwendigen Hochsteckfrisur arrangiert hatte. »Du wirst unzählige Rosen erhalten, da bin ich sicher, mein Kind. Dein Onkel hat wirklich keine Kosten und Mühen gescheut, um dir dieses Kleid zu besorgen.«

Ich nickte und betrachtete den glitzernden Schmuck auf meiner Haut. Zusätzlich zu dem Wahnsinnskleid trug ich eine kostbare Diamanthalskette, die meiner Tante Catherine gehört hatte. Onkel Edgar hatte mir die Kette von sich aus für dieses Fest angeboten und sich trotz meiner Angst, sie zu verlieren, auch nicht davon abbringen lassen, dass ich sie tragen sollte.

»Jetzt musst du aber los, sonst kommst du noch zu spät«, sagte Madeleine und scheuchte mich aus dem Zimmer nach draußen, wo bereits Wilfried auf mich wartete.

»Euer Anblick ist entzückend, Mylady«, verkündete er mit tiefer Stimme. Ich machte einen kleinen Knicks und war froh, als er mir den Arm anbot, um mich die Treppe hinunterzuführen.

Während wir die flachen Stufen hinunterschritten, wanderten meine Gedanken erneut zu den Geschehnissen der letzten vierundzwanzig Stunden. Nachdem Lord Musgrave den tödlichen Fluch erwähnt hatte, war er auf seinem Handy angerufen worden und hatte kurz darauf das Haus verlassen. Sobald er weg war, hatte Blake den Vorhang zur Seite gezogen und mich aufgefordert, ihn und Preston allein zu lassen. Mit rasendem Herzen war ich durch den Korridor gerannt, wo Lilly mich abfing und beruhigte. Ich hatte ihr in knappen Worten berichtet, was geschehen war, bevor sie zurück nach Hause musste. Daraufhin war ich mit meinen Gedanken allein zurückgeblieben und hatte die halbe Nacht versucht zu verstehen, was ich in der Bibliothek gehört hatte.

Noch vor vier Wochen hätte ich gelacht, wenn mir jemand gesagt hätte, dass Preston, Blake und ich angeblich durch einen alten magischen Fluch miteinander verbunden waren. Doch nach allem, was ich in den letzten Wochen erlebt hatte, war mir das Lachen gründlich vergangen.

»Darf ich Ihnen beim Einsteigen helfen?«, fragte Wilfried, als wir uns der schwarzen Limousine näherten.

»Ja, bitte«, antwortete ich dankbar. Ohne die Hilfe des Butlers hätte ich es heute mit Sicherheit nicht auf das *Kings & Queens*-Fest geschafft, da Prestons Mini eindeutig zu klein war für dieses Kleid.

Als ich endlich saß und alle Chiffon- und Seidenlagen um mich herum drapiert waren, ging es los.

Die ganze Fahrt über war ich in meine Gedanken vertieft, und erst als Wilfried sich räusperte, kam ich wieder ins Hier und Jetzt zurück.

»Wir sind da«, sagte der Butler, und ich stieg vorsichtig aus der Limousine, um die kostbaren Stoffe nicht zu beschädigen.

Es war ein herrlich sonniger Herbsttag und die King's School war phänomenal geschmückt. Riesige Banner mit dem Wappen der Krone hingen von den Ziegelsteinwänden der Schule, und ein breiter roter Teppich führte vom Parkplatz zum Eingangstor, wo zwei als Hofnarren verkleidete Schüler warteten, die beide je einen Korb mit roten Rosen in den Händen hielten.

Ich reihte mich in den Strom der gut gelaunten Könige und Königinnen ein, die mit ihren farbenprächtigen Kleidern und funkelnden Kronen wie der Cast eines historischen Kostümfilms aussahen. Dabei versuchte ich mich von der ausgelassenen Stimmung anstecken zu lassen und an etwas anderes zu denken als an Lord Musgrave und seine düsteren Prophezeiungen.

Bunte Wimpel und Fahnen flatterten über dem Eingangstor im Wind.

»Nimm dir eine Rose für deine Königin«, sagte ein Hofnarr mit einem Weidenkorb zu einem schlaksigen jungen König neben mir, der ein altmodisches Festtagsgewand trug. »Und dann geh direkt in den Innenhof. Der Wettergott meint es heute gut mit uns.«

»Nur die Könige bekommen Rosen«, erinnerte der Typ links von mir eine ankommende Königin in einem eng anliegenden Kleid aus elfenbeinfarbener Spitze. Bei näherem Hinsehen bemerkte ich, dass es sich um Grace handelte, die ihre Rose mit zusammengepressten Lippen wieder zurück in den Korb fallen ließ. »Bedaure, du kannst sie dir nicht selbst schenken«, fügte der Hofnarr hinzu.

»Danke, ich habe dich auch schon beim ersten Mal verstanden«, entgegnete sie reserviert. »Außerdem werde ich genug Rosen geschenkt bekommen.« Sie warf ihm einen eisigen Blick zu, bevor sie an ihm vorbeirauschte.

»Natürlich wirst du das, ich würde dir meine auch schenken!«, rief der Typ ihr nach, aber Grace drehte sich nicht einmal mehr um.

Ich hörte den zweiten Hofnarren leise lachen und betrat das kühle Schulgebäude, aus dessen Lautsprechern mittelalterliche Musik durch die Flure schallte. Wohin ich auch blickte, sah ich lachende Gesichter und herausgeputzte Könige und Königinnen, von denen einige schon eine Rose erhalten hatten. Rote Bodenmarkierungen in Form kleiner Krönchen zeigten den Weg zum Fest, und ich folgte ihnen durch eine weitere doppelflügelige Tür in den begrünten Innenhof hinaus. Ein breiter roter Teppich führte direkt zu dem steinernen Becken des großen, heute festlich verzierten Springbrunnens, dessen Fontäne seit meiner Ankunft in Cornwall noch nie Wasser gespuckt hatte. Direkt davor waren zwei Throne mit hohen Lehnen aus Gold aufgestellt worden, auf denen ein König mit seiner Königin Platz nehmen konnte, um ein Foto schießen zu lassen. Für diesen Zweck waren von den Schülern im Vorfeld auch unzählige Kronen aus Glanzpapier gebastelt worden, die die Schüler nach dem Foto behalten durften.

Auf dem Rasen hinter dem kaputten Springbrunnen war eine kleine Bühne aus Holz für die Band aufgebaut worden und rechts davon standen in langen Reihen festlich geschmückte weiße Tische und Bänke. Dazwischen tummelten sich riesige Spielkarten mit Königs- und Königinnen-Motiven, die dem Fest einen gewissen Alice-im-Wunderland-Flair verliehen. Die als lebensgroße Spielkarten verkleideten Schüler watschelten zwischen den Gästen des *Kings & Queens*-Festes umher und posierten bereitwillig für Gruppenselfies.

»June! Du siehst fantastisch aus!«, kreischte plötzlich eine Stimme und im nächsten Moment stürmte Lilly in einem schwarz-weißen Kleid auf mich zu. Im Schlepptau hatte sie Grayson, der einen dunkelroten Königsumhang mit weißer Pelzverbrämung und dazu eine reich geschmückte Krone trug.

»Ihr seht aber auch nicht übel aus«, staunte ich.

Lilly strahlte mich an. »Zumindest haben wir unser Bestes gegeben. Ich wusste ja schon, dass dein Onkel die schweren Geschütze auffahren würde.«

Ich musste lachen und sah an meinem ausladenden Kleid herunter. »Ja, das hat er tatsächlich.«

Grayson nickte und winkte dann einem der Spielkarten-Könige, der gerade auf uns zugewackelt kam.

»Super, lass uns ein Foto machen!«, rief Lilly und zog mich an der Hand hinüber zum Doppel-Königsthron, vor dem sich eine kurze Schlange gebildet hatte. Rasch strich sie ihr blütenweißes Mieder glatt, das in einen weißen Rock mit schwarzen Schleifen überging. Ihr Dekolleté füllte das Kleid vorne nicht ganz aus, aber Lillys Selbstsicherheit und Lebensfreude überstrahlten auf dem Foto alle Schwächen ihres Outfits.

»Oh, mein Gott, diese Kette«, flüsterte sie, nachdem ich mich mit meinem ausladenden Kleid endlich wieder aus dem Thron geschält hatte und froh war, dass die Fotosession vorbei war. »Sind das echte Diamanten?«

»Ich glaube schon«, antwortete ich und wurde bei Lillys verzücktem Blick etwas unruhig. »Du hast nicht vor, sie mir zu klauen, oder?«, fragte ich etwas leiser, und Lilly sah mich beleidigt an. Da sie ihre roten Haare hochgesteckt trug, entging mir auch die hochsteigende Röte auf ihren Wangen nicht.

Kopfschüttelnd blickte sie mich an. »Ist das dein Ernst? Das traust du mir zu?«

»Tut mir leid, ich steh total neben mir«, flüsterte ich, als von irgendwo eine Fanfare erklang. »Ich bin wegen gestern noch immer komplett durch den Wind.« Wieder musste ich an den angeblichen Fluch zwischen den Blauen und Grünen denken. Aber vielleicht war das alles nur Schwachsinn und dieser Lord Musgrave verfolgte ganz andere Ziele damit, Blake und Preston solche Angst einzujagen.

Lilly senkte ebenfalls die Stimme. »Gut, diesmal lass ich es dir noch durchgehen. Nach allem, was gestern passiert ist. Gibt es denn schon irgendwelche Neuigkeiten von dem creepy Lord?«

»Nein, noch gar nichts«, gab ich gedämpft zurück. »Ich sag es dir, wenn sich was tut.«

Sie nickte und hängte sich bei mir ein, während wir zum Büfett schlenderten. Es bestand aus einer Reihe langer weißer Tische, die sich unter Unmengen englischer Köstlichkeiten bogen. Von goldgelben und schokoladenbraunen Karamellbonbons, zu denen man hier Fudge sagte, bis zu Fish & Chips war alles dabei.

»Soll ich lieber Apple Crumble oder Jacket Potatoes essen?«, murmelte Lilly in sich hinein. »Weißt du was, ich nehme einfach beides.« Dabei griff sie nach einem Pappteller, während ich unbewusst Ausschau nach Preston und Blake hielt. Jetzt, da ich wusste, dass die Anziehung zwischen uns möglicherweise mit unserer Gabe zusammenhing, fiel es mir irgendwie noch schwerer, nicht an die beiden zu denken.

»Hey – wieso habt ihr euch vorhin denn so schnell verdrückt?«, fragte Grayson, der hinter einer kleinen Gruppe Königinnen auftauchte, und legte seine Arme um Lilly und mich. »Ihr seht übrigens beide entzückend aus. *Lovely.* Obwohl dir das Kleid ein wenig zu groß ist, Darling«, meinte er zu Lilly.

»Wenn ich auch so eine Klunkerkette tragen würde, würde man es nicht merken.« Lilly warf meiner Diamantenkette einen kurzen, sehnsüchtigen Blick zu.

»Hier.« Grayson zog hinter seinem Rücken eine wunderschöne dunkelrote Rose hervor. »Das ist zwar keine Klunkerkette, aber es kommt von Herzen.«

Lilly starrte auf die Blume und lächelte breit. »Wirklich?«

Grayson nickte. »Natürlich«.

Lilly fiel ihm um den Hals. »Das ist so lieb von dir, Grayson.«

»Wem sollte ich sie denn sonst schenken?«, sagte Grayson und lächelte mich schief an. »Sorry, June. Jeder König bekommt nur eine Rose für seine Herzensdame.«

»Das ist total in Ordnung«, sagte ich schnell, da ich Lilly ihre Rose wirklich nicht streitig machen wollte. »Ist das Büfett jetzt eigentlich schon eröffnet?«

»Offiziell noch nicht«, antwortete Grayson, als die sanften Klänge einer Harfe über den Innenhof wehten. »Zuerst gibt es noch den Kanonenschuss, um auch alle wirklich wach zu bekommen, danach wird gegessen und getanzt.« Er warf einen kurzen Blick auf die Harfenspielerin, die sich mit ihrem Instrument auf die Bühne gesetzt hatte. »Keine Sorge, die bleibt nicht bis zum Schluss. Ach ja, und das Büfett wird offiziell eigentlich von unserem Direktor eröffnet, der in den letzten Jahren zuvor noch lang und breit die hehre Geschichte der Gründung dieser wunderbaren Schule erzählt hat.« Grayson seufzte. »Tja, heute scheint er stattdessen ganz mit seiner Trauer um die verlorene Krone beschäftigt zu sein.«

Tatsächlich saß unser Direktor an einem der vielen gedeckten Tische und starrte missmutig ins Leere. Neben ihm auf dem weißen Tischtuch lag ein rotes Samtkissen, das offenbar für die Krone reserviert gewesen wäre, heute aber nur einen traurig leeren Eindruck machte.

Lilly nickte. »Es ist schrecklich, das mit anzusehen. Er scheint wirklich zu leiden wegen dem blöden Ding.«

Grayson zuckte mit den Schultern. »Nun ja, sie war schon sehr hübsch. Mit den ganzen Edelsteinen.«

Lilly biss sich auf die Lippe, und ich warf ihr einen fragenden Blick zu.

Doch Lilly schüttelte nur den Kopf und verdrehte die Augen.

»Sorry«, formte ich lautlos mit den Lippen und beschloss, mich mit meinen Verdächtigungen Lilly gegenüber ab sofort zurückzuhalten.

Grayson schnippte sich einen Fussel von seinem dunkelroten Umhang. »Mal sehen, ob das *Kings & Queens*-Fest ohne die glühende Ansprache des Rektors dasselbe ist. Irgendwie habe ich das Gefühl, dass die Story heute deprimierender klingen wird.«

Ich schaute mich auf dem Schulgelände um, auf das immer mehr königlich gekleidete junge Männer und Frauen strömten. Trotz des wolkenlosen Himmels schien über allem ein düsterer Schatten zu liegen, und ich konnte den Eindruck nicht abschütteln, dass mich dieser Schatten auch nach dem Fest noch begleiten würde. Denn nach der Ansprache des Lords von gestern Abend hatte ich bisher nicht einmal begonnen zu verstehen, was das alles für meine Zukunft bedeutete.

In diesem Moment traten Blake und Preston direkt hintereinander auf den Hof. Beide trugen lederne Beinkleider zu einem gefütterten Wams, der mich ein wenig an einen Waffenrock erinnerte.

Blakes Oberteil war schwarz mit silbernen Verzierungen, während Preston ein dunkelblaues Wams mit Goldstickereien trug. Trotz der königlichen Gewänder bewegten sich beide wie wachsame Krieger.

»Mann, sogar in den albernen Königsklamotten sehen die zwei einfach nur heiß aus«, sagte Grayson neben mir und schob sich ein Törtchen mit Zuckerglasur in den Mund.

»Hör auf, sie schon wieder so anzustarren«, flüsterte Lilly ihm zu. »Du bekommst ohnehin keine Rose von ihnen, selbst wenn du zu sabbern anfängst.«

Bei ihren Worten streifte ich die beiden mit einem kurzen Blick. Tatsächlich hatten sowohl Preston als auch Blake je eine Rose in der Hand, wobei sie sie so nachlässig hielten, dass ich das Gefühl hatte, beide warteten nur darauf, die Blume so schnell wie möglich wieder loszuwerden. Prestons Rose hatte hellrote Blütenblätter, Blakes hingegen war von einem tiefen Dunkelrot, das fast schon schwarz wirkte.

»Ich sabbere doch nicht«, zischte Grayson. »Siehst du die Königin in dem Albtraum aus zitronengelben Rüschen dort? *Die* sabbert. Und die Rothaarige mit der himmelblauen Schleppe ebenfalls. *Ich* habe lediglich einen kurzen, interessierten Blick auf die beiden geworfen.«

Lilly verdrehte die Augen. »Schon klar.«

In diesem Moment fing ich plötzlich Blakes Blick auf und die Erinnerung an seinen unerwarteten Kuss gestern Abend sandte ein heißes Prickeln durch meinen Körper. Anders als sonst schaute Blake nicht direkt wieder weg, sondern betrachte mich von oben bis unten. Der bewundernde Ausdruck in seinen blauen Augen ließ mein Herz in dem eng geschnürten Mieder sofort schneller schlagen. Als eine Fanfare ertönte, riss ich meinen Blick von ihm los und tat so, als würde ich mich für die darauffolgende Lautsprecherdurchsage interessieren.

»An alle Könige und Königinnen – wir bitten Sie nun, Ihre Plätze für den traditionellen Kanonenschuss einzunehmen!«

Rasch zog mich Lilly zu einem der weiß gedeckten Tische, die mit den Namenskärtchen geschmückt waren, die ich für das Fest geschrieben hatte.

»*Queen Lilly, Queen June* und *King Grayson*«, las sie zufrieden vor. »Wie geplant sitzen wir nebeneinander.«

»Und wo sitzen *King Preston* und *King Blake?*« Grayson warf seinen königlichen Umhang über die Schulter und ließ sich auf seinen Sitz fallen. »Ich kann sie nirgendwo sehen.«

»Keine Ahnung. Aber vielleicht ist es auch besser für June, nicht direkt neben den beiden zu sitzen«, sagte Lilly halblaut und ließ sich auf meiner anderen Seite nieder. Seitdem ich ihr gestern von dem Fluch erzählt hatte, schien sie der Meinung zu sein, dass ich mich von den Zwillingen besser fernhalten sollte – auch wenn sie es nicht so offen ausgesprochen hatte.

Ich blickte über das festlich geschmückte Schulgelände und beobachtete, wie die Schüler und Schülerinnen nacheinander ihre Plätze einnahmen. Dabei entdeckte ich auch Grace in ihrem Traum aus elfenbeinfarbener Spitze, die sich angeregt mit jemandem unterhielt, den ich nicht sehen konnte, da er von der lebensgroßen Spielkarte des Pikkönigs verdeckt wurde. Als sich der verkleidete Schüler zur Seite bewegte, erkannte ich Blake neben ihr und spürte, wie sich mein Brustkorb kurz zusammenzog. Grace sah in ihrem Kleid wunderschön aus, und es hätte mich nicht gewundert, wenn Blake ihr seine Rose geschenkt hätte. Um die beiden nicht anzustarren, schaute ich rasch zu der antik wirkenden Kanone hinüber, die heute zu Ehren des Gründers der King's School abgefeuert werden würde. Der Direktor stand mit Grabesmiene am Ende der langen Zündschnur neben einem Feuerwehrmann und hielt eine Streichholzschachtel in der Hand.

»Mr Clark sieht ganz schön deprimiert aus«, sagte Lenny, der sich gerade schräg gegenüber von mir auf seinen Sitzplatz fallen ließ. Trotz seines königlichen Mantels trug er seine Haare wie immer zu einem lässigen Knoten gebunden und steckte sich ein Stück Fudge vom Büfett in den Mund. »Die Krone war doch nur ein altes Stück Blech. Die sollten nicht so einen Zirkus darum machen.«

»Es war immerhin das Wahrzeichen unserer Schule«, entgegnete Grayson. »Und laut meinem Onkel sicher einige Tausend Pfund wert.«

Lenny verschluckte sich beinahe an seinem Karamellbonbon. »Einige Tausend Pfund? Verarsch mich doch nicht.«

»Ich verarsch dich nicht. Das Ding war antik.«

Lenny warf einen kurzen Blick zum Direktor und schüttelte den Kopf. »Das ist doch Bullshit. Niemals war dieses Ding so viel wert. Ich hab sie mir mal angeschaut, als sie noch in ihrem Glaskasten lag, und ich sag euch, das war nur ein Haufen Blech.«

Während er das sagte, trafen sich unsere Augen, und beinahe augenblicklich fror die Welt ein. Lenny erstarrte mitten in der Bewegung und sah mich direkt an. Obwohl ich mich mit meiner Gabe inzwischen sicherer fühlte, war es immer noch ein seltsames Gefühl, als sein Körper sich vor meinen Augen in eine Art funkelnde Kristallfigur verwandelte, deren harte geschliffene Flächen das Sonnenlicht in tausend Farben reflektierten. Kurz darauf zerbarsten seine Augen und einen Moment später der ganze Körper. Die Dunkelheit, die mir hinter den Bruchstücken entgegenschlug, nahm mir den Atem.

»*Wieso lügst du?*«, fragte ich in Gedanken und sah in dem größten der zu Boden fallenden Kristallsplitter eine Szene aufblitzen. Darin erkannte ich Lenny, Preston und Riley, die in der Dämmerung über den Schulhof zu dem noch funktionierenden Springbrunnen schlichen. Die drei hatten eine glänzende goldene Krone dabei, und ich traute meinen Augen nicht, als Riley das Wahrzeichen der Schule lachend in den Springbrunnen warf.

Als der Diamantsplitter den Boden berührte, verschwand auch die aufblitzende Wahrheit darin. Dann lief die Zeit wieder normal weiter und ich stieß Lilly von der Seite an.

»Ich weiß, wo die Krone ist«, flüsterte ich ihr zu.

»Was?«

»Sie liegt am Boden des Springbrunnens und blockiert die Pumpe für die Fontäne.«

In diesem Moment wurde die Kanonenkugel abgeschossen und Lilly zuckte genauso zusammen wie Grayson und ich.

»Bist du sicher?«

Ich nickte. »Wir sollten es dem Direktor sagen. Ich glaube fast, das wird ihm den Tag retten.«

Die nächsten fünf Minuten versuchte Lilly alles in ihrer Macht Stehende zu tun, um Mr Clark zu überzeugen, dass sie am Grund des Springbrunnens etwas Goldenes glitzern gesehen hatte. Der Direktor stand gemeinsam mit Grayson und Lilly am Rand des steinernen Beckens und starrte in das trübe Wasser. »Ich kann da nichts erkennen«, sagte er und rieb sich über den grauen Bart.

»Gut, dann beweisen wir es Ihnen eben«, sagte Lilly und gab

Grayson einen leichten Schubs. »Klettere doch bitte schnell in den Springbrunnen und schau nach.«

Grayson machte so ein entsetztes Gesicht, dass ich lachen musste.

»Ich soll in diese stinkende Brühe steigen?«, zischte er. »Weißt du, wie lange der Springbrunnen schon nicht mehr gereinigt wurde?«

»Gut, dann mach ich es eben selbst«, schnaubte Lilly und raffte ihren weißen Rock hoch. Dann machte sie einen großen Schritt über den Beckenrand und watete durch den steinernen Springbrunnen bis zur Statue in der Mitte. Das verschlackte Wasser reichte ihr bis über die Knie, und ich sah, wie einige der anwesenden Königinnen und Könige angeekelt das Gesicht verzogen. Auch Lenny war unter den Schaulustigen und schluckte nervös, als er Lilly so entschlossen zur Mitte des Springbrunnens stapfen sah. Dort bückte sie sich hinunter und wühlte einige Zeit mit den Händen im Matsch, bis sie schließlich mit einem triumphierenden Schrei etwas golden Funkelndes herauszog.

»*Oh my goodness!*«, stieß der Direktor hervor und starrte auf das Wahrzeichen seiner Schule.

Lilly kletterte aus dem Becken und wischte die Königskrone mit ihrem Rock ab.

»Holy Shit. Sie war echt dadrin«, stammelte Grayson, und ich wusste nicht, ob er Lilly oder die Krone meinte.

»Sie haben … sie ist …« Der Direktor sah aus, als würde er jeden Moment umkippen, und seine Augen füllten sich mit Tränen. »DIE KING'S SCHOOL HAT IHRE KRONE ZURÜCK!«, brüllte er dann über den Platz, und alle Schülerinnen und Schüler begannen zu jubeln.

Lilly stand im Mittelpunkt und lächelte glücklich in die Runde. Dabei presste sie die funkelnde Goldkrone an ihre Brust.

»Vielen Dank, Lilly.« Der Direktor streckte die Hände nach der Krone aus. »Ich dachte, wir würden das *Kings & Queens*-Fest nie wieder richtig feiern können.«

Lilly strich liebevoll über das rubinverzierte Schmuckstück und betrachtete es verzückt.

»Lilly«, flüsterte ich und stellte mich neben sie.

»Was ist mit ihr?«, wisperte Grayson mir von der Seite zu.

Lilly biss sich auf die Lippe, und ich merkte, welche Überwindung es sie kostete, dem Direktor die Krone auszuhändigen. Als er das Schulwahrzeichen schließlich glücklich in den Händen hielt, drehte sie sich um und lief davon. Grayson und ich folgten ihr zu einem ungestörten Plätzchen auf dem Schulgelände.

»Darling, was war das gerade eben?«, fragte Grayson mit gerunzelter Stirn. »Du wolltest die Krone doch nicht etwa behalten? Die war die ganze Zeit in dieser Brühe, das ist doch ekelhaft.« Er sagte es halb im Scherz, aber als er Lilly und ihr schuldbewusstes Gesicht betrachtete, wurde er wieder ganz ernst. »Dieses Gesicht habe ich das letzte Mal gesehen, als du mir in der Primary School gestanden hast, dass du diesen hässlichen Brad geküsst hast.«

Lilly schluckte, und mir war klar, dass sie innerlich mit sich rang, Grayson nun endlich die Wahrheit zu sagen. Immerhin kannte sie ihn viel länger als mich, und anscheinend hatte auch sie es satt, ständig lügen zu müssen.

»Ich wollte sie tatsächlich behalten. Ich stehe auf funkelnde Sachen«, sagte sie halblaut.

Grayson zog eine Augenbraue hoch. »Das weiß ich doch. Jedes Mädchen steht auf den Glitzerkram.«

»Nein, nicht so. Wenn ich etwas Funkelndes sehe, möchte ich es am liebsten haben. Und zwar sofort.«

»Wie sofort?«

»Sofort, sofort.«

Grayson wirkte irritiert und wollte etwas sagen, klappte den Mund jedoch wieder zu. »Auch wenn es dir nicht gehört?«, fragte er, nachdem er kurz überlegt hatte.

Lilly nickte. »So. Jetzt ist es endlich raus.«

Grayson beugte sich zu ihr und senkte die Stimme. »Du bist eine Kleptomanin?«

Sie nickte noch einmal. »Und was für eine. Aber ich gebe die Dinge auch immer wieder zurück und ich bin schon in Therapie«, sagte sie schnell.

Grayson betrachtete sie entsetzt. »Das ist schrecklich.«

Lilly fiel schlagartig in sich zusammen, und ich war auch überrascht, Grayson so unempathisch zu erleben.

»Du gehst zu einem Therapeuten und erzählst mir kein Wort davon? Es ist skandalös, dass du mir das vorenthalten hast, Lilly Baker.«

Für einen Moment starrten sich die beiden an, bevor sie gleichzeitig zu grinsen anfingen.

»Ich wollte schon immer zu einem Therapeuten und ihm mein Herz ausschütten«, sagte Grayson.

»Du kannst gerne zu meinem gehen. Vielleicht bekommen wir Mengenrabatt?«

»Keine schlechte Idee, du kleine diebische Elster.« Grayson zog Lilly zu sich, um sie in den Arm zu nehmen. »Das hättest du mir ruhig schon früher erzählen können.«

»Ich habe mich einfach geschämt.« Sie betrachtete ihr Kleid und verzog das Gesicht. »Und mein Gott, ich sehe tatsächlich aus wie eine Elster!«

Grayson schnalzte mit der Zunge. »Tja, die Kraft des Unterbewusstseins. Das solltest du auch mit deinem Therapeuten besprechen. Aber zuvor musst du mir alles über deinen … Tick erzählen. Ich will wissen, was du wem wann geklaut hast. Meine Armbanduhr, die ich in der Primary School bei Sport verloren habe – warst du das etwa auch?«

Lilly verdrehte die Augen. »Ich hab doch schon gesagt, dass ich immer alles zurückgebe. Die Uhr hast du einfach verloren. Aber jetzt brauche ich echt mal was zu trinken.«

»Das kannst du laut sagen.«

Lilly hängte sich bei Grayson ein und schaute mich auffordernd an.

»Geht schon mal vor«, sagte ich lächelnd, weil ich den beiden ein wenig Zeit zu zweit gönnen wollte.

Als Lilly mit Grayson zwischen den riesengroßen Spielkarten über die Wiese spazierte, wurde mir klar, dass ich wahrscheinlich auch irgendwann vor der Entscheidung stehen würde, Grayson die Wahrheit über mich zu sagen.

Im selben Augenblick drang mir der Duft eines teuren Männerparfüms in die Nase und ich drehte mich um.

»Preston«, sagte ich und blickte zu ihm hoch.

Die Sonne schimmerte in seinen hellbraunen Haaren und seine blauen Augen wanderten bewundernd über mein Kleid, bevor er mich direkt ansah.

»June.« Seine Stimme klang sanft und fest zugleich. »Du siehst umwerfend aus.«

»Danke. Du siehst auch nicht schlecht aus.«

Er schmunzelte und warf einen kurzen Blick in die Runde. Sofort hoben drei Mädchen im näheren Umkreis den Kopf und sahen ihn sehnsüchtig an.

»Woher wusstest du das mit der Königskrone?«, fuhr er im Plauderton fort, und ich bemerkte Lenny, der aus einiger Entfernung zu uns herüberstarrte.

Achselzuckend setzte ich mich in Bewegung. »Was glaubst du denn?«

»Ich glaube, du hast deine Kräfte spielen lassen.« Er betrachtete mich amüsiert. »Und ich glaube, dass du es inzwischen genießt.«

Ich beschloss, nicht darauf einzugehen. »Interessant, was du alles glaubst. Darf ich dich erinnern, dass Lilly die Krone gefunden hat?«

Preston kam an meine Seite und lachte leise. »Stimmt. Deine Freundin hat plötzlich etwas Goldenes im Schlamm aufblitzen sehen. Interessanter Zufall.«

Ich lächelte. »Du sagst es.«

Er sah mich eindringlich an. »Noch interessanter finde ich allerdings, dass du dich gestern genau dann hinter dem Vorhang der Bibliothek versteckt hast, als Lord Musgrave zu Besuch kam. Sag bloß, das war auch nur ein seltsamer Zufall.« Seine Stimme nahm einen herausfordernden Ton an, und ich schluckte, als ich wieder an Blakes Kuss dachte.

»Immerhin war es nicht so verkehrt, mich zu verstecken, oder?«

»Ganz und gar nicht. Du scheinst einen Radar für gefährliche Situationen und verschwundene Kronen zu haben. Was kommt als Nächstes? Lässt du dich zur Queen krönen?«, sagte Preston und strich mir eine verirrte Haarsträhne aus dem Gesicht.

Ich tat so, als würde ich überlegen. »Keine schlechte Idee.«

»Die Frage ist nur, wer dann dein König wäre.« Er betrachtete mich intensiv und ich atmete tief ein.

»Warum habt ihr die Krone damals eigentlich versteckt?«, fragte ich, um das Thema zu wechseln.

Er zögerte, bevor er antwortete. »Es war einfach nur ein Spaß. Der Rektor hatte Riley an dem Tag einen Anschiss verpasst, weil sie zu spät zum Unterricht gekommen war, und nachdem wir am Abend etwas getrunken hatten, fanden wir es witzig, seine heiß geliebte Krone direkt vor seinen Augen zu verstecken.«

Die Frage, warum sie die Krone nie zurückgegeben hatten, lag mir auf der Zunge, doch dann dachte ich daran, dass Rileys Tod sicher alles andere in den Hintergrund gerückt hatte. Mein Blick wanderte zu unserem Rektor, der mit Miss Kensingtons Hilfe gerade glückselig die Krone mit ein paar Servietten reinigte.

»Und bist du jetzt sauer, weil ich euren Plan durchkreuzt habe?«

Preston schüttelte den Kopf. »Nein, wieso auch? Wir hatten unseren Spaß. Manchmal ist es einfach nur lustig, etwas Verbotenes zu tun, findest du nicht? Vor allem, wenn man solche Möglichkeiten wie wir besitzt.«

»Ich bin mir nicht sicher, ob unsere Fähigkeiten immer so vorteilhaft sind«, sagte ich nachdenklich.

»Wegen dem, was Musgrave erzählt hat? Du glaubst doch nicht wirklich wie Blake an diesen absurden Fluch?«

»Ich bin mir gerade nicht sicher, was ich glauben soll. Vor ein paar Wochen hätte ich ja noch nicht einmal an meine Gabe geglaubt.«

»Aber der Fluch ist doch bloß das verrückte Geschwätz eines alten Mannes. Mehr nicht.« Preston machte eine Pause und lächelte mich an. »Du hast meine Frage übrigens noch immer nicht beantwortet.«

Ich zog irritiert die Augenbrauen zusammen.

»Wer wäre dein König, June?« Er sah mich direkt an, und der intensive Blick aus seinen leuchtend blauen Augen zog mich in seinen Bann. »Du solltest dich für den richtigen Bruder entscheiden. Aber vielleicht kann ich dir die Entscheidung leichter machen. Normalerweise halte ich nichts von diesen verstaubten Traditionen, aber seit du da bist, hat sich alles geändert.« Er grinste und deutete eine galante Verbeugung an. »Mylady.« Dabei hielt er mir seine hellrote Rose entgegen, die ich nach kurzem Zögern annahm.

In dieser Sekunde rief Lenny nach Preston und er drehte sich halb herum. »Ich muss jetzt mit meiner Band für ein wenig Stimmung sorgen. Sehen wir uns später noch?«

Ich spürte, wie der Wind durch meine hochgesteckten Haare fuhr, und nickte zögernd.

»Gut«, sagte Preston und verbeugte sich noch einmal, bevor er meine Hand nahm und mir einen Kuss auf die Fingerknöchel hauchte. Dann verschwand er Richtung Bühne und ich sah ihm noch kurz hinterher.

Als ich mich einen Moment später umdrehte, schreckte ich überrascht zurück, weil Blake direkt vor mir stand. Trotz seiner ungewohnten Kleidung roch er wie immer nach Wind und Meer, und seine unerwartete Nähe brachte all die Gefühle von gestern sofort wieder zurück.

»Was machst du hier?«, murmelte ich überrumpelt und hasste es, dass mich seine Anwesenheit so nervös machte, dass ich an nichts anderes als seinen Kuss denken konnte. Noch jetzt spürte ich die Erregung im ganzen Körper und war heilfroh, dass Blake meine Wahrheit genauso wenig sehen konnte wie ich seine Lügen.

»Ich wollte mit dir reden«, sagte er kühl.

»Okay. Und worüber?«, fragte ich. Dabei fiel mir plötzlich auf, dass er keine Rose mehr in der Hand hatte. Unbewusst wanderte mein Blick über den Innenhof, und mein Herz zog sich zusammen, als ich Grace entdeckte, die gerade an einer dunkelroten Rose roch. Offenbar hatte Blake sie ihr gegeben, und ich versuchte die leise Enttäuschung wegzuschieben, die ich deswegen spürte. Schließlich waren Blake und ich nicht zusammen – auch wenn wir uns immer wieder nahegekommen waren.

»Es geht um gestern Abend«, sagte Blake und zögerte kurz. »Und um das, was du gehört hast. Es steckt mehr dahinter, als du jetzt zu wissen glaubst, June. Tu mir den einen Gefallen und halte dich aus der Sache raus. Auch wenn es nicht deiner Natur entspricht.«

»Meiner Natur?«

»Deiner natürlichen Sturheit, um genau zu sein.«

Ich legte den Kopf schief. »Bist du etwa hergekommen, um mich zu beleidigen?«

Blake schüttelte den Kopf, und seine blauen Augen nahmen einen beinahe sanften Ausdruck an. »Ganz und gar nicht. Aber ich meine es ernst, June. Lass mich die Sache mit Musgrave regeln.«

Mir fiel auf, dass Grace zu uns herüberschielte und dann von Preston angesprochen wurde, der schon mit einem Mikro in der Hand auf dem Weg zur Bühne war. Als Blake meine Unaufmerksamkeit bemerkte, drehte er sich kurz um, und augenblicklich verfinsterte sich sein Gesicht.

Für einen Moment hatte ich das Gefühl, dass er hinübergehen wollte. Doch dann riss er sich vom Anblick der beiden los und sah wieder mich an. »Haben wir eine Abmachung? Wirst du mir jetzt nicht mehr hinterherspionieren?«

Ich schnaubte leise. »Keine Sorge, ich werde dir schon nicht hinterherlaufen.« Dabei versuchte ich so gleichgültig wie möglich zu klingen und schaute wieder kurz zu Preston herüber, der gerade mit Lenny auf die Bühne kletterte.

Blake folgte meinem Blick, und mir war, als würde sich sein ganzer Körper versteifen, als er mit seinen unglaublichen Augen direkt in meine sah. »Gut, dann hätten wir das zumindest geklärt.«

Ohne ein weiteres Wort drehte er sich um und ließ mich einfach stehen.

Mit klopfendem Herzen schaute ich ihm nach und ging dann zurück zu meinem Platz. Das Fest war in vollem Gange, und alle schienen sich zu amüsieren, während ich nur an Blake denken konnte. Seine Nähe machte mich verrückt, und ich hatte keine Ahnung, was als Nächstes passieren würde. Blake war so unberechenbar wie das stürmische Meer, und ich wusste nie, ob er mich gleich in die Tiefe reißen oder doch retten würde – ich fühlte nur, dass ich ihm jetzt schon ausgeliefert war.

Als von der Bühne die ersten Klänge einer Ballade zu mir drangen, zog ich meinen Stuhl zurück. Dabei fiel mein Blick auf das weiße Tischtuch mit meinem Namenskärtchen. Meine Knie wurden weich, als ich die dunkelrote Rose daneben liegen sah.

Atemlos griff ich danach und roch an den dunklen Blütenblättern, denen ein sanfter Duft von Ozean und Meeresluft anhaftete. Eine Woge des Glücks erfasste mich, und ich ließ meinen Blick suchend über den Festplatz schweifen, bis ich Blake entdeckte. Er stand etwas abseits und sah mich mit einer brennenden Sehnsucht an, die die Welt um mich herum verstummen ließ.

In diesem einen Augenblick hatte ich das Gefühl, auch ohne meine Gabe die Wahrheit in seinen tiefblauen Augen erkennen zu können.

Ende von Band 1